译文纪实

IN MANCHURIA

Michael Meyer

[美] 迈克尔·麦尔 著　　何雨珈 译

东北游记

上海译文出版社

献给本杰明，我们的路客

丘陵地带
稻田
小学
稻田
→ 往松花江
红
商店
温泉
稻田
旗
W.C.
我的家
东福来业
三舅家
稻田
派出所
粮站
路
三姨家
稻田
新盖的楼房
飞机场
中学
诊所
稻田
集市
&店铺
银行
商店
副食品
加油站
→ 吉林市
往长春
大车站

冯丹 绘

目 录

第 一 章　冬至…………………………………… 1
第 二 章　你来我往 ………………………………… 16
第 三 章　血浓于水 ………………………………… 33
第 四 章　去日留痕 ………………………………… 50
第 五 章　惊蛰 ……………………………………… 68
第 六 章　谷雨 ……………………………………… 84
第 七 章　朝圣之路 ………………………………… 97
第 八 章　火车开往满洲站! ……………………… 109
第 九 章　隧道与岔路上的旧时空………………… 135
第 十 章　夏至……………………………………… 153
第十一章　三姨的歌谣……………………………… 159
第十二章　伪满洲国的傀儡………………………… 174
第十三章　占后余波………………………………… 192
第十四章　大暑……………………………………… 219
第十五章　通往工人村的断桥……………………… 237
第十六章　立秋……………………………………… 250
第十七章　大连的展示柜…………………………… 261
第十八章　霜降……………………………………… 269
第十九章　大雪……………………………………… 283

致　　谢……………………………………………… 290
注　　释……………………………………………… 293
参考资料……………………………………………… 340
译 后 记……………………………………………… 358

荒地

难道说乾坤的秀气尽在塞北收藏?

——出自19世纪的《子弟书》,
一种清代由八旗子弟首创并流行的讲唱文学

一叶浮萍归大海,为人何处不相逢。

——出自中国古典小说《西游记》

第一章　冬　至

冬日的土地，冰冻三尺，无声无息。天空没有一丝云彩，阳光照在白雪覆盖的稻田上，反射着明晃晃的光，刺得人情不自禁地蒙上眼睛。刺骨的寒风中，我倾斜着身子，步履艰难地从红旗路北上，去一个叫做“荒地”的村庄。

放眼四下，一马平川，了无生机，清冽冷峻。两车道的水泥路从稻田中横穿而过，令我想起故乡明尼苏达冰冻的湖面上凿出的小路。不过，这里可没有暂供栖身的冰屋。我在第二十二中学做志愿者教英语，那里的冬天还算好过，整个校园烧煤取暖。十分钟前我就是从那里出发的，喏，现在我的胡子上已经结起了冰碴子。

皑皑白雪中不时冒出一簇簇干枯的植物，挺像耙子和扫帚一类的东西。我的左边，落日在遥远的地平线上慢慢下降。这是 12 月末的下午 3 点 22 分。对了，今天这个日子，中国的农民管它叫冬至。根据太阳和月亮运行的周期，中国古人定下了二十四个节气，每个大概持续两周，冬至就是其中一个。冬至之前的节气叫做大雪，那一天，雪花如期而至，把整个荒地村笼罩在洁白的茫茫雪野之中。过了冬至，1 月份就要迎来小寒。今天的最高气温是零下 22℃，想到这只是“小小寒意”的前奏，我有点害怕。学校的推拉大门上系着一条大红的宣传横幅，号召大家“预防手足口病”。还有条更没用的，说的是“冬季来临，气温骤降”。

红旗路只有一个交通标志，限速每小时四十公里。工作日都从没见过有谁超速。自行车，三轮车，人人都不紧不慢，吱吱呀呀地来到十字路口的中国农业银行、种子店、面馆和火车站。火车站的墙壁被刷成一种亮晃晃的粉色，尖尖的顶是锡制的，鲜亮的蓝色和荒地村平时的天空很是相配。要找个词来形容这个火车站，老旧是再合适不过的了。来往吉林与长春之间，横贯约一百十三公里的新高速列车不会在这里停靠。对于列车上卧铺车厢里的乘客来说，荒地村就是短短三四秒间以模糊影像迅速掠过眼前的一个地方，和中国东北的任何乡村没有两样。

当局者清。走近了看，红旗路边一字排开，散落着很多垃圾：熊猫牌香烟的空盒子，这个牌子还不算便宜；茅台酒的空瓶子；印着股票咨询的大张废纸；房地产广告传单；命理学的书刊，上面列出了买宅安家的吉利日子；还有些不知何人出版的小报，报名都是《奇闻异事》之类。上面有高级官员的私生活，各种最新谣言被写得神乎其神；还有一些问答环节，比如，会从北京迁都吗？（不会）。“文化大革命”死了多少人？（很多）。

今天，红旗路上静悄悄的。唯一的声音来自一面横幅，挂在两棵水曲柳树苗之间，寒风中猎猎作响，卷起来，展开，又卷起来。卷展之间，我看到了几个字眼，种植、种子、记录和出产。每天我都会经过这条横幅，但和熟视无睹的农民们不一样，我总爱抱着好奇心去研究它。在这几乎没有报刊亭和街道标志的中国农村，宣传标语就是我的中文初级读本，虽说其政治鼓吹的企图昭然若揭。这条大红色的横幅教会我几个字，最后总算凑成了一句话：种植高质量种子，创造出产记录。

几十年来，三层的中学教学楼一直是荒地村最高的建筑。从我任教的教室看出去，能看到村里所有的农舍，在一望无际的原野上仿佛或密或疏的海岛。现在，我正朝一块大广告牌走去，大概两公里开外就能看到上面的大字：打造东北第一村。立牌子的是东福米业，荒地村的一家民营农业公司。我只是认了认这上面的字，心想和其他标语一样又是闹嚷嚷的大话，没往心里去。直到东福米业开始让这话成真。

传言说，红旗路也要像铁路一样翻修升级了。当地人心想，是不是一切都要变成新的，只有他们的生活方式要过时了。甚至还有人说，村子的名字也要改。

没人能确切地解释这个村子为什么叫荒地。这里明明地处一片肥沃的河滩，从松花江的西岸一直延伸到草木丛生的丘陵地带。也许正是因为如此，早先的农民们给村子取了这个名字，想迷惑外人，别移居过来跟他们抢地方。周边也是一些小村庄，一马平川的稻田上点缀着十几间平房。这些村庄的名字五花八门：孤店子、张家沟、东岗子、土城子……

在电影《疯狂高尔夫》当中，罗德尼·丹泽菲尔德扮演的角色吹嘘，他和一个姓王的合作伙伴刚刚在长城边买了些土地："在好的那边买的哦!"荒地村恰好就在他所说的相反方向。越过长城，就是中国的东北（和英文的 wrong way 还挺押韵）。中国人经常把自己国家的地图形状比作一只雄鸡，而东北就是鸡头，被挤在蒙古的草原和积雪终年不化的高山之间，高傲地昂了起来，直逼西伯利亚。

过去四百年来，这里似乎是中国最有影响力的地区了。历史上，西方人将东北称为满洲，满族人本是以部落为单位的游牧民族，经过多年历史变迁，从独立的少数民族到各朝帝国的附庸，再到 1644 年铁骑冲过长城，悍然入关，坐上北京的王座。满族人建立的清朝统治了中国长达近三百年。期间，国家的领土扩大了一倍——西藏、新疆和内蒙古地区纷纷被纳入版图，形成了今天这个多民族国家的国界线。然而，这个政权的中心却渐渐心力不支，摇摇欲坠。1908 年，慈禧太后弥留之际，指了名叫溥仪的两岁小孩做皇帝。登基时，孩子坐不住，不停地哭闹。带他登基的父亲安慰道："别哭，快完了，快完了。"结果一语成谶，四年后，越来越腐败的清朝终于分崩离析，溥仪成了中国的末代皇帝。1912 年，孙中山领导起义创建中华民国之后，溥仪被迫逊位。

那时候，国家的进步对很多满族人来说意味着不幸。他们早就远离故土，在长城以南安居乐业。文化上也已经被自己统治的汉族人完全同化了。直到今天，大多数满族人看起来和其他的东北人别无二致。尽管清朝使用两种官方语言，但普通话一直是通用语。一位清朝皇帝甚至给天安门命了名。大多数满族人都不会说满语了。这种和普通话相比简直就是天书、写起来有点像蒙古语的语言，开始衰败，并走向灭绝。

同样失守的还有满族人在东北的优势。本来，历任的皇帝们都想把这里作为一块满族文化的自留地。然而，随着持续数百年限制往满洲迁移的法令被撤销，汉族农民潮水般迅速涌向这个地区。仅仅1927年到1929年间，每年就平均有一百万人到此安居，数字超过了欧洲往美国移民潮的最高峰。

来这里扎根的“新人”，不叫这里满洲或是东北，也不叫关东，甚至不照地图上标示的那样，叫东北三省。他们只是按照所见所闻，用眼前的情形来称呼这里：北大荒。

“尽管不知道上帝到底将人间天堂选址何处，”这个时期，有一位法国神父旅经东北，下笔成文，“但我们可以确定，他没有选这里。”

然而，我眼中的北大荒美丽而独特，当得起这个引起无限回忆与共鸣的名字。

北风从雪野之上呼啸而过，又穿透我厚厚的四层衣服。我神游天外，啊，这阵狂风，应该有两个管不了孩子的父母，一个叫戈壁霜雪，一个叫西伯利亚冻土。我的邻居们管这种感觉叫刺骨，不管你里三层外三层裹得多严实，这风还是能吹到你骨头里去。

然而，天空是那样辽远广阔。湛蓝与清新就这样蔓延到无边无际。在中国的城市，少有人会停下来抬头看天，那上面早已雾霾笼罩。其他农村地区也常常阴云密布，给人压抑沉闷之感。然而，在这中国的东北边关，天空蓝得发白，纯粹的颜色正如天空下蔓延的土地。这里的农民只把真正的土叫土，尘是不能称之为土的。中国很多地方的土地已经被耕种、翻犁了上千年。东北则不同，他们会有意识地选择较少开垦的黑土地，用“甜水”去灌溉。等到气候回暖，地面解冻，抓一把黏土在手里，那湿润肥沃的感觉，还以为抓的是咖啡渣。

就算土地异常新鲜和肥沃，荒地还是非常典型的中国乡村。不过这里的农民不会在山坡开垦的梯田上辛苦劳作一整年。三面都环绕着延伸到远处丘陵地区的稻田，大家每年只收成一次。

往西南方坐十二个小时的火车，就能到北京。两地之间的距离相当于从缅因州中部到华盛顿特区，将近一千公里。抛开交通运输情况和文化上的牵绊，荒地离海参崴和平壤还要近一些，距离只有一半。我经常在教室的黑板上画出简易“地图”，表明村子的位置：

俄罗斯

蒙古

荒地村

朝鲜

长城

中间那块空白的区域基本就可以代表中国东北，其人口和面积都相当于德国和法国的总和。这个类比还能让人想起这片土地不久前的过去：19 世纪末，西方旅行者来到这里，把这片冰天雪地的边疆比作阿拉斯加；然而，他们的下一代却写道，这里是“冲突的摇篮”，是亚洲的阿尔萨斯-洛林①。

20 世纪上半叶，东北惹得中国、日本和俄罗斯炮火相向。美国总统西奥多·罗斯福从中斡旋，调停战争，赢得了诺贝尔和平奖。然而日本却掌握了东北大部分的铁路，这也是中国最长最有利可图的铁

---

① 普法战争后法国于 1871 年割让给德国的领土。1919 年第一次世界大战后，这块土地归还法国。第二次世界大战期间，被德国占领，后又归还法国。——译者

路线，连接矿物丰富的腹地与太平洋沿岸的港口。俄罗斯没能成功将东北附属于东西伯利亚；而日本则努力将这里变成其“大东亚共荣圈”帝国梦想的立足点。

1931年日本曾经在这里建立了傀儡政权伪满洲国，所以，当日本投降二战结束之后，满洲这个称呼就犯了忌讳，被弃用了。然而，远早于日本侵略之前，满洲这个词就代替了原来的鞑靼，广泛出现在19世纪的中国地图和欧洲地图册上。就连共产党的地方机关也使用过这个词，出版过《满洲工人》之类的刊物。

朝鲜战争期间，西方媒体的报道重新启用了这个称呼。然而，1955年，苏联顾问团撤出，这片土地完全被北京的中央政府控制之后，满洲这个字眼，就渐渐淡出了。

不过，尽管在地缘政治上不再炙手可热，东北依然是一片独树一帜的土地。中国地大物博，各个区域的丰富多彩不输美国。每个地方都有自己的方言、菜系和性格。把东北这个词和这三个名词连接，土生土长的中国人几乎都会立即想到爽脆的口音，拉长的腔调，土豆酸菜，猪肉饺子和剽悍不失低调甚至有些古怪的民风。有一首曾经全国传唱的流行歌曲《东北人都是活雷锋》，歌里用半戏谑的口气，描述了东北人民乐于助人的美德和有些让人吃不消的热情。任何在美国体验过所谓“明尼苏达热情”的人，都会觉得这种感觉亲切熟悉。

作为明尼苏达人的我自然被这历史和民风吸引。东北人鲜明独特的个性更让我想起童年时代的老邻居。另外，中国的其他边疆地区都有非常独特和难懂的方言，比如藏语、维吾尔语或者粤语。而今天的东北则使用标准普通话和非常接近的方言，如此一来，我的听说和阅读都不成问题。不过，最吸引我的，还是这片土地的历史。

我所在高中的学生们，每每上历史课，都会用庄重而洪亮的声音，读着“中国文明有五千年的悠久历史”。在他们的历史课本上，东北在这上下五千年中所占篇幅少得可怜。这反而让它的过去显得可亲。有记载的古代历史中开始比较频繁地出现东北的字眼，大概是在

17世纪早期，当时在世界的另一边，莎士比亚正在创作经典戏剧，英格兰清教徒登陆普利茅斯岩，开始创建美国。

在现代中国生活的人，都明白见证传统流失，老景翻新的感觉。在北京，也许你上周还在一条巷子里的小店吃面条，下周再去就发现那儿已经变成一堆瓦砾。十年前，在一个即将因为三峡工程修建而被拆迁的尼姑庵，我遇到一个年长的尼姑，她说本来想在那里住一辈子的。还问我能不能把她写进某个故事里，这样也算永远待在那里了。

相比之下，东北的历史还不算那么遥远。各种各样的遗物散落在各个地区，仿佛一款名为《帝国传奇》的寻宝主题桌游。你乘坐的火车可能行驶在以沙皇命名的铁路上；你漫步而过的建筑不是佛教古寺，而是洋葱圆顶的俄罗斯东正教教堂；你走过的大道两旁种着日本赤松；树木掩映之下，是殖民时期各国政府的办公楼，建筑风格被称为“亚洲崛起”，散发着浓浓的旧时代气息；你还可以去参观溥仪的“傀儡皇宫”；再看看二战时期日本关押盟军战俘的地方，其中包括巴丹死亡行军①的幸存者；站在朝鲜战争期间美军飞行员俯冲轰炸过的大桥上，就是站在中朝边境上，跨越了鸭绿江。这些地方竖立的牌匾上，完全看不出个所以然，你不知道这里曾经发生了什么故事，有什么样的过往。而在我眼里，这些恰恰就是历史的印记，记录了东北的兴衰荣辱，也缩影了现代中国的起落沉浮。在中国所有的地区里，东北独树一帜，它的历史舞台上，唱主角的竟然是外国人。

哈尔滨每年都会举行著名的冰灯节，这是一场持续大约一个月的冬日嘉年华。人们从封冻的松花江上采来大量冰块，将著名的建筑以一比一的比例还原。现场流光溢彩，人头攒动。然而除此之外，东北在大多数中国人眼里仍然是长城以北的边疆，广阔遥远，只能望而兴叹。今天，长城也许不是屏障，冬季的天气是却步的主要理由。除了滑雪爱好者和被虐狂以外，谁愿意去零下的天气里度假啊。这里的夏

---

① 第二次世界大战中，日军攻占菲律宾、巴丹岛后，强迫美战俘徒步行军至俘虏营集中，沿途死者颇众。——译者

日倒是温和晴朗，但就连我这个“老外”也总觉得这个中国右上角的地方只属于我一个：火车站售票处没有挨挨挤挤的人群，不需要提前预订酒店，也完全不用避让旅行团。我以荒地为起点去各地旅行，大概在这块土地上畅游了四万多公里。一路上，我总是独自坐在火车车厢里。这真是和南方大不一样，那里的车厢挤得发闷，我有时候一路都站在厕所里，或者在座位下面铺点报纸，一直躺到终点。

东北真正的划分线是所谓的天下第一关，长城就在这里与茫茫渤海汇合。这里的长城翻修过，大概延伸了不到五百米，就在一个水泥砖砌成的屏障那里戛然而止。这个建筑把什么风景都挡住了。走到这里的旅行者面对的只是一道灰色的水泥墙。不过中间有一扇正常大小的门，就是公寓里那种房间门。使劲推开门，眼前就能看到一段野长城，残垣碎石满地，高高野草丛生，老榆树肆意地长满了山头。穿过这道门，仿佛就跨入了东北之地，一个完全不同的世界。

东北的农场上，天气就是第四个维度。红旗路上仿佛带着冰碴的风割着我的双颊。前方远处有什么东西越来越近，突突地响着，还冒着烟，好像一架被打下来的双翼飞机。哦，原来是辆三轮拖拉机。开拖拉机的戴着一副过于宽大的墨镜和白色棉质的医用口罩，我根本看不清他的脸。再加上一顶有毛边的解放军帽子，就根本没法辨认了。帽子的边缘结了一层黑色的冰，帽耳还在风中有节奏地上下翻飞。司机按了一下喇叭，响亮清越，仿佛都能听得到拖拉机的电池消耗了多少能量。司机按得更起劲了。在中国的乡村有条不成文的规律，周围越安静，人们发出的噪声就越大。

司机刹车，拖拉机摇摇晃晃地停下了，仿佛在冷风中跺脚取暖。我根本不知道帽子下面、墨镜后头的是谁。厚厚的口罩后面传来东北味浓重的问话：“干哈么呢你?”

我在干什么?“我在走路啊。”

司机是典型的东北人，方言说得跟唱歌似的，他继续问：“谁家滴哈?”

在这个地方，“你是谁家的”是句标准的问候，对外国人也不例外。和中国其他地方问“吃了吗”“你从哪个国家来”不太一样。

“关家。”我说了房东的姓。

“对嘞！”司机大笑起来。“上车吧！”他发动了拖拉机，车子跟上了心脏除颤器似的抖了起来。

我把头藏在司机的肩膀后面避寒。他驾着拖拉机突突突一路往北跑了将近两公里，转了个弯，出了红旗路，来到一些砖石盖的平房之中。他在最后一间那里停下，窗口透着微黄的灯光，烟囱里升起袅袅炊烟。我的家还要再往北将近两公里。但今晚是每周固定的“约会”，要跟我在荒地村最亲密的朋友吃饭。

我感谢了这位不认识的司机。他坚决不要钱。不过我清楚，总有一天他会跑来跟我亮明身份，我也就能给他帮个什么忙，报了今天的恩。我推开从不上锁的前门，在门厅里跺掉牛仔裤上的雪，接着打开通往主卧室的门，熟门熟路地上了炕（用砖砌成的床，高六十厘米左右，长度就是整个房间的长度，宽也差不多有房间那么宽）。炕的下面会烧干的稻草秸秆来加热，油布摸起来很烫，但铺上棉铺盖卷就暖和又舒服了。房间里飘着一股烤制谷物的香味，就好像坐在刚出炉的面包上。跨入这个家的门槛，总是让我觉得亲切又愉快。

炕的旁边是一张圆桌，上面摆满了热气腾腾的丰盛饭菜，有回锅肉、炸蘑菇、蒜蓉野菜。每家每户的窗子几乎都有墙那么大，包着塑料纸，隔热防风。用来蒸饭的米就来自窗外的一亩三分地。做这些饭菜的大铁锅嵌在一个水泥灶里，生火也是用稻草秸秆。

“麦尔，”一家之主点了点头，算是打招呼。

“三舅，”我也点了个头。我们不讲什么客套，不会寒暄什么“一定很冷吧”“吃了吗”“你穿得太少啦”“多吃点”“抽根烟”“喝点茶”“冬天了，外面冷，多穿点”“喝点酒”“你看起来好冷啊”“吃吃吃，多吃点”之类的。这种熟悉和随意，给我家的感觉。

“我做了饭，”他说，“今晚就我俩。其他人都去——”这里他就要说某人的家，可能是四表哥，可能是二外甥，或者其他什么亲戚，反正我得画个详细的图表才搞得清楚。把任何中国的大家庭化成一棵树，每个分枝上的称呼都能表明你来自哪一边，排行老几。英语里我们就笼统地喊阿姨（aunt），但在中国，就可能是大伯母（爸爸最年长的哥哥的老婆）。一个人的表亲，也要分各种各样，可能是二表弟（妈妈妹妹的二儿子）。三舅，就是妈妈那边排行老三的叔叔。

我知道他姓什么，但一直叫他三舅。这个六十六岁的男人有着红润的双颊，仿佛不会变老，身体反而越来越硬朗了，就像红旗路两旁的水曲柳。他还用牙齿撬开啤酒瓶盖，随随便便就扛起二十几公斤的种子，徒手在地里除草，深深弯下腰去施肥。他抽的烟牌子是长白山，得名于这个省和朝鲜交界处的那座山，峰顶终年积雪。顾名思义，就是永远白色的山。不过，抽着以这座山命名的烟，只能看到青黑的烟圈。

“你们那边儿该过圣诞节了，是不？”

“还有两天。”我回答。

“今晚我媳妇儿不在，”他好像下了什么决心似的说，“咱俩好好喝两瓶儿。”

三舅给两个饭碗倒满了“雪花”啤酒（一般来说，农民家里唯一的杯子都是用来喝茶的）。把自己碗里的一饮而尽之后，他又从一个塑料罐子里倒了点烈酒，自顾自地大声啜饮。他没给我倒，大概想起了上次一起喝高粱酒的情景。

七年前，我第一次踏足荒地村。那时候我孤身一人，是为《国家地理》采写东北历史的。我从省会长春出发，坐一辆满是脚臭味的大巴往东行进了两小时。司机停在两车道的路边，看着挡风玻璃外黑沉沉的夜幕，问我：“你真在这儿下，确定？”

大巴开走以后，我独自站在零下的天气里，后悔自己莽撞冲动的决定。没有出租车能让我逃离，也没有饺子馆或店铺什么的好进去等。甚至连一星半盏的路灯都没有。只有一块大概牛犊子那么高的花岗岩牌子，用冷冰冰的汉字标明，我进入了荒地村的地界。

我冻得上牙齿和下牙齿直打架，在满天繁星的陪伴下沿着红旗路北上。白雪覆盖的田野上，北斗七星仿佛触手可及。四下一片寂静，只能听到我粗重的喘息。烧稻草秸秆的味道从不知谁家的烟囱里飘出来。三舅拿着一个手电筒，等在路边。他把我领到自己家里，桌上摆满热气腾腾的饭菜，房间里坐着很多人，他们都向我举杯欢迎。

“我搬到这儿来怎么样?”高度酒一杯接一杯，酒酣耳热的我问道。

“你住在北京啊!”他说。“谁不想住那个地儿啊。没人愿意搬到这儿来。”

但是我可以啊，我暗想，没有再提。

晚饭后，三舅和我并排躺在炕上。我们俩一起睡了一夜，身子僵得跟木乃伊似的。一整夜，我都做着搬来东北住的梦。

但我住在北京，住在首都最古老的地区，和好几个中国家庭分享一个四合院。那里没有暖气，没有热水，也没有厕所。北京正在拆迁旧城中心传统的老胡同，在胡同完全消失之前，我希望能进去实地体验一番，不想像游客、外国学生和记者（不过，我倒是依次都拥有过这些身份）一样走马观花，看一眼就过了。两年来，我在胡同里的小学教英语，还带了一些老年学生，这让我每天有点事情干，也在社区里得到了认可。胡同里的生活可不像明信片上那么美好和浪漫，贫穷从来都不是什么值得展示的事情。在《再会，老北京》一书中，我详细描写了这个社区厚重的历史和日常的生活。我在胡同里见证的很多东西，都和东北有着千丝万缕的联系。比如系在家养鸽子腿上的竹哨子，每天下午都在头顶的天空忧伤地回旋；比如名字里带有“旗”字的胡同，是满洲的军队划分单位；比如裁缝店里手缝的旗袍；再比如我一个老邻居的电视里每天从早到晚咿咿呀呀唱着的京剧。

那些年，荒地村是我心中的备用居住地。在现代中国的故事中，主角是首都和沿海城市。看那些闪闪发光的城市！那些新城！那些主办奥运会的城市！那些拥堵不堪、阶级分明、过度拥挤的城市！大多数外国驻华记者都居住在城市，中国的作家也一直将写作重心放在都市生活和城市知识分子上。有一些现代中国学者认为，美国作家赛珍珠1931年出版的小说《大地》[①]，应该归入中国文学一栏，填补这方面的空白。

我也写了很多关于中国城市变迁的东西，而现在关心的，是另一个世界的生活。光是看看从农村来到城市的流动人口数量，我眼前就出现大片荒芜的土地，农民们毅然决然甩掉手里的镰刀，跳上一辆路过的大巴，绝尘而去，再不回头。我想象着空空如也的房间，电视开着，闪着微弱的光；门口走过的奶牛哞哞直叫，听起来那么悲伤，她们的乳房里胀满了奶水，挤奶的人却不见踪影。

1993年，美国的人口普查不再把农民的数量算在统计范围内：这项人口统计已经“失去了数据上的意义”，只有不到2%的美国人居住在农场。但中国呢，有将近一半的人口，大概七亿人，还住在荒地这样的乡村。不过这个数字正在直线下降：2000年以来，中国有四分之一的乡村已经悄然消失，有的是因为农村人口大量涌入城市；有的则是为了满足全国城市化的目标，重新划分行政区域，将周边的小村庄纳入新的管辖范围。荒地村离吉林市三十二公里，需要搭乘一个多小时的公车才能到达，不过最近还是被划进了该市的范围，名字倒是没变，居民则成了城市人口——至少在文件上是这样。

我很清楚，在东北，能够对中国的过去一探究竟。但没有料到，在荒地，我能一瞥这个国家的未来。

到2011年，中国“解构”马克思主义社会的年头，远超建设这样一个社会的时间。荒地迎来一个前无古人的新经济阶段：成为一个企业城。

这里最大的公司叫做东福米业，始于2000年，村里的两个合伙人和邻居一样，种了短粒黏粳米。这类米普遍用于制作寿司，中国人

① 赛珍珠的一部英文小说，以同情的笔触和白描的手法，塑造了勤劳朴实的中国农民的形象，描绘了他们的家庭生活，写出了“农民灵魂的几个侧面”。这一作品出版后，跨越了东西文化间的鸿沟，有力改变了当时不少西方读者眼中中国那种“历史悠久而又软弱落后的神秘国度”印象。——译者

则用来做一些小吃。但和墨守成规的邻居们不同，东福米业的创始人做了很多试验，试种了不同的种子，种成了荒地村第一棵有机作物。

到第三次收成的时候，政府各部门开始在官方宴会上使用这种大荒地牌稻米。2007年，时任国家主席的胡锦涛视察了荒地村和东福米业的总部。一张他在检视产品的巨幅照片挂在公司新开的温泉度假村入口。每到周末，这里就会迎来稳定的客流量。城里人纷纷来此一日游，沿着红旗路扔下一路的垃圾。温泉度假村的门票是一百二十元，相当于当地农民两周的收入。

一开始，公司宣布，会以高于市场价的价格向大家购买大米，并雇他们来操作日本进口的抛光机和包装机，我的邻居们都很高兴。公司获益，相当于整个村子都获益了。过去七年来，和东福米业签署土地出让合同的农民数量翻了番。公司为他们提供种子，并保证每家收成之后至少能付给他们一万五千五百元。

这个数字是中国农民平均年收入的两倍。东福米业几乎承包了荒地村所有十三平方公里的土地。不过包括三舅在内的几家人还没被说动。

村里正在形成新的天际线。红旗路的一头，起重机正在轰鸣，一栋栋五层楼房已经有了雏形。东福米业为农民提供公寓，交换他们原有的居住面积。到手之后就会把老房子铲平，变成耕地。同意搬迁的人寥寥无几：放弃了老房子，也就没有了院子，没有了鸡笼，没法自给自足，还没法用这个副业去补贴家用。这样很多人会远离土地，不符合中国人笃信的接地气的传统。老人们担心要爬到三楼、四楼甚至五楼，老胳膊老腿的可吃不消。另外，离开土地，仿佛是在打赌，赌签了协议之后米价不会飞速上涨。东福米业所承诺的付款实际上是对未来的承诺。这个价钱今天看上去不错，明年可就说不定了。粮食的价格和房地产一样，一路飙高。

公寓楼工程的广告部用激光喷绘了一块五颜六色的广告牌，上面有一条名为奉士河的潺潺流水，这个封建时代的名字跟集体所有的农牧社区显得有点格格不入。广告牌的边缘全是美丽的荷花和挺拔的柳树，上面的公寓楼有自来水和集中供暖系统。在这幅未来的美好画卷中，人们带着妻儿老小，或坐在长凳上，或漫步凉棚下。女人们穿着好看的连衣裙或短裙，男人和小孩穿着T恤和牛仔裤。他们的外貌与言行看起来一点也不像荒地人。至少不像现在的村民。

炕上太暖和了，热得我脱了好几件衣服。圆桌下塑料板条箱里拿出来的几瓶雪花啤酒一下肚，三舅的双颊也变得绯红。我有点怕跑到天寒地冻的门外去上茅房。

三舅先去了。我注意到斗柜上有一本书，《农民学法用法300问》。里面收录了三百个农民关心的法律问题，并做出了回答。比如，村委会能从私人拥有的农田上获利吗？（不能）；村委会必须将账目公开给民众吗？（是的）；打老婆和孩子是家务事，跟村里没关系，是吗？（不是）；农民有权向国家政府请愿吗？（有）。我觉得再读下去应该能遇到“冬天是不是气温变化很大”这样的问题。不过三舅回来了，说“这书也没啥用，那些事儿我都知道”。

他打开电视，刚好7点，《新闻联播》开始了。我们肩并肩坐在炕上。一位主播正在详细介绍政府控制通货膨胀的各项措施。每周我们一起吃饭的时候，一提起钱的问题，三舅就会问我在美国汽油什么价。“猪肉呢，猪肉多少钱？一瓶玉米油多少钱？”接下来的半个小时，我们细数了大蒜和小葱的价格，学校的学费，以及房租。真是啥都涨价了，这是三舅的结论。

“米价也涨了，”我说，“这对你来说是好事。”

“种子也涨了，燃料也涨了，水也涨了，电也涨了。只有税降了，挺好笑的哈。”

2006年，中国政府做了一件前无古人的事，免除了所有的农业税。

固定电话响了。三舅拿起听筒。我听到的话如下：

（电话铃）啊！

啊？

啊啊啊啊。

啊。(挂电话)

在东北,“啊”这个词能代表很多意思,你好,再见,知道了,我同意,再来点儿,麻烦你和这事儿一两句话说不清。三舅的注意力又回到《新闻联播》。他跟我说,有人要来和咱们一块儿喝酒。三舅说的这个亲戚的辈分我不太明白,他放慢了语速,就跟我在黑板上向中学生解释复杂句子似的。

“他是——我弟弟——的儿子。明白了?就是你——丈母娘——的儿子。你——媳妇儿——的妈——的儿子。清楚了吗?”

“啊。”

对了,我来东北,并且在这么多村庄里选了荒地的真正原因是什么呢?答案就在这一问一答之中。我承认,一开始并不是因为什么悠久的历史和独特的生活方式,这些都是随着时间的增长才让我好奇的。最根本的原因要简单得多:一个妹子。

第二章　你来我往

十三年前，她第一次踏上旧金山国际机场的土地，心想："做个外国人，就是这种感觉啊。"弗朗西斯小心翼翼地走在机场的航站楼中，有点不太清楚该往哪儿去。这事在中国特别简单，跟着人流走就好。但现在她必须先过移民局，拿到行李，打个电话，找到她的转接班机。这一切都得一个人做。一切都那么安静，那么井井有条。她听不见自己的脚步声，机场里竟然还铺着地毯？她看着一排喷泉将水柱射入空中。真是太奢侈了。北京也可以修一个啊，她心想。

她遇到的人都很耐心亲切。海关人员专门牵了条比较友善的狗来闻她。有一条红色通道和一条绿色通道，她不知该走哪一条。这个二十一岁的女孩头一次走出国门。长长的队伍中，一名白人男子给她指了路，并建议她对任何问题都给出否定回答。

她把护照递给工作人员。证件照是在北京的大学读英语系时拍的，看上去像个剪了短发的流浪女，面带菜色，营养不良。工作人员仔细看了看眼前这位长发披肩丰满美丽的女人，含沙射影地说这护照不是她的，看照片像个男人。她心里顿时慌了，好一阵子才明白对方是在开玩笑。"哈?"她不太确定地回应。对方笑了起来。她胆子大了些："哈哈哈。"

"欢迎来到美国。"

顺利过了关，一个七十多岁，穿着考究，满头银发的男人问她能不能耽误一分钟。他站在一个写有"言论自由"和"第一修正案"等字样的平台上，他说弗朗西斯应该给"×××国际组织"捐点钱，她听了半天也没听清楚到底是什么组织。于是，按照在北京遇到乞丐时的做法，她从钱包里掏出一张，交到老人手里。

“十美元？您真大方。谢谢您，小姐。”

她僵住了。是不是给太多了？可不可以让他找？

这话她说不出口，只是问哪里能找到公用电话。他指了个方向，那边有一排电话。

真奇怪，周围竟然没有走来走去的大妈过来计时收费。电话也不在一辆放满了香烟和橙汁的手推车上，就那么一排冷冰冰亮闪闪的公用电话。

她没有零钱。在她旁边打电话的男人注意到这个手足无措的女子。哎，太丢脸了，怎么打电话都不知道。“您能帮帮我吗？”她问道。

“你得把硬币放进这里面，然后拨号。”

她摊开手，里面只有一卷纸币。

“十块二十块的，太多了，”他说，“五美分就够了。来，你用我的电话卡打吧。电话号码多少？我帮你拨。”

我父亲在明尼阿波利斯接起了电话。他很激动，要去那边的机场接她。“我们要摇着铃铛等你来哟！”

“不，别摇铃铛，我会不好意思的。”弗朗西斯请求。

他以为这孩子明白自己是在开玩笑。“还要吹喇叭，很多喇叭！大家都吹着喇叭来欢迎你！”

“别，求你了，别这样。”她的语气变得严肃起来。那边陷入了不确定的沉默之中。“等等，您是在开玩笑，是吗？”打完电话，她边走边想明白了一件事，一件我告诉她时她还不信的事。我说，在中国的每一天，我都觉得，“在这些人眼里，我就是个白痴”。

她买了包烟想缓解一下紧张，刚用打火机点燃，深深吸了一口，一个保安就走了过来。

“我明白，我明白，我出去抽。谢谢您。”看来美国也不是什么都自由的嘛。这里的“自由”别有深意。

她登上前往明尼阿波利斯的转机，发现一个男人占了自己的位子。弗朗西斯又看了看登机牌。她专门挑了靠窗的位子，好鸟瞰一下美国。现在一个亚洲男人坐在这个座位上。

“对不起，您好像坐错位子了。”

男人旁边，中间的座位上坐着一个壮硕魁梧的白人，戴着墨镜转向她：“对不起，您不能坐这儿。”

她一时不知道怎么回答。这是美国的文化吗？美国的飞机和中国火车上的硬座一样，先到先得？

“不是我没礼貌，但我真的没搞懂。”

“我是移民局的，”白人说，“我在遣送他。你坐这儿吧。”他指着靠过道的位子。弗朗西斯看了一眼那个亚洲男子，他的左手和白人的右手铐在一起。

她连忙坐下，心惊肉跳。以前可从没这么接近过罪犯啊。万一他想逃跑怎么办？万一他想把飞机炸了怎么办?！她脑子里迅速掠过动作片《空军一号》里那些紧张刺激的镜头。不过，眼前这个亚洲男人一脸听天由命的表情。移民局的人反倒显得紧张。飞机起飞了，空姐推着饮料走了过来。弗朗西斯想要一罐啤酒。空姐问她多大了，接着飞快地说了些啤酒的牌子。挺多选择的，但她一个也没听清。“就要你说的第一种吧。”

两罐百威下肚，她又恢复了自信。她问身边的白人喜不喜欢自己的工作。他说自己已经去过四十七个国家了。那去过中国吗？

“哦，我去过北京很多次。你是那儿的？”

“我在那儿工作。但我是东北人。”

白人茫然地点点头。

“你听说过满洲吗？”

“我倒是看过《满洲候选人》①。”

弗朗西斯从没听说过这部电影。她看了一下手铐。“美国的警察

---

① 美国惊悚悬疑片，又译《谍网迷魂》。——译者

公室里结的？我还以为她在帮我买火车票呢！”

不过和平队发誓说此事千真万确。大学开除了那个学生，志愿者也被和平队扫地出门。还有更多“耸人听闻”的传闻：中国警察把未婚的中国/外国夫妇从旅店的床上拖起来；颇有心机的女人勾搭老外就为拿到绿卡。这些故事都来自我培训时期的室友，他是个海岸警卫队的退伍老兵，脾气不太好，花白的平头，红红的圆鼻头，肚脐眼上文了身，写着“此处加油”。

住在同一屋檐下的我们很好地诠释了“和平”和“部队”。那时的我二十三岁，刚拿到英语教师资格证，迫不及待地想要做“各国文化的桥梁”，求知若渴地学习中文。他呢，五十多岁，随身携带一本《朝鲜战争生存手册》，关键的段落还有下划线。比如“保持幽默感。美利坚是世界上最出人意料的民族。而中国共产党这一类讲究经验和方法的人群一旦不能预知我们下一步的行动，就会变得焦虑，阵脚大乱。”

我把这位室友称为“队长”。他随时随地都留意着男志愿者们本地化的迹象。在队长眼里，我和一名中国女学生打篮球是不明智的，可能会染上“黄热病”。就在当年晚些时候，队长被和平队开除了。我以为原因是某堂课的开头。他拿着粉笔，在黑板的一头写下卡尔·马克思，另一头写下亚当·斯密。“这人的东西很有用，”他指着斯密的名字郑重其事地宣称，接着又指向马克思，“这人的东西呢，全是狗屎。”但我想错了，原因是他和一名“东道主国家人员”谈了恋爱。是谁说来着，美利坚是世界上最出人意料的民族。

因此，1997年，我结束和平队的工作，来到北京，脑子里形成了根深蒂固的想法：不跟中国人恋爱，不跟中国人约会。不过这条准则没经历过现实的检验。我的母亲曾经不止一次向我传达从外婆那儿传下来的警告：别用吸尘器去清洁它的电源线；别在湿着脚的时候用吹风机；你要是做了可能也不会触电，但干吗要冒这个险呢？我在四川偏远地区那个孤零零的校园里认识了一些学生，他们都成了我的中国家人。我希望在北京，也能建立起这种手足一般的情谊。

我在和平队寄来的新闻邮件里看到那所国际学校的招聘启事，就申请了一下。当时我没法上网，连手机也没有，后和平队时期的生活，就靠邮件保持和外界的联系。我花了整整一上午的时间，在一台手动打字机上弄了一份没有错误的简历。接着和一个农民以及他的牛同乘一艘小船过了河，又在邮局里耗了整整一下午。给邮票刷上鱼皮胶，认真贴好；拿一支漏水的钢笔一笔一画地写下北京那所学校的中文地址。有两个邮筒，一个写着本地，一个写着令人有些蠢蠢欲动的外地二字，我把信封投了进去。

起薪是一万五千美元一年，我之前在和平队的年薪是一千两百美元。这简直有点天上掉馅饼的感觉。当然我每天必须从六年级教到十一年级，不过这丝毫不能影响我的兴奋和愉悦。我要在中国待下去，继续努力学习中文。来到国际学校的第一天，我就遇到了弗朗西斯。暑假的时候她出去徒步了，晒得皮肤黝黑。开员工大会的时候她迟到了，轻轻说了声“不好意思”，声音像音乐一样动听，还谦逊地笑了笑。

她的中文名字叫丹，她讨厌这个名字；我也讨厌老师硬塞给我的中文名字，梅英东。“听起来像个女孩儿，”她说。一般人听到我的名字都是这种反应，我总觉得挺对不起那个不知身在何处的女孩儿。“我更喜欢我的英文名字，弗朗西斯，”她说，“或者叫我的外号，瓜子。”嗯，向日葵的种子，挺像她长长瘦瘦的脸庞。

我们开始约会。两人都比较谨慎，比如放学后送学生们回家，骑车去五道口淘便宜的光盘和卡带，或者在北京语言学院[①]的室外运动场打篮球。第一次打篮球的时候，她动作比我还快，但我不得不告诉她，你不能一直拿着球跑，要运球。后来我们发展到一起吃饭，但还是很谨慎：先是在麦当劳喝奶昔，然后去韩国馆子吃煎饼。终于，在北京秋日的一个夜晚，空气清新得近乎完美，两人选了个餐馆露天的位子，围坐在热气腾腾的黄铜锅前，筷子夹起羊肉片、豆腐和芥菜之

① 即现在的北京语言大学。——译者

类的绿叶蔬菜，扔进锅里。接着拿起冰在桌旁桶里的燕京啤酒，一口肉，一口菜，对瓶吹。那是1997年，“车元前”时代。北京胡同里的市井生活欣欣向荣，人行道上绿树浓荫，空气还比较清新。来中国两年多了，尽管餐馆服务员还是叫我老外，我却头一次找到了家的感觉，那种身在异国的情绪消失了。也许是因为在我眼中，弗朗西斯也不是个外国人吧。我在她身上看到了很多东西，尤其是她的美。她的美是公认的。从人们身边走过，那优美的曲线能赢得不少回头率。而我眼中的她，除了美，还思维敏捷，聪明睿智，风趣幽默。我从没遇到过她这样的人，走遍全世界都没遇过。她一再坚持，我俩AA了那顿饭。接着互道晚安。

回到家时，我觉得这个公寓前所未有地空旷。

弗朗西斯对室友说她交了个新朋友。

我们两个都没有睡着。

我二十五，她二十。我最终还是想回美国去读研究生。她对离开中国的想法不感冒。我们知道这段感情可能会有怎样的结束。但一切没有想的那么糟糕。冬日的夜晚，我们在清华大学的池塘上滑冰；春天的周末，我们去万里长城远足。和平队的朋友发来请帖，邀请我夏天去威斯康星州参加婚礼。我请弗朗西斯同去。

“我得回老家申请护照，”她说，“我的美国第一行就献给你了，你必须把你的东北第一次献给我。我想让你见见我的父母。”

我们坐了一夜的火车，弗朗西斯的双亲早早就等在站台上。这个东北小城市（中国标准的小城市）叫做辽源，有一百万人口。这两个人就是我对东北的第一印象，我立刻就喜欢上了他们。弗朗西斯跟他们打招呼：“妈！爸！”然后爽朗地笑起来。没有拥抱，没有亲吻。他们在公共场合干不出这种事。她的父亲身材高大，满脸皱纹，以前是中国人民解放军的军医。他真诚地直视着我的眼睛，和很多中国人见陌生人的方式不一样。她妈妈是个身材矮小圆乎乎的老太太，浑身上下写满了欢迎。她递给我一大袋榛子。“你饿了吧！这是咱们市的特产！”她满脸的笑容一刻也没消退过。

“是啊，我很饿。”我撒了个谎，往嘴里放了几颗。“很好吃！”

“哦，你爱吃啊？我再给你买一袋去！在这儿等着！”

她刚要冲出去，弗朗西斯及时挽住了她的胳膊，说这一袋就够我吃一个月了。四个人离开火车站。父母和女儿聊着琐碎的事情，并没有对我特别关注。这感觉真是棒极了。他们没有夸我中文说得很好；没有问我会不会用筷子，挣多少钱。他们没有叫我梅英东，而是叫我麦尔，虽然谐音很像封建时代的“卖儿”，我还是比较喜欢这个名字。她爸爸也觉得这名字比较合适。我在离家数千公里的地方，找到了一个新家。“‘卖儿’！快叫爸。”他拍拍我的肩膀，声音洪亮。爸爸。

和很多中国家庭一样，炒菜做饭是爸爸的事。他喜欢每天去逛菜场，绘声绘色地描述那里一幕幕真实而精彩的戏剧。我跟在他身边，看他拿起某种瓜闻一闻，指着猪肉戳一戳，然后激烈地讨价还价。“这里买菜，一分一厘都要讲，”他说。辽源位于河湾处，四周有连绵的山丘，看上去却有些阴冷灰暗。最高的建筑是一座冷却水塔和林立的烟囱，周围则是钢筋混凝土的楼房，外墙的墙漆有些脱落。坑坑洼洼的街边上，从亏损破产的国有企业下岗的工人们四处蹲着，叫卖西瓜籽和花生。

一个世纪前，中国正在经历最后一个王朝。辽源（辽河的源头）是皇家猎场“盛京围场”的一部分，四周围着柳编篱笆。这些富有浪漫色彩的名字早已被遗忘在历史的烟云中。从1931年日本占领东北开始，辽源成为该地区第二大煤炭生产城市。市里现存唯一的旅游“景点”也来自那个时期：辽源矿工墓。那是个万人坑，开阔的巨大土坑里，全是挖出来的尸骨。煤应该早就挖完了，矿场也都关闭了。展览馆的出口处有块宣传板，上面有一句响亮的承诺：辽源明天会更好！这也不完全是空话：该城正在往灯具制造业转型，并很有希望成为中国领先的袜业生产城市，还是苹果Mac电脑铝合金框架的生产商之一。不过，1998年的辽源，看上去黯淡无光，死气沉沉。怪不得弗朗西斯早早从高中毕了业，跑到北京学英语，然后接受了国际学校的工作。

晚饭的时候，她回忆了无比折腾的一天。跑了好几个办事处，填写各种表格，复印各种证件。餐桌上有她妈妈、她奶奶、她两个表妹和刚刚来的一个舅舅，一个阿姨。“他真的是我舅舅，”弗朗西斯对我耳语，“她跟我不是亲戚，只是我中学的英语老师，想来见见你。”所以，我在这里感受到的文化冲击不是因为这个国家，而是这一大家子人。我的父母各自经历了几次婚姻（两个人离婚很早），这么多亲戚坐在一起吃饭，简直比桌上的开胃凉菜炸蝉蛹还要奇怪。

爸爸一个人在厨房忙里忙外。公寓里没有自来水和烤箱，只有电饭煲和一个煤气炉。爸爸嘴上叼着香烟，腰上系着围裙，做了炖茄盒、糖醋里脊、炸藕片、麻婆豆腐、炸豌豆、玉米松仁和鱼饺汤。

英语老师举杯致辞，英文说得结结巴巴：“How do you do? Welcome you!”① 接着喝掉了度数很高的高粱酒。两个还是小女孩的表妹爬到我背上。舅舅对我使用筷子的能力表示惊讶。爸爸向我敬酒，向女儿敬酒，再为我们的爱情祝酒，接着……我五音不全地唱起了爵士乐大师“胖子”沃勒的《人人都爱我的宝贝》，爸爸则从人民解放军的歌本里选了首歌表演。歌声中弗朗西斯脸上浮现出美好的笑容，一种回到家才会有的笑容。

天色渐晚，夜幕低垂。“英语阿姨”把酒洒在了大腿上。一个小表妹趴在饭桌上睡着了。弗朗西斯的奶奶开始说起北边的小村庄，说她就是在那里拉扯小丹长大的。村庄的名字在我脑海里挥之不去：荒地。在一个叫荒地的地方生活，是一种什么样的体验呢？“环境老好了，”她奶奶说。在中国做和平队志愿者的两年，中国人对乡村的看法都是一边倒，“贫穷落后”。“住那儿比住城里好，”奶奶说个不停，“我们种大米，那可是中国最好的大米。一年一熟。冬天老冷老长了，过后就化雪，黑土地上就能种了。”

---

① “你好，欢迎你！”后一句是中文“欢迎你”的直译，很中式的英语。——译者

在我嘴里，大米就是大米。可奶奶不这么觉得。她咂巴着嘴，伸出布满斑点的双手摸摸暗黄的脸颊。“我闻得出好米坏米，吃也吃得出来。我们村子的大米是最好的。我这儿还有一袋儿呢。我只爱吃这种米。”

“我想去那个村子看看。”

弗朗西斯朝我甩来一个眼神，意思是，“别着急”。

奶奶说那个村子的人以前把小丹叫做公主。

“我不是公主。”弗朗西斯抗议。

奶奶拍了拍她的头：“我说你就是。”

清晨，我在公寓的木沙发上醒来，头重脚轻，走不稳路。我们来到辽源火车站，弗朗西斯的妈妈拿出一双红色的羊毛袜子，是她晚饭后熬夜织的。“你睡觉的时候我量了下你的脚，”她脸上露出狡黠而得意的灿烂笑容。爸爸重重地握了下我的手。不像别的中国人握手只是象征性的，好像我的手在流血似的。

“你去美国大使馆申请签证的时候，别慌，要冷静。”弗朗西斯的妈妈煞有介事地给她上起了课。“可别犯东北人的坏脾气。”检票员请大家检票进站上绿皮火车，十几个亲戚在站台上朝我们点头挥手。她妈妈郑重其事地叮咛：“互相学习，互相帮助，你们好好儿的！”

火车缓缓开动，弗朗西斯低低饮泣。她已经开始想念他们了。妈妈的脸在窗玻璃上探出，提醒我们：“好好儿的！好好儿的啊！”火车加速，她的声音渐渐远去。

在美国的整个暑假，弗朗西斯随时都在经历“人生第一次”。

这是个时时处处都需要做决定的国家。在餐馆：这儿吃还是带走？卡座还是吧台？清咖还是加奶？她跟服务员点了一个鸡肉汉堡。烤箱加热还是烧烤风味？第一个。全麦，酸面包还是法棍？行。刚才说的是面包，您的汉堡的面包要哪种？第一个。面包上面放什么？别太多就好。

配料解决了，又得选酱料，接着得决定是要炸薯条、炸薯片还是土豆泥沙拉。之后又带出一系列的附加项，比如加多少盐，用什么油，是要家常做法，还是店里最受欢迎的做法……最后，还得决定是要腌黄瓜还是卷心菜沙拉。

服务员步步紧逼，打破砂锅问到底。“您要喝什么呢？我们有——”

“第一个。”

我很不知趣地拿出一张报纸，翻到全是电影广告的那两版：“我们去看个电影吧，你选。”

“第一个，”她说。

汽车广播里的电台密密麻麻，稍微一转，就能收到新的信号。这简直和电视一样糟糕。美国人就没有一刻安宁平和吗？为啥什么都得在室内进行？老人都去哪儿了？她几乎没怎么看到爷爷奶奶推着婴儿车带孙子孙女，也没看到老人们蹲在路边摆象棋残局。晚上没人在人行道上跳广场舞，也没人坐在那儿织毛衣。

我们去逛美国商城[①]，在史努比乐园散步。她说：“这儿的孩子可真幸运。我小时候的玩具，就是一双塑料鞋。他们知道自己多么会投胎吗？”我们研究起离得最近的孩子，他们已经“不幸”迈入了青春期。男孩们百无聊赖地走过来，穿着硕大的短裤，松松垮垮，内裤都露出来了。女孩们闷闷不乐，脸色阴沉，戴着鼻环、耳环和唇环。看他们的样子，好像不是在史努比乐园，而是在史努比劳教所呢。

“也许美国的孩子也没那么幸运，”她推翻了刚才的观点，“这里有太多想要的东西了。我小时候从来没对金钱有什么想法。因为有了自行车之后，就没什么别的要买了。看电影，吃冰淇淋，都是几分几毛能搞定的事。”

圣保罗棒球队比赛开球之前，国歌响起，人群肃立。我脱帽致意。周围的人们纷纷唱和。

---

① Mall of America（MOA），美国最大的封闭式购物中心，位于明尼苏达州。——译者

“这也太军国主义了，”弗朗西斯小声发表意见。

拥挤的人群畅饮顶峰牌啤酒，拿着热狗大快朵颐。修女们给路人提供按摩，以此筹集善款。一门加农炮中喷射出一件件 T 恤，飞到看台上。一列火车从外场栅栏边呼啸而过。比赛结束后，夜空烟花盛放。这是个完美的明尼苏达夏夜。弗朗西斯对球场上的战况毫无头绪，但这是属于我们的好时光，就连不时叮一叮裸露皮肤的蚊子，也没让她特别烦躁。

婚礼的铺垫做得很充足。我滔滔不绝地谈论了数月之久，说弗朗西斯能见我的朋友是多么令人兴奋。结果适得其反，她一到酒店就变得异常焦虑，甚至不愿出门。是，空气不太好，有点苦苦的啤酒味；路上人们给我们指路，告诫我们远离密尔沃基那个谐音“偏难怪”的地方，北京随便哪片儿也没有这么可怕的名字。但这些都不是她焦虑的原因。她怕的是婚礼本身，特别是将要欢聚一堂的宾客。她一个也不认识。一言一行，她该如何自处？他们会不会把她看做中国的象征，期盼着她能表现出点中国特质？

“我懂，”我说，“在中国我也很讨厌出席这类场合，只认识在场的一个人，而其他人都知道我是那个美国客人。”

“那可不一样。”她争辩道。这话不假。在中国，美国客人这个身份自然而然带着高人一等的感觉：你就是现场的帝王，来自遥远世界，满脸笑容的贵族。不过，婚礼邀请的客人很多都是在中国待过的和平队志愿者。还有一个在耶鲁研究古典文学，普通话相当流利。

“估计他对《西游记》比我要懂得多，还会问很多问题。然而就会奇怪，为什么我不是《西游记》专家。”弗朗西斯相当焦躁。“那只不过是我小时候最喜欢的电视剧。没有要研究分析。和平队那群人会把我当做他们大学的学生，而不是成年人。我想回北京。”

“你这么烦，是因为午饭吧？”

当时在密尔沃基市中心一家饭店里，一位顾客问她是不是中国人。她微笑着点了点头。如果一个人会这么跟你搭讪，那他一般都去过中国。

那人说："我衷心希望不久的将来你们会得到自由。"

弗朗西斯脸上的表情在说："什么鬼？"

"你去过中国吗？"弗朗西斯牢牢盯着他的双眼。

"没有，但我读过一些有关的东西。"

"事情没那么简单。我也读过有关美国的东西。"

我从她声音里听出一种轻蔑和冷笑，语气也很急促。和我在中国被问到美国身份时的那种无力是一样的，这时候情感总会占理智的上风，有些话会不假思索地说出口。

午饭后就是婚礼彩排。弗朗西斯目睹人人互相拥抱。于是，一有人向她介绍自己，她就张开双臂，抱住目瞪口呆的他们。有人还跟她开玩笑。蛮伤人的。回到房间，她的眼泪止不住流下来，向我哭诉人生中头一次做人群中不一样的那个，感觉很不舒服。"就因为这个，"她说，"家常在，不远游。"

我们一路驾车西去踏上露营之旅，足迹遍布荒原地带、拉什莫尔山和黑山地区。接着我们穿过蒙大拿州，越过熊牙关，来到黄石。弗朗西斯梦想中的美国成了现实：开阔的天地，美丽的国家公园，没人用异样的目光看着我们。在怀俄明州的石泉镇，我们看到一块牌匾，纪念1885年由于拒绝和白人同事一起罢工而惨遭屠杀的二十八名华工。群情激奋的白人们将中国工人的小屋付之一炬，堵上了所有出口，向慌张的他们开火。幸存者们完全靠双脚，沿铁路向西，逃出了石泉镇。火车上的售票员接上了他们，把他们带到了安全的格林河。

我在加油站的黄页上寻找中国餐馆。总人口一万九千的石泉镇有一个。总人口一万二千的格林河有两个。弗朗西斯选择了格林河。

"中国王自助"的男服务员看见弗朗西斯时相当惊讶。"我是东北人"，她这样介绍自己。服务员是南方人。中国人和陌生人开口总会这么介绍。虽然都是中国人，但能立刻让两个陌生人感到亲切的，是共同的地理渊源，或是只有彼此才懂的乡音。服务员朝我甩了句"老外”。哎哟，离北京十万八千里，在自己的国家，我居然还是个外国人。“现在你才是老外啊，”我哈哈大笑。服务员也笑了起来。不过他的笑声明显在说，“你错了”。

饭后，我掰开签语饼，扯出里面的纸条，大声读道：“今日的恶习也许就是明日的美德。”

“无毒不丈夫，”弗朗西斯说出了地道的中国谚语，“为达目的，不择手段。”

“今天有蛋，不如明天有鸡。”

“不要杀鸡取卵。”

“现在开始，万事顺遂。”

“知足常乐。”

“要学会承担一切。”

“不要没事找事”

“你的爱情生活将会幸福和谐。”

弗朗西斯被这句逗得大笑，她这样解签：“睁只眼，闭只眼，生活多美好。”

最后一站是加州的圣克鲁兹。我们把旅程终点的几天消磨在海滩上，陪我的外婆。弗朗西斯看着这位老人，想起自己的外婆。两个女人真是一见钟情。她们一起下厨，一起伺候花花草草。外婆给弗朗西斯看她以前手工匠人的作品，包括自己家里的设计。十几岁的时候，她曾经有机会去巴黎学钢琴，但从法国移民来的烘焙店主父亲不准她去，说：“我的女儿不能去巴黎乱跑。你就给我待在这儿，好好记账。”

“他听上去很像个中国爸爸。”弗朗西斯说。

在旧金山，我们上了前往金门公园的公共汽车。中国的公车上，人们高谈阔论，甚至放声歌唱，美国的可没有那么热闹。乘客们全都安静地坐着，看上去满含戒备，或者精神紧张。驾驶座上方贴着一张警告作用的标语：乐于提供信息，但出于安全考虑，不进行不必要的谈话。不过中国的公车上也很快会出现类似的标语了。

在海洋滩，我们目睹大型集装箱货船缓缓消失在地平线。这趟美国之行已经到了终点。大洋彼岸的中国在等着我们，同样等着我们的，还有一年的教书生涯和我们俩共同的未来。

我问："不知道一年后我们在哪里？"

"也许在这儿吧。"

我的心顿时敞亮极了。这可是她说的。"但愿如此。"

"或许在那边吧。"海风中她微微眯起双眼，看着太平洋。"不过，希望是在一起。"

很多关于中国的书都让人心生帝王豪情，想要指点江山，画一幅辽阔版图，对全世界宣布：这是中国！然而，我们的故事，和东北这个字眼本身一样，界限比较模糊，总是你来我往，仿佛海洋滩上在我们眼前起落不定的潮水。我在清华学了中文读写；弗朗西斯从伯克利法学院毕业。我写了一本关于北京的书；她在曼哈顿做律师。我们因为工作原因不时分居两地，然而这段婚姻一直快乐幸福地维持了下来。

在一起的最初几年，两人都还在求学，做着初级的工作，没有任何积蓄。每当遇到不太稳定如同炼狱般的情况，我俩就苦中作乐，说两人就像"沦陷中的东北"。那个遥远的地方只是脑海中的一个概念，是过去与未来之间的一个小站。我们总是说，哎呀，现在感觉是"沦陷在东北了"。现在，搬来弗朗西斯土生土长的荒地村，我真正身临其境。然而她可不会因此就放弃自己的事业陪着我满东北跑，何况还在香港一家很好的公司，有着优渥的收入。但是，在力所能及的范围内，她也会抽空来村里探望我，两人一起去周边转一转。

距离她第一次去我美国的家已经十三年了。出于夫妻间的你来我往，我也应该来她的家乡探索一番。不过，一种恐惧给此行蒙上阴影，我们一直以来想成为父母的夙愿，恐怕又要因为这一个人追求而耽搁了。我三十九岁，她三十四岁。每天远隔千里的两人在 Skype 上聊天时，耳边仿佛响起滴滴答答不停往前的时钟。

对于1998年坐在旧金山海滩上吹着海风的那对年轻男女来说，这一切听起来也许荒谬可笑。Skype是啥玩意儿啊？然而，每当被人问起为何要到东北，我的思绪就从这个中国的边界飘到美国的边界，眼前浮现出那个吸引我来探寻这里的女人。那就是这本书的起点，是两个人坠入爱河的时刻：他们看着远方的地平线，互相依偎，十指紧扣。

第三章　血浓于水

“我住在这儿的时候是最高兴的了。后来除了通过司法考试那次，从来也没那么高兴过。”弗朗西斯坐在三舅家的炕上说。“我们当时一无所有。但从没意识到这个事实，所以也不在乎。我们是一家人。”

她这次北上是要帮我在荒地村租个房子。三舅在炕底下的火盆里塞满了当年秋收剩下的干稻草。我们把裹在身上的冬衣一件件脱下来，跟剥皮似的。全村这些平房都靠烧稻草取暖，一个个高高的草堆比房子还高。

弗朗西斯兴奋地唠嗑。我眼前浮现出小时候的她，穿着一件手织的白裙子，满院子跑着赶鸡。“好啊，小鸡们！”她大喊着，大笑着。“好啊，小猪们！”在她小小的意识里，荒地是世界上唯一的地方，这个院子，这个家，就是她的世界。

弗朗西斯回忆起更遥远的前尘往事，觉得自己来到这里是个意外。这里不是指的她从小长大的，地面用土填平，墙上用泥糊着，房顶上堆着稻草的三舅家，而是说这个世界，她的降生。1962 年的一天，弗朗西斯的母亲在这间房里醒来。通过考试，她被东北地区最好的师范学院录取，但报到注册的那天，却被自己的妈妈锁在房间里。妈妈言之凿凿，女孩子去当老师太难了。那时候政府已经喊了整整十年的口号，号召人民摈弃保守传统的思想。回忆这段的时候弗朗西斯的妈妈也坐在炕上，说自己没啥可惜的。她们那一代正经历新旧中国的交替，和大多数同辈的妇女一样，这位母亲浑身上下仿佛写满了自制和忍耐。很快她在荒地村外找到一份工作，成了一名邮局职员。

弗朗西斯的父亲来自遥远的西南省份四川，家乡是长江上一个整日云山雾罩的小港口城市，宜宾。十六岁时，他参加了解放军，被训练成一名“赤脚医生”，也就是那些深入中国乡村地区进行基础卫生服务和接种疫苗的医务人员。部队把他派往东北。那时他想，那里是北大荒啊，心里的失望只能努力掩藏起来。然而，到了目的地之后，这片美丽的土地着实让他惊艳：连绵的丘陵之间遍布小小的平原，无尽的绿林连接着广袤的山野。但对于这里的寒冷，他始终水土不服，直到现在也没有习惯。大半辈子了，他一直觉得这是他的天敌。日本人可怕吗？苏联人可怕吗？他们都被人民的军队赶走啦。寒冷却每年卷土重来。部队没有把他派往离家近一点的南方。

妈妈邮局的同事说自己认识一个当兵的，没有对象。她发誓说从没见过长这么精神的小伙子。于是安排了一次相亲。看到爸爸的第一眼，妈妈就想，还真没见过长这么精神的男人呢。棱角分明的瘦脸盘，浓密的黑头发，脸上永远挂着憨厚的笑，看上去特善良，特开心，一点也不尖酸刻薄，咄咄逼人。不过，也许其他地方的男人就长这样，她又没去过。

他们的约会内容，就是围着邮局一小圈一小圈地散步，聊天。他们发现两人都在十一岁那年没了父亲。这似乎说明了两人的缘分。

爸爸的派遣令下来了，结果被送往一个更荒凉的地方：内蒙古草原。两人开始鸿雁传书。他每年有一次休假机会。于是写信问，假期能不能去看她。她回信说，“我不反对”。

老两口的结婚时间越长，关于两人如何相识相恋的故事就越简短。我丈母娘总是说到这儿就干脆收尾，“然后呢我俩就结婚了”。

两个年轻人坠入爱河时往来的那些书信已经不见踪影。不是“文化大革命”期间被红卫兵抄家给抄走了。他们家没有经历过这种中国故事。爸爸是贫农出身的解放军，对党忠心耿耿，在那个动荡年代里基本平安无事。那些用钢笔蘸着墨水匆忙写在薄薄的纸上，贴着“工业新中国火车拖拉机”主题邮票的信，就是……丢了而已。为此感到遗憾的，只有儿女们，爸妈简单地告诉他们：找得回来的就是过去；

找不回来的，就当没做过罢了。

不过，结婚的早几年他们生儿育女，从孩子们的名字，也能对那些日子父母的经历略知一二。长子名为晋，是山西省的简称。因为他出生时爸爸就在那儿当兵。长女名为海波，是北方沿海省份山东的一个小港口。次子叫哲，内蒙古草原上的一个小城镇。所有孩子都是在爸爸年假后的九个月呱呱坠地的。出生时爸爸都不在场，不过他说，母鸡下蛋，公鸡又不看。

之后部队分配给他一个岗位，在吉林的省会长春。那时候农村和城市的生活水平差异比今天更明显。有了城市户口，就意味着能住上更好的房子，接受更好的教育，享受更便捷的交通，甚至能吃得更好。年轻的夫妇明白，应该抓紧这个机会离开农村。长春是个大城市，东北铁路重镇，中国汽车和电影工业的重要根据地，还有好几个大学，包括妈妈没能去上的那所。

不过问题来了：政府认为，农村家庭最好还是待在农村，因此妈妈的户口转不到长春去。她再次被剥夺了去那里生活的权利。军队里的一个人建议他俩，可以退而求其次，搬到荒地村西南边两百二十五公里的一个二线城市辽源。两人都没去过，不过好歹是个城市。于是举家搬到那里，住进了楼房，用上了暖气和自来水。他俩的父母可从没享受过这种现代化的设施。

妈妈找到了新工作，在一家工厂做广播员，为大家宣读新闻和通知，从某种意义上也算是实现了教师梦。爸爸进入公共医疗系统。1976 年，在多年响应“多生孩子”的号召后，城市居民迎来了新政策：计划生育。政策要求每对夫妇最多生养两个孩子。自 1949 年共产党执政以来，中国人口翻了一番，达到九亿。

上次生孩子已经是八年前了，妈妈突然宣布：我又怀上了。

但这次没法生，新政策不允许，在体制内工作的爸爸更不能违反规定。1976 年 7 月，他们准备去把孩子打掉。

就在那个月，里氏 7.8 级的唐山大地震重创中国北方，约二十五万人不幸丧生。华北大地的城里人为了躲余震，都从楼房里搬了出来，住在临时搭建的帐篷中。等一切重新就绪，妈妈回到家，已经来不及人工流产了。她暗暗松了口气。

孩子是要生的，但说好了抱给别人养。妈妈仔细地从申请收养的人里筛选，最后选了一名不能生育的年轻女人。然而，孩子降生了，不哭不闹却乖觉可喜，活泼爱动，又怎么舍得把亲骨肉拱手让人？她给孩子取名丹，说一辈子也不离开她。爸爸叫女儿小多余。他们决定把孩子交给外公外婆，让她回荒地村。反正进城之前，其他孩子也是在那儿上的学。

在中国家庭里，爷爷奶奶，外公外婆，可不是重要节假日才去探望和问候的生活点缀。外公外婆欣然答应抚养小孙女，那真是责无旁贷。但他们不叫她小多余，而是小公主。

每个夏日的早晨，小公主都会趴在外公背上到田里去玩。全村的人都叫她小公主，都喜欢逗她，把她宠上了天。她是荒地村唯一的奶娃儿，其他农民的孩子最小都到了读书写字的年纪。他们和外婆一样，给她织毛衣，做她最爱吃的菜，还给她讲故事。有时是坐在水曲柳的浓荫下，有时是在炕上。家里有几本图画书，教小孩子辨别水果、蔬菜和动物。但她根本不用从书上学，这些东西她每天都能看见。村里没电视，没人买得起。也没有镜子。人人都跟小公主说，她很漂亮，特别漂亮。所以她相信自己是真的漂亮。外公经常把她放在猪圈旁的草垛里。她爬到围栏上，跟猪儿们说话，得到哼哼的回应。它们也说她是个小公主，她说，你们是猪哦。这是大大的赞扬。

春天，外婆一边种稻子，一边教她唱儿歌。轻快的调子让小公主跟着唱起来。外婆的歌声可温柔了："小燕子，穿花衣，年年春天来这里。我问燕子你为啥来？"

"这里的春天最美丽。"这是小燕子的回答。啊，这个小小的世界多么美丽，多么和谐。

"我一点儿也不想走，"弗朗西斯在三舅屋子里说，"但我没得选。我们家在辽源，也得去那儿上学。现在去那儿，开车两个小时就到了。但当时得坐汽车再转火车，要整整一天呢。”

城里也唱歌。她在学校里学的第一首歌是《社会主义好》。大家声音洪亮，齐声高喊，情不自禁地点着头，这首歌强烈的节奏令人无法抗拒。

社会主义好！
社会主义好！
社会主义国家人民地位高！
反动派被打倒！
帝国主义夹着尾巴逃跑了！
……
社会主义好！

小公主在荒地村的时候，曾经从一棵杨树上摔下来，断了胳膊。最近的医生也在三十二公里以外的吉林市了。外婆把她抱上骡车，颠簸了整整一夜。胳膊没能跟原装一样，有点弯，但不怎么看得出来。不过弗朗西斯的档案里提到了这一点。城里的老师皱着眉头记了一笔。这个缺陷倒让她如愿以偿，免于参加学校的韵律操队和歌舞团。她不用跟着尖利刺耳的旋律转动红手帕，也不用舞着绸子扭秧歌。她连看这些表演都没兴趣。她知道，插秧的时候谁会像那样扭来扭去。看那些跳舞的，脸上的笑也太假了。寒风中深深弯下腰，冰冷的田水没过脚踝，是非常辛苦的劳作。

中学里，她经常在“建设社会主义”这门课上打瞌睡，不过有老师夸她聪明。她的语文和英语是很棒的。1990 年代的英语课本要求学生背诵如下对话：

A：Where is the Red Lobster restaurant located?（“红龙虾”餐厅位于何处？）

B：May I suggest our specialty：lamb chops garnished with

spring peas and mashed potatoes?（建议您尝试我们的特色菜：羊排配青豆和土豆泥。）

A：Lobster with mayonnaise sounds inviting.（龙虾配蛋黄酱听上去不错。）

B：Permit me to pour you a glass of champagne. It's on the house.（请允许我给您倒一杯香槟。免费赠送的。）

语文课本收录的古典小说中，女性角色都散发着美的光辉。她们身轻如燕，冰肌玉骨，沉鱼落雁，闭月羞花。然而，弗朗西斯是在农场长大的。她的皮肤和辛苦劳作的农民们一样，黑黑的，没有城里人那么白。她个子高，发色浅，发质脆，像小时候和小猪们一起躺过的稻草。她不太明白，为什么中国女人美的标准变成了像外国人。她笑会露齿，大笑就更豪放，像个小子，拒绝用手捂嘴。她也不愿意“像个女孩子”那样好好站着，双手老老实实放在两侧。照片里那个女孩，两手叉在屁股上，双肘形成尖锐的角度，看起来像只风筝，想要远走高飞。

“那会儿我一个女孩子，可讨厌镜子了。”弗朗西斯回忆。“城里到处都是镜子。家里有，百货商店里有，每个学校进门的地方都有。”她想念乡下，在那里，她唯一的“镜子”，是外婆笑意盈盈的慈祥双眼。

就算到现在，弗朗西斯也是全村的宝贝儿。为了帮我租房子，她在 1 月的一个早晨到达。来的那辆公交车上，乘客们呼出的气全在车窗上结成了霜，像笼罩着一层薄纱。弗朗西斯裹得严严实实，戴了帽子，围了围巾。结果一个上了年纪的乘客看了她两眼，高兴地喊出了她的名字。她二十年没回来了，而荒地村道路上，童年的一幕幕再次重演。没有拥抱，但大家都围上来热情攀谈，仿佛她不过是进城办了点事。六十六岁的三舅几乎是滑着出门的，嘴里喊着她的名字。

屋里有一桌热气腾腾的饭菜和一群等着唠嗑的亲戚。弗朗西斯盘腿上炕，和他们嗑着瓜子，谈起外婆的过去。大家大声啜饮茉莉花茶，屋里不时响起东北方言里的语气词，比如“哎呀我的妈呀”和“嗯呃”。七大姑八大姨警告说，她必须马上怀孕。混血儿都漂亮，她们说。不过一定得多吃苹果，一个女的提醒她，不然孩子的皮肤可能会太黄。

弗朗西斯转转眼珠，向我传递了一个心照不宣的微笑。她的黑莓手机一直在响，报告她手上一个融资收购案的最新进展，涉及金额达三亿美元。但她一直把手机揣在兜里。在中国，律师不是什么很有影响力的职业，所以没人问起她的工作。一大家子在炕上把弗朗西斯团团围住，不约而同地催她生孩子。三舅和我在旁边房间看晚间新闻，女人们的笑闹声一阵阵传来，“哎呀我的妈呀”不绝于耳。

连素不相识的陌生人都会问起我俩的关系。十三年了，很多问题我们都耳熟能详，甚至能洞悉一个人的想法，仿佛看着这些问题在他脑海里渐渐形成，就像那种泡泡形的图框里画出来的漫画。比如，跟外国人结婚？哪个国家的？拿美国护照，不错啊！不过中国就找不到男人了？嗯，生孩子是挺好看的。混血儿都好看，而且聪明。又漂亮又聪明。不过孩子还是长得像你比较好。

这些问题都算好的，特别是跟西方男人主动跟我聊起的问题相比。一般都是这样开头，“你懂的”。我不懂。我也不想懂。我俩从没在公共场合大吵大闹，也没穿过情侣衫，她家的亲戚没让我买过电器，没发生过 1990 年杰拉尔·德帕迪约主演电影《绿卡》里的情节。我总是回答：“我俩不是那样的，哥们儿。该吃吃该喝喝吧你。”

而跟这群家人就不太一样。他们当然都是好意，但问题之多，让人吃不消。他们会问弗朗西斯做城里人是啥感觉。问美国教育如何改变了她的思想。问我们在哪里养孩子（对了，我俩这时候应该马上去生孩子，待在这儿闲聊简直罪不可赦）。我们为什么不搬回来？让全村一起养！什么，必须回香港继续忙事业，这是啥意思？为什么不像大家一样，赶紧当妈？你怎么解释都没用，他们对你在村外的世界一无所知。

天黑后，大家陆续告别，忙乱得发昏的弗朗西斯告诉我："回了家，你就又变成一个孩子了，真神奇。我讨厌这样。但是很甜蜜。"现在的中国人一切都向前看，不顾一切往前冲，她说："能回来看看你的根，一切都还没变，挺好。"

第二天一早，我们冒着寒风，步行去看荒地村唯一的空房。2月，农历新年和节气立春不期而遇，但感觉上，春天还遥不可及。

不过我觉得，风景还是很美的。

"真正住在乡下，可就看不到这些了。"弗朗西斯说。"你眼里只有自己的一亩三分地，自己的家，自己的村。看着这些，你绝对不会想，'啊，真美'。"

她打量了一阵东福米业的广告牌和指向温泉度假区的标示。"大家费老劲儿跑这儿来泡水?"她问三舅，三舅淡淡啊了一声。"我小时候，"弗朗西斯说，"我们特别讨厌在水边走：田里全是鱼啊，青蛙啊，蚂蟥啥的。"只有偶尔造访的人，才会觉得乡村多么浪漫。

在中国农业银行荒地分行的顶楼，能看到将近五百米的红旗路被冰雪覆盖，路两旁有很多商店：种子店、饺子店、火锅店、澡堂、诊所、药店、寿衣店，派出所和村政府办公室。还有些特别勇敢的小贩，裹着军大衣，卖着一盒盒山楂糖雪球、柿饼和手臂长短的冻硬了的刀鱼，一般都是当天早上从松花江捞上来的。铁道附近有个小化肥厂，一间政府出资的粮仓和一块生锈的广告牌，上面推销着苦瓜啤酒。还有一个红砖房，顶上一幅画，主角是个浑身仿佛散发着圣光的农民，戴着草帽，耕耘在"幸福的土地"上。

在我眼里，这一切都很迷人，是中国城市生活的拥挤、污染和喧嚣之外的片刻喘息。生活必需品近在咫尺；农业银行的ATM机甚至能接受美国的借记卡，直接按汇率吐出人民币。

弗朗西斯说："我们现在看这一切是挺迷人的。但住在这儿的人觉得这里和城市天差地别。你永远想要走出去，离开这里，把家人也带走，去城里过好日子。"

我本来以为村里是逐渐人去楼空，萧条荒凉的状态，结果荒地村相对来说还挺繁荣的。“有些人不种稻子，或者把地交给东福米业，但还是住这儿，反正不要钱，然后每天去吉林上班。”三舅说。“有的人已经同意搬到那个公司的新楼房，他们原来的房子很快就要拆了。”

弗朗西斯和我如果要在这儿买房子，是不合法的。只有农村户口的居民才可以。这一法规令农村地区免于房地产炒作，但也把农民们绑在了村子里，因为他们的房子卖不掉，所以也没法搬走。不过，最近出台了新规定，农民可以出租房子，甚至土地。

一天早上，我独自走在红旗路上，一辆丰田陆地巡洋舰开了过来。司机是个从没见过的陌生人，他说：“嘿，老师，听说你在找房子。”

他是村长。没想到荒地村的领导不是穿着中山装的干瘪老头，而是个瘦高个的二十多岁的年轻人，穿着卡其裤和一件鼓鼓的“北面”夹克。他沿着田野间新开辟出来的一条土路，开往一些水泥平房的集中区。从远处看，那些房子像矮矮的碉堡似的。

“你可以租个这个。”他边说边打开一间车库的门。“东福米业把这个修得很现代。把老房子让出来的农民就能住进来。不过没多少人答应。现在公司修的就是楼房了。”

“这些房子挺新的，会被拆吗?”

“可能吧。”他说。这话在这儿相当于“当然了”。

他的声音在这个混凝土组成的空壳中回荡。与其说这是个住所，不如说是野兽派的雕塑。就连屋里的炕也不是传统的红砖，而是混凝土浇筑的，没有上漆。地面、墙面和天花板都是铅灰色，看上去没有完工。

“还得铺地板，再来点儿装修什么的。”村长说。“还要搬点家具过来，估计窗玻璃也得换。厕所需要修一修，不过是室内厕所，可以冲水的。你再安个热水器，就能洗澡啦。厨房里来两个煤气罐，弄个灶。这些灯也是坏的，你得修。啊，对了，”他边说边扯了扯身边一扇门，门框已经松动了，“这个也得修。”

除了这些之外，房子挺“完美的”。

我又不知不觉陷入了在中国处理得最糟糕的局面：要拒绝一个建议，又不能让提建议的人丢脸。要是那人是个领导，拒绝的风险就更高。我不想给家人和自己找麻烦。在乡下，说话要字斟句酌，否则要是有人记了你的仇，怨气可是越来越重的。我心里一慌，跟村长说了大实话：

“我想租个普通的平房，和那些农民住的一样。还有这个房子太破了，好多地方得修。我不想花钱修别人的房子。而且这个还可能要拆呢。”

“有道理。”村长说。

接着我做了更蠢的事，问他这是谁的房子。

三舅说我“脑袋让门挤了”。“带你去，不就是去他的房子吗。”三舅说。“他这人精明着呐，生意做得好着呐。他在东福米业有关系。跟办那个公司的一个人的妹妹结了婚。他妹妹在小学教英语。”我心里暗暗提醒自己，要去一趟这位老师的班，帮她上堂课，好跟村长缓和下关系。

三舅听说村里还有空房，在派出所后面。他没敲门，直接拉开高高的锡板门，走进一个院子，数百只蜡烛烛光闪烁，环绕着十几座佛陀金像。

“屋主的丈夫抛弃她走了，所以她做了尼姑。”三舅解释。“她马上要去一个庙里了。她说欢迎你住在这儿，但是蜡烛不能灭。也因为这个，房租很低的。”如果我愿意做点烛童子，尼姑收的房租相当于每月二十美元。在吉林市，一套面积只有一半的公寓，房租是这个的十倍。

“但是你要到处跑的……”弗朗西斯提醒我。

“就算蜡烛灭了，谁知道呢？”

“人人都知道，”三舅说。村里哪怕芝麻大点事也是人尽皆知。“一传十，十传百”这种最初的社交网络，是无线的，甚至和现在的互联网一样，片刻间走遍千里。

1947年一本名为《乡土中国》的书中，一位著名的中国社会学家回忆他在农田里长大，上学时被布置写日记的经历。书里写到小时候的日记，第一篇写自己“晨起，上课，游戏，睡觉”。后面每篇都写“同上”。就连一个小孩子都觉得乡村生活枯燥无味，记日记甚至回忆，都是多余。“秦亡汉兴，没有关系，乡土社会中不怕忘，而且忘得舒服。……在都市中生活，一天到晚接触着陌生面孔的人才需要在袋里藏着本姓名录、通信簿。在乡土社会中黏着相片的身份证，是毫无意义的。在一个村子里可以有一打以上的‘王大哥’，绝不会因之认错了人。”

从历史的角度来说，村里的人们没法自由外出寻找工作，再加上一个村庄在地理上相对的孤立状态，邻里之间便形成了一种互帮互助相互依靠的亲密关系。这种关系自然地延展下，就形成对外来者的不信任。很多外国人来中国都会有这种感受，陌生人会对着他们大喊“老外”。那感觉，就像一个水球爆炸，凉水当头浇下来。

在村子里，就连中国人也会有这种感觉。走在街上，弗朗西斯发现来来往往的陌生人并未对我俩出现在荒地表现出好奇，他们的脸上只是写满了问号：我们认识这俩人吗？于是就会出现通常的寒暄：谁家滴哈？等我们报出个他们很熟悉的姓，问话的人明显松了口气。姓一报，有了归属，我们就不是陌生人了。

我很想知道荒地这个村名是怎么来的，还想知道村子的起源。街上的报刊亭里卖很多杂志，封面上有科比·布莱恩特，还有日本漫画期刊。没有一本关于当地历史的书。这不算什么怪事。就连吉林省那么多大大小小的书店和新的市立图书馆里找到的书，也只是简单从意识形态的层面来复述封建时期的吉林，日占时期的吉林和解放后的吉林。我特地将搜索范围扩大到同时期的东北地区，也没什么收获。

除了政治原因之外，找不到相关史料还别有缘故。在独生子女时代出生的一代又一代作家们，需要找个收入稳定的工作，好孝敬父母，供养子女。他们可不敢冒险，泡在一个地方，为了写一本可能永远无法出版的书而倾尽时间和精力。事实上，关于中国的农村，我读到的最好的“回忆录”，是一本厚厚的学术著作，作者以自己位于华中地区的故乡为例，阐述了那里经济政策的变化。书里，他写道，从1980年代开始的多年来，很多中国农村都用他们的档案作为燃料，生火做饭。在大家眼里，这些资料微不足道，没什么保存价值（这位作者目前在得克萨斯大学教授中国历史）。

荒地村政府小小的办事处就在红旗路的主路口。一位慈眉善目的职员推了推眼镜，认真地看着记录。她告诉我，这一片的人口是一千四百五十九。“717女，742男。”她以不同年级将四百五十个孩子分开。他们分别在两个小学和一个中学就读。我想看看这里的地方志，在北京，就算最小的片区也查得到这个，里面有详细的当地历史和各种风俗民情。女职员告诉我荒地没有。“你就瞅瞅外面儿那块儿大石头吧，”她提议，“上边儿有消息的。”

我在红旗路边蹲了下来，腰弯得不能再弯。那块刻有荒地村的石板背面简单地写着：1956年，荒地建村。

> 我很喜欢这位美国老师。他是我见过的最高的人。我觉得他的胡子太性感了。他的头发很酷。但我最喜欢的还是他的英文名字。梅英东听起来一点也不像女生的名字。要是我先看到这个名字，肯定会知道这是个很酷的男人。我一定要对您说谢谢，关老师。谢谢您给了我们一个机会，能和美国人说话。
>
> 学生　学昌

我跟弗朗西斯在Skype上聊天，把这封信读给已经回香港继续工作的她听。她哈哈大笑说：“要是在美国，这就是你有罪的呈堂证供啊。”

但我真的很无辜。一传十，十传百，说一个英语为母语的美国老师来了，不久我就收到一条短信，是个姓关的老师发来的，邀请我定期去荒地十二中上外教课。在北京的时候，我就在胡同里的一所小学做志愿教员，通过这种方式能够非常自然地融入邻里生活。在小地方，你的工作就是你的身份，代表你在社区舞台上所扮演的角色。对我来说这一切都是自然而然的，三舅却觉得只有冤大头才免费工作。这想法和我做和平队志愿者时得到的很多反馈如出一辙。很多中国人都不理解，美国是个多么奇怪的国家啊，把年轻人送到国外，和陌生人一起工作；为什么不老老实实待在美国养家糊口呢？

我来到学校门口。面前横着一道电子折叠门。之前在中国某个地方发生了针对学生的持刀袭击，于是全国的学校就统一安装了这道安全防御措施。四十二岁的荒地人关老师来到校门口，对保安证明了我的身份。保安坐在暖烘烘的门房里给我开了门，说："我知道你是谁家的，听说你最近到处转。"

关老师领着我来到一间教室，里面坐满了十三岁左右的中学生，还来了很多老师。讲台上的课本翻到当天的课文，"Making an Introduction"（介绍）。

Lucy：Hi，who are you?（你是谁？）

Robot：Hi，I'm a robot. Glad to meet you.（嗨，我是一个机器人。很高兴见到你。）

Lucy：Glad to meet you，too. Let's be friends.（我也很高兴见到你。我们做朋友吧。）

Robot：All right.（好啊。）

Lucy：I can sing. Can you?（我会唱歌，你会吗？）

Robot：Yes，I can. It's easy. I can see you. And I can work，too.（是的，我会。很简单。我能看到你。我也能工作。）

Lucy：That's fine.（很好。）

相比之下，背那篇询问红龙虾餐厅在哪里的课文好像更有用。我模仿机器人的声音，结果没一个人笑，大家脸上反而露出困惑的表情。美国人就是这么说英语的吗？真希望学的是另一篇课文，或者至少我的机器人声音能装得好听点儿。我把孩子们分成几个讨论小组。这篇简单的课文中有个“不详”的预兆：电脑文明将要控制人类。孩子们能想象某一天机器人和他们一起唱歌，一起工作吗？能。我抛开课本，继续发问：“要是机器人变成坏人了呢？你们怎么办？”

于是讨论转向了分析电影《变形金刚》中擎天柱这个角色，接着大家央求我早点下课，男生好带我去打篮球。我从没见过这么大的学校操场，相比之下篮球场竟显得有点小。场上积雪覆盖，踩上去很舒服，简直有点温布尔顿球场的味道了。十四个孩子争一个球，比赛很快变成跟英式橄榄球一样扭打争抢的混乱局面。孩子们迅速甩掉帽子和手套，脱掉大衣，满场飞奔，一直到满头大汗，白气直冒。场边站着一群女孩子，穿着亮粉色的及膝羽绒服，挨挨挤挤地站着，分享 MP3 的耳机，热情满怀地高唱着 Lady Gaga 的歌。

弗朗西斯的妈妈、姐姐和两个哥哥上的都是二十二中。他们曾经学习过的那栋窄窄的平房现在变成了食堂和乒乓球室。两个地界中间隔着三米高的煤堆。学校里烧煤取暖，教室里热烘烘的，老师们经常开窗散热。白窗帘轻轻摇曳着，亮晃晃的阳光照耀在上面。

荒地村已经被纳入吉林市的管辖范围，所以学校有市里派来的老师，每天坐公车单程要花上一个小时。他们也找不到房子租。学校还得到市里的资金，可以用于扩建。中学的旧教学楼对面是一所小学新修的三层教学楼。楼里的样子跟我见到的中国学校大同小异：暗幽幽的绿色油漆涂到齐腰高，接着一直到屋顶都漆成豆腐白。

墙上的通知栏在发问：“什么是现代教育？”大厅两边挂着十幅镶了边框的宣传海报，都是《论语》中的经典语句。顺着这些海报来到标有“党支部”字样的门厅。说起来，党支部还曾禁过孔老二的“异端学说”。现在政府又把这些当作教化世人的金玉良言。

不过，和我过去十五年来在中国见过的任何学校都不同的是，墙上没有政治性的标语。没有“好好学习，天天向上”，没有“实践是检验真理的唯一标准”，也没有“发展才是硬道理”，“建设有中国特色的社会主义”，“学习‘三个代表’”，“全面建设小康社会”或者建设小康社会的“续集”：建设和谐社会。也许所谓的现代教育，就是不要用这些大剌剌的教条来吓唬小孩儿。

二十二中的墙上，满眼都是孔子的谆谆教诲：“君子道者三，我无能焉，仁者不忧，知者不惑，勇者不惧。”

课间休息后，关老师进了一间教室，后面的黑板上用粉笔写了满满一黑板“冬季多发病”。她上了网，熟门熟路地进入一个文件共享网站，搜索《博物馆奇妙夜》。短短几秒，主演本·斯蒂勒的大头照就一行行出现在屏幕上，还有中央公园西大道和美国自然历史博物馆的照片。我甚至能听到万里之外古董火车开过81街车站发出尖利的汽笛声。电影有字幕，程度比较好的学生忙不迭地记下有用的对话，“Hang on one sec”（等一下），“Yeah，I guess so”（是啊，我猜是这样）之类。而我呢，则在一边抄写“冬季多发病”上面的汉字，比如冻疮和手足口病。

我打了个喷嚏，关老师劝我生吃大蒜，喝点可乐熬姜。上次我在中国吃坏了肚子，去看医生，他用医生特有的潦草字迹给我开药：西瓜，百事可乐。结果收效显著，至少也没坏处。所以放学以后，我跟着关老师，到店里买了大蒜和生姜。

我俩可谓一见如故。她很健谈，说起话来连珠炮似的停不住嘴。在二十二中度过第一天之后，我了解到，我眼中看上去完全是个汉族女子的关老师，其实是满族人。她这个姓还算常见。关老师是土生土长的荒地村人，大学是在东北沿海城市大连上的，英语专业。去上大学的时候，她以为自己已经永远走出这个乡村了，没想到在大连过街时被卡车撞了。车祸导致了骨折，也导致了意志消沉。在医院住了整整一年后，交往多年的男友和她分了手，学的英语也丢了大半。她无法开始自己所畅想的那种独立生活。

回到荒地村感觉是人生的失败，但母亲生了病，她别无选择。这是将近二十年前的事了。“这儿每个人我都认识，”关老师说，话里没有吹嘘的语气，反而满含忧伤，“我的很多学生去了很好的大学，有的甚至还做了老师。”

“这说明您教得好，”我说。

“不，这说明我老了。”

她身材矮胖，长长的黑发，发尾染了点金黄色。鼻梁上一副大大的粉色眼镜，慈眉善目，但也能立刻变脸，展现为人师的威严。买大蒜的时候她也没忘带上这副佯怒的面孔。“得了吧！”卖大蒜的女人一说价钱，她立刻大声打断。在东北话里，这三个字的杀伤力不亚于“贱人，你算了吧”。

关老师很爱说英语。单词一个个往外蹦，轻快顿挫的节奏仿佛鲍勃·迪伦的歌。听了很久之后，我终于意识到，关老师是在用说普通话的方式说英语，也有阴、阳、上、去四声。听在耳朵里仿佛唱歌似的，非常独特。我一点儿也不想纠正她的语音语调。

关老师说：“但你是促进我口语的好机会啊。”

“我想租个房子。你知道哪儿能租到吗？”

“这事儿我帮你，我谁都认识。”

“我就想知道谁有房子租。”

这算是打开了她那属于中国人的话匣子。“我爸爸在我们那个房子里自杀的。他也是个老师，‘文革’的时候跳了井。所以我才回来这儿，照顾我妈。她一个人过不下去。不过她也去世了。”她顿了顿，可我还没来得及问问题，或表达遗憾，关老师就指了指那边，用英语说：“鱼的价格还不赖。”她建议我给三舅买点回去：她不仅认识他，还知道他爱吃这种鱼。“这条不错，这条也行。”

接着她继续跟卖大蒜的人讨价还价，混合着语气强烈的当地方言和标准的普通话：

“嘎哈呀？”（干啥呀？）

“多少钱？”

“扯啥呀？”（你开玩笑的吧？）

“得了吧！”

卖大蒜的女人眼中闪过刀光剑影，如同运动员就要上场拼杀一场重要的比赛。两个女人你一言我一语，言辞激烈。最后，大蒜的价格讲下来一半。关老师让我多买点。

在红旗路的岔路口，她登上回吉林市的公交车，说了再见以后又加了句，“我知道个房子，你能租”。

车灯闪烁，渐行渐远，我手里提着一个橙色的塑料购物袋，装着可乐、生姜、大蒜和六条鱼，每条都银光闪闪，冻得僵硬，可以当大刀砍了。在学校待了一天，我了解了两千五百年前孔子的教诲；学会了在雪地上打篮球；聆听了 Lady Gaga《扑克脸》的歌词；知道了在一个低年级中学生眼里我的胡子有多“性感”；观摩了《博物馆奇妙夜》对学习英语的帮助；学会了冻疮和治感冒等汉字的写法；还和一位姓关的老师，从素不相识，到非常熟悉。

然而那天我出发去学校时所希望了解的，却没有人能告诉我，那就是荒地村的历史。我独自走在寒风中，经过那块石碑，上面依旧写着：1956 年，荒地建村。

第四章　去日留痕

我妻子祖上是1930年代搬来东北的。她外公离开了北京东边沿海世代居住的乡村。弗朗西斯说不太清楚他准确的北上时间，也不知晓个中原因。三舅也是一问三不知。

“我家可没什么罗曼史，”她说，“他肯定是北上找工作的，就这么简单。不是参军，不是要来打日本鬼子，也不是为了追求真爱。”

“谁说得清啊，”三舅说，语气很认命，没什么抗议。

外公在这里去世，下葬。然而，和荒地村所有的坟地一样，他的坟也早被刨了用来种地。“文革”期间“破四旧”，所有尸体直接掩埋没有火化的坟都被推平，变成耕地。然而这项传统在中国其他地区仍然顽强地生存下来。每年冰雪融化，光秃秃的坟堆此起彼伏，仿佛棒球场上的投手丘一般，绿野上再点缀几条跑垒道一样的道路，就真的可以来场棒球赛了。荒地村逝去的人们悄无声息地埋在泥土之中。中国的城里人瞧不起乡下人，说他们土。尘土扑满衣裳，填满肌肤的每一道缝隙。最后，他们魂归大地，与肥沃的土壤融为一体。

荒地村的传统亘古如此。考古学家在这里挖出了很多墓葬遗址。有个地方甚至发现了五百具放在石棺中的残骸，年代可以追溯到旧石器、新石器和青铜器时代。大规模的墓葬群里有坚实的房屋地基、大量的农牧工具、斧头、鱼钩、长矛、称重工具和大豆及小米等农作物。这些发现表明，五千到七千年前生活在这里的人们，已经过上了稳定的农牧生活。之前关于东北在游牧民族涌入带来文明之前只是一片死水的普遍观点不攻自破。有些考古现场的发现甚至表明这里二十万年前就有过人类居住的痕迹。

在荒地村的地上世界，我们看不到任何证据显示过去人们的居住和生活，看不到坟地，看不到历史。唯一能感知到的过去，就是灿烂阳光下红砖墙上的政治标语，油漆涂的，已经褪色了。这里所谓的历史，是属于每个人的，活生生的，每个村民的记忆有多长，历史就有多长。

不过，在东北的北部、中部和南部，零星散落着一些遗迹，从中能窥见更遥远的过去。

火车开往通化，荒地东南边三百多公里的一个小城市。我坐在一个跟我年纪相仿的女人旁边，她带着自己不满两岁的儿子。孩子胖乎乎乐呵呵的，抓我的眼镜，揪我的胡子，窗外有奶牛掠过时会兴奋地敲窗玻璃，口水顺着嘴角往下流。我们坐的是硬座，没有坐垫和椅套，高直的靠背。想要舒展下筋骨时，女人就麻烦我抱一下儿子。宝宝发出咕噜咕噜的声音。我耳边响起荒地那些阿姨催我生孩子的唠叨：你可不年轻了。

在 1959 年出版的小说《满洲候选人》中，中国人就是在通化判处雷蒙德·肖中士谋杀罪的。肖的长官把他带到一个房间，“所有的家具都用红木制成，风格扭曲而现代，有种斯堪的纳维亚半岛的设计感……每个小隔间都有一张小床，一把椅子，一个橱柜和一面镜子。照着镜子，你可以审视一下自己，确保灵魂没有逃走”。

我在通化住的旅馆房间，就是对以上描述的完美再现。这个城市面积不大不小，和很多地方一样，看着满城露着钢筋的不完整建筑，不知道是在修新楼还是在拆旧楼。

沿着铁轨再往东南行进一百多公里，就来到隶属通化的集安市边缘，我在那里目睹了拆旧与建新的同时进行。建筑工人们在往地基上浇筑水泥，这里即将有一座国际免税商场拔地而起。不过需要进行严格的封闭管理，这样朝鲜人就能从横跨鸭绿江的新桥过河，但不会进入大中国的其他地区。

“整个村子都在拆拆拆。”一个男人边揭自己家屋顶的瓦，一边对我说。“我们要搬到其他地方去，好让朝鲜人学做生意。”江对岸的朝鲜人正有气无力地蹬着旧自行车。还有的蹲在地上，在冰冷刺骨的江水里洗衣服。

两千年前，这片土地曾经属于一个叫做高句丽的王国。朝鲜和中国总是就这个王国的管辖权争论不休。前者认为那是属于自己的古代文明；而后者声称那是“华北地区少数民族建立的政权，是中华文明十分重要的一部分”。这话来自一个指示牌，背后是公元前37年的一个皇家坟墓。

和很多边界一样，东北的遗迹与这个简单直接的陈述有所出入。这些金字塔形状的坟墓，风格看上去更接近玛雅文明而不像满族的墓葬，由很多巨石呈阶梯状一层层向上堆积，散落在城市周边的田野中。过去的建筑遗留下来的山形墙和低低的石墙把它们连在一起，是鸭绿江两岸相当常见的景象。2004年，联合国教科文组织将两边的遗迹都列入了世界遗产名录，朝鲜的排在前面。公元5世纪，一位高句丽国王迁都平壤。8世纪，一支中国军队推翻了这个王朝的统治，在东北建立了一个据点。

我在集安遗迹这里简直就是包场参观。这是一次远足，去探寻那个曾经伫立着宫殿的山谷。旅途上唯一见到的人是个牵着牛的农民。回去的路上，又看到农民把牛拴在一辆卡住的出租车的保险杠上，把车拖过一段有很多石头的水路。出租车司机说他找的就是我，因为听说有一个游客正在附近闲逛。

他把我带到最大的坟墓前，一圈围栏挡住了我的去路，门票卖得很贵。“这些好看的都是假的，你知道吧?”一个卖红薯的女人说。“真的就是你在这周围看到的这些石堆子。那些都是重新修的。”

我觉得这话没有根据。女人穿着一件T恤，上面用英语写着，“救救美国的青少年”。不过，和老照片对比一下可以看出，为了更上相，更光鲜，这些遗迹的确被修缮过了。这跟我在整个东北看到的一切感觉差不多。中国的其他地方都还有古旧的痕迹，这里的历史却感觉很新。没有这个国家上下五千年的文明，只有活着的人们最近造起来的部分。就连这些古代遗迹看起来都是簇新的。

我第一次去荒地东北边二百五十多公里的哈尔滨，是为了一份没人愿意做的工作，更新一本旅行指南。那是 1998 年，哈尔滨旅游局出了一本宣传性质的杂志，想要吸引游客。封面故事的标题是，《警察、警车、警犬……就在我们身边》（我真欣赏这种层层递进的紧张感）。后来，我发现书页之间夹着一张纸巾，如同什么宝贵的树叶标本，上面是我潦草的笔迹，写了十一个“depressing”（沉闷）。

现在，城外有个地中海俱乐部运营的滑雪度假村；星巴克占据了市中心交通要道边鹅卵石铺就的人行道；哈尔滨每年热火朝天的冰灯节是迪士尼赞助的。数以百万计的游客涌入这座城市，看松花江上六十厘米厚的冰块被做成数千个形状各异的冰灯，从实物大小的熊猫，到缩小版的埃菲尔铁塔。

弗朗西斯到哈尔滨和我度过了一个长周末。她的律师职业病犯了，说在一个诉讼不发达的社会，有这样的嘉年华令人惊叹。孩子们从一米高的冰台上一跃而过，猛地从四层楼高的冰滑梯上滑下。成年人则被便宜的冰川牌啤酒弄得热血沸腾，抓紧打着结的绳子，从高高的冰墙上往下跳。他们还在冰道上开卡丁车，闪避着铃儿叮当响过松花江的马拉雪橇。一天晚上，我们看见一个面带微笑的大块头摇摇晃晃地站在雪橇橇头上，朋友们起哄叫他胖子，催他赶紧出发打头阵。看上去胖子总是打头阵的。他俯下身子冲了出去，裹在毛大衣里怒吼的身躯消隐在黑暗中。

“这地方简直就是个死亡陷阱啊。”弗朗西斯说。但唯一“遇害”的是我们的牙齿，山楂糖葫芦在冰天雪地中吃起来感觉更硬了，磕得牙都快掉了。

“真是要人命的零食。”石头一样的山楂黏在牙齿上，竹签子在我嘴里面戳来戳去，弄出了血。

“总有一天会跳出来一群律师，终结这一切欢乐。”弗朗西斯面带狡黠的微笑。“及时行乐吧。”

我们想去看哈尔滨的古代遗址，在清朝之前。遗址在城外三十多公里处，名字听起来像个喷嚏：阿城。

大巴行进在高速公路上，车上的电视一如既往地放着东北二人转。光着膀子，穿着黄色丝绸裤子的男演员问穿着亮闪闪粉色丝绸套装的丰满女演员：您贵姓？

“我可不能告诉你，”女人扭着身子，卖弄风情地回答，“你会想吃了它。”

他猜了个和“米”谐音的姓，又猜了个和某种蔬菜谐音的姓。

“都不对！”女人尖声尖气地说。

“不猜了。你到底姓什么吃的？”

“史！”

录像里的观众啪啪啪鼓掌大笑。

“这个我看过，”弗朗西斯说。女演员随着嘻哈风格的节奏滑稽地旋转，还号召观众们“摇起来！摇起来！摇起来！”。大巴突然发出刺耳的刹车声。

司机把车停在一条窄窄的路边，两旁都是高大的白桦。“你们到了，”他大喊一声，盖过了电视里的喧闹。他指着一个小小的绿色标牌，说不定被刚开过去的卡车撞过，一边严重歪斜。我们俯下身子细看，上面没有满文，却有汉英双语，写着“金上京遗址 JIN DYNASTY CAPITAL SITE”。

标牌上的箭头指向一片休耕的玉米地。田埂上有座一头小牛般高的石头房子。弗朗西斯跪下细看。这房子看上去就像远处那些平房一样。小小的前门上刻着几个字，土地庙。“我从来没见过呢，”她说，“我还以为‘文革’的时候都毁了。”

我在荒地也没见过什么土地庙。这样的遗迹一定会被那些一心一意要破除“旧思想、旧文化、旧风俗、旧习惯”的红卫兵当做靶子。

弗朗西斯四下看了看人迹罕至的荒野，“也许红卫兵根本没来过这儿”。

又有谁来过呢？我们继续往前，向村子走去，以为路上会遇到围栏，或者收门票的，至少也得有个卖明信片和毛线袜子的大妈。然而，我们听到的唯一声音，是经过某个院落时一条德国牧羊犬的狂吠。狗主人闻声出门，问我们是谁家的。

“我们在找金朝遗址。”

他指着土路对面，那儿有扇大半人高的门，孤零零的，没有墙，没有围栏。风吹过，门应声而开。我们跨过去，努力想象一千年前那些宏伟的殿宇，毕竟，这个民族曾经统治了大半个中国。

1115年，女真族的一个部落建立了金朝。女真是东北的游牧民族，擅长骑射，和蒙古的通古斯族是近亲。金朝的统治范围扩大到华南以后，首都就迁到了如今的北京，被称为中都，并在都城中心修建了一连串的湖区。京城的人口上升到一百万。1157年，金朝皇帝下令将东北的宫殿全部拆除，以示女真永久移居中原。六十年后，蒙古骑士的弓箭冒着火焰，金朝陷落。意气风发的统治者成吉思汗下令将所有臣民处死。中都的街道尸水横流，无比湿滑。五个世纪后，改名为“满”的女真人东山再起，夺回皇位。

过去金碧辉煌的宫殿，如今只剩下一些石块，能依稀辨别出千年前的地基，两侧伫立着笔直的杨木，像守卫的哨兵。旁边的石龟背上托着一块刻了字的石碑。碑文就是这座都城曾经的名字，面对空荡的田野，如同一声没有回音的呐喊。

在遗址后面我们发现一块水泥石碑，上面用油漆写了一些汉字，说明遗址是在2000年挖掘出土的。在泥土下埋藏了将近九个世纪之后，剩下的只有石头和宫殿残存的痕迹。这些殿宇伫立之时，欧洲正在经历中世纪黑暗后的振兴，修建哥特风的建筑，威尼斯兵工厂拔地而起，圣殿骑士团蓬勃壮大。东北的原野上，劲风猛吹，阳光普照，对女真朝廷的描述在风蚀作用下从石板上斑驳脱落，如同被晒伤的皮肤。

有一句介绍还能依稀辨认，说的是一个金朝皇帝的墓就在大约八百米之外。这座墓葬是三层的梯形土堆，周围有零星的细长榆树，因为总是刮风，长得歪歪斜斜的。我们进入一个湿冷低矮的房间，发现石头做的墓前有祭品：塑料的梨和苹果。这里就是金朝建立者完颜阿骨打最后的长眠之地。

“感觉像‘非法入侵’，”弗朗西斯说，“真是太怪了，这是个古迹，居然没有卖票的，也没有拿扩音器的导游带着拖家带口的旅游团。”

不过，这里也可能不是完颜阿骨打真正的长眠之地。史料记载，他被埋葬在今日北京附近的一座山上。坟墓外只简单贴着一张说明，讲述了一位中国皇帝微服私访东北地区。那是在完颜阿骨打称帝之前。中国皇帝要所有部落酋长一起跳舞，而完颜阿骨打是唯一敢说“不”的。

“典型的死要面子。”弗朗西斯说。她觉得这正显示了这位金朝皇帝脸皮薄，因为他在远离主流文化和权力的地方长大，有一种天生的自卑。“我们东北人看起来挺强悍的，实际上比中国任何地方的人都爱面子。”

“你说这话也感觉很骄傲嘛。”

弗朗西斯哈哈大笑：“那不刚好，说明我说得对啊。”

我们在书上读到了遗址没有说的，完颜阿骨打是个马背上的硬汉，击败了北方其他部落的精兵强将，和蒙古人结盟，挥师南下夺取汉人的领土。他建立的帝国，就是满族统治的前身。

他的阿城之墓上有个神龛，伫立着这位皇帝的水泥雕像，外面刷了一层漆。杀人如麻的完颜阿骨打喜气洋洋，意气风发，披着带貂皮的黄色丝绸袍子，稳坐皇座。除了我们夫妻俩，他的观众还有一群被冻僵在天花板上的红色瓢虫，已经开始褪色了。

1644 年，在一名汉族叛将的帮助下，满洲的骑兵旋风般跨过天下第一关，占领北京，统治中国。他们想把东北的一部分作为本民族文化的存留之地。事实上，长城不过是位置一直在变化的堡垒，之前朝代的疆域已经扩展到了长城以北。为了禁止汉人进入自己的故土，清政府修建了一道一千六百多公里的屏障，从天下第一关开始，一直延伸到东北腹地。这道屏障是用土筑起来的壕沟，沿壕种植柳树，所以称之为柳条边。

这段城墙划分了蒙古族、满族和汉族人的居住地，还为皇家猎场圈了地，确保朝廷能从黑貂皮和高丽参贸易中赚钱。1754 年，乾隆皇帝在一首古诗中如此描述这道屏障：

> 西接长城东属海，柳条结边画内外，
> 不关阸塞守藩篱，更匪春筑劳民惫。
> 取之不尽山木多，植援因以限人过，
> 盛京吉林各分界，蒙古执役严谁何。①

和万里长城不同，柳条边踪迹难寻。荒地村过去就在满洲划定的地界内，我独自在村里搜寻这道屏障留下的遗迹。然而，唯一可以寻到的影子，只有附近区县的名字。九台，过去是柳条边上修筑信号台的地方。通往九台的路经过一个叫做桦皮厂的村子，过去清军骑兵的马鞍和马镫就在这里取材；路上还有个村子叫西营，过去可能是军营所在地。

柳条边消失得无影无踪，部分是因为其并非石材修建，只是并行的土堆形成壕沟，沟里种了柳树，用绳子捆扎整齐。随着清朝的衰落，柳条边也逐渐废弃。1886 年，一群英国探险家穿越东北，发现

---

① 引自乾隆诗作《柳条边》，全诗为“西接长城东属海，柳条结边画内外，不关阸塞守藩篱，更匪春筑劳民惫。取之不尽山木多，植援因以限人过，盛京吉林各分界，蒙古执役严谁何。譬之文囿七十里，围场岂止逾倍蓰，周防节制存古风，结绳示禁斯足矣。我来策马循边东，高可逾越疏可通，麋鹿来往外时获，其设还与不设同。意存制具细何有，前人之法后人守，金汤巩固万年清，讵系区区此树柳”。——译者

这道屏障“如同今日的罗马城墙一样，荡然无存。不过，木质的通道仍然保留着，也是一道关口，往来车辆必须交过路费。偶尔能看到一个土堆或一排树木，依稀可分辨柳条边原来的位置”。

我那群二十二中的学生对此闻所未闻。我在黑板上写下柳条边几个汉字时，他们只是空洞地眨眨眼睛。荒地村没人知道我在絮叨什么，连满族人关老师也听不懂。弗朗西斯也从没听说过柳条边。“不过这名字不错，像一首诗的标题。”她在 Skype 上对我说。“学校里没教过。我们了解到的满洲啊，清政府啊，都是消极的。因为早就终结了。教科书上重点讲的是万里长城，就算它没能阻挡清军占领北京。”

东北有一系列博物馆，是官方指定的爱国主义教育基地。参观者在这里听不到一个地方或一件事情的多个面向，这里没有罗生门，所有的故事都指向一个结局：1949 年，中国解放了。大多数博物馆的最后一个展厅里，都有音箱喇叭大声放着歌曲《没有共产党就没有新中国》。我觉得旋律略微熟悉，有一点像我小时候在美国西部参观牛仔文化博物馆时常听到的电子音乐。不过，东北这些博物馆游客旁边不是野牛头骨和印第安人的木雕像。他们学着清朝格格的样子，戴着扇子般的旗头；在伪满洲国傀儡皇帝的马厩里骑马；在抗美援朝纪念馆吃“忆苦饭”，体验战时的军中疾苦。

不过我还是饶有兴味地逛博物馆，心中满怀好奇，想看看当代中国珍视哪段历史，又轻视什么故事。不过，在我看来，博物馆之外一些微不足道的地方，才真正讲述了东北的过去对现在的影响。一个城市公园里有一座破旧的日本神社，也是一个军阀的故居。一处洞窟里伫立的不是佛像，而是圣母马利亚。一个曾经忙碌喧嚣如今废弃荒凉的火车站，和它身处的废城。一座圆顶天主教堂旁的犹太教堂。

这些地方的群像，是东北独有的，是曾经的满洲独有的。在 19 世纪早期的一幅地图上，柳条边那条线上有一顶帐篷，正处在这片区域的正中心。我还去那里寻找过。

登上 7515 次列车，就好像回到十年前的中国交通系统。因为高速铁路的建成通车，这类慢车已经少有人坐了。坐高铁时感觉到的那种安静和封闭，跟乘坐喷射机没什么两样。但我还是喜欢老式的火车车厢，能开窗子，硬座给你一种真实的触感，跟坐滑翔机似的。火车吭哧吭哧地穿行，窗外的景色如同一个绵延不绝的长句，文字是那些犁耙耕过的土地，结尾有个袅袅炊烟形成的感叹号。我喝了一口韩国的麦卡咖啡，英文名是 Marxism（马克思主义）。包装上写着一句英文的承诺："上帝最爱的咖啡!"

火车来到抚顺，这里有世界上最大的露天煤矿。抚顺一过，天朗气清，能看到湛蓝的天空，一堆堆干秸秆和长满松树的连绵山丘。尽管现在没有任何地图显示柳条边的遗迹，我还是能依稀辨出它的大致走向，方法是圈出那些名字结尾是"门"的村子。其中一个村子在荒地东南边四百公里左右，属于清原县辖区，这是个满族自治县，顾名思义，清朝的起源。[①]

传说，满洲的建立者于 16 世纪诞生于此，那是中国的明朝。东北的一部分和原住在此的女真部落隶属明朝管辖。小男孩痛失双亲，由一名汉族将军抚养长大。将军看到孩子脚上有七颗娘胎里带出的红痣，认为这预兆着他将打入紫禁城，篡权夺位。明朝皇帝下令将孩子处死，但汉族养母提前给他报了信。男孩骑上马，和自己的狗一起逃往一片幽深的树林。将军杀掉妻子，一把火烧了树林，把狗也杀死了。将军一步步接近，一群喜鹊突然包围男孩，把他藏了起来，幸免于难。后来，他举行献祭仪式，怀念自己的养母，下令世世代代将喜鹊作为守护神，并禁止子民们吃狗肉（他还下令女真妇女不用缠足，而男人要削发梳辫）。他借鉴蒙古文字，建立了满族的文字系统，并在东北修建了一个"小紫禁城"，成为爱新觉罗家族的第一个可汗。这个家族后来统治了中国，直到 1912 年。这位建立者的名字，叫做努尔哈赤。

---

① 该县原名清源县，后因与山西省的清源县重名，于 1928 年改源为原。——译者

在占领北京前与汉族军队的一场厮杀中，他去世了。他的儿子建立了清朝，1635年颁布法令，宣布将女真改名为满洲。这个名字的语源学意义不太明确，也许是"英勇无畏的弓箭"。还有个解读说是来自佛教的文殊菩萨（Mañjuśrī），象征了智慧与慈悲。

而今，中国的满族人大多都居住在东北。占东北一亿一千万总人口不到10%，占中国总人口不到1%。很多人都是群居，集中在清原满族自治县这样总人口十万左右的地方。

第一眼看到这个地方，我特别想拔腿就跑，追上正在离开月台的火车赶紧离开。这个孤零零的火车站只有一个小房间，是日占时期的遗迹。现在，蓝灰色的墙面沾染了黑黢黢的煤炭痕迹，大面积斑驳脱落，仿佛脏兮兮的沙箱里被人遗忘的玩具。

目之所及，没有出租车，没有公车站，甚至看不到红绿灯。从以往混中国的经验来看，一旦我不知所措，只要原地不动，自然能引来"知所措"的人。于是我就呆呆地站在火车站前。

短短几分钟，旁边的烟酒糖茶副食百货店就出来一个身材魁梧，面色红润的壮汉。他没问我是谁家的，而是大声说："今天是个结婚的好日子！昨天宜下葬，今天宜嫁娶！"

他背起了黄历。我一下子来了精神，这人很讲究传统嘛。我们没有引来任何围观。除了我和这个叫李长春的男人，清原好像没有其他人了。

李先生递给我的不是名片，而是身份证。中国的身份证上会写一个人的民族。他说他是满族。我问他为什么在衣领上别着毛主席像章，他浓密的眉毛皱了起来，好像在问："干吗不戴呢?""我是中国人啊！"他大喊。说美式英语的人可能会有很强烈的身份感，但普通话的作用却没这么明显。比如弗朗西斯是华裔美国人。但不能说李先生是"满族中国人"。他首先是中国人，其次是满族人，顺序不能弄乱了。

他脖子上戴着条粗大的金链子，仿佛一块红木上缠着沉重的链条。他抽的是廉价的"小熊猫"香烟，身上一股松焦油的味道。他是第一个听我说起柳条边而没有露出疑惑之色的人。

“啊，”他回答，“我没有亲眼看见过。但我知道你说的是哪个村儿，英格门。我带你去。”

我喜欢李先生。

他叫醒一个趴在麻将桌上酣睡的司机。对方开车带我们来到英格门，停在一栋矮矮的砖房面前。“县里最长寿的老太太就住这儿，”李先生说，“我们跟她打听打听。”

我们没敲门就进去了，结果得知清原县最长寿的老太太住院了。开车回到县里，在医院里找到那个正在打点滴的老太太。她非常虚弱，不过还是直直地坐起来，对于我们这些跑来问她古迹的不速之客，没有露出任何惊讶。

“七十年前这儿还能看到柳条边呢，”她说，“现在看不到啦。树被砍了拿去烧柴，壕沟也被填了，用来种庄稼。全都没啦。找不到了。反正也没人关心我们满族的历史。”

她说完就躺下了，闭着眼睛，让我们去找一个叫刘良军的男人。“他写了一本柳条边的书。”在中国，做研究是横向的。一个人把你介绍给另一个人，就像一个个绳结。

天黑后，热情的李先生带我回店里。我们一瓶一瓶地喝着啤酒，是以长白山上神秘的天池为品牌名。啤酒味道很淡，水有点多。“也许跟湖水感觉一样，”李先生推测。

天亮我们才分别。县城的周边被熊熊火焰照亮。满族的“鬼节”开始了。每家每户念着亡故亲人的名字，用焚烧的方式把纸钱“汇”给他们。“这是纪念亡灵的方式，跟他们说你还想着他们。”一个女人边烧着一叠纸铜钱，一边告诉我。她没问我是谁家的，只关心我能不能帮她找个新家。“我得找个老公。清原的单身男人都出去找工作了。”

回到旅馆房间，当地电视频道滚动播放着分类广告。伴随着凯利·金的萨克斯曲，我看到很多广告：一辆解放牌卡车要卖；先锋路上有家常香辣炸花生出售；政府通知，请观众“拒绝假钞，爱护人民币”。接着来了一系列“孤独的心”广告。

- 男，76 岁，离异，身高 1 米 67，有房，供暖气，无负担。寻找 76 岁或以下女性。容貌无要求。我将一辈子爱你！
- 女，43 岁，健康，温柔，热心。中学文化程度。寻 62 岁及以下男性。
- 女，53 岁，身高 1 米 55，退休。有责任心，人品好，无负担。愿今晚和你一起看日落。

窗外的火苗燃烧跳跃着，慢慢熄灭了。

历史学家手里没有自己的书，所以第二天早上他带我们来到一所中学。“他们这儿有一本，”刘良军说，“只有六十五页，但讲的都是老故事。”他和我在中国见到的大多数历史学家一样，穿着一件 polo 衫，塞进裤子，裤腰带系得高高的。头发日渐花白，全都乱蓬蓬地竖着，好像刚遭了电刑。

我们进了学校，发现校长正在后院，挥着锄头收洋葱。他用流利的英语问我知不知道这学校原来是什么地方。“佛庙！”我猜对了。中国农村的佛教庙宇经常被改建成学校和派出所。“‘文革’的时候被拆了，”校长指着一块残破的基石，“就剩下这么点儿。”

校长姓李。他和我一起跟着那位历史学家，沿着一条土路往前走。路很窄，中途开来一辆拖拉机，我们不得不让到路外。学校里已经找不到历史学家的那本书了，所以他只好把故事展示给我们看。我们来到一个被路分开的土筑路堤前。历史学家指着一个一片叶子也没有的粗短柳树树桩。周围没有任何牌子之类的标志。他说：“这就是柳条边。”

门位于屏障的东翼。那条边关曾经从荒地村南边附近一直修到鸭绿江边中朝交界处，绵延一千多公里。这是皇家猎场的边界，整个猎场面积与缅因州相当。而汉族人被禁止在附近安家。乾隆在《柳条边》这首诗中还写道：

> 譬之文囿七十里，围场岂止逾倍蓰，
> 周防节制存古风，结绳示禁斯足矣。

不过这个边关，与其说是个地方，不如说是个逐渐推移的过程。清军占领北京后，大量军队以及随军家属迁移到首都，致使朝廷一开始鼓励汉人来东北定居。1653年皇上下旨，凡愿意迁居北境的农民，都奖励种子、牲口，并延缓赋税。不过，十五年后，这项法令就被废除。1681年，柳条边建成，其中有些地方和前朝抵抗“蛮夷”的长城重合。

接下来的两百年，朝廷对汉族人的法令一变再变，有时是禁止，有时是鼓励（有时是犯罪被放逐）。南方饥荒的时候，各种禁止迁移的命令应运而生；而俄国人一旦对中国领土虎视眈眈，汉族人又会迎来鼓励去荒地这样的地方定居的旨意。吉林市那时还被称为吉林乌拉。1676年，清朝皇帝下令在此修建一个军港，这里成为一个战略中心。一位陪同皇帝视察吉林造船业的耶稣会传教士写道：“这个城市造船的方式比较特别。居民们的数量一直比较多，以便应对俄国人的突然袭击。后者经常造访这里的河流，企图从吉林人手里夺走采珠业。”

最后，大规模迁徙来此的不是俄国人，而是中国人。清朝日益衰落，负债累累，当地政府需要自己盘算生财之道。他们唯一能运用的资产就是土地。1870年代，原本严格封闭的皇家猎场和牧场开放了，大家纷纷购置土地，建造房屋，柳条边成为摆设。

校长打断了意兴正浓的历史学家。“这里已经可以发展旅游了！”他指着不远处说。“那边山丘上，原来是柳条边的，现在有个坑，你看到没？那是个湖。我们可以加点帐篷，弄个能野餐的地方，然后重建柳条边。很容易的，种树就行了。我跟你说，真的特容易。想想就知道了，柳树哦！花不了多少钱。不就是树吗。但那些个领导根本不听我的。”

我们这个小小的旅游团走回学校，过了街，来到村里唯一的餐馆。餐厅门口有堆得整整齐齐的一排玉米棒子，上面挂着一排割下来的德国牧羊犬爪子。满洲建立者禁止子民吃狗肉的命令，看来也早就是一纸空文。

餐桌上，历史学家很安静，校长说个不停（“种树！很简单的！种树！很便宜的！”）。李先生则拿着菜单点菜。“我只吃素，”我撒了谎。一个穿着制服的警察也来和我们一起吃饭。他自我介绍是满族人，知道清原最值钱的手工艺品。“就在我的地下室。”

警察拿着一个大大的钥匙环，我本来还以为这种钥匙环是西方专属。他带着我走下派出所的楼梯。“就在这里面，”他指着一扇门，“在锅炉房里。”钥匙插进锁孔咔嗒一响，警察把铁门用力一推。室内没有铺地板，泥巴地面上摆着一口生锈的钟，有我膝盖那么高，刻着满文和汉语。“欢迎来到我们的博物馆，”警察开起了玩笑，“清朝就给我们剩下了这些。”

历史学家建议我到西翼找找柳条边的遗迹。那里过去是满洲和蒙古牧场的分界。距离清原将近两百公里。据历史学家说，那儿还要更落后些。路更少，几乎没什么建设。但风更大，我心想，这么一来遗迹肯定更少了。就连18世纪乾隆皇帝的诗里都描述了柳条边的逐渐衰亡：

> 我来策马循边东，高可逾越疏可通，
> 麋鹿来往外时获，其设还与不设同。

后来我往西边去的时候，本以为大巴会把我放在一个古老的村落，我会遇到另一个满族的小店店主和历史学家，可能是清原那两人的远房亲戚；他们也会上前给我指路。然而，大巴停了，我下了车，眼前是个簇新的车站，规模堪比小城市的机场。这个县叫做新民。车站里遇到的每个人都是典型的东北人，很友好，很热情，给我吃糖松子，问我为啥没有孩子，还不时大声打着电话，询问五花八门的事情。然而，没人听说过柳条边。

我问了农业银行的一个出纳和东北大药房的一个售货员。她们的反应和中国其他地方的人不一样，没有说我肯定搞错了，或是可能把发音搞错了，或是因为我是外国人什么也不懂。她们只是眼神空洞地看着我，自顾自地咯咯笑着，给我端上一杯绿茶。

天空湛蓝高远，那颜色仿佛把一切都浸透了。一轮饱满的皓月格外明显。那种在开阔空间和空荡疆域里的感觉又来了，我又找到那种自己所热爱的在东北旅行的感觉。一辆公车停在我跟前，司机问我是不是那个在找柳条边的人。我坐在最前面的位子上，看着挡风玻璃前一览无余的风景：玉米地，一眼望不到边的玉米地。

我凌晨5点就起来了，在这双车道的路上行驶实在无聊，我很快睡着了。一个小时后，司机叫醒我，说彰武县到了，还说："这里就是原来跟蒙古的交界处。"我没有看到柳条边，只见一个公车站，也很大，很新。候车厅里一个穿褪色迷彩裤的老头好像看出了我的沮丧，悄悄走了过来。我知道，他将要成为我的指路人。

"柳条边在哪儿？"老头重复着我的问题。"你从来的路往回走三十公里。你走过了。应该在高速公路蓝色的标志那儿下。"

一个小时后，同一个司机在那块长长的牌子下面停了车，说："这是唯一一块蓝色的牌子，兄弟。"大巴开走了。太阳升得很高，汗水在我脖子后面直淌。万籁俱寂，只听得一片向日葵在微风中唰唰轻响。大大的花盘低垂着，地上有一带白沙。用手抓起一把来，细细的，热热的。感觉像个干涸的河床。蓝色标牌是当地政府竖的，上面写着："您来彰武办事遇麻烦，请拨打6949006。"

我很想拨打这个电话寻求帮助。不过还是先跟着沙子的踪迹，走上一条路堤，经过向日葵花田，突然听到突突突不连贯的马达声，一辆拖拉机从秸秆堆后面出现。冯姓车主停下他那辆泰山T-25拖拉机，问我干吗。

"柳条边？"他重复了一遍。"你就站在上面啊。"

我长长地松了口气。

“这里就是那条壕沟，护城河的一部分。那个土堤就是屏障。”冯先生从车上下来，领我穿过一篇玉米地，来到一处空地。“这儿就是屏障。现在你看都种上大豆了，还有这个，”他边说边将手伸进湿润而肥沃的土壤，扯出一条根，“是花生。”

我坐在冯先生的拖拉机后面，双手把着他的肩膀，沿着柳条边的遗迹颠簸。他把我捎回主路，指着对面一条水沟。“你看到那边的记号了吗?”

我只看到一堆垃圾。但冯先生下了车，走向那片潮湿的土地，接着在一个被推倒的白色花岗岩的牌匾前停下。

“这是政府在这儿立的第二个。第一个呢？不见了。”他大笑起来，补充说：“你懂吧，就是被偷了。这石头不错。”

新的这块没有好好立起来，正面朝下陷在地里。把上面覆盖的野草扯掉，能看到一段文字，说这是西柳条边的一部分。文字说，这条路之前经过的关隘，是蒙古和满洲的分界。

另一辆拖拉机看见我们也停了下来，接着一辆小汽车停了下来，于是，有五个人一起站在及脚踝的水里，盯着那块石头。要是这个“标记”做得好一点，应该把乾隆皇帝写柳条边那首诗的最后几句包括进来：

> 意存制具细何有，前人之法后人守，
> 金汤巩固万年清，讵系区区此树柳。

冯先生和另外几个人离开了。我忍受着烈日与飞扬的尘土，为了等车在路边足足站了一个小时。为了打发时间，我拿起一个空矿泉水瓶，装满软软的沙子，作为纪念，并衷心感恩这里没人在叫卖这种纪念品。一辆装满西瓜的卡车经过我身边，猛地刹了车。司机跳下车来，沿着路边走回来。他说我看起来像个美国人，问起奥巴马和美国经济的情况。说我们的历史比起中国历史简直太短了。还问“美国的西瓜卖多少钱一斤”。我在中国的任何地方都有可能遇上这样的聊天。但不同的是我俩之外完全没有旁人，周围只有向日葵、花生和不时飞过的蜻蜓，大概在偷听我们不断转换的话题。“这里就是柳条边，”我有些骄傲地说。司机问道：“柳什么？”

第五章　惊　蛰

我终于找到了房子。或者说，是房子找到了我。一趟以调查研究为目的的旅程之后，傍晚6点我才回到吉林市，已经赶不上回荒地的末班车了。那天晚上的旅馆房间冷得跟冰窖似的。聊Skype的时候，弗朗西斯指着我的床说："在下面撒点儿秸秆，烧一烧。"

第二天早上6点，我的手机响了。来电显示不是弗朗西斯的号码，而是二十二中关老师的。我有些警惕地接起来："啊？"怕是什么不好的事情发生了。

不过我听到的是，"你可以跟我弟弟一起住"。

"什么时候？"我松了口气，有些精神不振地问道。

"现在。"

"我在吉林呢。"

"三十分钟后咱们公车站见。"

我和关老师一起在公交站等10路车，发现她和一周前见面时不一样了。长长的头发中有几缕挑染成了金色，眼镜的镜片也换成那种泛着紫光的。她把大衣解开，左乳上方的红玫瑰文身隐隐露了头。她这一身新面貌，是为了迎接生活的新篇章："春天学生们就要中考了，"她说，"之后二十二中就要把我调到一个更好的学校，就在那边。"

她指着不远处的钻牌水泥厂，林立的烟囱喷出黏糊糊的颗粒，在我们的黑色大衣上留下了小斑点。吉林漫山遍野的松树环绕的，就是这样的工厂。背后是任何东北城市都比不上的盛景，却不断制造着有毒污染物。吉林某些区的面貌，看上去仍然像旧时的宣传杂志《中国建设》[①] 里的场景重现：装着化学品的油罐车在冷却塔中穿行，加热管道蛇行在狭窄的道路上空。

“那个新学校在的地方，比荒地好多了。”关老师说，但我看不出来。

吉林是个二线城市，人口四百万，以中国的标准来说算萧条了。一个世纪前，这里曾经欣欣向荣，造船厂、贸易站搞得热火朝天。1903 年，一个英国人旅行到此地，只见“热闹的店铺和宽阔的大街被朱砂红的砖色衬得亮亮的，这是中国北方最爱使用的颜色。商店里贩卖漂亮的雕花红木，应有尽有的毛皮，取自东边森林里打来的熊、老虎和豹子。还有顺滑的丝绸，颜色千奇百怪”。老吉林有城墙，充满了古老的木建筑，1918 年冬天，一位日本诗人来到此地，描述说“吉林美得令人无法呼吸，完全配得起‘满洲京都’的美名”。1930 年，熊熊大火将吉林的木建筑烧了个七七八八。剩下的也在工业化浪潮中消失殆尽。

我们坐的公交车几乎每五十米一停，好让路边招手的人上来填满空座。接着司机右手边的发动机盖子上坐满了人，过道也被填满了。大家挨挨挤挤地坐着，每挤上来一个，就觉得撞车受伤的风险又减少了一分。车厢成了“人肉安全气囊”。

既然就算撞车也没什么危险，那我也不介意摇来荡去，感受车中人群的推推搡搡，聆听零件吱呀摩擦的声音，也顺便听一耳朵人们的议论，什么房价涨了，学费又高了。好像什么东西都在涨价。你看到摩卡、卢瓦尔小镇和第五大道这些高层小区的房价没？太贵啦！今年是兔年？拉倒吧！今年是“贵”年！

我看着车窗外蜿蜒的松花江。在这里，就算大寒后，这条江也没

① *China Reconstruction*，1952 年由宋庆龄创办。创刊时为英文双月刊，1955 年起改为月刊。以宣传中国经济建设和社会生活新面貌为主。1990 年 1 月改名《今日中国》。——译者

有封冻。水蒸气上升到酷寒的空气中，凝结在柳树和松树上。这就是树挂，以此为主题的众多摄影作品让松花江两岸全国闻名。

19世纪末，一位英国探险家描述了这一现象：“一天早上，我们看到了此生最美丽的景象之一。在那之前和从那以后，我再也没有过这样的眼福。那是封冻的雾气。随着太阳越升越高，我们发现空气中充满了冰雪的小颗粒，在阳光下晶莹闪烁。这片冰雾笼罩了一切。树干上、树枝上，全都包裹了一层白霜。土地，树木和目之所及的一切，都镀上了白莹莹的光彩。阳光下，天地都在闪烁。这一切持续时间不长。太阳升高，冰霜融化。然而在这短暂的一瞬，我们仿佛置身仙境。”

一个世纪后，这番描述实景重现。

公车经过一个建筑工地，在建的小区叫做暖城。广告牌上用英语写着，If White America Told the Truth for One Day Its World Would Fall Apart（山无棱，天地合，才有真实白美国）。这是威尔士摇滚乐队“狂躁者”的一首歌。怎么跑到这儿来了？谁又会在烟囱亮闪闪，不断冒着排放物的吉林酒厂边买房子呢？广告牌上还承诺：“使用清洁能源，创造良好环境。”到底是谁在说谎呢？

接着我们经过一家普瑞纳饲料工厂，还有一家娃哈哈矿泉水工厂。在一个叫做下洼村的地方，公车拖着疲软的车轮，爬上一个高高的坡道，经过高铁轨道，接着一片开阔的田野就展现在眼前。刚刚跨过的是工业与农业，城市与农村的分界线。车里的乘客很显然放松下来，仿佛飞机起飞，机身平稳，系紧安全带的标示灯随着“叮！”的一声熄灭了。

一个老头坐在他孙子后面，开口道：“跟梅老师说说你都知道哪些英语单词。”

“Banana（香蕉）！”圆鼓鼓的小男孩大喊，“Apple（苹果）！”

“能吃的东西他都知道怎么说，”他爷爷骄傲地说。

“Hamburger（汉堡）！”小男孩继续喊道，“Pizza（比萨）！KFC（肯德基）！”

其他乘客哈哈大笑。这个爷爷认识我，有的乘客不认识。爷爷就跟他们解释："他跟这儿一个女的结了婚，但那女的在别处上班。"有些我从来没见过的人也同情地点点头。他们说，我们俩就和农村里很多家庭一样，一个出去打工，另一个留守。

一句老话说，离家三英里，你就身处另一个世界了。对于一个外国人来说，这个距离还要更短些。一走出荒地村，大家就用友好而有距离的眼神一直瞪着我，还有些警惕的好奇，仿佛平时一同上下班的人群中混进了一只袋鼠。

我在一本书里读到，喜剧演员史蒂夫·马丁喜欢给要签名的人一张准备好的签名卡片，上面写着，他见过史蒂夫·马丁，觉得他非常"热心、礼貌、聪明和有趣"。有时候，比如在这辆公车上，我也希望自己能有一张准备好的卡片，随时随地交给陌生人，上面有他们所有问题的答案。答案顺序如下：

我是美国人。
我来中国很长时间了。
我是鼠年生的。身高一米八六。
我没工资。我是个作家，在中学志愿当老师。
中文不难。比英语容易。
是的，我会用筷子。我们在美国也吃中餐。
不过一般都很贵，加很多橙汁。

极少数时候，会有人不走寻常路：一个粗犷的建筑工人，手上拿着安全帽，问我有没有人跟我说过我的胡子很好看；一个西装革履的男人站在国道上，问我道德是不是重于智慧。

每次我一说自己是美国人，对方总会展现一个微笑。不管两国在政治上的起起落落，从我 1995 年来到中国，这个反应一直没变。不过，当我正哧溜哧溜地吸面条，或遇到的醉醺醺的人时，我就不愿意说实话，免得被问更多的问题。"我是火星人"，我会这样回答。"什么是筷子?”“我昨天才开始学中文呢，小菜一碟!”一般孩子会比大人更快听出我是在开玩笑。反讽这种东西，近年来才通过电影和网络传到中国，也算是美国进口。

关老师把一个孩子抱到腿上坐着。她让我猜孩子有多大。我猜得太小了。

“八岁吧。”我很诚实地说出自己的观察结果。

“错啦。他十二岁了。”

村里很多小孩看起来都比实际年龄要小。这跟他们的父母正好相反，成年人都老得有点快。

“我多大?”关老师问。

“三十。”我小心翼翼。其实我是知道正确答案的。

“我都是四十二啦!”她爽朗地笑起来。

“四十二了还没找老公呐。”站在过道上的一个女人打趣道。我知道这话会刺痛关老师，但她打着哈哈混过去了。后来她告诉我，她很讨厌住在荒地，一点儿秘密都没有。不像在城里，她可以默默地做个谁都不了解的无名氏。

坐在她腿上的小男孩默不作声地研究着我的脸。

“干哈呢你?”关老师问。

“我能问梅老师一个问题吗?”男孩严肃地说。“我想知道，你恨奥萨马·本·拉登吗?”

“你能恨一个死人吗?”

男孩眨了眨眼。“那你恨希特勒吗?”

“我恨白菜。”这可是在跟一个十二岁的孩子聊天，我想让话题轻松点。

可这孩子不上钩。在接下来的旅程中，我们讨论的不是吃的，而是邪恶的人性。一直到早上 7 点 30 分，孩子要在红旗路的岔路口下车了。

“我还有个问题!”他向司机喊道，司机没开车。

“梅老师，你想妈妈吗?”

全车人都带着某种期待盯着我。

“想，我想妈妈。”

“你想她想得哭吗?”

“哭,”我撒谎了。这孩子一个人上公车，一个人下去，我猜他需要肯定的回答。“有时候太想妈妈了，我就哭。”

“哈哈!”男孩大喊一声。“真是个大孩子!”他蹦蹦跳跳地下了车，全车人哄堂大笑。

房子在荒地蛮典型的。一圈铁栅栏，中间一个铁门，砖墙被粉刷成黄色，房前一条无名小道横贯红旗路。在村子的这个角落聚居了四十户人。每家都是波纹状的锡质屋顶，院子里有个小菜园。我们这家以郁郁葱葱的大葱著名。屋后是一排排的玉米。

进门处没有铺什么东西的水泥地需要好好打扫。而厨房荒凉得一点也不像做食物的地方。糊了煤灰的墙面上挂的菜刀和锅都生锈了，一个孤零零的煤气炉子，一台冰箱，一串蒜头，还有一瓶醋，一罐豆瓣酱。及腰高的陶罐里放满了腌白菜，结了霜，上面盖着一块大理石板。缝隙中垂下一些大白菜叶子，仿佛企图逃出罐子时突然累了，终止了行动。

一共两个房间，基本上都被炕填满了。给炕加热的材料，就是门外堆着的秸秆。一进门就脱鞋上炕，要爬高点。回个家，跟登台表演似的。

这个房子和荒地一样，仿佛横跨了19世纪与21世纪。内部没有管道，但我安装了宽带。是吉林市一个技术员开车过来安的。“你肯定很爱上网打扑克,”他猜测道。可能在他看来，这就是我身无分文住到这个破地方的原因。

“我需要用Skype，给我老婆打电话。”

“好吧,”技术员回答，四处打量这个空空的农家小屋。

我还安装了一个虚拟专用网（VPN），好翻过会屏蔽一些网站的“防火长城”。在中国住久了，对IP地址的熟悉程度，就像美国的父母对最好的学区如数家珍一般。比如 96.44.178.178 这个 IP，就比 216.240.128.82 好用多了。结果，我根本不怎么需要 VPN。在农村能上的西方媒体网站，比在城市里多。好像没人有那个闲心，来盯着一个叫荒地的小村庄里一个炕上那台孤零零的显示器。

我和关老师的弟弟一起住。这位关先生跟我同龄，是个农民，小心翼翼唯唯诺诺。他的性格让我想起明尼苏达的那些邻居：沉默寡言，总是一副困惑茫然的样子。他还没结婚，每天穿着肥大的军装裤和不合身的军装外套；干瘦黝黑的他老是眯缝着眼，好像阳光照得眼睛疼。说起话来跟蚊子叫似的，搞得我跟他讲话也不由自主放低了声音。我们会共用那个用泥墙筑起来的外屋茅房，此外就没什么交集了。他对互联网毫无兴趣，也不会说一句英语，从没问过我来研究什么，老婆是谁，美国的地理政治或者想不想妈妈。

他有个十几岁的侄女，总是过来上音乐网站下载歌曲。关先生让她从英语单词练习本上扯下一张纸，把租约手写在背面。另一面是一连串的英语单词，exhausted（筋疲力尽）、embarrassing（令人尴尬）、kangaroos（袋鼠）；翻过来就是一段文字，写明我租了将近七十平米的房子，还可以使用菜园的一半，每月租金三百元。住房面积我相当满意，房子采光很好，两边都有窗户，十分通透。但菜园就算了。迄今为止在我手里唯一成功生长出来的，只有胡子。

十七岁的侄女以后想去幼儿园做英语老师。她给我看课本，上面写着美国的教育遵循一个信条，“要孩子和父母断绝关系”。我解释说，只不过是大多数孩子高中毕业就离开了家，但和父母还是关系很好，即使隔得很远。侄女说，在乡下，“大家永远待在一起”。

我后墙的窗外，皑皑白雪覆盖之下，就是关老师的父亲“文革”期间自杀的那口井。关先生已经不记得了。那时候他还只是个奶娃儿。“我们又打了一口井。”他很笃定地说。

我们谈论得最多的话题是鱼。他天不亮就起床，开着自己的飞马牌摩托车，到松花江去撒网。我总能听到天亮时摩托车回来的声音，在储藏室旁停下。那房子里总是有水流一般闷闷的气泡声。一天我打开锡门，看到一条水管，连接着井口的水泵。引水进入一些红色塑料桶，有的装着小鱼，有的装着蝌蚪，有的装着扭来扭去的鳗鱼。木椽子上牵着绳子，上面挂着用作鱼饵的蚯蚓。弗朗西斯觉得这个场景像是要开演中国版《沉默的羔羊》。但在我眼中，这和明尼苏达小木屋里的摆设没什么区别。只是那儿没有鳗鱼。它们弯来扭去，发出难听的摩擦声，我赶快紧紧关上门。打开门往洗衣服的桶里灌水，真是一场折磨。

关先生不喝酒，也不打牌。他每天去钓鱼，一趟趟把收获的东西卖给熟客，没卖出去的就带回来。每晚 8 点他就已熟睡。我们俩就这样默不作声地在同一屋檐下擦肩而过，但也很和谐很舒服。

我们的大门不上锁，但关先生在我房间的门上安装了一个小挂锁。除了笔记本电脑和一个热水瓶之外，我也没什么值钱的东西，除非小偷想要一摞摞 1938 年的满洲南部铁路报告，还是日语的，标题都很长，比如《日本自由居民首次在奉天—吉林铁路沿线经营灌溉水田一例》。

第一天住进这个家，刚打了个盹，就被烧糊的气味惊醒了。睁开眼睛，看见从炕的缝隙间飘散的烟雾弥漫了整个屋子。这炕好几个月没人用了，之前也没人检测一下。我剧烈咳嗽，不断揉着眼睛。关先生的脸出现在窗户那边，站在炕的第一个排烟口那里，空气倒是很清新。“没问题!”他给出了自己的建议，试图堵上没有火焰但依然在冒烟的秸秆。他那过于宽大的外套袖子无助地垂了下来。“没问题!”他大喊。“你喘你的气儿，没问题!”

3 月初，我们迎来一个颇有预言味的节气：惊蛰。这说明冬眠的动物就要醒来，严寒就要结束了。积雪还没有融化，荒地的空中唯一“惊”起的，是猛龙战斗机[①]。空军飞行员在训练，驾着飞机轰隆隆飞过村子上空。他们起飞的地方，是过去吉林市的机场，一直用到

---

① 即歼- 10 战斗机。——译者

2005 年新机场落成。新的机场离省会长春要近些。

老机场的一条跑道和一个飞机棚还在继续发挥作用，而笨重的水泥航站楼和空中交通控制塔空空如也，周围有一圈生锈的栏杆，被拦在外面的只有随风摇曳的野草。红砖库房里装满了干秸秆。房子外墙上的黄色口号已经褪色，“毛主席万岁!”的语气也显得没那么强烈了。在中国，这样的口号就像美国邮局墙上某个生锈的核避难所标志①，都是遥远时代的遗迹，就算只是过去了几十年。

我对农村学生的记忆似乎也很遥远了。十五年前，我在中国西南地区做过和平队志愿者。那时候教过大学的学生，很多还在跟父母一起种田。他们渴望离开那里，但不知道更广阔的天地到底是什么样。对中国的初体验始于那儿，挺好的，因为他们和我一样在“状况外”，不知道怎么登记传呼机，更别说找工作，租房子和独立生活了。总有一些跳出农门来到沿海的村民，他们的故事陆陆续续传回校园。但跳出这一步，就意味着丢掉了政府分配的教师工作，没有了“铁饭碗”。我大多数的学生都是独生子女，父母老了，他们的赡养压力很大。有一次，我去看一个毕业的学生，她还记得我讲的学校吉祥物，中国的学校是没有吉祥物的。她说，自己工作的那家学校应该用骡子做吉祥物。因为孩子们——还有老师们——都被一路驱赶着。

荒地的学生们感觉更有灵气，更活泼，也更容易沟通。没有谁挥舞过镰刀。除了帮家里干点杂活，父母都希望他们把精力放在学习上，别去种田。二十二中的这些学生人手一个手机，他们不会操作脱壳机，短信倒是发得很勤。父母也都希望他们能走出去，先考进吉林市的高中，接着去中国其他地方上大学，或者找个好工作。谁还指望国家分配工作呢？这也是遥远时代褪色的记忆了。

我做和平队志愿者时的那个地方，周围的油菜地和竹林遍布的山坡已经看不见了。1997 年，有个学生写了首诗，描述从学校后门走

---

① 美国在冷战期间修建的避难所，“古巴导弹危机”一旦爆发，可用于防核辐射。——译者

回父母家农舍的那段路：

“黄昏，在乡间的小路上”
夕阳西下，
土地升起一片薄雾，
柔和的灯光下，
河水闪亮。
炊烟袅袅，
牧羊女来了，
唱着轻柔的歌。
多么美好啊！

现在，那个地方广告牌林立，推销着名叫西雅图金山、加州蓝港的小区。还有块广告牌上的字体随着河流的弯曲，渐渐缩小：VIP VIP VIP VIP。

那是四川的乡村，相对来说贫穷落后。如果那里都变成这样了，那么十五年过去，本来就比较富裕的荒地会是什么样子呢？

不过，说到在农村教书，有些事情还是没有改变。教室里仍然坐着三十个学生，横排竖列，整整齐齐。最后一排没有满脸认真的脸庞，而是一头头鸡窝般的黑发，有节奏地打着呼噜。英语课本的词汇表读上去仍然像自由联想游戏中会出现的词组：unfortunately（不幸地），go down（下降），politely（礼貌地），overslept（睡过头）。

荒地那些十几岁的孩子，也跟我十五年前教过的那些大学生一样，好奇美国老师是不是真的不布置作业。他们总是问我美国现在几点。中国只有一个时区，那么美国的不同城市是什么时间呢。“纽约几点了！”晚上 11 点。“旧金山几点了！”晚上 8 点。“华盛顿几点了！”晚上 11 点。“等等，跟纽约一样啊！”男孩子会问我 NBA 的篮球明星，女孩子则急着挑选英文名字。

我没要求他们必须有英文名字。光记中文名字当然容易得多。但有的孩子需要在英语上取得身份认同。一天吃午饭前，胡楠，一个齐刘海的害羞女生告诉我，她决定叫自己菲尔。

“就叫南怎么样，或者南茜？”我建议。

“我喜欢菲尔。”

“但南听起来像你的中文名字。很特别，独一无二啊。”

“我不特别，我就是菲尔。”

“如果是菲利斯的简称，那我喜欢这名字。”

“就是菲尔，”她说。

午饭后，两个老在我讲课时睡觉的男生邀请我在雪地上来场百米赛跑。菲尔站在终点。周围的同学不停喊着“加油！加油”。

在田园般安静的荒地教书，就是这样一番景象：空军的飞机在一群青春期的孩子头上呼啸而过，他们冲着我尖叫，让我跑快点。起跑线上又多了好几个男孩。十分钟后，菲尔令人惊喜地提出和我换位置。轮到我喊加油了。她脸上的表情很严肃，跑赢了所有的男生对手。回教室的路上，她主动跟我击了个掌，脸上带着淡淡的微笑。

3月末，昆虫们终于“惊”起来了。但节气已经转成春分。雪终于开始融化。接下来的4月初，迎来了清明，也是中国的扫墓节。解放后这个传统曾一度被斥为旧社会风俗而遭到禁止。2008年，政府又将这一天定为全国法定假日，令这项传统历久弥新。

荒地的坟全都被破坏了，所以我的学生们只能从北京出的课本上读到关于这个节日的描述。英语课上，我们翻译了一千两百年前的古诗《清明》：

清明时节雨纷纷，(A drizzling rain falls on Mourning Day,)

路上行人欲断魂。(The mourner's heart is breaking on his way.)

借问酒家何处有，(Enquiring where a tavern is,)

牧童遥指杏花村。(A herder points to Apricot Blossom

village, far away.)

我告诉弗朗西斯，孩子们翻译了“杜姆”那首著名的古诗。她问：“谁?”

“唐朝诗人，杜姆。”

“你说杜甫?”

“不，杜姆，那个诗人。”

“杜甫才是唐朝最著名的诗人。”

“不是，杜姆！写关于清明那首诗的!”

“哦，杜牧，你没发对音。”

弗朗西斯总是给我的中文纠音，我也给她的英文纠音（次数要少些）。我一直拿她那次把优胜美地（Yosemite）发成优斯美地来取笑。还有一次她说很喜欢那个叫做南方小鸡仔①的乐队，也经常被我在玩笑间提起。

我说杜姆，她就完全猜不出来是谁。非要发音正确才行。这在我眼里简直荒唐。要是一个人在70号州际公路上问这是不是通向达萨斯的路，绝不会有人说：“达萨斯？没听说过。”肯定知道是达拉斯啊!

“那首诗很美。”我在红旗路上向北走，弗朗西斯在电话里说。此时有小雨点滴在我的眼镜上。“中文里是押韵的。最好英文翻译过来也要押韵。”

原诗中结尾的字分别是纷、魂、有、村。“这叫韵脚，笨蛋。”她把我说得更糊涂了。我赶紧转移话题，问她清明节准备怎么祭奠父亲。

去年秋天，弗朗西斯的父亲在深圳去世。这个南部沿海城市紧邻香港。1989年，弗朗西斯的大哥放弃分配的会计工作，搬去了那里，自食其力，进入中国最早的中介公司，从底层做起，最终在管理层占

---

① 其实是南方小鸡，Dixie Chicks。弗朗西斯说成了 Dixie Chickens。——译者

据了一席之地，给父母买了套房子。弗朗西斯的父亲很高兴能离开严寒的东北，回到自己童年记忆中的南方。因为肠梗阻并发症，他去世了，弥留之际，家人都陪在身边。

他的骨灰被装在一个鞋盒大小精美雕花的大理石骨灰盒里。盒子被放在骨灰库的架子上，等着入土。清明节，弗朗西斯去了那里，说要把爸爸带出去“透透气”。她从架子上拿起骨灰盒，来到温暖的阳光中。这是专门用于烧纸钱和焚香的地方。她掀开盒盖子上盖着的金色布片。盖面上嵌着爸爸的一张黑白照片，也是她最喜欢的一张：穿着黑色运动衫和白色正装衬衫，一边嘴角微微翘起，略含笑意。她像在机场接人一样大喊一声“爸爸”，仿佛父亲只是去了一次长途旅行，又跟她在接机口重逢。

过节吃饭，弗朗西斯和哥哥陪着母亲跟爸爸说话。“我做了你最爱吃的，炖猪蹄。”妈妈边说边把菜放在骨灰盒旁。“抽根烟，爸爸，”弗朗西斯说着，点燃一支烟，放在地上。哥哥则倒了一小杯白酒，举了举杯，然后放在点燃的烟旁。弗朗西斯说，亡故的亲人每年这个时候，回到我们身边。

她的母亲烧了各种各样的纸钱，这在阴间属于法定货币。她端出更多的菜，催父亲多吃点；又讲了他离世后家里发生的事情，让他放心，大家都挺好。她还说，丹丹的老公都搬去荒地了呢。弗朗西斯补充说：“那儿每个人都想您。他们一直问起您。但您现在就跟我们一起吧，这儿暖和点。”

两个小时，一家人就这样陪着他，坐在阳光里。

“这片儿没有坟，也没啥稀奇的。”三姨坐在炕上说。“死了就死了嘛，不见了。”

她穿一件鼓鼓囊囊的黑色丝质棉衣，黑色布鞋，头上还有一顶破破烂烂的黑色毡帽。灰白头发打着卷，从帽子周围垂下来。说话的时候，一颗龅牙不断触碰到下嘴唇。她感觉像那种“万事通”的图书管理员，热情活泼健谈和弟弟三舅的沉默寡言形成鲜明对比。她经常默默把我在社交上的失礼看在眼里，等过一段时间，她觉得我不会尴尬了，再告诉我（其实无论何时告诉我，都还是会尴尬的）。“去瞅瞅朱姨，”她说，“给她捎点儿肉去。让她做给你吃。几个星期前你经过她家，没去看她在没在，没去打招呼。”

如果我是啥大人物，肯定会选三姨做我的总参谋。不过我没权没势，所以她就只是我最喜欢的阿姨。她住在红旗路旁第一个房子里，离中学只有八百米。这是这片儿造得最牢固的房子，不是砖砌的，用的是混凝土。“我从来没当过农民。”她说。她父亲是个共产党干部，1950 年代被派来荒地监管一个国有粮食仓库的建设。现在那个火车站附近的仓库已经废弃了，外墙全部生锈。在五十五岁强制退休年龄之前（女性的退休年龄。男性可以工作到六十岁），三姨在村政府做干部。而现在她的主要工作就围绕红旗路边那些粉色和白色的虞美人展开。“我自己花钱买的种子，”她经常跟我提起，“那时候东福米业还没给村里花钱呢，我早就种了这些花，街上能漂亮点儿。”

我从学校回家的路上，经常会去看看她。从某种程度上说，我必须去，三姨家有扇窗子正对着红旗路，从路上过的人基本上逃不过她的眼睛。

我喜欢跟她丈夫坐下来聊聊。这个男人和我一样，很好地融入了女方的家庭。他让我叫他三姨夫，不过最正确的叫法是三表姨夫。他慈眉善目，大大的眼睛里总是闪烁着好奇，笑起来嘴巴抿得紧紧的。满头白发剃得很短，能看到斑斑点点的头皮。他瘦瘦的，蓝色哔叽外套和裤子都有点大，松松垮垮地飘着。

他喜欢看比赛，所以我俩经常坐在炕上，看电视上播的体育比赛，随便什么都行。下午一般会播女子排球，或者重播英超联赛的某一场比赛，要么就是斯诺克台球比赛。三姨夫不太喜欢斯诺克，我还蛮喜欢的，因为打出一杆之后和下一杆之前那长长的沉默中，三姨夫会跟我聊天。然而，每次他刚起个头，跟我讲他怎么来到荒地的故事时，比他更高大更结实的三姨就进屋来，打断了谈话。她简直就像一个谈话中的大雪球，从山顶上直直地滚下来，那股气势藐视一切，存在感爆棚。

“那前儿我们都说啥你知道吗?”她问道。“要是病了，你要么继续活着，等病好；要么等死。这边根本没医院，没诊所。我有个姐姐，已经上了学，你丈母娘有个妹妹。她们俩都死了，得的是肺结核还是肺炎，那前儿根本不知道啥病，病了要是好不起来，就死了。没其他的，不像现在，带病还是能活得挺好。你来的时候我们还在唠那些坟。今天是清明。她们的坟在哪儿？没了！毁了！都只剩下田了。现在大家都是火化，骨灰放在吉林附近。我们这儿那前儿还有个庙呢，56年也给拆了，当时这儿变成个生产队，荒地建了村。”

历史就从那时开始。

“今天这风，大得呀，”三姨说，“从蒙古来的风。刮过去天气就好了。你媳妇儿说香港天气怎么样？大太阳？很热？一个国家有这么多气候，真不错哈。那边还树绿花开的，这儿就下大雪了。我的花儿全都冻了。”

她丈夫把目光从电视上移开，注视着她，眼里全是爱。

她没注意，继续滔滔不绝：“我小时候，住的那个村儿离吉林更近，叫沙河子。到处都是小山丘，一座连着一座。我们用树枝啊，废料啊，做了雪橇，就盼着下雪。天天在山上滑雪。我没有冬天穿的棉鞋。一直穿这种布鞋。到处打着补丁。回家脸冻得通红。但都挨着吃饭才回。你知道我们那前儿吃啥不?”

乡村里的回忆通常都离不开食物。

“大豆玉米面窝头，腌小菜儿，有时候还有土豆。夏天的时候吃黄瓜、辣椒和茄子，啊，肯定还有白菜。我们能种的就这些。没肉吃，过年才有。就是一块儿猪肉。那前儿没谁给红包。老百姓谁有钱啊？那是40年代，解放前。到我孙子孙女儿就不一样喽。”

我问三姨知不知道是她哪个亲戚先来东北的，什么时候来的。“我在这儿主要是因为我的先人吃不饱肚子!”她大笑。“原来在山东省，那儿大饥荒。哪一年？那儿总在闹饥荒。根本不在意哪一年。就是饥荒年呗，这个名字不错哈?”

三姨夫大笑一声，甩给我一个眼神，好像在问：“她是不是很有趣儿?”

“两兄弟每人背了个小包袱就上路了，走了一年，跨过长城，来了东北。他们俩吵架了，没人知道为啥。也没人知道他们是哪个村儿来的。结果他们就分开走了，一个继续往北走，在吉林市住下。我也不知道另一个兄弟咋样了。吉林那个找了份工作，帮着抬要运走的玉米和高粱。攒够钱就买了一套马车，能运更多的东西。他在这片儿买了些地，建了屋，租给做工的人住。”

这是三姨的爷爷，一个种玉米的人。“我们运气挺好。总有玉米面儿吃。那前儿房子都是茅草啊，树枝啊盖的顶，屋里就存着很多玉米棒子。不过天气还是冷。每年就这段儿，开春的时候，我们就用新的泥把墙再糊一层。冬天打霜，墙上都鼓起泡，房顶上耗子到处乱蹿。”

三姨举起双手，手指灵活地摆动，好像十只乱蹿的耗子。

她爷爷在村子附近的镇上开了个粮店，不过在松花江对面。“他跟我讲，我们原来住的那个地方现在被水全淹了。沉下去了。他还说以前老用芦苇编了筐子，拿着杆子，划着小船，在水里逮鲤鱼。水很清，一眼就看到底了。冬天把冰弄破，伸下去逮青蛙和大头鱼。像这样!”

她抬起手戳向我的膝盖。三姨夫惊得往后缩。三个人哈哈大笑。

“你讲这些故事好像都讲得不耐烦了，”我打趣三姨。但她根本不觉得我在开玩笑。

“不烦!”她突然严肃起来。“我从来没讲过这些故事。跟谁讲呢?”

三姨夫补充说，这儿的人，什么都知道。

第六章　谷　雨

没人说得清冬天到底什么时候结束，也说不清东福米业对荒地的规划是什么。4 月末的每天，都有阴冷的绵绵小雨。三舅说，今年是他有生之年遇过最晚的播种年。换了往年，5 月前，稻种子早就撒完了。然而，现在犁耙碾过的稻田里，仍然有冰棱。接着，一夜之间，雨停了，银白消退，黑土地露出原貌。只有远处的山丘上冒出一点绿意。

红旗路上，我遇到个不认识我的工人，他问了常规问题，我回答说，我是美国人，身高一米八六，属鼠。接着他自我介绍说来自土城子，来修剪道路两旁的水曲柳。经历了一个冬天的狂风呼啸之后，这些行道树的树枝全都歪向一边。这是个形单影只的修剪工，陪伴他的只有一把锯子和一架木梯。他说是东福米业雇他来美化道路的。三天后，他把分布在道路两旁绵延三公里的树全都修剪完了。路上竖起了一块新牌子，指着公司的办公地点，上书"新农业，新农村，新农民"。和办公地点同一个方向的还有公司名下的神农温泉，这名字来源于神话传说中的上古部落联盟首领，完成了中国古代农业系统的构建。

三姨站在路旁，她种的虞美人花茎抽得高高的，但还没有开花。她哼哼一声："一个民营企业，居然在修我们的社会主义道路，度假村还用神仙来命名。"

但我很喜欢温泉的名字，听起来比红旗好，也好过第七工人休闲区等带有共产主义色彩的冗长名字。1960 年代，荒地曾经一度改名叫九台公社。

“你瞧着吧，”三姨说，“过不了多久，东福米业就啥事儿都要管了。说不定还要把这儿的名字都改了呢。”

“改成什么？”

“谁知道啊！”

传说中的神农氏，也是针灸和中药的创始人。他的身体是透明的，所以亲自尝百草，看它们在肚子中的反应，以辨别可食与否和药物作用。一次神农尝百草时中毒了，生命垂危，顺手从身旁灌木丛中扯下几片树叶嚼烂吞下去，于是有了意外发现：茶。传说还有另一种记载，说茶树的树枝着了火，烧焦的茶树叶掉进了神农氏煮着开水的大锅里。

我很喜欢这个故事，也喜欢其中蕴藏的一些含义。就算是一条叫做红旗的路边，一个温泉的名字，也能看出中国农村对传统民俗的一种保存。城市里，这些传统大多湮没无闻，被悄无声息地遗忘。我在北京的那些学生，没有一个听说过古老城墙上狐仙的传说，或者北京的格局是勇杀孽龙的神仙化身。在某种程度上，近些年的农村也开始渐渐朝这个趋势发展了。三姨家周围那些红砖房外墙上有一些褪色的字，是1980年漆上去的，说该村是一道红色防线。往西边看，是中国新生农场生锈的铁门。这个地方诞生于1970年代，如今早被废弃了。只有一座过去仓库剩下的砖墙，上面有几扇窗户，好几扇都没有了玻璃，仿佛一个画框，框住了一片片稻田。

三姨坐在炕上，从一摞十字绣杂志下面扯出过年时东福米业送给村里每户人家的大挂历。“不就是广告嘛，”她说，“公司想让农民把地和房子都签给他们，搬到新楼房里去。”

挂历上印着古诗《悯农》，提醒大家珍惜农民的辛勤劳动，如今，中国的父母们仍然用这首诗来催促孩子吃完碗里的饭：

锄禾日当午，汗滴禾下土。
谁知盘中餐，粒粒皆辛苦。

然而，诗的配图却是东福米业打谷机和抛光机的照片。在一幅照片里，农民们坐在一起，听一个人讲课。“这公司挺爱提建议的，”三姨解释道。挂历上一页就是一个月，每个月都有一条建议，有些还讲究对仗和押韵，比如：回顾过去，展望未来。

就算念起来顺口，听起来也像是在催促什么。三姨说，她打死也不搬。

我来到神农温泉的门口，保安满脸堆笑。“没人走着来这儿的，”他说，“您的车呢?”

这条笔直的车道长四百米左右，路上有个大广告牌，上面是国家主席胡锦涛来此地视察时摸着一罐大荒地大米的照片。接着经过一大片休耕的田野和一个温室，来到满族宫廷院落区。在这里，度假的人们可以换上丝质睡袍，戴着清朝时期格格阿哥的冠冕，站在满洲式带院落的房屋里，摆出各种姿势拍照。和我想象的一模一样。我一下子明白了，为什么我那位满族的室友和周围的邻居从没来过这儿。

我进入湿气氤氲的温室，绿意葱茏的棚架中钻出一个中年人。他一见到我就唠叨说最近在担心各种霉菌。最担心的是白粉病，搞得他的有机黄瓜都有点儿蔫了。稻谷生长的季节，他经常失眠，想着防虫和防鸟。特别是燕子。它们在没打农药的田地上肆虐，大快朵颐。这个时节压力本该小点的，结果白粉病又来了。

这个足球场大的温室是温泉新近增加的景点，因为城里来的度假者们喜欢自己采摘有机水果和蔬菜。“小孩儿都不知道怎么摘，”这位园丁皱着眉头说，“他们一看到西红柿藤，就把整个都拉断，根本不会轻轻地，一个一个地摘西红柿。他们踢那些瓜，就跟踢足球似的。”

我看着棚架下的泥土：“这些土是荒地的吗?”

他点点头：“我们的黑土地啊，是最好的。”但他有点担心这个最好的时限。最近对荒地的土壤进行测试，发现重金属含量已经接近有机农作物规定的临界点。“土壤还是没问题的，但我老是担心，”他说，“农民就这样。我们就是担心的命。”

“你说你是农民，不是园丁？”

他大笑。“在这个温泉，他们都叫我园丁长。那些旅游的人可不喜欢吃什么老农民种出来的东西。”

我们边走边聊，绕着露天的温泉，看水面在4月春寒料峭的空气中冒着烟。先是一个宽阔的较浅的公共泳池，有一小片高尔夫球场那么大，顺着走下去，来到小一些的私人泡浴池。一溜藤编的躺椅，接着是个茅草屋顶的酒水饮料吧，还有间翠竹掩映的茶室。看上去和中国南部沿海那些高档度假村毫无二致。

“是仿照一个日本的度假村建的，”园丁说。

孩子们高声笑闹，溅起水花，声音回荡在奥运会尺寸的室内游泳池上空。园丁先检查了我们的鞋子干不干净，接着跟我一起走过泳池滑溜溜的边缘，进入洞穴一般的接待处。穿着浴袍和塑料拖鞋的父母们正忙着招呼带着游泳圈的孩子。他们从爸妈怀里挣脱出来，到处跑，速度很快，结果就看到各种孩子不断从周围的柜子和花盆边弹射出来。接待处明码标价，在水里泡一天是一百二十元，最便宜的酒店房间每晚两百八十八元，而最贵的房间价格翻倍。

“那种房间有麻将桌。”园丁说。

“游泳一次的钱差不多可以租个打谷机来弄一片地的稻子了。”我说。

“但是城里人觉得便宜啊。”

“这对荒地的人有什么好处？”

“东福米业赚了钱，就相当于村里赚钱了，”他回答，“村里人都不来，这不假，但是我们种那些粮食庄稼，也不都是我们吃嘛。我们卖给城里，卖给全省，还卖给全国。我们这不是个鸟不拉屎的地儿了。”

园丁还问我，建一个地方，城里孩子能来锻炼锻炼，吃点有机蔬菜，不是比天天去商场吃快餐要好得多吗？

“当然好啦，但最好村里的孩子也能用。”

“你想下水去玩一下吗？”园丁说。“荒地的老师只要半价。”

我说怕把水弄脏，园丁点了点头，又回到温室，继续担心起白粉病。离开的时候，他突然追上来说："拿点儿有机土豆！"我提着重重的一袋子从红旗路上往家走，远处，吊车正在往新的楼房上加盖第五层，也是最后一层。

5 月姗姗而来，节气立夏降临。冰雪融化，活水流淌在灌溉的沟渠，沟边高大的白桦也开始吐出嫩绿的新芽。在荒地，其实比较应景的节气名字应该是惊蛙。它们呱呱的声音四下响成一片，听久了，我就会想，中文里会不会专门有个词叫蛙歌。

三舅说没这词。他甚至对遍地蛙声充耳不闻，就像城市居民对车流声习以为常。"我不敢说对自然的世界一点感觉都没有了，因为我是个农民，大家都知道，"他说，"但农民担心自然，担心我们不能控制的东西。千万别来洪水、干旱、虫害之类的东西。就希望夏天安安静静地过去，什么毛病也没有。希望自然自己管好自己，别来祸害庄稼。"

在我眼里，荒地的地形地貌和景致非常自然，三舅却知道这都是人工形成的。"以前这些全在水下，50 年代才修起来的。"他大手一挥，包括了所有的田野。"你看到的这些全都是人工形成的。黑土地倒是原来就有，但是把沼泽和洼地都抽干了水才露出来的。当时是人工犁地，先犁一遍，完事儿再犁一遍，接着施肥什么的。你看，路是水泥的，电线是木头的，那些房子是砖砌的，灌溉渠是水泥的，水泵房是铁和砖混一块儿的。"

在我眼里，这里的很多东西都充满着田园意味，三舅却觉得都挺工业化的。我在自己的中文词库里不停寻找，想向他解释，西方人现在不说 farmer（农民）这个词，而说 grower（种植者），意思是种的农作物规模比较小。但在中文里，farmer 就是从事农业的人，也只有农民这个词来囊括这个行业的人。中文的农民，英文通常翻译成 peasant，在我脑子里，就是那种在工业化之前的封建时代，面朝黄土背朝天，辛辛苦苦犁地，沾一身泥的人。不过，在中国，农民这个词听起来并不古老。三舅什么也不管，他才不在意被安上什么样的称呼。“我们就是农民。其实也可以说是制造者。我们生产粮食。”

我们从他家出发，往南走了不到两公里，来到一个岔路口，这条路通向吉林市。那儿有个水泥的平房，这是荒地的粮站。黑板上用粉笔写着“出售永丰打谷机”，“出租一片地，年租金 10 000 元”。

“我应该把这个租下来，”我说。

“你不能租，”三舅说，“不是这村里的，都不能租。连三姨和三姨夫都不行，他们是城市户口，所以也租不了，只能租给农民。”

“你帮我租吧。”

“啊，”他淡淡地应了一声，意思是没门儿。三舅以前把地租给过别人，结果后来上访到北京，要找中央政府解决争议。

中国的宪法规定，城市土地属于国家。城市居民可以买房卖房，房子的产权一般是七十年。相比之下，农村的土地，包括宅基地，属集体或地方政府所有。土地的租赁权可以续，一般是三十年。每户人家平均分到的土地是六到十二亩，不久前，农民还不能将土地的租赁权转让出去。

分配到的土地面积会随着家庭成员的数量而变化。生了孩子，或结了婚有新的家庭成员，当地政府就会再多分点地；要是死了人或离婚分居，土地面积也会相应减少。三舅家一共有九亩地，比一个橄榄球场稍大一些。

新近颁布的规定允许农民将自己分配到的土地租出去，只要土地没有休耕或者做工业用途。在荒地，很多家都把全部的土地租了出去，自己不耕地，都去开餐馆或去吉林市上班。有些人家还要种地，所以只租一部分出去。

三舅以前把一块地租给村里一个急需用钱的熟人。当地政府批准了，但后来这块地的稻米产量比预期高出很多，政府又想在下次种植前重新分配这块地。“我和集体是签了合同的，”三舅说，“他们没想到那块地这么好。他们想把地拿回去，重新分配，我猜是分给当官的亲戚。”

2010年，中国有65%的群体性事件都与农村土地有关。一般冲突双方都是农民和开发商或当地政府。三舅翻了很多法律方面的书籍，还在听广播时打热线电话咨询了一位法律专家。这位教授专家建议他把这个看做合同争议，别掺杂太多个人情绪。三舅带着非常强烈的自我意识笑着说，这话让他更生气了。

“当然有个人情绪啦，”他攥紧拳头对我说，“在村里，啥事儿没有个人情绪。”

不过，他还是到吉林市法院提交了诉状，要求村里遵守合同条款。法院在没有宣判的情况下驳回了诉状，三舅就此登上了开往北京的火车。

到中央政府上访很少有成功的，有些上访者多年来拿着越来越厚的复印文件，等着上面哪位来听自己一诉“冤情”；有些则直接被警察赶跑，还一路跟着他们回了老家。不过，三舅算是走了大运。

“我就在那儿待了几天，”他说，“就按照那些法律指南上说的。有一条很重要的条款我还记得特别清楚，‘农民集体所有的土地，由县级人民政府登记造册，核发证书，确认所有权’。证书我都有。有个当官的看了这些文件，帮我写了个条子带回来。”

那个条子相当于一封公函，对低一级的法院作出批示，北京方面已经明晓上访人的诉求，建议“按照相关法律法规妥善处理此事”。实际上，这相当于在抱怨地方法院耽误了中央政府的时间。

“吉林市法院马上听取了我的上诉，认为合同有效。我可以继续耕那块地。”

“所以你赢了。”

他耸耸肩，面对即将到来的丰收，似乎很谨慎。

三舅拒绝把自己的庄稼承包给东福米业。目前看来这是明智之举。上次丰收之后，他一斤米卖两块五，价格是前一年的两倍。抛开成本，赚的还是比东福米业合同中付给农民的钱多了一半。

和三姨一样，他也拒绝搬到新盖的楼房里去。公司代表也没威胁过他或说他固执什么的。那个代表很理解三舅想住在老屋的心情。不过，每晚三舅做晚饭的时候，从厨房的窗户看出去，就能看到落日下的吊车和越来越多高层建筑的剪影。“那些楼越高，”他说，“就显得越近。”

粮站是国有的，也卖农药和种子。世界上一共有超过十四万种米，粮站里种子的种类大概有二十多种，都是适宜在此地区的土壤里栽种的。三舅和这里所有的农民一样，像进行对冲赌注似的，选了五种，有的名字听起来像是吹牛（超优1号），有的比较技术流（农院7号），有的有发明创造的意味（吉粳66号），有的则充满诗意（一个日本品种，翻译过来是“一小片秋日的田野”）。

这些种子都装在一个个袋子里，袋子挂在墙上，墙上装饰着干米糠，还有除草剂的广告标语：“创造优质稻田，喷洒一次足够！”有的种子也做广告，比如丰领8号（还有9号、13号、14号），保证有高产量。店里还贴了很多照片，成熟的稻谷沉甸甸地垂着头。

在我眼里，所有种子看上去都一样。但三舅对每个品种的特点如数家珍，就像汽车推销员在描述新款的性能。“这种成熟需要一百四十五天，这个要少几天。但真正的不同是这个每穗有九十粒，其他的可能要多三分之一。所以肯定收得要多些，但要确保都成熟，不生病。整个夏天都要担心虫啊害啊的。”他不停摇着头。

整个粮站弥漫着一股发霉的化肥味。墙漆和二十二中教室的颜色一样。不过，漫长的寒冬过后，这里人气很旺。粮站一开，就意味着农忙季到了。墙上贴着一张图表，告诉大家如何根据太阳周期来为一块地备耕。现在是谷雨期间，该做秧床了。

“我都不知道，原来是先把秧床做好再挪到田里去的。”我大惊小怪。“我还以为就是在田里走，然后把种子撒进去呢，像这样……”我模仿着苹果佬约翰尼[①]撒种的动作，伸出一只手左晃晃右晃晃。

---

① Johnny Appleseed，美国西进运动中的一名传奇人物，在苹果的种植和传播过程中起到了很重要的作用。他的形象家喻户晓，出现在很多作品当中。——译者

三舅大笑不止，柜台后面的售货员也忍俊不禁。

“这样怎么种稻子啊，饿死你算了！”

实际上，虽然我这种方法产量低下，理论上还是成立的。不过这是我后来才听说的。当时我只听见他们用了很多不同的中文词语，中心思想就是说我傻不拉叽的。三舅说我是笨蛋，彪子，山炮……我好几个星期都没见他这么高兴了。

我在一片欢乐中插了句嘴：“挪到田里应该很累吧，天天弯着腰。”

他哼了一声。“有机器！机械水稻插秧机！把秧床放到机器上，机器就把它们插到田里。”听三舅这语气，仿佛是多年听从他调遣的机器人老伙计。我问他，机器是什么时候进村的。他说，“去年”。

轮到我发表独到的见闻了。在加州，这种短粒米的播种，是由低空飞行的螺旋桨飞机来进行的。种子直接从空中播撒到地上，像冰雹一样从泥地中反弹起来。此时站在田野中，会觉得自己正经历一场西方婚礼中的撒米仪式：种子落在你的头发上，藏在衣领下，甚至钻到鞋子里。

售货员说，“那谁还干活啊？都用上飞机了。”

“我们是有机器来插秧，”三舅强调，“但还是需要准备种子，给田里除草。我们还是要干活的。”

“不过年轻人是不想下田了哈。”售货员说。

这是大实话。沿着红旗路走回三舅家时，我们看到田埂上犁地的或是在院子里准备秧床的人，都跟三舅一般年纪。他快满六十七了。

东福米业门口的折叠电子门是开着的，办公大楼的门也是敞着，这可不太像中国的公司。我畅通无阻地走进去，说想见老板。他不在，但公司的农学负责人说可以带我参观一番。这位刘博士五十多岁，穿着一件实验室的白大褂，里面是一件手打的毛衣。鼻梁上一副厚厚的“酒瓶底”，眼镜后面那双眼睛看到我并无惊异。

“你就是那位老师嘛，”她说，“我经常看见你跑步。你怎么知道往哪儿跑？”

“我就往江那边跑，或者往山丘那边跑。”

“你迷过路没？”

“挺想迷路的。”

“你应该画个地图啥的，到温泉去卖。那些游客都喜欢开着车四处照相。”

“我还没跑到过那些山呢。那只是我的目标，来回要十六公里。”

“好远啊！简直要一溜烟儿跑城里去了。”

刘博士就住在城里，吉林市。她在那里的一个农学院教书。讲起自己的经历，时间顺序分明，语速飞快，就跟事前背过稿子似的。1990年代末，荒地当时的村长雇了个司机，叫刘延东（跟刘博士没有亲戚关系）。上面有官员来视察，村长就派这位刘先生去买最新鲜的大米。刘先生经常跑到隔壁一个镇子去，那个镇子自己有大米加工厂和抛光厂，米的卖相和味道都比荒地的好。

“他脑子灵光嘛，”刘博士说，“就想，‘要是我有钱，就在荒地开个自己的大米加工厂’。”

但那时候他没钱。他家是荒地最穷的几户之一。而且，就算加工厂开成了，他也得买米。还不能随便买，得买高质量的米。

“他就去我们农学院找主任，但当时他不在。刘先生就碰巧跟我聊了聊。我当时在研究有机大米，是省委书记提议的。这种试验项目也算他的政绩。刘先生和另一个司机是合伙人。他们开的是现代。对，是黑色的。”

我问车是不是黑色，她边答边笑。当官的，从国家主席到荒地村的村长，坐的都是黑色车。

“我就跟他们讲试种什么水稻品种最好。他们走了。后来又回来问我，能不能教他们怎么种。我就跑来这儿，在他家里住了几天，看他们是什么样的人。他们想做些对村里有好处的事儿，别处没做过的事儿。我跟他们说：‘听着，你们要是想赚钱，没关系，别藏着掖着。但我不在乎你们的钱，我在乎我的研究。’”

刘博士面带微笑地回忆自己这些“豪言壮语”。

她告诉刘先生那群人，国务院拨了专款，发展绿色食品产业。刘博士建议他们做种植有机水稻的先锋。

“刘先生说，‘你想干什么都行’。那是2000年4月8号。他给公司取名叫东福，是他和他合伙人名字的最后一个字。接着他开着现代到处跑，拿批条，盖章，刚开的时候叫东福科技试验基地。科技啊试验啊这种名字，发营业执照的机构都挺喜欢的。”

“当时全部办下来花了七百元，不过我还是跟着农委会那个办事员，免得她贪钱。我说办得太贵了，我们就是个小公司，而且是试验的。最后，她只收了我一半的钱。”

这个故事堪称现代中国的商业寓言。一个穷困潦倒的乡村司机，巧遇一位农学家，二十二天内从无到有，建起一座农场。我本来挺怀疑故事的真实性，直到听刘博士说她为了办执照便宜而去讲价。这太符合东北大妈的性格了。

“2000年7月，我参加了省上一个农业大会，”她说，“我就开始了副业，搞公关。接下来的一年我简直就是公司的活广告，跑去大连、西安、北京，跟那些当官的介绍我们的农场。第一次收成没人理，第二次就获得了国务院的拨款。刘先生终于如愿以偿开了加工厂。我带你去看看咱们的新厂房。”

我们经过一个地方，那儿刚刚举办过公司的乒乓球赛。横穿马路之后，就看到恒温的筒仓，里面是公司存储的两百八十吨加工过的大米。

“这里原来全是沼泽地，划船才走得了，”她说，跟三姨告诉我的一样，“那时候就已经很平了。抽干水之后，工人从松花江那儿挖了一条灌溉渠。1965年开始种的稻子。”

“我姨说是1955年，”我纠正道，“她那时候就住在这儿。”

刘博士问我姨是谁，双眼怀疑地眯起来。我感觉快接近旅程的尾声了。结果没有，她知道三姨，知道她在路边种了那些花。她应该在脑子里按了个删除键，重新填上正确的种稻起始年份。

“那时候农民种出来的稻子，和现在比真是太少了。”她说。我们在窄窄的田埂上走着，尽量保持平衡。东北的大米产量占全国的12%，不过只有一半是这种短粒黏米。“很强壮，也抗冻，”刘博士说，“很适合有机种植。”

东福米业使用的肥料是动物粪便。刘博士提到，有机化肥一半都是用羊粪做成的。现在灌溉公司已经不用松花江的水了，是从地下十二米处压出来的水。“很干净，我们随时都在监测。”她说。

随着中国的发展，食品安全和环境污染迅速成为全国关注的问题。2010年，全国进行了一场土壤调查，结果被定性为国家机密。但是2013年，一位中央高官宣布，全国有将近八千万亩土地污染严重，“不应进行农业活动”。这个面积相当于整整一个马里兰州。2014年初，政府公布了一项为期八年的调查结果，全国有五分之一的农田污染严重，多数位于华中和华南。

“确实，我们公司最头疼的就是污染。”刘博士带我走在稻田间。我想起那位园丁长担心最近的土地采样结果，还有从吉林市到荒地一路上看到的饲料厂、化肥厂和酒厂。我想象着村民和我自己体内发出放射性的绿光。

“没事儿，”刘博士说，“别担心。我就不担心。”

沉默了一会儿，她承认，刚才没说实话。她很担心杂草和虫害。“我们试验过各种各样的预防方法。农忙的时候我们把产蛋的鸭子放进田里，就是在你看到的那些小木房子里。小鸭子满月的时候，就能到处游着吃虫子。我们还往水里放过螃蟹，这些家伙挺能吃。”

我说我喜欢鸭子。在只有虫声鸟声的寂静乡村，看着它们在田间游过总能让我微笑。鸭子们看起来总是一副心满意足的样子。

刘博士却说得咬牙切齿：“这些鸭子给了我一个大教训！有一年我给它们开小灶，特别好的有机饲料。你猜怎么着？它们就不吃田里的杂草了！它们变得特别懒，天天等着我喂它们吃好的。真是好笑。给它们吃好的，反而不干活了。下雨的时候，它们就情愿待在小房子里，等着人来喂。”那一回合算是鸭子们赢了。第二年，刘博士减少了大餐的分量。现在，它们又开始大吃特吃杂草和虫子，吃得圆滚滚的。

这也是个寓言，鸭子给了人一个教训。刘博士老把这个教训讲给那些将庄稼承包给东福米业的村民听。

“每年丰收之后，我们就把农民们召集起来开个会，”她说，“那些把土地租给我们自己不种的人也有份。每次都给他们再讲讲怎么挑选高质量的种子，秧床的土壤温度该是多少，怎么挑选优质秧苗，淘汰其他的。农民们很熟悉这个过程。我们中国人种地种了几千年了。不过每年不管有什么新科技或新机器，我们都会重新讲一遍这个传统的过程，免得他们忘了。”

我想起公司发给三姨的挂历上有一张讲座的照片，说有的农民肯定不认真听讲。

“当然啦!”刘博士笑着说。“所以我订购了挂历，每个月都写着相应的说明。用了很大的红色字体，闪闪的，很漂亮。过年的时候我们当礼物发出去。我希望他们的孩子也能多看看，好歹了解一下我们的农耕传统，就算他们自己永远也不会亲手种地。”

第七章　朝圣之路

三姨戴着她那顶毡帽，弯下身子，给红旗路边那些虞美人除草。她问我在温泉那儿看到了啥，有没有打听到东福米业接下来的打算。我们一起蹲着，边干边聊。今天是工作日，路上空无一人，只有我们两个，在黑土里刨呀刨。

她一股脑儿把心里想的都说了出来，问我有没有过度发展这回事。“怎么就能知道一个地方已经发展得正好了呢？”

在北京的时候，我用四年时间，采访了很多居民、官员和城市规划者。没有一个人问过我这样的问题。从建筑师到开发商再到政府，没有人想过去问问那些胡同里的街坊，要把他们的四合院和土生土长的社区给翻修（更普遍的是拆了重建）一新，他们自己有什么看法。其实很多人应该都会希望远离布满危房的狭窄胡同，搬到设施齐备的新公寓去。有的可能会建议就地改善四合院的供暖和排污，让街里街坊能继续快乐地生活在这热热闹闹存在了六百年的老社区中。中国的首都曾经密密麻麻地布满了胡同和四合院，这是特色相当鲜明的传统城市规划代表作。然而现在它正逐渐变成一个以汽车为中心，由环城高速和购物城相连接，无计划扩张的毫无特色的城市。我总会礼貌地指出，美国曾经也是这样发展的，而现在已经有意识地修正和回归。北京不用走美国的老路，不用把那些错误再犯一遍。这话让一个官员义愤填膺，他自豪地说：“我们完全有权利再犯一遍美国的错误。”加宽道路、夷平四合院、增建地铁、大修高楼：北京仿佛永远也不会发展得正好。

尽管各大城市的天际线日新月异，中国仍然有十分之一的人口在贫困线以下，日收入不超过一点二五美元。这一点二八亿人，大多数生活在农村。

荒地算是比较富裕的农村了，土地肥沃，建有火车站，集市兴旺，街道也铺设得平平整整。然而，随着晨跑的距离越来越远，我发现，红旗路在村外的延伸部分越来越窄，越来越破，最终就是一条小土路。我跑过一些小村庄，路旁没有商店和学校，只有令人掩鼻而逃的垃圾。木结构的平房油漆剥落，周围的篱笆也只是用树枝草草缠在一起。篱笆上还经常挂着粗糙的广告条幅，卖自家的家禽或宣称可以帮别人挖井。这让我想起美国那些比较贫穷的小城，总有人卖自己养的兔子，或提供理发服务。站在屋外的人们穿着破烂的棉袄，双手揣在衣兜里。我一路绕过路上的泥水坑，他们就直愣愣地盯着我，什么也不说。我感觉自己就像是当街小便被逮个正着。

一天早上，室友关先生出发的时候，我也起了床，和他一起跑到松花江。他捕鱼的地方和我想象中数百年来的样子一模一样。和吉林市不同，这里的河岸没有水泥修筑的平整堤坝。农田旁边就是沼泽，里面的水畅通无阻地进入沟渠。关先生站在水浅的地方撒网，看上去仿佛是来自过去的影子。他说有时候在荒地市集上卖鱼的时候，会有来温泉一日游的城里人举着相机拍他。然而，他不是他们乡村情怀中一个颇有怀旧感的人物，他是关先生，一个努力谋生的乡下人。

我沿着松花江的大湾往北跑了将近五公里，一路上没有桥，没有轮船，没有人。连卖矿泉水的都没有。要知道，在中国，跑进深山里都能遇到卖水的。一只喜鹊陪我跑了一程，它在电线间翻飞，电线杆子是木头的，上面还有树皮。

我跑到一片新种的玉米地。地上散落着先锋牌种子的大袋子。我的第一感觉是悲伤，就连这里的土地，也成了全球化农业的一部分。但转念一想，这也算是万物归宗的体现。先锋是属于世界第一大种子公司杜邦的品牌。该公司成立于艾奥瓦州，创立人是亨利·华莱士

(后来做了富兰克林·罗斯福的副总统)。而他试验的第一批杂交玉米种，就是美国和中国的混血。

我又回过去往南跑，跑过一个名为大红土村的小村落，全都是陈旧潮湿的红砖房，我真想把它们全部拆掉，到阳光下晒晒干，再重新组装起来。

“这片儿以前都是这样的，”三姨说完，又照顾起她的花儿来。

小满前一天，三舅把他那块地上的谷糠都耙掉了，弄成一堆堆的烧掉。一夜间，谷糠堆阴阴地燃烧着，湿气催生出呼哧呼哧往外冒的白色烟雾，像羽毛。吃完晚饭后我往家走，一路是还在燃烧的灰烬，黑暗中明明灭灭的光，仿佛天上的星座。

第二天一早，三舅雇了个人，开着拖拉机，把地犁了一遍，把灰烬搅吧搅吧变成肥料，从褐色泥地下约四十厘米的地方把新土翻上来。到午饭时间，三舅的地看上去就像一大块布朗尼蛋糕。踩进软绵绵的肥沃土壤，一下子就淹到了脚踝。

有机农场成本太高，需要的劳力三舅也管不过来。他来来回回走着，喷洒着粳杰612除草剂。这种药剂的主要成分是吡嘧磺隆。包装上用中文写着，兔子、仓鼠、鹌鹑、蓝鳃太阳鱼和老鼠不可服食。“老鼠都不能吃!”我大惊小怪。但三舅说这很安全，人人都在用。事实上，这是广泛应用于全世界的一种除草剂，各地的牌子不同，比如死硬(这个名字很应景，让我哈哈大笑)。

村里打开了水泵，田野被二点五厘米的井水覆盖。机械化的播种机将种子撒到田里，水泵再次打开，再次淹没。三舅的庄稼就这样躺在地里等着丰收的季节。他庆祝的方式和每天结束时的庆祝没什么两样:在炕上吃顿肉，喝点啤酒，看《新闻联播》。

6月，节气从芒种换到夏至，荒地的景象也变成绿油油的千里沃野。红旗路成为一片绿海中的灰色水流。白茫茫的冬天和雨水浸淫的春天之后，灿烂的阳光和新鲜的空气又回来了。我敢发誓，我能感受到万物的光合作用，嗅到它们产生出来的叶绿素(也有可能是除草剂的味道）。

田野也仿佛熠熠生辉：农民们在杆子上绑着光盘，既能反射阳光，又能吓退企图来地里偷吃的麻雀。平静的水面偶尔蹦出一只青蛙，游来一只鸭子，跃起一条鱼。三舅说，这些动物是最好的“杀虫剂”：青蛙吃蚂蚁之类的虫子，鸭子负责蚯蚓什么的，鱼儿们则靠菌类果腹。

来了这么久，我还是第一次明白弗朗西斯对荒地那份割舍不下的归属感。这里和中国的城市不同，地理特征几乎没变。三舅这个房子原来是她住的，景色和如今并无不同。反观北京，我们俩喜欢的很多地方，包括曾经一起教书、生活和恋爱的那一整片地区，已经全部变了样。我们旧地重游，却无从怀念。那段过去只能存在于我们的回忆中，慢慢褪去颜色，完全无法挽回，有时甚至会错觉根本没发生过。

弗朗西斯说，乡下很少会让人产生这种怀旧的感伤。不会有人感叹过去的好时光一去不返，只有一辈子都守在这里的一大家子，无论好日子、苦日子，永远一起生活下去。一个周末她来看我时，两眼放光，拉着我急急地跑去田里，小时候，她就是在那里坐着，玩着湿润的黑土，看外婆弯腰种稻子。外婆一边劳作，一边温柔地唱着那首儿歌：“小燕子，穿花衣，年年春天来这里。我问燕子你为啥来？燕子说，这里的春天最美丽。”

三十年后，弗朗西斯依然能清楚指出那块地方。她眼中映着遥远过去的清晰印象，因为高兴，眼眶里甚至有些薄泪。

怎么就能知道一个地方已经发展得正好了呢？东福米业的广告牌上说自己的目标是建设东北小康村。但三姨提醒我说，亲手建设这个村子的，是我的邻居们，包括三舅。五十年前，荒地还是一片沙丘和泥沼。

往前再数一个世纪，经过周边地区的探险家在日记中描述这片土地，说这里让他们想起拓荒者丹尼尔·布恩在肯塔基的经历，以及刘易斯或克拉克穿越美国西部的情景。有人拿培根熬的油在脸上身上涂了厚厚一层，好抵御那些巴掌大的蚊子。1886 年，一个印度文官机构的官员来到此地，搜集不同种类的动植物，之后写下了第一份涵盖广泛的东北调查报告。他找到的基本都是小虫子。“我找不出任何语言来形容这里种类繁多的蚊子、小昆虫、蜜蜂和牛虻，我们每走一步都要遭到这些东西的袭击，”亨利·E·M·詹姆斯回忆道，“我们每个人都武装了一个装有马尾巴的铁耙子，一路奋起驱赶。这种徒劳的努力仿佛更激起了敌人的斗志，让进攻更为恶毒和猛烈。我完全被打败了，筋疲力尽，根本无法前进，也无法保护自己不被叮咬。有时候我有气无力地抬起手，朝自己脸上打一下，一次能打死十几只。”

为了对抗这些吸血狂魔，不让它们“在脸上留下弹孔般的伤痕”，詹姆斯说中国居民们耕地时会在头上戴上铁环，铁环上固定着冒烟的木头。“要是非要找个令人生无可恋的时候，”他写道，“那必定是满洲的夏天。”

他的旅伴是个三十三岁的英国中尉，名叫荣赫鹏。后来，在英国和俄国的大博弈①时期，这位沙场征战者领导了一场侵略西藏的行动，杀人如麻。后来他回到英国，成为皇家地理学会的主席。1936 年从拉萨撤退时，他忽发奇想，成立了“世界信仰大会”，支持泛神论和自由博爱。

1886 年远涉东北时，年轻的荣赫鹏也为蚊蝇所困。“新的人间极刑诞生了。”他写到了浑身是血被蚊虫叮咬弄得发疯的骡子。为了减少叮咬，在无比炎热的夏天，探险家们还是生起了一堆熊熊烈火，整个身体躲在火堆后面，才得以安睡。“当然，我们严重缺乏睡眠，这一段旅程实在艰辛无比。”

要是这些小飞虫没能让你缴械投降，东北虎也能要了你的命。

① The Great Game，19 世纪中叶到 20 世纪初的政治术语，特指大英帝国与沙皇俄国争夺中亚控制之战略冲突。——译者

“归队的信号发出后，要是还有人下落不明，”另一位旅人回忆道，“他们就会认为这人成了野兽的腹中物，或是不小心迷失在山野间。”

旅人们进入高山树林，湮没其间，只因太过林深叶茂。18世纪，一支队伍经过长达九天的穿越，“不得不让满洲兵士砍倒好几棵树，以便观察太阳，辨认方向”。一百年后，这些树林却面目全非，荣赫鹏写道，“目之所及，只有光秃树桩而已”。

19世纪关于东北的游记，大多都冗长繁琐，记录自己的精神如何在枯燥的长途跋涉中崩溃。1896年，一位英国领事来到吉林，写道：“道路极其危险。盗匪横行是家常便饭。旅舍数量极少，互相之间相去甚远。入夜还在户外行走，极易招来祸事。”第二天一早，他正在给自己的左轮手枪上子弹，说时迟那时快，一颗子弹“呼啸进入我们适才坐卧之地，射在对面墙上，泥土飞溅”。

随着清帝国的衰落，强盗土匪鸟枪换炮，变成军阀，虽无虚名，实际上却掌握了东北的控制权。一个发了横财的中国矿工，自称边塞可汗，在森林里建立了一个小小的独立王国，总人口达五千。后来他又将“王位”传给子孙，直到1925年其重孙“退位”才告结束。满洲的强盗土匪经常戴着红胡子的面具，所以也被统称为“红胡子”。他们横行霸道，肆意占地。一个诨名马疯子的土匪，在整个东北的城镇烧杀抢掠，无恶不作。北京政府不得不派遣了一支四千人的皇家军队前去追捕和剿灭。

19世纪时，夏末的霏霏淫雨总会冲掉道路上那些骡子拉车时留下的痕迹，一切变成泽国。修路的意思，不过就是在已经挖开的凹槽旁再开挖新的而已。冬天，这些道路便会封冻，没有避震的马车经过时，不停地震动打滑。

探险家亨利·E·M·詹姆斯，裹着厚厚的羊皮袄，冒着暴雪和零下40℃的严寒，却好似并不在意极端的气候。“只要北风不吹，这寒意便显得平易，干脆，令人振奋。”接下来的描述却让我想起自己冬天在红旗路上痛不欲生的行走，“然而，北风一吹，惨状不忍多述”。

他一天行路将近五十公里，相当满意。然而，天黑时队伍来到一个貌似可驻扎之地，往往只能找到一个摇摇欲坠的旅店，不过是几间矮小的泥棚，还散发着牛粪的味道。店里提供的伙食，是“一些无法下咽的猪肉”和“放了六个月的咸蛋熬成的糊”。相比之下，他的旅伴荣赫鹏的经历则幸福许多，他在一个边防的军需商店，买到了一罐新加坡的凤梨罐头。

不过，旅程基本上还是被浓厚的愁云惨雾覆盖着。荣赫鹏先抱怨了一通当地人总是盯着他们看，然后说：“但这是每个来中国的旅人司空见惯的经历，我所说的已被前人描述过上百次。”他偶尔的乐观也许来自旅途中发现的鸦片（“在我看来，这是上帝的恩赐之一”）。同时，他和今天到东北旅游的人们一样，爱上了这里的特色食品：饺子。他说，饺子“色味鲜美，轻柔弹牙。滑如果冻，入口即化”。

东北有仅次于长江的中国第二大河流水系。但当时支流淤泥堆积，河道宽而浅。松花江流经某些区域，宽度可达一千六百米，深度却不到一米。河道交通只能依靠首尾高高翘起的高桅舢板。蒸汽轮船完全无法通行。1856年，美国总统皮尔斯派一位海军上校前来考察此地的水文，看是否有通商潜力。上校报告说，先锋队向船舵手报告河道深度的工作“进展缓慢，因为他们不得不辛苦在沙坝中插上杆子，或者用纤绳拖着船在浅滩行进。这令我想起密西西比河与俄亥俄州早期的驳船和龙骨船”。上校觉得自己最初的通商提议可能会因此被弃之不用，于是相当有先见之明地提出可以修建一条铁路，连接欧洲与满洲，直通太平洋。

此处的河流也极易泛滥成灾。17世纪，一位法国传教士陪同清朝皇帝来到吉林，他记录了一场洪水，撕破渔网，冲毁船只。大家不得不狼狈地退守陆地。“吾辈竟成游鱼之玩笑，”皇帝当时感慨道。周围被水冲积出来的平原上，全是半个身子陷在淤泥中死去的骆驼和马。“就连皇上都被迫步行，唯恐坐骑陷落淤泥。”

1886年，来到吉林的亨利·E·M·詹姆斯发现这个城市的西边“全年多半时间都在水下。居民划船往来，类同威尼斯”。

詹姆斯和荣赫鹏在这趟将近五千公里的旅途中，承受了蚊虫叮咬，躲过了猛虎吞食，逃离了强盗刀枪，忍住了天寒地冻，跋涉过破烂道路与凶险河道。穿越满洲的八个月里，他们遇见了森林樵夫、淘金工人、大豆农民、佛家和尚和淘人参的。所有人都已经迁徙到新近开放的聚集地，颇有点中国人大量涌入加州参与淘金热的气势。从1850年到该世纪末，吉林省的人口翻了十倍。

詹姆斯和荣赫鹏继续北上，一路常见拉着棺材的骡车，往相反方向行进。“里面装的都是客死满洲的拓荒者，”荣赫鹏写道，“被带回他们的家乡。”每个棺材上都放着一个笼子，笼子里蹲着一只公鸡。“生者希望公鸡的鸣叫，能让逝者亡魂不灭，随着队伍翻越长城。否则亡魂会四处飘荡，忘却肉身，导致身体归乡入土，魂魄却不知所属。”

不久以后，东北就要从一个荒凉的帝国边关，变成国际铁路交会点。如果上述描写拍成一部电影，场景到这里就该渐渐淡出了。一片黑暗中，能听到骡子拉着吱吱呀呀的木车，走过那些泥泞的凹槽。北风呼啸而过，吹弯了地里及肩的高粱。草垛间大约还藏匿着戴面具的土匪。金发碧眼的西方人经过忙不迭躲开的中国人身边。公鸡在棺材上响亮地鸣叫，提醒亡魂保持清醒。

我和弗朗西斯在吉林市的一条主干道上闲逛。路两旁的商店在中国随处可见：鞋城，肯德基，袜子世界，韩国辣酱汤餐厅，手机大卖场，麻辣哈哈鸭脖王，又一家肯德基，里奇波士和格威特等牌子的专卖店。接着就出现了此处独有的东西：一栋在1930年吉林大火中幸存下来的建筑。吉林所有的木结构房屋都在那场大火中化为灰烬。那栋建筑就伫立在松花江边，是一座灰砖修筑的教堂，由法国天主教传教士于1926年修建，哥特式的尖顶与周围那些死气沉沉背面贴着白色方形瓷砖的办公楼格格不入。就算大多数吉林人只是来这里搔首弄姿地拍照，教堂里每天仍举行弥撒。

我们沿着滨江的人行道漫步，沿途经过乒乓球桌，篮球场和比较轻松的锻炼工具。在上面转来转去的都是些老太太。“他们应该把这些老人的锻炼场所标记在城市地图上，”弗朗西斯说，“这些地方都是重要地标，来这里肯定能问到路。”

然而地图上只能看到一片水，水上画着鸭子。我们往实地一看，嘿，还真有鸭子。

“这些都是假的吧?”我说。“这里本来是皇家船厂的所在地。所以广场上才有船的雕塑。”

“这些鸭子的位置也很准确呢，”弗朗西斯又低头核对了一下地图，“更新得还真及时。”

地图上还用有些难以辨认的字标出了河对岸叫做圣母洞的一处所在。我们俩都没听过。但在一片鲜花盛开的榆树之间，我们看到一个白色的尖顶微微冒头。

我们叫了辆出租车，过了桥，司机把我们放在一条凹陷的水泥路路口。“我没法从这条路开到河边儿去，”司机说，“回来的时候绝对上不来。你们走过去呗。”站在一个制造铝合金门窗的小工厂门前，我有点犹豫，等着也许躲在暗处的看门狗先出手。但弗朗西斯指着一个锈迹斑斑的蓝色小牌子：退休之家。“这儿不会有狗的，不然老人们会抱怨狗叫太吵的，”她依循着人之常情猜测。

我们往低处走，穿过空空的房子，没有狗。路的尽头是一扇高高的铁门，门口的牌子上写着天主教吉林神哲学院。往里瞟一眼，好像也空无一人。学校旁有公安局竖的标志：严禁烧烤。勿丢垃圾。保护圣母洞环境卫生。

道路变窄，只得一条小小通道，转过一角，见小山山体上不到四米高的一个洞，装饰着黄色塑料菊花的花环。圣坛是一块中间有凹陷的花岗岩石板，上面一个壁龛，里面是圣母马利亚的塑像。神像面对着六条简单朴实的木长凳。洞里有泉水叮咚作响。

“这个还挺稀奇的，”弗朗西斯说，“东北连佛教洞穴都没有。没有佛，居然有马利亚。”

一块牌子上用中文介绍了这个圣母洞，始于1920年，也是那个修灰色哥特式教堂的法国天主教传教士的作品。1938 年，东北一共有将近四百座天主教教堂和一千两百名法国牧师。同一时期，以爱尔兰和苏格兰长老会教徒为主的清教传教士也在这里建立了教会医院，到今天还在发挥作用（当时一位传教士解释说，之所以要让懂医术的人来传教，是因为“医生有巨大的优势，在消除身体病痛的同时，能得到打开对方精神信仰之门的钥匙”。这道理到现在也没变）。也许是因为这些传教士在接受医术上的培训时养成了耐心记笔记的良好习惯，他们在行医传教的同时也笔耕不辍，写下了很多他们对东北的印象。

这些又薄又脆的书在美国图书馆卷帙浩繁的书架上毫不起眼，躲在角落里积灰。书上前一次的借还日期是用手写的，要追溯到一个世纪前。书里的内容令我深深着迷：让人惊讶的是，大多数传教士并未言必称上帝，他们用了大量的篇幅描述作为外国人孤身待在东北的感受和见闻，很多文字都表现出欢乐幸福之情。

有个女医生叫伊莎贝尔·米切尔，我真想和她一起吃饺子。她高大强壮，浅色的瞳仁，蜷曲的褐色头发规规矩矩地扎在头上。这位米切尔医生出生于北爱尔兰首府贝尔法斯特，1905 年，二十二岁的她来到吉林市。她在日记中写道：“我也许会哭泣，但并非出于痛苦和忧伤，因为我的心被深深的，深深的喜乐填满。我终于来到了这片土地，这个我命中注定的避风港。”她来的时候正是隆冬，怀疑自己是不是再也看不到绿草红花。到了春天，她写道，东北的颜色就是“泥土与蓝”：蓝色指的是男人穿的棉衣和“清澈如洗的天空”。她面临的困窘显然比我要多得多，但笔下的字句却让我想起做和平队志愿者时的情形，努力适应无处不在的好奇目光，期待家书的问候与关怀，慢慢地学习中文。“每天，”她写道，“我都越来越感觉到，得到允许来到此处，是一件多么美好的事。”

米切尔医生总会审视自己的工作是否对当地情况有所改变。后来，她下定决心，不要再询问这样做的意义。“在这里，就是意义。”

二十六岁那年，伊莎贝尔·米切尔患了白喉，不幸芳魂归西。她被埋葬在吉林的俄国公墓。现在这里已经变成一个购物中心，找不到她墓冢的蛛丝马迹。

弗朗西斯和我都对圣母洞的存在而惊讶。介绍上说，“文化大革命”时，马利亚圣像被毁，红卫兵在洞里写了反基督教的“大字报”。1986年，当地的天主教教徒捐了钱，重建此处，“作为一个反省与祈祷的安静所在”。洞顶有个小礼拜堂，祈愿者的愿望潦草地写在墙上，黑色墨水在白墙上显得格外清晰。如今，这个礼拜堂已经关闭，访客唯有毛茸茸的蜘蛛。它们编织着错综复杂的网，透过空隙还能看到教徒们给马利亚的许愿，比如：

> 我希望能挣很多钱。
> 我希望长高一点。
> 我希望学习好点。
> 我希望找个好工作。
> 我希望妈妈给我买个带MP5播放器的手机。

“这些人还以为马利亚是圣诞老人呢，”弗兰西斯说。

我心想，既然人们要的不是健康和安全，而是最新款手机，那这个地方大概就应该发展得正好了吧？也有些愿望比较走心：

> 我希望母亲能好好听我说话，也希望我能好好听她说话。我们不能再吵架了。
> 我希望我女儿脾气好点。
> 我希望我父亲别再赌博。
> 我希望找个三十岁左右的好老公。

在我看来，这些话竟有抚慰人心的作用，很有人间的烟火气。在这个圣骨箱里，没有骸骨，而是装着人们的愿望。一个壁龛的整面墙都被一封写得密密麻麻的信填满了，弗朗西斯读着读着就靠紧了我。

信的开头是这样的："我想你，我多么想念你。你知道吗？你想我吗？现在你都不跟我说话了。我们真的要这样结束吗？我真的不想就这样结束。真的不想。生命多么短暂。"

我搂紧了弗朗西斯。就像那位早逝的伊莎贝尔·米切尔医生写的，在这里，就是意义。

第八章　火车开往满洲站!

满族是骁勇善战的民族。他们骑在马背上夺取了政权，对铁路工事兴趣索然，或者说完全不懂。慈禧太后不允许铁路进北京，因为那样需要拆除部分城墙。1888 年，她手下的官员在紫禁城内建造了一条铁路，小火车只在慈禧的寝宫和用膳的地方通行。慈禧太后只愿意让太监牵拉火车行进。她说，蒸汽发动机咔嗒咔嗒的，会坏了宫里的风水。

不过，短短二十五年后，一位常驻东北的苏格兰传教士写道："满洲，大概是全世界现代交通变化最明显的地方了。现在，星期一早上离开伦敦，在火车上舒舒服服睡上十一天，就能在星期五的下午看到满洲的街景了。和三十年甚至十三年前只能靠船只来往相比，这真是翻天覆地的变化。"

贝尔法斯特的教会医生伊莎贝尔·米切尔于 1920 年跨越重洋前往吉林，路上经过哈尔滨，这是一个正在蓬勃发展的铁路枢纽，别称东方巴黎。来自五十三个国家的居民说着四十五种语言，在这个城市鹅卵石铺就的街道上来来往往。这里还有远东地区最大的犹太人社区。

发生这种飞速变化的原因，不是朝廷忽然有了改革的远见，要把东北故土和欧洲用火车连接起来；他们只是缓和了对外国人修建铁路的态度。

通过限制汉族移民和修建柳条边，清朝统治者想要把东北按照自己设想的样子保留下来。然而，到 19 世纪中叶，随着清政府的衰微，对整个中国渐渐失去控制，这样的计划也失败了。1850 年，那个宣称自己是耶稣之弟的汉族人起兵造反，开始长达十四年的叛乱，杀了两千万到三千万人。而清廷为了镇压这旷日持久的起义，国库日空。也是在这个时期，与英法进行的第一次和第二次鸦片战争迫使中国开放港口，进行国际贸易。紫禁城附近也因此进驻了各国使馆，美丽的圆明园被英法联军付之一炬。

“你很难想象我们烧掉的这座园林是何等美丽壮观，”年轻的英国上校查尔斯·戈登写道（他后来在苏丹首府喀土穆战死），“观之令人痛彻心扉……这等狂暴和卑劣，真让军中士气大减。”烧杀抢掠得来的赃物中，有大不列颠的第一条京巴狗，被献给了当时的英国女王。她直接给狗赐名 Looty（抢来的战利品）。

俄国强迫清政府打破 1689 年与其签订的《尼布楚条约》，中国的领土再也延伸不到西伯利亚。根据新的协议，两国边界回到了黑龙江，直到今日。中国由此失去了得克萨斯州大小的一块领土和一条前往太平洋的通道。1860 年，在距离莫斯科将近九千六百公里，被满汉渔民称为海参崴的一片沿海土地上，俄国修建了符拉迪沃斯托克港，占有极大的地理优势。

中国人将这段历史称为不平等条约和列强瓜分的时代，同时这也是各国皇室玩大富翁游戏的时代。1897 年，沙皇尼古拉斯二世强行租借了东北的堡垒据点旅顺港（西方称为亚瑟港），还强逼清廷签下了九十九年的租期。同年，在类似的条款下，德皇威廉的祖母，英国的维多利亚女王大手一挥，拿走了香港。

沙皇尼古拉斯在泛西伯利亚铁路的奠基仪式上挖了第一培土。1896 年观礼尼古拉斯加冕仪式的一位中国外交官同意赋予俄国对整个东北铁路系统的特权，令其在东北与海参崴和太平洋之间畅行无阻。且不说那位外交官员接受了三百万卢布的贿赂，这条铁路系统的建设竟然尽可能绕道远离了圣彼得堡的东宫。那里刚刚进行了一场悄无声息的东北各势力之间的暗战，导致清廷倒向俄国寻求保护。

朝鲜过去一直是中国的属国。而工业化进程中的日本则希望将朝鲜作为西方势力在亚洲侵略的缓冲带。1894年，朝鲜发生内乱，朝鲜国王要求中国发兵增援。而中国一发兵，就打破了中日两国的一个协议，就是在部署调遣兵力之前必须通知彼此。日本借口派遣规模更大的军队，占领了首尔的王宫，并罢黜国王，扶植亲日政府。

第一次中日战争时间很短，而且是一边倒。中国的四大水师之一北洋水师，曾是亚洲最强大的舰队，但在官员腐败，贪污军饷的情况下无力支撑，在这场战争中覆灭。海军上将们把甲板上的炮都典当了，也许是因为自1891年来，里面就没再装过弹药。军饷全部被挪用去重建北京那座被抢掠一空的圆明园（后来叫颐和园），里面甚至有一艘双甲板的大理石船，美轮美奂，却无法航行。慈禧太后将此石舫作为喝茶休闲的走廊。

1894年9月，日本军舰在平壤打沉北洋军舰，击溃中国军队，一路往北追到东北。七个月后，清廷签订了条约，承认朝鲜独立，将台湾割让给日本，很快又加上了附近的钓鱼岛（日本称为尖阁诸岛），时至今日，此岛的归属问题还让中日两国争论不休。条约里还将满洲南部的辽东半岛割让给了日本。

而辽东半岛的岛尖上就是俄国控制的旅顺港。和海参崴不同的是，这个港口终年不冻。沙皇说服法国和英国，以战争相要挟，强迫日本将该半岛交给俄国，获得一定的补偿。1898年，俄国和中国签订了关于这块领土的租约。

“您当然已经知晓，亲爱的母亲，”年轻的尼古拉斯二世在当年给母亲的信中写道，“我们已占领亚瑟港，假以时日，这将成为西伯利亚铁路的终点，真是令人欢欣鼓舞的消息。我们终于拥有了一个不冻港。我最为感恩的是这次占领是和平进行的，俄国未损失一兵一卒！这令我由衷欣喜。今后的很长时日，我们都将安全栖息于这个港口之中！”

俄国提出要在王公贵胄的故土东北修建铁路，并以此作为针对日本的秘密防卫协议的条件之一，半强迫地要求清廷同意。条约中写道：“为使俄国便于运输部队，中国允于黑龙江、吉林地方接造铁路，以达海参崴，该事交由华俄道胜银行承办经理；无论战时或平时，俄国都可通过该路运送军队军需品。”条约中还规定，铁路南至旅顺港，就像沙皇在给母亲的信中展望的那样。

俄国工程师参考了连接蒙特利尔和哈利法斯克，途经缅因的加拿大大西洋铁路，设计的轨道呈对角线，穿越东北北部，是一条约长一千五百公里的捷径，直通海参崴，接轨从莫斯科起点的泛西伯利亚铁路。铁路一建成，欧洲人就大量涌入中国，清政府始料未及，也无力控制。

这条线被命名为“中东铁路”（中国东部的铁路），全部轨道形成T字，跨越东北两肩，直通脊柱。慈禧太后下令，火车不能经过已有的城镇、军屯，更不能接近陵墓，不然会坏了风水。1901年，列车的第一批乘客中有人写道：“火车一路行进，目之所及全是白茫茫冰雪世界，雪野辽阔延展，却空无一物，令人厌烦倦怠。”列车不时在某个没有人烟的荒凉车站停靠，乘客间会发生如下对话，

“这个地儿叫啥名字？”

“还没起名呢。”

从俄罗斯往东，进入中国的第一站是满洲里车站。这个意为在满洲里面的地名，一直沿袭至今。

满洲里市就在内蒙古草原上，荒地西北部约一千三百公里。我很想看看有没有留下什么遗迹。在那里，我能重走一个世纪前那些旅人的路线，在中东铁路上跨越北满洲之旅。

1303次列车不是特快车，而是那种古老的慢速绿皮车，中途停靠很多站，慢悠悠地在各个小城镇逡巡。车上的乘客脱了鞋，不时舒展身体，用各种方式打发时间：喝茶、聊天、偷听别人聊天、打牌、发短信、读书、踱步、打瞌睡、喝酒、吃零食。我买了一袋“酒鬼”花生，上面印着“开袋即食”的英文：You can enjoy it as soon as you open it。

我买了张硬卧票。车厢是开放的，一个隔间有六个相对的上中下

铺。我对面的铺位上是个叫郎石涛的年轻人，他望着窗外，好像在寻找什么。“照镜子的时候，我根本看不到自己，”他指着满脸的粉刺。在这样一辆列车上，大家都是自来熟。作为一个外国人，我的铺位经常会变成“告解处”。这个二十一岁的小伙子要去家附近的哈尔滨找皮肤科医生。我说我要去满洲里寻找历史的踪迹。他主动告诉我，自己的父母来自不同的民族。妈妈是汉族，爸爸是满族。父母很多年前坐火车北上找工作；父母的先辈是旗人，属于清政府的军事管理系统。他想知道旗人用英语怎么说，还有怎么表达满族和一个满族人。

“我是满族，也是满族人，”他说，“不过，我其实是混血。”

他这次是跟学校请了假出来的。他在一个工程学校就读，因为身份证上标明了满族，所以有部分奖学金，这是少数民族享有的特权。他说，过去可不是这样，满族人都要隐藏身份，说自己是汉族人。现在，人口普查的结果显示，全国只有一千万满族人，但这个民族的人口增长却很快，因为人们纷纷认祖归宗。郎先生和我遇到的每个满族人一样，不会说满语，不会写满文。这种语言算是几近消亡了，只能偶尔在名胜古迹的标牌上瞥到一两个字词。

列车加速，窗外掠过的景象变得模糊：电线杆、苹果园、大烟囱和一堵堵的墙，墙上用油漆刷着各种各样的广告，有酒啊摩托车什么的，还有一些口号，比如人民铁路为人民服务。郎先生一直望着窗外，直到夕阳西下，窗玻璃映出自己很讨厌的那张脸。他唰一下拉上了窗帘。

我醒来的时候哈尔滨站已经过了，郎先生原先的铺位上坐了个视觉效果相当惊人的女人。她通身穿着紫色的长袖长裤，脚趾也涂着同样颜色的指甲油。迷迷糊糊间，我还以为是郎先生治好了粉刺呢。列车继续西行，驶出松花江河谷，进入一直绵延到地平线的湿地。窗外唯一的景色变化发生在大庆市，中国人俗称叩头机的抽油机上上下下，直起来又弯下去，从中国最大的油田中抽取着石油。

乘客们拿着牙具等洗漱用品，闲庭信步地走到车厢之间的厕所和开放的盥洗处。走廊里回荡着咯咯咯的笑声和刷牙漱口的声音。我抓了一把纸巾，剪开一袋雀巢咖啡倒进水杯，往相反方向走到接水的地方。旁边是软卧车厢，比较高级，票价也比较贵。通往车厢的门是关着的，但没人守。我偷偷进了这节车厢的西式厕所，感觉鬼鬼祟祟的。出来时车厢连接处传来关门的声音，来了一个穿制服的乘务员。他慢悠悠地走到我这里，两人都侧着身子好过路。他对我一笑。哈，慢车上也有人让我走后门！

还有十六个小时才到满洲里。列车缓缓爬上一条低低的山脊，四周是绿茫茫的草野，房子也从红砖房变成低矮的小屋，外墙用卵石堆砌，刷了一层浆，屋顶尖尖的。地方越荒凉没有人烟，火车站的颜色就越明亮显眼：蓝色的屋顶试与万里无云的湛蓝天空争辉，大片大片的向日葵挥手送我们前行。

我们这列火车已经赶在了文明之前。道路变成砂石路，起伏的屋顶变成草垛子，河流也变得越来越清澈无污染，一眼见底。在一个只有一座小屋的车站旁边，有个水塔，石制基座窄窄的，木质的水池是球形的，看上去不像中国的，仿佛应该出现在契诃夫的《樱桃园》中。这部俄罗斯戏剧写的正是现代化与田园情怀的碰撞，开头是这样的："感谢上帝，火车到了。现在几点？"

水塔顶上刻着一个年份：1901。

满洲里站就是在那年建成通车的。当时通往这里的火车上，一名英国乘客记录了无聊地坐在餐车里，看法国领事的夫人弹奏钢琴圆舞曲；臃肿的俄国售票员朝他们挥着手，手里拿着"一块精致的粉色小绢帕，全是香水味"。而他们后面那些没有顶的货车车厢里，"挨挨挤挤地站着中国人，和一些马匹"。

另一位英国作家认为中东铁路是非常滑稽可笑的。"试问世上谁人见过如此叹为观止之事？在一个东方国家，动用如此人力运营一条一千五百英里的铁路，有人说是三四千俄罗斯雇员，有人说是五千。他们畅想，这条铁路将构建一个新的满洲，这里将属于俄罗斯的白人，他们工作生活，完全与此国两千万中国人不同。这想法实在疯癫，显然对远东全然不了解。”

啊，满洲里站终于到了！1903 年从这里出站的那位英国人看到的站前广场，熙来攘往，挤满了黄包车、敞篷四轮马车、蒙古马贩子、喇嘛、缠着红头巾的锡克教徒、俄国办事官和中国苦力。新兴都市大抵如是：过去与未来并存，少有例外。

而我走出车站，看到的只是没有铺筑的广场路面，沙尘飞扬，荒草丛生。

几条交织的土路过去，又是一座木质水塔。近旁的一排桦木后面就是原来的俄国领事馆，柠檬黄的外墙反射着满洲的阳光，格外耀眼。我推了推那些高高的木门，惊讶地发现都没上锁。我的脚步声在齐肩高的护墙板之间回响，接着来到一个房间，静静站立着。高高的薄纱窗帘在微风中摇曳，一缕缕阳光裹挟着尘埃，照在一块宝石绿的地毯上。我老有种错觉，仿佛这里有一台发报机，不断放送着来自圣彼得堡的新闻。当然没有，传到我耳边的是一个温柔的声音，用中文不断重复问道：“您在找什么？”

“寻找过去。”

“您参观过列宁展览室吗？”

这里其实就是满洲里的博物馆。讲解员领着我穿过一个个玻璃陈列柜，里面装满了数百个青灰色的微型弗拉基米尔·伊里奇·列宁。有的脱帽致意；有的眼神果决；有的坐在摇椅上；有的摸着自己的衣领，有的靠着书架读书，有的和小孩一起散步，有的双手枕在脑后。讲解员无精打采地说：“下一个展厅是俄国茶壶。”

博物馆的文物很少：一座生锈的钟，一架木质马车和几张表现铁路建设的黑白照片。照片上，大胡子的俄国士兵穿着双排扣的长大衣，戴着毛皮帽子，正在监工。挥舞着锄头的，是一个个编着长辫的中国人。

但真正创造历史的，在博物馆外。一辆辆俄罗斯车牌的吉普车与中国出租车并排缓行。吉普车里装满了毛绒玩具。膀大腰圆的俄罗斯生意人，穿着运动套装，身边那个穿黑色紧身裤的女人上身却是鼓鼓囊囊的运动服。他们手里拖着黑色大袋子，里面要么是皮摅子，要么是延长电线。广告牌上的大字格外引人注目：满洲里是亚洲最大的内陆口岸。

一个世纪以前，俄国人在满洲里大兴土木，建设道路与设施，要往遥远的西伯利亚运送人员和物资。现在，这里的市场琳琅满目，应有尽有，甚至千奇百怪。一个货摊前有车座、拳击手套、门把手、计算器、滑冰鞋、毛皮大衣、美工刀、钟表和自行车。店主是中国南方人。旁边那个店主的家乡也是南方，就在相邻省份。和十几个货摊的店主们聊下来，我就听到了十种不同的方言。他们都是坐火车来满洲里的。在市里走一圈，看到的最多的广告就是手机长途电话套餐和国内汇款费率。

从建筑风格上说，满洲里和东北其他铁路沿线的城市不太一样。那些城市在殖民者拱手交回所有权之后，日益趋同，富有中国特色。而满洲里没有近年来新建的佛寺，没有琉璃瓦的屋顶和有些刻意的飞角檐梁，甚至也没有符合共产主义审美的水泥建筑，通常外面贴着白色小瓷砖，令人联想到厕所。满洲里没有人民广场，一切看起来都是崭新的。包括城市公园里那头正在吃草的塑料小鹿，周围一圈栅栏，围住了一块青草地。

全中国都在如火如荼地拆旧建新，这令我在发现俄国租借时期遗迹时多少有些惊讶。从火车站出来过条马路，穿过俄国领事馆旧址，顺着一条土路，就来到华俄道胜银行旧址。正是这家银行给中东铁路提供了资金。旧址前找不到任何标牌，介绍过去的历史和现在的用途。只有门口贴着两道白封条，形成一个×，表明建筑已被查封。

我在人行道上遇到个“黄牛”，问我要不要去夜总会看俄罗斯芭蕾和中国街舞表演。他们叫我朋友，眼神里写着“你懂的，她们都没穿衣服”。我赶紧上了一辆在路边等生意的出租车。

“你想看啥?!”司机有点难以置信地问我，接着重复了我的要求。“老火车。”她直直地往前方看去。“要穿过那儿的话——”她指着全满洲里遍布的尘土飞扬的草海，“你得多给我十块钱。好去洗车。”

司机开着她的奥拓都市贝贝上了一条新建成的高速公路，长长的道路仿佛一直延伸到地平线那边。她一笔一划在我的左膝上写下自己的名字：孙迪。大风起兮，风力很猛，车子从这个车道晃荡到那个车道，就像一叶扁舟出入在波涛汹涌的大海中。运煤的大卡车一辆辆经过，孙小姐不断躲避着从车上飞下来的小煤块，潇洒地往后甩甩头，爽朗地大笑，说她特别喜欢开车。

"那边就是俄罗斯了，"她指着一片相当特别的草地。窗外唯一的物体位于中国这边：一座建设中的教堂。"假的，"孙小姐说，"旅游局修了给那些拍婚纱照的做背景。"

孙小姐今年三十一，是土生土长的满洲里人。"我小时候啊，"她打开了话匣子，"很多人都在煤矿工作。下岗以后呢，他们就去市场上卖东西。我当时还没资格去矿上工作。所以就学了开车。不开会，不看老板脸色。"说着又甩甩头，发出浑厚的笑声。

靠着开车挣来的钱，她买了一套两居室的公寓，也小有积蓄。"我就喜欢自己开车。从来不听广播或喝茶什么的。我边开边想下面要干啥。我很喜欢你们美国人的思想：一个人要靠自己。"

她还没结婚，稍微有点恨嫁。"在这儿很难遇到什么好男人，"她说，这大概是全世界边境城市女性的共同心声吧。"酒吧啊啥的，都不是好地方。"

"你刚才还说要带我去个酒吧呢。"

又是一阵大笑。"实话跟你说，满洲里现在安全多了，也文明多了。都有红绿灯了。"一座五星级的香格里拉大酒店正在建设中。

孙小姐开车下了高速，经过一栋栋楼房，都是千篇一律的"火柴盒"，符合后社会主义时代的审美，外面仿佛罩着一层煤灰。地上坑坑洼洼的，车子颠来倒去，碾过地上碎碎的煤渣，发出脆响。我们来到一个露天煤矿的边缘，眺望边际，只见尘土弥漫。煤矿大概挖到地下五层楼深，每层都铺着铁轨。

"听说世界上能见到这个的也没几个地方，"她指着下面。蒸汽火车头拖着装满煤炭的车厢，白色的云雾飘散到空中。一个工程师看我们在上面东张西望，挥了挥手，用火车头的两声呜呜打了个无国界的招呼。我招招手，工程师又拉了汽笛。这是火车那黑色引擎的震动声，仿佛能穿透人心，令我们颤动不已。煤灰附着在脸上，孙小姐赶紧冲到车里。而我则如禅定般站在这快要绝迹的火车面前，想象自己是穿越到遥远过去的乘客，以每小时二十多公里的速度，从莫斯科坐火车前往满洲里站。一个工人悄悄走过来，说给我五块钱，和他拍张照。哈！我们又回到了中国。

这条铁路的另一端与满洲里相隔将近一千五百公里，站名绥芬河，是中国的东部边境，也是通往海参崴的。这一趟里程相当于从密尔沃基到纽约。坐火车需要二十八个小时，中间停站哈尔滨。火车吭哧吭哧往东行进，落日为远处的小木屋、碎石路和正含羞半露的月亮罩上了微粉的光辉。火车开过一个独自放牧的人，陪伴他的只有一排的白鹅。接着窗外掠过一个规模很小的学校，周围有栏杆，里面是长方形的草坪，被践踏得不成样子。有个篮球场，篮板是用铁轨的枕木拼起来的，篮框则是自行车的钢圈。要是篮球的发明者詹姆斯·奈史密斯目睹这一切，该有多么欣慰，他曾写道："我在某些最不可能的地方看到篮球架时，心里那种喜悦真是无法形容。我敢肯定，任何人从金钱或权力中获得的快乐，都无法与这种喜悦相提并论。"

日出时分，火车上人与人之间的关系终于来了个一百八十度大转弯。晚间的那种亲密在晨间阳光的照射下被陌生人太过接近的尴尬所取代。因为旁边铺友打呼噜，我基本上没睡觉，看到那个男人休息得很好，眼神发亮，我就来气。窗外的景色有所变化：碎石路变成了铺得平平整整的道路；稻草垛也不见了，举目都是水泥建筑；没有污染的清澈河流到这里污浊发臭；绵延的草野早已远去，钢筋混凝土的公寓楼遮挡了视线。火车从 1901 年俄罗斯人修建的一座桥上跨越松花江。车水马龙、喇叭轰鸣、人来人往：哈尔滨到了。

弗朗西斯在这里和我会合，有点像旅途中的夫妻探访。我们坐了一夜的火车，经过一些小城镇，大多笼罩着煤烟的乌黑气息，只有一条主干道，只能从名字里看出曾经辉煌而充满希望的过去：玉泉、苇河、海林、马桥河、虎峰和红房。一说北京，大家都知道意思是北边的京城，那这些名字呢？红房镇真的有一座很特别的红房子吗？弗朗西斯觉得我想太多：只不过是些代号而已。“荒地干吗叫荒地呢？”她反问我。除了跟她说 1956 年荒地建村之外，我再说不出其他的所以然。

火车缓缓行进，经历长达十一个小时的旅程，东进将近五百公里，来到中俄边界。车厢里蟑螂肆虐。推车上卖的盒饭里有炸豆子、玉米炖豆荚，还有山寨版的青岛啤酒，清岛，喝起来一股厕所味。我拿出从哈尔滨的自动柜员机里取的脆生生的崭新人民币，递给推车的列车员，他找给我一沓皱巴巴的钞票。越远离大城市，拿到的钱就越像反复用过的草纸。

每个铺位上都铺着薄薄的褥子，提供一块毛毯，弗朗西斯裹在毯子里。香港的天气让人变得娇气，她说。车厢里混杂着刺耳的咳嗽和不耐烦的哼哼。10 点熄灯以后，顿时鼾声四起。弗朗西斯敲了敲上铺的床底。睡在床上的男人被吵醒了，吼道：“我要给你点颜色看看，他妈的！”

“来呀，谁怕谁，”她冷冷地回敬一句。男人让了步，翻了个身，不做声了。

“香港没让你变得娇气。”我小声说。

我们在绥芬河下了车。眼前的小城四面紧挨着低低的山丘，仿佛用尽全力抓住祖国母亲的手，不要滑到国界那边去。除了老旧的火车站，已经没有什么俄罗斯的痕迹了。不过，倒是有很多人从俄罗斯坐火车回来。他们提着大包小包的编织袋，装着塑料桶、棒球拍、滑雪服、泰迪熊和泳衣。他们把货搬上公共汽车，准备回家。

在绥芬河的小博物馆，讲解员没收钱，只是慢慢地跟在我们后面。墙上有一些后期上色的照片，表现铁路工人的艰辛。除此之外，唯一与中东铁路相关的展品，就是怀表和砚台了。讲解员请我们稍等一下。凭我多年的经验，他估计是要去喊个历史专家来，或是找来某某官员，急切地向外国友人展示小城的风采。要等来上述两种人物，一般都得付钱。

不过，在绥芬河，角色互换了。原来我才是他们一直在等的人。“我给报社打电话了，”讲解员说，“他们要派个记者来。”

我们说他们肯定认错人了，我们又不是什么大人物。“不不不，他想见见您。我们这儿从来不来游客，更别说美国游客了。”

他怎么知道我是美国人？可能是听见我们说英语吧。应该经常看《老友记》。

记者来了，我开玩笑说，这个月的新闻一定很少，所以他才屈尊前来。他点点头，脸上没有笑容，只是叫我们再等一等。“摄影师在路上了。”

记者录下了我们在博物馆的一举一动，也不知将来子孙后代会不会看到。我们又上了火车，返回哈尔滨。东北有一点让我十分中意，那便是交通便捷，很适合旅行。火车来来往往，遍布大小城市乡村。铁路线上散布着火车站，就像星空中猎户座的剑和腰带，可以从西伯利亚边境一直延伸到黄海。从来不需要坐长途大巴。

2001 年，我就发誓再也不使用这种交通工具了。之前，在中国的西部腹地，我坐通宵的长途大巴，同时还在拉肚子。漫漫长夜中，不管我怎么恳求，甚至到后来开口咒骂，司机都不愿意停车让我一解腹中之急。我缩回自己的铺位，突然想起三个星期前下飞机的时候，忙乱中把飞机毯塞进了我的背包。真是不幸中的万幸，这块蓝色的绒布成了我临时的尿不湿。我住的是上铺，那味道飘散出来，周围的乘客都醒了，有个小婴儿还哇哇大哭起来。“你的娃太臭啦!”一个男人冲孩子母亲大喊。我把毯子卷成一个球，拉上裤子，把臭球放在脚边，一动不动地躺着。坐飞机一定要拿毯子；坐什么也别坐通宵大巴。

“这是我听过的最恶心的故事，”弗朗西斯的评价伴随着我们车厢里此起彼伏的鼾声。我们在一起很久了，彼此知根知底，很多故事都能背了。不过，火车穿梭在车站之间，深夜无眠，把我最糟糕的旅行经历拿出来再讲一遍很应景。弗朗西斯摇了摇头，做了个鬼脸，突然大笑起来，“再讲一遍呗”。

回到哈尔滨，我们来到市博物馆，这里过去是俄罗斯东正教教堂。在绿色的洋葱顶下，我们经过一幅幅照片，高加索人正乘坐马车，穿过这个城市精心修饰过的花园，后面跟着步行的中国仆从，拿着野餐需要的东西。有的照片上，1898 年，泥泞的松花江两岸入了镜。正是那年，中东铁路破土动工。照片的解说涵盖不了多少内容，没有告诉参观者的是，1998 年，中国政府取消了原本的计划，有关该工程百年纪念的国际学术会议没能在哈尔滨如期召开，因为会议上很可能会提出，是俄国人造就了这座城市。一名哈尔滨当地的历史学家义愤填膺，指出他对取消会议的反对：“一个独立而自信的国家，应当不怕承认历史上外国人的积极贡献。并非所有外国人都是侵略者和罪犯。”

博物馆的解说言之凿凿，说首先在哈尔滨安营扎寨的是中国人。事实上，他们是东北土著。哈尔滨这个名字就来源于满语，意思是晒渔网的地方。俄国的调查者最早到达此地，只找到一个废弃的小酿酒厂，算是过去有人生活过的证据。

就像学者们常说的那样，这里还有很多东西有待发现，都是那些可以追溯到“无比遥远的远古”的过往，没有什么具体的事件，恰好说明民族主义者们“想在连绵的疆土上劈开坚不可摧和永久的界限，是无济于事的”。哈尔滨博物馆有一个展区叫做历史兴衰，都是一些照片，特意排了顺序，殖民前，殖民中和殖民后。但故事远不止这么简单：哈尔滨这个城市在这些时代中的变化，恰巧是东北在 20 世纪的第一个三十年变迁的缩影，那三十年，一头是俄罗斯如火如荼地修建铁路，另一头是日军的战火汹涌而来。两头夹着的，是清朝的衰落与灭亡。

1898年起，哈尔滨的俄国人基本上把这里当做租界在管理和建设。严格说来，这是违法的。因为政府只和他们签订了铁路租约，允许他们以治外法权建设和管理一个控制区，而不是整个城市。然而，俄国人提出抗议，说铁路需要的不仅仅是铁轨，于是铺筑了从车站延伸出来的条条大道，安了路灯，在道路两旁修了办公楼、宾馆、商店和餐馆，成为莫斯科商人们的落脚休闲之地。还有其他的住客，一开始是逃避沙皇大屠杀的俄国犹太人，后来是躲布尔什维克的俄国白党。哈尔滨的犹太社区一度有三万人，建了两个犹太会堂，一个图书馆，还有自己的银行和二十份期刊，其中一份叫做《西巴周刊》（西伯利亚—巴勒斯坦）。不少犹太人在这里度过余生，埋骨于社区公墓，其中就有第二十任以色列总理埃胡德·奥尔默特的祖父，祖父的双亲分别从俄国与乌克兰逃到哈尔滨，在异国他乡相知相恋。

2004年，哈尔滨政府重建了一座犹太会堂，大大的圆顶，带小尖塔的柱廊，以此作为犹太历史研究中心的场地。不过该市犹太社区的最后一批居民已经于1985年移居国外。2013年，哈尔滨宣布，修复另一座更为古老的犹太会堂，作为一个铁路招待所。

一直到不久前，圣索菲亚俄国东正教教堂都还是被砖墙围了起来，里面储藏着很多有待卖出的家具。1970年代，一名记者踏足此地，发现这个洋葱顶的十层大教堂“窗子也破了，栏杆也生锈了，大门上有板条封门，两头都钉了钉子”。红砖墙上用黄色油漆刷满了反对帝国主义的醒目标语。但到了90年代，经济改革的大潮席卷而来，没有效益的国有企业纷纷倒闭，东北各个城市都在寻找新的收入来源，旅游业就是其中之一。哈尔滨的冰灯节也从此兴盛起来。于是圣索菲亚教堂突然成了哈尔滨历史遗产中的无价之宝。政府用了包括长时间电视广播宣传等很多办法公开集资，募得一百二十万美元，用于教堂的翻修，改建成一个博物馆和爱国主义教育基地。

对哈尔滨人来说，圣索菲亚教堂也和犹太会堂一样，是漂亮的名胜古迹，不是实现信仰，拜神敬天的地方。以此为背景，拍张照，挺好看；累了坐在这里休息一下，感觉不错。不过在中国，坐也只能坐地上或台阶上。公共场所一般禁止放置凳子椅子什么的，免得有人非法集会（或者打盹睡觉赖着不走）。今天，教堂外通常是一幅岁月静好的景象，掩盖了哈尔滨曾经作为“火药桶”的历史，再也看不到那些狂热分子，随时准备出拳打人或扣动扳机。圣索菲亚教堂里面有殖民时代展区，展览的结尾一块牌子上写道，历史随风而去，但很多事情都难以忘怀。然而，在这里，很多事情都被忘怀了。

铁路吸引了汉族人来这里做生意和定居，当然也有外国人，让哈尔滨成为“世界的十字路口”。那时的哈尔滨，作为一个贸易中心的地位，相当于古时候的西安之于丝绸之路。由于其位置在松花江弯道处，又被誉为“天鹅颈上的明珠”。不过，在20世纪早期，这里曾被称为“传染病陷阱”，很多人避之唯恐不及。

1903年，英国亲华派辛博森（笔名普特南·威尔）发现，夜晚点亮路灯后，哈尔滨完全变了样子。去剧院的路上，他经过一条街，两个裸体的男人躺在路边，头盖骨都被打瘪了，处处都是“踉踉跄跄的醉汉，满嘴伏特加味，一被路边的沟槽或石头绊倒，就骂骂咧咧，极其难听”。他经过观察发现，对于一个俄罗斯人来说，“哈尔滨的生活实在不能叫做生活，因为这里很难选择安稳平淡地过日子，轻易就会堕落放纵”。赌博沙龙里的派对通宵达旦，而“自杀是家常便饭，也能给生活加点料”。

> “这周有两个人自杀，”一个男人小声说，“谁会是第三个？”
> “希望别是你自己吧。”
> “不会的，”男人冷冷地说，“我已经死过一次了。”

辛博森写道，此行令他“颇有感慨又略为悲伤。哈尔滨是满洲的中心……敌人不惜一切代价要来这里。终有一天，全国必将掀起愤怒、敌对和贪婪的高潮，将这原本美好的国家狠狠撕碎，试问那时，谁将是主宰？”他衷心希望，战火不起，硝烟散去，双方的对抗只存在于数字上就好：三万俄国人与二十五万中国人在哈尔滨共生共存就好。“所谓的俄国满洲只是个神话，是俄罗斯人虚张声势，吹的一个大牛，”他写道，“那是1900年的残渣，是外国侵略占领中国的遗迹。就算不使用任何武力，中国人独有的聪慧灵巧，也能迫使俄国将边界退回阿穆尔（河）[1]。”

然而，真正迫使俄国退走的是日本人。他们从东北南端的旅顺港出发，步步逼近北边的哈尔滨。1901年，西方八国联军占领北京，打破了义和团对外国大使馆的围攻。从那之后，俄国就在哈尔滨驻军。驻军人数很多，十七万七千人；驻军时间不短，一直持续到别国部队撤离很久之后。1903年，辛博森来到吉林市，目之所及，四处飘扬着俄国的三色旗；俄国部队在街道上逡巡行进，还负责管理电报局。辛博森预测说，俄国占领东北，会让沙皇把战线拉得太长，抽空他的国库。

日本人就没那么乐观了：他们怀疑俄国开始了对东北的永久占领，于是和沙皇公开谈判，要将朝鲜纳入日本的被保护国范围。1904年2月，谈判失败后，日本军舰突袭旅顺港的俄国太平洋舰队。在海军遭受重创的情况下，尼古拉斯二世下令调度波罗的海舰队。而这个舰队要赶来增援，需要航行整整八个月。

刚刚以“不忘缅因号!”这类标题成功跟踪报道了美西战争的赫斯特报业开始以舆论攻势警告大家小心“黄祸”。杰克·伦敦，当时畅销书《野性的呼唤》的作者，成为赫斯特报业的战地记者。伦敦英勇地骑在马背上，坚持报道。但他很快意识到，日本人和俄国人都不欢迎他，严格限制了他在战场上的进出，根本做不了什么实质性的报道。伦敦应和着西方世界的预测，写道：“要是俄国内部没有革命起义，外部力量也不进行干涉，我认为日本没有获胜的希望。”

日俄战争的战场基本是在双方都没有参战的朝鲜和中国东北。这场战争中使用的机关枪，挖的战壕和造成的大规模伤亡人数，仿佛是

① 即我国的黑龙江。——译者

对第一次世界大战人间地狱的预示。在争夺东北城市奉天（今沈阳）的战斗中，俄军有三十三万人，对抗日军的二十八万人。三个星期后，俄军伤亡九万人，而日军是七点五万人，日军获胜。决胜之战发生在5月，沙皇从波罗的海调遣的舰队终于参战了。短短数小时内，就被日本海军的坚船利炮悉数击沉。

杰克·伦敦的假设变成了现实：尼古拉斯二世的确面临着国内的革命。1905年1月22日，俄国工人在圣彼得堡的冬宫外罢工，被沙皇军队无情开枪射杀，这就是著名的流血星期日。海军的将领和水手发生暴乱。一位路透社的战地记者在东北与奉天大战的幸存者同乘一辆火车，他写道："车上挤满了预备役军人，大多是已婚男士。他们充满抵触情绪，讨厌远离家乡和亲人。还有的则已接受了俄国革命党的理念。"这场战争"从一开始就不得民心"，开战前一位无精打采的俄国军官十分悲观地谈起了日本，"他们又要给我们一个教训了，让我们瞧瞧什么叫真正的获胜"。

1905年8月，中国要求美国总统西奥多·罗斯福出面调停，避免日俄战争蔓延到长城以南。日俄外交官之间的谈判在美国新罕布什尔州港市朴次茅斯海军造船厂中的一艘船上进行。双方最后签订条约，俄国无条件承认朝鲜受日本的保护和控制，将东北的管辖权还给中国，割让中东铁路的一部分。日本将掌控大部分从哈尔滨南下到旅顺港的铁路，还获得了旅顺港的租赁权。俄国的火车是烧木头的，日本的发动机烧的是煤。他们需要开采煤矿，还需要在已经被日本改名为"南满铁路"的沿线建立一系列与铁路有关的生意。1910年，日本控制了朝鲜全境，对中国东北虎视眈眈。

尽管罗斯福总统在谈判全程中都没有出现，还是因为对促进签订《朴次茅斯条约》的贡献，获得了诺贝尔和平奖。从私人通讯记录看，他至少从1901年就开始关注和跟进东北的各种事件。他当时讽刺马克·吐温和"我们所有自以为是的傻瓜"，说他们居然为"扶清灭洋"的义和团叛军辩护，称之为爱国者。罗斯福在一封给朋友的信中，对俄国染指东北的赞赏之情溢于言表："你应该了解，以破坏野蛮为代价，让文明的力量占据一席之地，我一向认为这对人类文明大有裨益。正如俄国占领突厥斯坦是后者之福；中国也自然会从俄国的管辖中获益。”

然而到1903年，罗斯福对国务卿约翰·海伊大发雷霆，说俄国“虚与委蛇”，想要垄断满洲的贸易。“我们的立场比较窘迫，我们无法公开对抗俄国，以向世界开放满洲市场。我痛恨眼前的境地，不但不能鱼死网破，还要假意支持。”

1904年，罗斯福寄出了一封信，信封上郑重其事地写道，“私人信件——千万注意不可被外人看到”。罗斯福在信中向一名英国外交官解释美国应该调停解决东北争端的原因。“我希望看到中国的统一，也非常高兴地欢迎来自日本的任何一方，只要他们愿意带领中国，沿着日本走过的道路不断进步。因为我相信，如果世界的每一个角落都繁荣富强，稳定安全，这对全球来说，是有百利而无一害的。”

罗斯福希望维持在华“门户开放”的自由贸易政策，并在日本与美国共有的开疆扩土的野心中寻求一个平衡。尽管从未在中国设立租界，1898年，美国已经成为太平洋上不可忽视的力量，先拿下了夏威夷，并在赢得美西战争后，控制了关岛和菲律宾。

“我对日本人很感兴趣，挺喜欢他们的，”罗斯福的信中继续写道，“我很清楚，要是他们获胜，那有可能意味着未来美日两国会有所龃龉；但我希望而且相信，还不至于走到那一步。无论如何，俄国在过去三年来的所作所为已经很明白地显示了，一旦其获胜，就会让整个中国北方成为我们无法染指的区域，并绝对会将我们赶出一切俄国控制的土地。因此，单纯从国家利益考虑，我们不能因为未来可能的损失，就不顾眼前必然的损失。”

1904年9月，在长岛牡蛎湾度假的罗斯福写信给国务卿约翰·海伊，说他“万分高兴”，因为中国官员自愿接受日军进入旅顺港，承认其管辖权；同时也表明了他们对东北那个脆弱的征服者的蔑视。“对于那件事情我也一样高兴，”罗斯福又写道。那件事情指的是日军从旅顺港登陆时，一名妇女站在码头上欢迎他们的新闻。这还是现代历史上的头一遭，一支亚洲军队大败欧洲劲旅。“说真的，”那名妇女说，“我想英国领事馆今天应该没多少人有心思打网球了吧。”

“哈尔滨陷入无政府状态，”1908年，《纽约时报》在头版显著位置如是说，“俄国士兵丝毫不尽守卫职责；天黑后少有居民敢外出；日本人蜂拥而入满洲，各种行为令外国居民愤怒。”报道中称，该地区的“美国领事馆支持中国人反抗俄国和日本的侵害”。

罗斯福新近指派了两人来到东北，其中一位是美国驻奉天总领事司戴德，那时候奉天已掌握在日本人手中。后来创立了《新共和》杂志的司戴德一脸贵族相，稀疏的头发梳向一边，高高的额头，宽面大耳，眉宇间神采斐然。他的副领事是个人高马大却长着娃娃脸的大学毕业生，尼尔森·费尔柴尔德，他坐火车走遍了哈尔滨。“这是你能想到的最糟糕的地方，”他在一封家信中写道，“晚上在街上行走，手里的枪需随时上膛。”

司戴德和费尔柴尔德找了个废弃的佛寺做领事馆。两人都对中国的困境怀抱同情，这种感情在当时显得很不一般。很多外国人的回忆录在写到那时居住在东北，都表示了“对变得太中国化的恐惧”。一位作者甚至写道，自己想象着各种中国人的声音在耳边窃窃私语，萦绕不去，“你永远逃不过我们的魔爪。你已经被自己的故土遗忘。每天你都离原来那个白人更远了一些”。

然而，司戴德对日本的憎恶众人皆知。他强烈要求美国更多地参与到东北事务中来。费尔柴尔德在另一封家书中说自己觉得东北十分美丽：“我一点也不奇怪，中国人希望如此秀丽的国土只属于自己，愤恨外国势力横加干涉，强行修建铁路，架设电缆。”费尔柴尔德来到东北的时间是1906年10月，尽管看到领事馆温度计的水银柱直线下降，“直到全部所剩只有一颗小珠子，痛苦地在底部滚动”，他还是步行超过八公里，去猎取山鸡，做感恩节大餐，并每日坚持学习中文。他告诉家人：“我很爱这个地方，至少能待上五六年。”

然而在那个冬天，《纽约时报》的头版刊登了“领事饮弹自尽”

的新闻。“据说，他的死完全出于意外。谨在此表达最沉痛的悼念。葬礼定于明日举行。”后来费尔柴尔德的家书被私人集结出版，最后的部分来自司戴德，通知费尔柴尔德的父母，他们的爱子由于手枪走火，不幸去世。东北就此失去了一个仰慕者，毕竟他曾写过，这片土地“如此丰饶，必不会长久颓败”，等这里的人民“找到更好的办法，一定能够创造奇迹。有朝一日中国必然觉醒”。

费尔柴尔德那些身处华盛顿特区的上级们则更看重东北在地缘政治上的重要地位。日本之前支持美国攫取菲律宾和夏威夷，并且限制了日本人往美国移民。1908 年，作为回报，美国正式承认日本在朝鲜和东北的利益。但这样一来也削弱了美国的影响，使其更难干涉日本在这片区域的行动。

第二年，一名朝鲜民族主义者在哈尔滨刺杀了日本前首相。当时他任职统监，是朝鲜实际上的统治者。1909 年 10 月，这位名为伊藤博文的贵族乘火车前往东北参加会议。在哈尔滨站等待他的那个朝鲜人名叫安重根，是个反抗分子，时年二十九岁。刺杀时一共开了六枪，其中三枪穿透伊藤的胸膛，令他抢救无效死亡。和五年后弗朗兹·斐迪南大公的遇刺[①]不同，伊藤的遇刺并未挑起战争。俄国士兵将安重根交给日本人。他在庭审时说：“我刺杀伊藤博文不是个人恩怨。我是朝鲜志愿军的一名战士。我刺杀他，是为了祖国的独立与东洋的和平。”最终他被判有罪，执行了死刑。1910 年，日本正式吞并朝鲜（一个世纪后，在哈尔滨火车站举行的一个小型展览上，安重根的照片也是展品之一。中国很少有爱国主义教育基地像这样指出日本的侵略遍及整个区域，而不仅仅针对中国）。

1911 年，清王朝覆灭，中华民国建立。第二年末代皇帝溥仪被允许和平逊位，那时他只有六岁。之后，他没有回祖辈的故土，而是偏居紫禁城北偏殿。十六岁时，他剪掉了自己头上的辫子。

作为一个名义上的共和国，结束皇权统治的中国可谓四分五裂。

---

① 该事件在历史上被认为是第一次世界大战的导火线。——译者

首任民国总统孙中山有一个很著名的评价，说这个国家像“一盘散沙”。各个区域军阀割据，其中不乏曾经为清朝军队效力的将领，比如东北的铁腕人物张作霖，就曾企图让溥仪重回皇位，最后失败。1917年，另一名军阀把溥仪送上皇位，宣布复辟，结果只持续了十二天，就被民国军队推翻。

1925年溥仪十九岁生日后不久，一位军阀将他永久逐出了紫禁城。溥仪的祖先骑着骏马，以征服者的姿态进入北京。而他离开的时候，则是一介布衣，坐在火车车厢的毛绒坐垫上，一路向东颠簸一百三十多公里，来到天津港。天津有好几个外国租界，从建筑风格上看十分明显，唤起对遥远故土的记忆：乔治王时代的英国建筑，帕拉迪奥式意大利别墅，哥特式法国教堂。日本人在自己的天津租界给了溥仪一栋花园洋房。他搬了进去，默默等待着。那时候他还不知道，要过整整六年，才会被重新启用，地点是东北。

清朝覆灭，接着是1917年俄国革命爆发，这让东北尤其是哈尔滨，风雨飘摇，无人过问。催生中东铁路的是一系列协议，而签订协议的双方政府，都已永久成为历史。布尔什维克和俄国白党在街头展开血战，争夺铁路办公室的控制权；中国士兵也陷入哈尔滨铁路桥上的交火，选择和革命党人并肩作战。

后来，哈尔滨大量的俄国白党别无选择，只能跳上火车东逃。一个美国旅人记录了这场大规模的逃亡，逃亡者包括“穿着简洁但十分得体的公主们……穿着制服的老将军们，两边的肩章散发着光芒；他们的脸上带着高傲自大的神情，以为任凭谁都还会像过去一样对他们俯首称臣。然而，那些威权加身荣华富贵的岁月，一去不返了”。“根本无法计算，”旅人继续写道，“到底有多少俄国女孩，由于别无生计，只好出卖色相。她们遍布满洲里到海参崴的中东铁路沿线。就像一路所见的无数烟囱，多年来，象征着俄国的颓败与痛苦。”

军阀张作霖控制了东北。老照片里的他看上去像个人畜无害的校长。瘦瘦的身板，溜肩，光头，人中处耷拉着两撇小胡子。但他很早就开始了土匪生涯，据说第一票是年轻时杀掉了一个受伤的红胡子，然后冒充这个土匪头子。后来，清廷将他那一伙人整编成一支官方军队，派他们追杀东北的小偷强盗。张作霖长袖善舞，左右逢源。清朝覆灭后，这位军阀在东北大获渔翁之利，仿佛坐在丰盛的筵席前大快朵颐。“餐桌”的转盘在北京、俄国和日本之间不停旋转，看到对自己最有利的那盘菜，张作霖就赶紧下筷。

因为张作霖，1920 年，哈尔滨市第一次迎来了中国统治者。张作霖勒令将那些用斯拉夫字母写成的商店招牌全部换成汉字；一座孔庙拔地而起；街道的名称与标志也重新进行了粉刷。东正街变成文化街；尼古拉斯街改名庙街，因为那里有哈尔滨第一座佛祠（在列宁主义者的抗议下，著名的圣尼古拉斯神像免于被拆除的命运。）。哈尔滨的法定假日多了起来，包括中国的公休日、俄国东正教的复活节、辛亥革命纪念日和苏联成立日。

哈尔滨表面上一幅天下太平、各国和睦相处的大好局面，其实没能起到融合的作用。悍匪强盗继续作恶，不分对象与场合。哈尔滨下游有个农场，是一名美军少校开的，雇用了很多中国饥民，给他们一口饱饭。这个农场也遭到盗匪袭击。丧心病狂的贼子们杀掉少校和一个中国农民，绑架了从北京协和医院前来拜访的一名美国眼科医生。这位医生后来写了一本书，《与中国土匪同行的十周》。一开始，里面提到他对朋友之死与其产业的覆灭伤心欲绝。然而，随着被囚禁的日子一天天过去，章节的标题越来越显出他对这些盗匪的同情，比如，“从崇高到荒谬”。他帮土匪们治疗梅毒、沙眼和皮癣等疾病，以此来换取好感，保护自身安全。他在书中略带讽刺地写道：“他们没有书籍或报纸可读；他们不玩游戏；他们不习惯写信，也留不下什么文字记录；他们醒着的时候，也从不安静地反省自己的一生。但他们会说话，每日喋喋不休。最主要的话题就是鸦片。”书的第二十四章标题是：我教土匪们英语并拒绝帮运鸦片到北京。里面写道，深夜，他被一些士兵叫醒，看到对方穿着军服，却不能确定是来救他的还是刚出虎穴，又入狼窝。这些士兵是张作霖的人，他得救了。

在哈尔滨，中国人和俄国人分得相当清楚，关系也很紧张。在一次为中俄技术学院筹款的晚宴上，一部较为夸张的戏剧展现了英国音乐厅里的场景，半数听音乐的高官显贵都站起来离开了，一个中国人说着洋泾浜英语："哦，真是太精彩啦!"接着一个西方人说："中国人说谎不打草稿。"

1926 年的一场比赛中，俄国基督教青年会篮球队以 29—17 的比分打败一支中国的高中篮球队。在场学生发生暴乱。赛后的数据表上，统计了双方的伤亡人数以及全城打破了多少扇窗户。

住在中国人治下哈尔滨的俄国人抱怨说，现在的日子紧巴巴的，他们的生活成本大大提高。哈尔滨当得起东方小巴黎这个美称，一名游客写道，因为这里的物价和巴黎持平。俄国白党现在没有国籍，也没有有效护照，如果他们想离开哈尔滨，寻找新生活，就必须花钱购买出境许可证。一个英国人被警察暴打一顿，他被指控造假，直到付了一大笔罚款，才被一名官员放了出来，并表示歉意，"我们很抱歉，还以为您是俄国人呢"。《哈泼斯杂志》刊登的文章说哈尔滨是"世界上唯一黄种人统治的白人城市"。文章的标题令人震惊，"在那黄种人统治白种人的地方"。

1928 年 6 月 4 日，张作霖乘坐的私家火车被炸，他受了重伤，随即撒手人寰。计划刺杀的是一名日本陆军上校，企图用更听话的人代替张作霖。这位军阀的儿子没有公开谴责日本刺杀父亲的行径。他只是默默接管了东北，与中华民国政府达成和解，让东北和全中国共命运。日本可能一开始还以为人称少帅的张学良会像他父亲一样，可以被利诱和收买。在 1929 年一次手下高级将领们参加的晚宴上，他彻底打碎了日本人的美梦。少帅下令，将两个亲日派的军官当场枪毙。

"俄国暴徒与华人在哈尔滨对战，"1932 年的《纽约时报》刊登了这样的报道，"结冰的道路上，他们设了路障，毫不留情，五死二十二伤。"一名八岁的俄国流浪儿饿得发慌，偷了一个小蛋糕，结果被带到中国警察局。一群俄国人围在警局门口，要求放人。警方派人驱赶，俄国人随即占领了中国大街。这条哈尔滨的主要大街铺着漂亮的鹅卵石，路两旁是宏伟的酒店和琳琅满目的商店。俄国姑娘们常在路旁叫卖丁香和鸢尾，旁边还有中国货郎贩卖糖葫芦。一名游客写道，中国大街上的购物者们全都“步伐轻快，仿佛随时随地都能起舞”。现在，俄国人毁坏各家商店的家具、店门和窗户，设立了路障。《泰晤士报》的报道口吻十分紧张：“哈尔滨剑拔弩张，喧嚣吵闹，令人想起法国革命时那些疯狂的岁月。”沙皇拥护者和苏维埃主义者们头一次肩并肩一致对外。中国警察用消防水管朝人群喷水，但在1月的严寒下，水冻住了，“更让路障坚硬得如石头一般”。接着警察们拿着来复枪威胁，结果引起俄国人的反攻。他们高举大棒和拳头。这一次较量以俄国人的获胜告终。

今天，这条街已经改名为中央大街。仍然是鹅卵石的路面。街边保留了旧时代新艺术派的商店，被粉刷成淡淡的草绿色和鲜丽的柠檬黄。路边的标牌在中国来说也算是非常独特，上面有中英双语（但没有俄语）介绍了不同建筑的设计师和原来的用途。很多建筑以前都是俄国犹太人开的百货商店和餐馆。很多店铺依然在营业，只是招牌变成了东方饺子王、麦当劳或东北毛皮店。有家商店里专卖俄罗斯套娃；有一家的窗户上冒着热气，俄罗斯大列巴新鲜出炉。

这是一条步行街，也是哈尔滨的主要景点。街道一端是一家假日酒店，另一端是一家沃尔玛，旁边就是松花江南岸的斯大林公园。江畔步道上，常有老爷爷在放风筝。一个穿着布鞋，蹒跚散步的老头脸上带着微笑，给我看他手上透明塑料袋里的金鱼。“我带它出来散个步。”老人郑重地说。

不远的地方有个小扩音器，里面反复播放着“抵制日货”。在俄国人修建的现代酒店门口，大学生们坐在一张桌子后面，散发传单，号召大家保卫钓鱼岛。从中日第一次战争开始，两国就为这个岛的归属权争吵不休。和学生们竞相吸引行人注意的，还有鹅卵石路正对面的另一个摊位。扬声器里传出的声音十分尖利，请大家“坚决粉碎非法电子游戏”。我看到桌子后面有一个童话般的铺面，茂盛的藤蔓将店门半遮半掩。外墙铺设了常青木板，嵌着玻璃窗，里面有蕾丝窗帘。我悄悄走进店里，关上厚重的木门，将扬声器此起彼伏的尖叫关在店外。店里飘着一股白菜小馅饼和咖啡混合的香味。黄色的墙面上挂着俄国人的黑白照片。原来是家咖啡店，叫做苏菲娅。

店主胡宏五十多了，一头黑发剪得短短的，头上落着一些木屑。“我正在翻修新餐馆呢，”他说，举起一杯伏特加要跟我干了。“我受过建筑师培训，但还是喜欢现场动手，做一些东西。坐在会议室里，讨好那些当官的，求他们批准我的设计也太憋屈了。那些人还不是本地的，而是从很远的地方调过来的。简直太可笑了。一遍又一遍地让我改稿，不管多荒唐的建议都必须照办。就说今天吧，我在橡木桌板上刻一朵玫瑰，挺辛苦的。一个建筑检查员来了，转了一圈还算满意，结果出去的时候在我桌前停下说，‘刻朵别的花嘛，菊花比玫瑰花好’。”胡先生说着突然哈哈大笑，“东北人就这副德行，眼前有啥，总要提点意见。”

他是土生土长的哈尔滨人，不过是混血，父亲是中国人，母亲是俄罗斯人。“墙上这些照片里都是我的先辈，”他说，“这儿本来是他们的房子。”立体声音响里小声飘着柴可夫斯基的组曲，胡先生带着我四处参观，经过祖父传下来的钟，欣赏了一个笑容灿烂的短发美女的照片。而笑容同样的胡先生骄傲地指着照片说，“这是我妈妈”。“我开这个咖啡馆就是为了纪念她，也是用她的名字命名的。她是‘文化大革命’期间去世的。当时苏联和中国闹掰了。我被送走了，”他顿了顿，“再来杯伏特加吧。”

他递给我一张自制的报纸，报名叫《俄罗斯新闻》，旁边是一张蒸汽火车的照片。“我每个月都弄这个。算是侨民通讯吧。我会在上面节选一些我母亲20年代写的日记。”胡先生说，这不仅仅是为了纪念母亲，也是让哈尔滨的历史记忆保持鲜活。

“只要是在这城里长大的本地人，谁也不例外，都是混血的，没有血缘上的混，也有文化上的混，”他说，“可能年轻人或者游客都不了解。就说这斯大林公园吧，就是中国仅存的，也许在俄罗斯都没有了。为啥还叫这名字？大家根本不知道谁是斯大林，也不知道他做过啥。叫希特勒公园说不定也无所谓。但我们都知道，斯大林是俄国人，现在俄罗斯是我们的朋友。但俄罗斯并不一直都和中国友好，历史也不是‘一开始那样，但现在这样了’这么一句话可以简单带过的。”

曾经做过建筑师的胡先生给我看了一篇杂志文章，写到他的设计，为了纪念“文化大革命”期间被拆毁的圣尼古拉斯教堂。现在，教堂旧址上修了个转盘。“我们可以在转盘上加一些洋葱顶雕塑，至少能提醒人们，那座教堂曾经是哈尔滨最宏伟的建筑。我不知道市领导会不会同意。”他说，领导们肯定会说，圣索菲亚大教堂已经翻修过了，作为博物馆对公众开放，保存一个遗迹，跟保存很多遗迹没啥区别。

胡宏喜欢研究日本的建筑，他说这让自己成为“历史的东北人”——身上有俄罗斯和日本“零件”的中国人。我说，中国人都要在自己前面加个民族定语。胡先生觉得没必要。“我就是中国人，大多数中国人都知道，这是个多文化和多民族的国家。”

很多中国人的民族特征并不明显，只是默默存在于他们的身份证上。然而在东北，这些特征清清楚楚，映在脸上，流在血液里。

第九章　隧道与岔路上的旧时空

在回到荒地村三舅那片正在成熟的稻田之前，我沿着一条分岔的铁路线，寻访了四个历史遗迹。嗯，勉强可以称得上是遗迹吧。那是东北还是“世界舞台”时留下的。第一站，是个人烟稀少的鬼镇；第二站，是个人迹罕至的鬼村；第三站，是个早已废弃的鬼博物馆；而第四站，是去见一个男人，他发誓说，自己和一个外星人发生过性关系。

先去鬼镇，哈尔滨西面三百二十公里的地方。我在齐齐哈尔下了车。齐齐哈尔这个名字，大概是这个城市最棒的部分了，富有韵律，特别好听。齐齐哈尔火车站还是日占时期日本人修建的，用了巧克力色的整块巨石。而现在，这里的墙上还刷着红色大字，用“毛泽东思想万岁!”这句响亮的口号迎来送往，在全中国也属绝唱。

清朝时，齐齐哈尔是军事要塞，还是重要的穆斯林社区所在地。这里有三百年历史的清真寺，孤零零地站立在市中心崭新的宽阔大道之间。当时清政府不允许俄国人把铁路修到已有的城市附近，因此中东铁路修在离齐齐哈尔市三十二公里的地方。往返需要乘坐一辆窄轨列车。现在窄轨列车当然已经消失，从市区到那时候的老火车站，要坐大巴，沿着水泥和土路上深深浅浅的车辙，颠簸一个小时，来到一个名叫昂昂溪的小镇。

昂昂溪火车站还在，看上去如同黑海地区的乡间宅邸：窄而长的窗户，山形的屋顶，被漆成浅橙色的外墙。这里没有密集的客流来来往往，也没有火车时不时鸣笛进站。除了树上的蝉声和别处一样聒噪，其他一切都是安宁的静止的。街对面的土路不断延伸，经过砖砌的村舍，木质的门廊上有美丽的雕花。这些五十年以上历史的房子，基本都漆成黄色和蓝绿色，不约而同顶着腐朽的屋顶。破碎的窗户周围野草丛生。

野生的玉米秆长满了过去的人行道。在曾经回荡着马蹄声和车轮声的主路上，四个年迈的中国老太太蹲在水洼旁。她们面前都铺着毯子，上面摆着一些菜，蔫蔫的黄瓜和干瘪的蚕豆之类。和蔬菜的卖相一样，老太太们看起来也相当憔悴萎靡。“你来找历史？”其中一个跟我说，“你来得也忒晚了！”

事实上，我来得刚刚好。俄国铁道俱乐部的旧址门居然是开着的。从外面看，这是个粉色的锯齿形要塞。走进去，会看到一张张桌上散落着扑克牌，椅子也被推得乱七八糟，仿佛大家都弃了牌，匆匆忙忙赶火车回国了。站在这鸦雀无声的房间里，我背上突然不由自主生出一股寒意。我大声问有人在吗，问题撞到厚厚的墙壁，又弹了回来，回声变成唯一的答案。

现在，每天会在这个车站停靠的客运列车，只有三趟。其他大多是货车，运石油或原木。售票处只有一个工作人员，给我指了指车站门口挂着的中文标牌，上面写明，车站于 1903 年建成，有“整条铁路线上现存最完好的木质天桥”。天桥上落满了东北的皑皑白雪。即使是今天，旅客从暖烘烘的热闹火车上看到眼前这荒凉颓败的景象，下车前可能也要犹豫好一会儿吧。怪不得这条线上的车站要漆成那么鲜亮的颜色。

1930 年，哈佛毕业生梁思永在这里下了车，独自一人。铁道工作人员在这里发现一个坟茔，有一些石雕，用他们的话说，“看上去挺老的”。梁思永在这里进行了当时中国为数不多的科学挖掘行动，发现了七千年前的史前古器物。那时他年仅二十六岁。

这个考古挖掘现场有专属的小博物馆，在城外八公里左右的地方，旁边的道路笔直地穿过绵延荒芜的土地。我在第一个展厅遇到一位导游，他的语气里带着职业性的热情，站在真人大小的远古亚洲猎人模型面前介绍道："这个聚落是北方捕鱼和狩猎文化的摇篮。"导游听起来像在背诵课文。"住在这里的原始人类，用非凡的智慧和勤劳的双手，创造了灿烂的文化。他们为中华文明做出了巨大的贡献。"

这些原始人类应该完全没有中华或中国的概念。他们只不过在不停敲打石头，希望能取一点火星罢了。但导游继续深情地说道："昂昂溪原始人以坚强不屈、永不放弃和先锋开拓的精神，创造了人与自然的和谐。遥远的历史时刻提醒着我们，也要为祖国的富强贡献一分力量。"这个考古遗址也是个爱国主义教育基地。就连原始人也能和国家的富强扯上关系。

博物馆的另一个展室关门了。一个讲解员为我开了门，打开灯，扭头走了。透过玻璃展示柜，我看到一件手织的毛开衫，一把刮胡刀和一块砚石。一开始，我吃了一惊，以为原始人真的有非凡的智慧和勤劳的双手。过了一会儿才看到一张黑白照片，照片上的年轻人一头黑发梳得油光锃亮，戴着眼镜，领子上了浆，戴着领带。原来这是梁思永的纪念厅，他是"中国考古学之父"。

研究北京城市规划的那几年，我深入了解了他的哥哥梁思成，被称为"中国建筑学之父"。我采访过梁思成的儿子，也读了很多关于他父亲的资料。两兄弟的父亲曾是清朝著名的革命者，逼迫慈禧太后进行现代化改革，最后功败垂成。但那时我从来没听说过梁思永这个名字。

我慢慢看着他多年来的照片，还有在昂昂溪挖掘的工作照。接着看到一个玻璃柜，标示牌写着，"梁思永专著与工作日志"。里面有一摞厚厚的纸。最上面一页打印着十分工整的英文标题，Expedition Journal（《远征日志》）。

我突然热泪盈眶。此时此地，我的心境也许和1930年的梁思永类似，长途跋涉来到这里，第一次挖掘就有惊天大发现。我已经读了很多西方旅人在东北的游记，那么中国旅人在这里的感受又是如何呢？

讲解员正用手机玩着纸牌游戏。她可没我这么激动。她说她不认识英文，所以从来没翻开第一页，看看这到底是真书还是宜家样板间的那种道具书。不过她也没有展示柜的钥匙。“我的钥匙只能开大门。我根本不知道谁能开那些展柜。”她踩着高跟鞋嗒嗒嗒地走远了，我被孤独地遗忘在荒野之中，就在昂昂溪人烟稀少的鬼镇边。

梁思永日志的手稿在一万多公里之外的哈佛大学的一间珍本藏书室里。这本书是全英文的，如果留在中国，十有八九会在“文化大革命”中被烧毁，就像他那位著名的建筑师哥哥的那些手稿。梁思永在“文化大革命”前就去世了，1954年死于心脏病，享年五十岁。

这本工作日志读来比较亲切，没有那么学术。他以独特的视角，描写了日本占领前夕的东北：梁思永从北京出发乘坐火车，中间经常开到岔路上，给军用列车让路。这本日志写于1930年，描述了两个月之内发生的事情，文字涉及俄国、日本、中华民国和一路上那些起起落落的军阀。

当时的经济也是支离破碎。梁思永写自己到哈尔滨采购生活必需品，“各种各样种类繁多的纸币和钞票让我困惑又震惊。除了大洋和日元，还有哈尔滨元、黑龙江元、银票”，另外还有两种。“每种都有自己的汇率，用不同钱币的商店汇率也都不一样！另外，我提到的后面四种钱币在省外没法用。”

为了开展考古挖掘，梁思永先要取得俄国铁路局和中国省政府双方的许可。不过，一封地头蛇的介绍信免去了这些繁文缛节。梁思永对这位铁腕人物的描述很符合我遇到的很多东北人。他在书里写道：“他是个很有代表性的样本。圆乎乎的脑袋，国字脸，粗粗的脖子，宽厚的胸膛，简而言之，是个三十出头的壮实男人。他言行锋利，飞扬跋扈，比较粗犷，甚至可说是粗俗。但他也是个直来直去的爽快人，以自己的方式和语言展现了一个精力充沛、办事高效、吃苦耐劳的汉子形象。他是这片土地上典型的男人，雷厉风行，说到做到。这件事需要官方介入的程序不到十分钟就解决了。我正式取得了挖掘许可。”

当然，当地的土匪既不会读书识字，也不会讲理。一群匪徒骑着马，追赶着梁思永，直到他找到一个栖身之所，那个地方是“真正意义上的堡垒，墙有六到九米高，还有射击用的枪孔。枪声整夜不停息，响彻整个城镇，像过年的鞭炮一样”。

在整个远征的过程中，睡眠是一件很奢侈的事。有时候是土匪火并，枪声吵闹；有时候是睡的炕太热，让梁思永感觉有火在炙烤着脊背；加之用作燃料的牛粪味道难闻，也令他作呕。他经常会半夜惊醒，驱赶到处搜寻食物的老鼠。最难熬的是天寒地冻，“西北的大风实在力大无穷，能穿透我最厚实的大衣。我的鼻子仿佛冻僵了，连呼吸都困难。我的手指已经完全僵硬，都快不能做笔记和拍照片了”。

两百页的日志里收录了八十四张亲手拍摄和冲洗的照片，记录了考古挖掘现场和他一路上遇到的人。照片里只能看到梁思永的影子。他站在镜头后，拍下眼前所见。我想象他咧嘴而笑；而他拍下的人们也有着无拘无束的笑容，第一次见到相机并且被拍的人，很少能有这样的表情。

写到当时在东北西部大草原考察时，梁思永公开表示了对汉族“殖民”蒙古游牧民族的蔑视，他认为这种行为就好比日本入侵东北。“我觉得蒙古族—汉族和中国—日本之间的情况有相当类似之处，”他写道，“事实上，过程中的方法和心理态度都如出一辙……汉族的入侵与渗透持续很久，来势汹汹。蒙古人被认为是贫穷落后和不开化的民族。他们的土地也被看做是荒地，应该让汉族人来占领和开垦……官员对他们假意爱护，但只要时机合适，就会横加干涉。商人对他们就是纯粹的欺骗，利用他们的单纯和善良。而蒙古人对汉族人的态度是憎恨和恐惧，最强烈的感情是不信任。他们以非常缓慢但明显可以感觉到的速度，退居更为荒芜的土地。”

到 1930 年，俄国人撤退得差不多了，因为日本势力越来越大。梁思永坐在一节“十分干净和整洁”的三等车厢里，行进在东北的偏远地区，他记录了这种力量的变化。“这里随处可见日本的影响，”他写道，“一切都是以日本特有的方式在运行。从列车员的行为，到卖糖人的态度。”他经过一些新的火车站，发现高高的屋顶和大大的窗户显然不是这种极寒之地应有的建筑，这说明“设计它们的日本建筑师们忘了考虑这里的地理特征。我感觉仿佛在西伯利亚看到了西班牙的消夏别墅”。

在昂昂溪车站橙色墙壁前的小丘里，连年的北风蚀出一条沟槽。梁思永在里面发现了石片和碎陶片，还挖掘了一具骨架。第二天，他就发现了“一个从未被发现过的新石器时代墓葬。骨架相对完好，一切陪葬品原封不动”。

描述考古发现之余，梁思永在日志中还不时来点冷幽默。他坐在自己那辆超载的小车上，“仿佛圣诞老人要开始送礼物的旅程了”。他花了整整一天，“在沼泽地里走了六千多步”，地里的水“把我的脚冻得冰冷，最后刺骨地痛了起来”，还要对抗“云一般袭来的蚊蝇”。他提到，缺乏排水系统和整个地形的平坦，是“加速满洲铁路建设的重要因素之一。不需要做太多工程方面的工作，堆叠土壤搭建路基和铺设轨道十分容易。不管怎么说，在这里挖掘古人的遗迹，实在不是件美差”。

往昂昂溪北边再坐一小时的车，就能看到一个年代比较近的遗迹，虽然凋敝，勉强还算有迹可循。这是东北最后一批母语是满语的人，他们住在一个叫三家子的村子。村民们祖上分属清朝军队编制“八旗”的不同阵营。17世纪，八旗将使曾被派往边境，抵抗俄军的入侵。

通往村子的土路上，满族出租车司机好心提醒我，那儿没啥可看的。“一个特别落后的地方，”他说，“50年代才通了公路，那之前村子都是自给自足的，所以满语才留存下来。他们和外界根本没多少联系。”车窗外，牛羊在开阔的草原上吃草。放牧的男孩子坐在一棵柳树下，盯着手机屏幕。

“‘文革’那前儿吧，我们听说说满语的人可能是苏联间谍，”司机说，“所以很多还会说满语的就改说汉语了。只有老人还说满语。但他们也快死光了。”从一些中国语言学家和历史学家的研究结果来看，目前只有三个老人能说一口流利的满语，他们都已经八十多了。

据预测，21世纪末，全世界六千八百种语言中，有一半将会灭绝。但没有一种曾经拥有满语的辉煌和普及，那曾经是清朝庞大疆域上的国语。是，普通话也保留了满语中的一些通用语，官方文件也有同时用满汉两种文字记载的。但在一千万份清朝史料中，大概只有20％是满文，除了少数专家之外，其他人全都不知所云。

柏油路变成了土路，经过一间茅屋。我还是第一次在伍迪·盖瑟瑞的民歌之外目睹这种茅屋。接下来的那些小屋基本都是用泥巴糊墙，茅草盖顶。相比之下，荒地也算是繁华的新兴城市了。司机停在村子入口处的标志旁，标志是满汉双语的，我只认得后一种：

三家子欢迎您！
这是一个满语村。
来这里为满族文化寻根。

对我来说，中文不是问题，但满语看上去就像天书。这是一种根据蒙古字母系统发展起来的语音类文字。在我这个门外汉的眼里，只有一根根粗粗的黑线，一个个圆圈和黑点，看上去有点像竖起来的阿拉伯文。

“这上面的满文和中文的意思一样吗？”

“我看不懂，”司机说，“学校没教过满语。”

但在这独特的村子里，满语是学校的一门课程。三十四岁的村民石俊光就是从奶奶那里学到这种语言的。他四处录下村子里老人们说的满语，建立了一个口述档案；之后争取到官方的批准，每周在村里的小学教几个课时的满语。

我曾经看到中国报纸将三家子村描述为“活化石”，但今天一看，村子根本就是死气沉沉。正值暑假，小学空无一人。这个小学是我见过的最整洁的乡村小学。小操场上还有很多树荫，这也是我从未在乡村小学目睹过的景象。操场的外围种了一圈柳树，形成天然的护栏，让这里添了很多生机。公告栏上贴了一张宣传海报，用满汉双语写着“传承满族文化从我做起”。

一个偶遇的孩子给我指了教师宿舍的路。要经过一个前院，土地被悉心开垦过，种上了洋葱。石俊光开了门。也不知他见到我这样一副外国面孔有没有吃惊，反正表面上是看不出来。他只是简单问我，有没有跟他谈话的官方许可。

“情况有点复杂，”石先生看上去有点尴尬。

“村里的政治？”我猜测。

“啊。”他点点头。最近有些中国记者来访，村领导不是很高兴，因为记者没有申请进入学校和观摩满语课程的许可。那些记者还跑去纠缠那些说满语的老人，不停地叫他们上镜说话。石先生说记者跟县委和省委的宣传部抱怨，说村民不配合。这件事最终怪到他头上，村领导被上面批了，就把气都撒到他身上。石先生觉得这是对自己试验的一个打击。

“我只不过想一直教孩子们满语而已，”石先生用汉语说，“要是我不为维系满语尽一分力，村里的孩子有一天就会怪大人没把他们的文化保护好。我也是一个大人。”

到底该怎么描述一种濒死语言听上去的感觉呢？在我听来，满语就像语速很快，唇齿摩擦更多的韩语。短暂的满语教学结束后，我问石先生满语的再见怎么说。他发了个音，我重复一遍。他又重重说了两遍，Sirame achaki，Sirame achaki。听起来仿佛马儿踏蹄离开。

石先生又说了汉语：“再见。”再见。

一天清晨在哈尔滨，天气很好，我在高远的蓝天下，走过哈尔滨制药集团老干部活动中心和同一个公司的房地产集团办公室。这是非常典型的21世纪东北漫步，路上看不到任何旧时代遗留的真东西，但又能寻找到蛛丝马迹：酒店翻修做旧的黄铜门前有楔石，写着1903。重新粉刷过外墙的犹太会堂；圣索菲亚大教堂绿色的洋葱顶。“哈药集团欢迎您来到哈尔滨!”教堂前广场上巨大的广告牌十分醒目。教堂的外墙是红砖砌成的，仔细辨认，上面还依稀留着“文化大革命”时期用明黄油漆刷上的反帝国主义口号。

然而，破坏又重建的历史循环往复，如今，哈尔滨曾经是“世界舞台”的过去并不是需要藏着掖着的丑事，而是城市宣传的重点。两个街区外就是全世界唯一的国际友好城市展览馆，一名导游领着一群中学生，经过一个个展室。每个展室都代表了哈尔滨的友好城市，一共二十七个。“我市政府与这些城市建立的友谊，宣扬了和平稳定与相互理解。”导游又在背诵课文了。孩子们盯着来自英国桑德兰的镀银勺子，智利蓬塔阿雷纳斯的邮票，日本旭川的清酒和以色列吉夫阿塔伊姆的一本《光明篇》①。“忘记历史等于背叛。”导游如是总结。

孩子们你推我攘地走过展览馆光滑的大理石地板，一边摸着胡桃木墙板。从墙板的材质能寻找到这栋大楼过去的踪迹。一个世纪前，哈尔滨还是国际铁路枢纽，而这里是丹麦领事馆的所在地。一会儿学生们又驻足观察芬兰罗凡涅米的小旅鼠标本，闻闻来自拉脱维亚陶格夫匹尔斯的羊毛围巾，接着看看乒乓球世界冠军维尔纳·施拉格穿过的运动服，他是奥地利维也纳新城人民引以为豪的城市之子。

“那个地方到底在哪儿?”一个男孩打破沉默问道。“这些城市都在什么国家?”在中国，展览馆很少有地图，学生们困惑不已，有些焦躁和嘈杂。导游无意中看见了我，就像抓住了救命稻草。我也正对着一些展品困惑不已，据说这些展品来自哈尔滨最近的新朋友，我的故乡，明尼阿波利斯。“这是我们在美国的友好城市!”导游兴奋得快

---

① 中世纪犹太神秘教的经典，是犹太神秘主义对摩西五书的注疏。——译者

喊起来了。“这位肯定就是我们的美国朋友了!”等到大家满含着崇拜和惊喜的欢呼逐渐退却，我用中文解释，自己并不是展览的一部分。接着又转身去看我的故乡代表性的展品。那座我引以为豪的城市，有著名的沃克艺术中心，名扬全美的歌手“王子”，优雅美丽的天际线和宁静的湖泊组成的市中心。明尼阿波利斯的市长办公室选了一些东西作为城市代表前来展出。最醒目的是珠宝。接着学生们和我一起看了一个弓箭头，射箭靶和百思买集团的标志，还有黄金地鼠的标本，一盒盒金枪鱼罐头和贝蒂妙厨的天使蛋糕预拌粉。“那里冬天很冷，和这里一样，”我补充说，试图找些共同点，“冬天很长，很多人都爱喝酒。”导游打断了我，背起解说词，说明尼阿波利斯有二十一所大学和三十个剧院。但孩子们的目光已经移向他处，盯上了旁边的木偶，来自罗马尼亚的普洛耶什蒂。

中国特别喜欢把友谊挂在嘴边，尤其热衷这种友好城市之类的官方行为。不管谁来这儿参观，都会听到各种工作人员不断念叨“为了我们的友谊”，心里会特别烦躁，迫不及待地往出口走，不想再听我们的友谊这次又要出什么幺蛾子（还不如晚上安安静静在家里读本书呢）。在和平队工作期间，我曾经遇到过一次反对帝国主义的宣传活动，那时我才知道，原来我们被粉饰成了中美友谊志愿者。那两年，我遇到很多要求，让我做这做那，去参加英语角，去卡拉 OK 唱卡朋特的歌，去吃火锅，去吸海洛因……人人都告诉我那是为了我们的友谊。当一句话大众到连瘾君子都能随意引用，那一定失去了原本的意义。

为了吸引中外游客，哈尔滨复活了原先那些特别上镜的背景。国际友好城市展览馆周围绿树环绕，像是繁忙喧嚷的闹市中一片安谧的净土。两层楼高的建筑，柠檬色的外墙，看上去仿佛这栋建筑在圣彼得堡上了车，在哈尔滨下了车，决定在这座城市结束旅程，安身立命。

展览馆内，孩子们排队经过各种展品。地板光洁如新，反射着顶上枝形吊灯的光，都能做地灯用了。大大的窗户，配着厚重的红色幔帐，就是电影里面经常着火的那种。大理石的台阶也修成电影里那种感觉，旋转上升，仿佛随时随地都会有盛装的美人从上面摇曳生姿地走下来。这栋大楼历史悠久了，在俄占时期、民国时期、军阀时期、日占时期都有使用，一直持续到共产党领导的现在。我很想问一个女生，会不会觉得我们可能在这里遭遇幽灵。不过导游让我们别说话，念经似地唠叨“不要交头接耳，不要乱扔垃圾，不要随地吐痰。禁止拍照，不要玩手机。保持安静”。

我们参观了一些来自加拿大埃德蒙顿的硬币。还有一件连帽衫，上面的价签都没剪，是加拿大麦科文大学的校足球队服（格里芬们加油哦！[①]）。法国阿拉斯的展区有一把摇椅和一封市长让—马里·范里伦伯格的亲笔信。亲笔信字体流畅美观，让同样也写了亲笔信的新西兰南塔拉纳基市长罗斯·顿洛普相形见绌。上一次我看到这样糟糕的书写，还是偶得一本八年级学生的数学笔记。不过我还是仔细看了看顿洛普市长那些鬼画符一样的字，字母 i 上那个小点弄得跟画了颗心似的。从信里的介绍，我了解到，南塔拉纳基拥有世界上最大的乳制品工厂。而且那里的人民都知道，哈尔滨国际友好城市展览馆，能够“帮助哈尔滨市民多多了解那些国际友人的风俗、文化、地标建筑和地理位置”。一个疲倦不堪的参观者，读到这些东西只会翻白眼。然而，展室里是那么安静，甚至能听到孩子们肚子饿得咕咕叫的声音。加上没有人因此而哄笑，就显得更加安静了。

友好城市运动发源于欧洲，也称城市结谊，可以追溯到 9 世纪。那时法国勒芒率先和德国帕德博恩结为友好城市。1931 年，美国俄亥俄州的托莱多邀请了西班牙的同名城市，开启了北美友好城市的先河。第二次世界大战以后，城市结谊的趋势越来越明显，一些是为了促进相互间的谅解和睦，一些是为了冷战时期政治鼓吹的需求。1956

---

① 格里芬是希腊神话中半狮半鹫的怪兽，也是麦科文大学的标志。所以校队队员也被称为格里芬。——译者

年，艾森豪威尔治下的美国政府牵头成立了国际友好城市协会，现在是一个非营利性机构，办公地点在华盛顿特区。

根据该协会对自己使命的阐述，在“后邪恶帝国”时代，这些友好城市关系，是为了“从各个城市做起，建立全球合作，宣扬文化理解，促进经济发展”。换言之，就是为了我们的友谊。美国的城市通常有很多友好城市，但协会的网站上比较不赞成这种“滥交”。“多于一个友好城市的情况，只能在城市社区认为有必要和有足够资源去支撑多个友好关系的前提下发生。”这话令我脑海中浮现一个私人广告，抬头是急寻城市交友：单身、有魅力、性格多样的大都市寻找国外伴侣；希望建立长期联系，互相往来，互通有无；注重规模，乡镇勿扰，谢谢。

中国的第一对友好城市是1980年结成的，上海与旧金山。从那时候起，是否有友好城市和友好城市的多少，跟联合国教科文组织的世界遗产认定一样，在中国成为衡量城市发展程度的标准之一。中国的都市纷纷对外国城市抛出橄榄枝，热情相邀，建立友谊（还让他们和台湾的友好城市分手：美国莫比尔就抛弃了高雄，与菏泽和天津在一起了）。北京有四十七个友好城市，简直给人一种世界大同的错觉。其中伊斯兰堡和特拉维夫竟然同时在列[①]。有的友好城市结对是凭直觉，完全兴之所至：拉萨和蒙大拿州的博尔德；充满工业气息的武汉和曾经的世界钢都匹兹堡；吉林省的小城市蛟河与同样名不见经传的加州福尔松。以上例子都还算是互相之间比较匹配，有相似之处的城市互相结盟，而葫芦岛，这个已经破旧不堪的东北港市，竟然跟魅力四射的拉斯维加斯攀亲，就需要无限的勇气和足够厚的脸皮了。这个港市已经在积极输入赌城的文化，每年都要举行国际泳装文化节。

我们这个小小的旅游团迈着疲惫的步伐，来到楼上，经过一顶犹太男子戴的圆顶小帽，这个展品旨在说明哈尔滨曾经拥有远东最大的

① 伊斯兰堡是巴基斯坦的首都，而特拉维夫是以色列的第二大城市。两国之间的矛盾冲突由来已久。——译者

犹太社区。我们盯着一个生锈的熨斗，证明“哈尔滨繁荣发展，成为一个开放包容的现代城市”。没有什么东西能跟附近的犹太会堂、圣索菲亚大教堂、修复的鹅卵石大街或颓败的原俄国人聚居地联系起来。没有任何说明提到沙皇、中国皇帝、军阀以及他们所统领的军队，都曾为了哈尔滨挥师杀敌，大开杀戒。没有提到这里曾经是说着四十五种语言的五十三国人民趋之若鹜的居住地和避难所。

映入我们眼帘的，只有五花八门的展品，来自泰国清迈（手工挂毯）、菲律宾卡加延德奥罗（一个鸵鸟蛋）、英国桑德兰（一张乔治·华盛顿的照片，他的父母是那里人）。澳大利亚格里菲斯也送了一颗蛋，是鸸鹋蛋，还有袋鼠皮和黄尾袋鼠牌的酒（不过现在只看到空空的酒瓶）。日本旭川的清酒瓶也是空的，俄罗斯斯维尔德洛夫斯克送的伏特加也不知道被谁喝干了。孩子们盯着玻璃柜里陈列的一个飞去来器，很是好奇。展厅里鸦雀无声，光线昏暗。我们参观着空空如也的啤酒瓶和锁起来的武器。角落里是罗瓦涅米的展区，有一堆给圣诞老人的信，没有开封。

“罗瓦涅米最受欢迎的居民就是圣诞老人，”导游的背诵打破了沉默，“每年都有成千上万世界各地的游客去参观在北极圈的圣诞老人村。”那些去不了的人，就会写信去，比如这位香港九龙界限街 139 号的马克斯·李小朋友。结果他的信没人看，被原封不动送到哈尔滨来展览了。

导游把我们带到楼下，进行了一番总结：哈尔滨，国际化的大都市，代表了友谊、发展、现代化和最重要的友谊。孩子们都盯着我笑了。我心想，这总比被叫老外好。展览馆的闭馆时间要到了，孩子们走过明尼阿波利斯的展区，那些展品恰好佐证了一些批评家的观点，他们说友好城市运动不过是相互做生意和增加贸易往来好听点的说法而已。但我放下了这种属于外来者的嘲讽心理，按照导游的要求，用带着明尼苏达口音的普通话，热情介绍了那盒皮尔斯伯里·芳菲蒂的布朗尼蛋糕预拌粉如何反映了密西西比河上米尔城人民的生活。

从小，我就习惯了疯狂地盼望最新一期的《国家地理》。我喜欢里面的地图，拿来贴在卧室的墙壁上。如果你生在明尼阿波利斯，周围是一望无际的大陆，四面八方几乎都是等距离的土地，很自然地就会去想，外面的世界是什么样子。和平队里很多志愿者来自中西部，并不符合美国的人口比例，我想这也是原因之一。参加和平队，是一张走出大陆的票。

而在这个阳光明媚的美好清晨，我在我们的友好城市哈尔滨经历和目睹着下面的一切：圣索菲亚广场，我坐在一条绿色的木长凳上，旁边是一丛丛黄色的金盏菊，黑色蝴蝶环绕在周围。一个小女孩在喂鸽子；一个小男孩在吹泡泡；来来往往的女人们撑着阳伞；一对路过的情侣穿着愤怒的小鸟情侣装。空气中回荡着公交车的喇叭声和大嗓门的东北口音：哎呀妈呀，嗯呃。饺子店的雇员们站成整齐的一排排，做午饭后的广播体操，聆听经理激情满怀的训话。蜻蜓飞到金盏菊丛中，发出嗡嗡的响声。一个女人靠在老教堂的墙上，拍了好多照片。一个男人大摇大摆地走过，手包夹在腋下，好像那是他随时要抽出的武器。他后面还跟着一个男人，两手都拿着一个棕色的用细绳封好的档案袋。一辆餐车上飘来热狗和爆米花的香味。旅行在外，一切看起来都可能是新鲜的，平时司空见惯的东西也会变得有趣。哈尔滨整座城市仿佛是一场大型展览，这里的游客也是展品（特别适用于中国）。一位老爷爷抱着宝贝小孙子，快步走向金盏菊丛，扒开他的开裆裤，抱着孩子就开始给花儿们“浇水”。我看着他们，他们看着我。我们的表情一模一样。友好市民嘛。

我上次和伐木工人孟照国见面，还是在荒地村以北一百二十多公里的红旗林场。林场周围是仅存的一片橡树、桦木和水曲柳，曾经的覆盖面积是怀俄明州的两倍。那次，孟照国事先跟我打了招呼，说了地址，我在那条乡村小路的最后一间房子里找到了他。现在，他叫我去哈尔滨商业大学，走到校园里的最后一栋楼。“要是找不到我，随便问个人就行，”他说。人人都知道这人曾被外星人绑架过。

我站在哈尔滨商业大学门口，感觉我又来到了另一座鬼城。校园是某个工程的一部分，哈尔滨政府投入了大量资金，要在这一片修建哈尔滨新的市中心，规划区域和纽约差不多大。不过现在工程止步不前，人们就是不想搬到松花江这边来。而有些烂尾楼的建筑工地，重新长满了青纱帐和一排排豆子。大学的主楼很空，只有一群学生大喊着英语短语，手里拿的课本是著名的《疯狂英语》。我感觉这套教材教的不是如何用英语交流，而是如何用英语咆哮。我走在移植过来的高大松树之间，学生们的吼叫齐刷刷地传来：“It's better than nothing（聊胜于无）！You can't please everyone（岂能尽如人意，但求无愧我心）！Time will tell（日久见人心）！”

走到学校那一头，我就看到笑容满面的孟照国。“在这儿工作我特别高兴，”他说，“校园很安静。我负责在锅炉房烧开水。”这工作比伐木好多了，他说。过去的他干了小半辈子伐木工。现在曾经的林场只剩下10%的树，被保护起来，作为龙山国家森林公园的一部分。红旗林场原来的工人，要么离开另谋生路，要么留在那儿继续种豆子。

孟先生穿着一件干净的白大褂，宽松的长裤和一双休闲鞋。一头黑色的短发整齐地梳向一边。他看上去瘦了些，但是更健康了。和那时候一样，一脸真诚实在。但他很厌倦再讲述所谓的孟照国事件。跟他聊天，就好像我想象中和一个曾经的艳星聊天，两者都对自己的过去羞于启齿。“有的学生跟我讲，他们在电视上见过我，”他说，“我就说那是别人，只是长得像我。”

但正是这份“恶名”帮他搞定了工作。“一个朋友跟我讲他们在招锅炉工，我来面试的时候，老板在新闻里看过我。学校分了个房子，有暖气的。我老婆和女儿也在学校工作。我儿子在哈尔滨上中学，学校不错。他在学英语。他在这儿比在林子里待着好。”

孟先生是我在东北见过的最富自我创造性的例子。在其他中国人的眼里，东北人慷慨宽容、勤劳肯干，有时候有点二。所以，全国第一个声称和外星人发生过关系的人来自东北，也不算什么奇事。

之前去红旗林场看孟先生的时候，他住着两间房的木屋，每一根木头都是他亲手钉上去的。光秃秃的灯泡放着黄色的灯光，从天花板上垂下来。他没有电话，那儿也没有信号。炕上的枕头瘪瘪的，没塞什么东西。一头的墙上贴着一幅褪色的世界地图。“我很久以前就贴上去了，”他解释说，“当时梦想着，多去点地方，走一走，看一看。”

另一面墙几乎被一台大屏幕的索尼电视完全覆盖。“在这儿只能收到两个台，”他说，“所以真是浪费钱。但不是我买的。一个做生意的听完我的故事，给我送来的。”还有个马来西亚的游客，给他带了头奶牛过来。“我卖了，”孟先生告诉我，“养奶牛是要花钱的。我在这么个地方，要奶牛干吗?”

我们一起到屋外散步，踩在雪地上，听着唰唰的响声。面前的龙山连绵起伏，天光渐暗，紫烟升腾。孟照国说，1994 年，就在一个很相似的晚上，他见到山峰后发出金属一般的光束。“我以为是直升机坠毁了，所以就跑过去，打扫一下现场。”他来到谷口，远远地想看一下坠毁现场。突然，“轰！什么东西正好击中我的额头，把我给打昏过去了”。

他醒过来的时候，已经在家了，根本记不得自己是怎么回家的。几天后的一个晚上，他惊醒过来，发现自己飘浮在炕上。老婆就睡在他下面，而自己身边是个三米高，有六根手指的外星女人，大腿上一层毛辫子，腿就缠绕在孟照国的腰间。孟先生和这个外星人做爱长达四十分钟。“接着她就穿过墙，消失了。我飘回炕上。她给我留下了这个。”他脱掉裤子，露出一条五厘米左右的锯齿状伤痕。看起来更像是伐木时不小心被锯子割到的，但他坚持说，只是碰巧看起来像而已。

第二天早晨他跟老婆讲了晚上的事情。老婆没觉得他是负心汉，他说。毕竟，那一刻他是很无助的，就在自己床上，被一个外星人劫持了。

我请他画一画那个外星人。他接过我的笔，从一卷草纸中扯下一片（“这说不定就是用我砍的树做的”）。我惊讶地发现，这个外星人挺眼熟。看起来很像梁思永年轻时在林场附近新石器时代的考古现场挖出来的大眼睛雕像。事实上，比那些雕像还要更眼熟一些。孟先生在外星人的大腿根部画上一个小小的×，我灵光一闪，啊，原来他画的是米其林轮胎先生，只不过全身长着毛。

红旗林场的生产基地有一家汽车修理厂，门口的招牌上就有轮胎先生，肥嘟嘟的大白脸，满脸笑容地向来客招手。我想着那块招牌，想着孟先生门口那一堆堆空空如也的五星牌啤酒板条箱和这荒无人烟的地方，想着东北的漫漫寒冬，以及无边无际的空虚和孤独。但孟先生讲故事的时候，特别平静，不着急，也不要讨好谁，听上去特别可信。我压制了内心这番演绎。孟先生建议我们和孩子们一起到外面去，把我给他们带的鞭炮放了。那天晚上，我迷迷糊糊地睡在他炕上，睡的很浅，生怕自己也被绑架了。

中国政府允许人们表达对外星生命的相信，这大概可以归入天文学的范畴，也可以说是共产党支持的科学社会主义。一本专注于飞碟学的期刊发行量是二十万册；中国UFO研究中心有五万成员，每年都会召开会议。后来，和所有以信仰聚集起来的团体一样，这个组织分裂成不同阵营，因为一些观点上的分歧吵得不可开交。孟先生的故事通过手机短信和互联网流传开来，媒体的电话就打了过来。他在全国性的报纸和电视上都露了脸。他甚至成为维基百科上一个页面的主题。这个页面存在很大争议，列出了他故事的不同版本，其中包括他被带到外星人的母星，木星，并受到外星人“不断地骚扰”。

“记者不断想在我的故事里找破绽，”在林场的时候，他告诉我，“一遍又一遍我讲得都烦死了。说到底我就是个农民。”

但第二天早上他又给我讲了故事的后续：外星人造访他家炕头的一个月后，他再一次惊醒，发现自己的身体飘浮着经过炕头墙上的世界地图。他飘啊飘，飘过云端，进入一艘宇宙飞船，一群外星人围着他，给他穿上一件人肉做的袍子。

“什么袍子？”

“人肉做的袍子，”他重复了一遍，“他们说的是中国话，但是口音很重，所以一开始我也听不懂。他们说他们都是逃难的。和我一样，他们想逃离过去的生活。所以离开了快要消失的家。”

这个故事和无数迁徙到东北的人一样。

孟先生要求见自己的外星情人，就是那个大腿内侧编着毛辫子的女人。

“‘不能见，’他们说。但他们接着说的话给了我一点儿希望。‘六十年后，在遥远的星球上，一个中国农民的儿子将会诞生。’”

这简直是神来之笔。孟先生将中国人的阶级意识带到了星际关系之中。这个故事帮助孟先生和他的老婆孩子离开了林场小路上最后一间房子，进入了省会城市的大学校园。我们在哈尔滨共进午餐，他又讲了一遍这个故事。只有一个小小的细节变了：他说做爱时间是一个小时，不是四十分钟。“我问那些外星人，我能不能看到自己的儿子，”他补充说，“他们说可以，但不能告诉我在哪里。”

我开玩笑说，可能是在友好星球上。但孟先生没有笑。“曾经，人类认为地球是方的，平的，”他说，“十年前，还没人相信有手机这玩意儿。人啊，要是从来没亲眼见到什么东西，自然就会怀疑那东西的存在，也不相信有人会过那样的生活。我是第一个有勇气站出来说‘我看到了’的人。”

“不过，你也知道，”孟先生边说边郑重其事地点点头，“在这儿，啥时候见不到点奇怪的事儿呢。”

第十章　夏　至

夏天的荒地村生机勃勃。一团团棉花般的白云倒影在水洼之间，鱼儿跳跃在水面上，鸭子嘎嘎，青蛙呱呱。我在红旗路上散步，随处可见毛毛虫和立在叶尖上的蜻蜓。拖拉机开过广阔的绿色稻田，一直延伸到远处的山脚下。还有两个月才到收割的农忙。接着北风就要造访，太阳在下午 4 点前就会下山。这短暂的夏天，值得仔细品味，好好珍惜。

周边旅行一圈后再回来，感觉这片土地格外宁静。一眼望去，没什么好看的，实在让人松了口气，心理负担全消。与哈尔滨相比，要描述荒地，仿佛只能讲述它的过去，现在没什么好讲的：没有博物馆，没有地方报纸，没有坟地，没有标牌，没有图书馆，没有故居或战场的遗址。村民们说起最近村里的一些发展，一家人可以一起种一片地，得来的收成自由买卖；他们带着骄傲，满足于没有战争、饥荒、土匪强盗和跟随政策变动的生活。我万分理解这种骄傲。我走出红旗路，往三舅家走去。他看到我，第一句话就是："你回来啦。你走的时候，啥事儿都没有。"

我想想背包里那些写得满满当当的笔记本，心想"啥事儿都没有"还真是新鲜。三舅的意思很简单，一切都好：没人生病，稻子长得挺好，天气也不反常。他带我走过他那片地的田埂，稻子正按部就班地成熟，青蛙在我们的脚边疯狂地跳来跳去。咱俩是来除草的。那些影响稻子成熟的野草有学名，就像来自《芬尼根的守灵夜》：鸭跖草、猪殃殃、稗子。

三舅主要搜寻一种三个叶片的单株野草。这种草必须用手拔。但除草剂效果还不错。“稻子长得挺好，”他说，“你媳妇儿呢?”

“她在香港。”

“挺好，有工作就好，”三舅说。接着就直愣愣地看着我，黑黝黝的脸上带着茫然的表情，这些日子好像又新添了几道皱纹。他的左眼总是流泪，像白内障的前兆。从田野那头远远看过来，他仍然是个矮胖结实的壮年男人，一头白发理成清爽的平头也显年轻。但走近看，六十七年的岁月全在他脸上纵横交错地刻着呢。我想，也许把他的庄稼签给东福米业，搬进一个设施齐全的现代公寓，未尝不是个好主意。

“她在那儿工作，你大老远跑这儿来，”他说，“你怎么给得起这个钱?”

我的开销很少：坐火车，吃饺子，租房子，偶尔路上住个便宜旅馆。一个月的花费顶天了也就几百美元。但这个数字在三舅看来已是天价。三舅觉得大葱的价钱也是天价。

“现在啥东西都更贵了，”他说，“以前从这儿到荒地诊所，坐三轮儿只要五块钱，现在都七块了。一年涨了40%啊。种子也涨价了。猪肉涨得太吓人了。”一年前，一斤猪肉十二元。现在一斤要十九元。

话题从我的生计（或者说没有生计），转移到各种东西的价格上。很多村民一谈起物价，都像打开了话匣子，总要花点时间发表两句意见。三舅如数家珍，说了很多涨价的东西，从肥皂到牛奶（和去年相比涨了9%），再到大葱。在东北菜里，大葱的地位就像意大利菜里的牛至叶。三舅现在去市场买葱，都讲不下来价了。“今年我就自己种。还种了土豆、（西红）柿子和洋葱。我还买了只母鸡，因为鸡蛋也涨价了。”

通货膨胀是全国性的。最近一次在火车上，我看到周围的乘客一边大声啃着煮玉米，一边读着《货币战争》《欧元系统的崩溃》《非理性的积极力量》这类书籍。政府采取了多种措施抑制通货膨胀，然而，那天早上的报纸头条，依然报道说油价又创新高，达到每加仑四点九一美元。另一篇文章写道，中国一个很受欢迎的网上论坛投票选出“涨”为年度汉字。其选票超过第二名“怨”差不多五倍。

火车经过一片寂静的青纱帐，我问坐我旁边那些来自各行各业的男女老少，怎么看涨价这件事。不问则已，一问大家就七嘴八舌地讨论起飞涨的房价，还有食用油涨价了，卫生纸涨价了，机票涨价了，学费也涨价了。大家讨论得越来越热烈，乘客们义愤填膺地指责那些囤货的，炒房的，说涨价这事儿真是“气死人了”。在中国，这些基本都上升到私人恩怨的高度。突然间，一切都被涨价席卷，包括我之前还安安静静的火车之旅。

所以，中国社科院一年一度的《社会蓝皮书》将物价列为公众最关心的事情，也在意料之中。中国的消费者物价指数，也就是通货膨胀的计量器，在2011年3月涨了5.5%，创造了涨幅新高。主要推手是食物价格，平均上涨了11.7%，某些地方的蔬菜价格甚至翻了倍。

康师傅，全国最畅销的方便面，涨价10%，宣称说是配料涨价了。而法国超市连锁家乐福不同意，于是全中国一百六十九家家乐福拒绝上架康师傅的产品。既然跟法国商家扯上了关系，就让我们充满法国激情地喊上一句：涨价啦！！房地产的价格仍潮涨不止：在与香港接壤的城市深圳买一套一百八十五平米房子的钱，能在纽约最好的地段买一套四房公寓。

就连死者也没能逃过涨价。在私人运营的深圳罗浮山永久公墓，一个售楼小姐告诉弗朗西斯，出五万元，能让她父亲的骨灰在山上一个一平米的墓地里安放二十年。之后可以选择再放五十年，不过前提是公墓还在，没变成房地产建筑工地。

“如果选那些风水好一些，也就是背山面水，能看到池塘山谷的公墓，”售楼小姐说，“那就要出七万块。那些都卖得快。我建议你今天就出手。一天一个价。”弗朗西斯迅速选了个风景不错的墓。

我可不敢跟三舅说真实的价格。我只是跟他说，弗朗西斯去了选定的墓前，跪下来，跟爸爸讲家里又发生了什么事，将他的骨灰入土，在地上磕了三个头，伤心地哭了，然后告别。

“嗯，挺合礼数的，”三舅赞许地说，“要讲孝道。”这话能从三舅嘴里说出来，那就是最热情的赞美了。我的内心一下子柔软起来，想起那天手上捧起新鲜泥土的味道，头磕在坟墓旁的地上那种接地气的感觉。接着三舅发问了：“买那个墓，花了多少钱？”

现在我在荒地村，真是茕茕孑立，形影相吊。弗朗西斯在遥远的香港，被工作忙得焦头烂额。过去我们也长时间地分开过，通过每天的短信和 Skype 通话来缓解远距离的相思。只要两个人都忙于手头上的事情，就不会有那么多时间去感觉孤单。反正，在一起都十三年了，她的声音和样子都印在我脑海里。有时候，我这个老外走在路上，会不假思索地大声说话，对象是一个不在身边的女人。这惹得荒地的村民摸不着头脑，纷纷对我侧目。我决定，下次戴个蓝牙耳机，遮掩一下这种神经兮兮的自言自语。

弗朗西斯认为和外星人做爱的孟先生那天晚上看到的应该是流星或陨石坠落，不是什么宇宙飞船（她说，他杜撰出来的这些故事，充分体现了东北人吹牛皮的高超本领）。1976 年，一块陨石在荒地上空裂成无数碎片。三舅、三姨、三姨夫都还记得，他们听到爆炸声，在 3 月午后的天空看到一团火球：他们以为是飞机爆炸了。碎片没有砸中他们的家，而是砸中了周围的田野，泥水四溅，浓烟滚滚。还引起了一场里氏一点七级的小地震。这是吉林市一个博物馆说的，政府专门建了这个博物馆，来展示一块微波炉大小的陨石。这个博物馆倒不是什么爱国主义教育基地，只是把那次陨石坠落添油加醋一番，对前来参观的孩子们说，这陨石是“外太空的游客”。读到这句说明，我突然开始想念孟先生了。

从博物馆回荒地村的公交车经过二十二中。6 月末已经放暑假了，学校里空空的。外墙上的大红条幅展示着学校的中考成绩，细数那些考进吉林市重点高中的学生，还有被体校招去的特长生。那个自称菲尔的严肃女孩考进了市里最好的一所高中。她跑得比班上几个上了体校的同学还要快，但志不在此，而是梦想着上一所好大学，然后成为一名英语老师。而那些上了体校的同学，从此要走上一条完全不同的“非学术”道路。关老师和我一起坐公交，我翻译了伍迪·埃伦的一个笑话给她听，逗得她哈哈大笑：“不会工作的，教书；不会教书的，教体育。”“不过，”关老师笑过之后说，“体育老师不用改作业，所以他们可能才是最聪明的老师呢。”

学校周围，大片深绿的稻田在晨光中闪着光泽。我不在的这段时间，此地此景，没有什么变化。但学校的垃圾堆高了一点儿，新添了可口可乐、百事可乐和芬达橙汁的空瓶子。杂货店前贴着的小海报上有科比·布莱恩特和一群穿白大褂的外科医生围着一个俯卧的男人。科比那张是宣传门户网站新浪网；手术那张宣传的是韩式割包皮。荒地扩建的诊所就可以做这个手术，当然目前还是搭满脚手架的建筑工地。

但最大的变化还在前面。

训练机的轰鸣声划破清晨的寂静。公交缓缓开过红旗路路口，等着一个下车的乘客把一箱箱砖搬下去。一个我不认识的大妈跟我打招呼：“谁家滴啊?”我说完之后，她灿烂一笑，说还记得弗朗西斯小姑娘时的样子。我说现在是我一个人在这儿，她啧啧几下，喊了一声“哎呀我的妈呀”，表示了深深的担忧和关怀。“你俩还没生娃呐？你啥时候做爸爸啊？你俩不年轻了呀。她得怀上啦。你跑这儿来，她又在香港，怎么怀得上?”

是啊，Skype 可没有造人这个选项。

公交车里一阵哄笑，大家都来逗我。说我没有小孩，自己一个人跑这儿来，孤孤单单的。各种玩笑接连不断，直到有人认真地说了一句：“混血的孩子都很漂亮。你的孩子肯定会特别好看。”

“还聪明!”另一个大妈附和道。

“不过跟你媳妇儿说，要多吃——”

“苹果，”我自觉地补全了句子。

全车人都赞同地点起了头，接着又开始打趣我，不断强调，我居然自己选择来这儿，还是独自一人。

司机停在红旗路上新建成的牌坊下面。这是全荒地最高的建筑了，甚至比那个打造东北第一村的牌子还要醒目。牌坊下面铺满绿色的草皮，两边的基柱脚上铺了大理石，中间用五根闪闪发光的不锈钢管连接着。这一切看上去不伦不类，就算不是来自外太空，也绝不是荒地该有的东西。

其中一根基柱上写着东北富饶之根，另一边写着东福米业。

“牌坊上没写村子的名字，”我说。

“公司征用的地越来越多了，”关老师回答。

司机摸摸索索地启动了第一挡，一阵噪音后，公交吭哧吭哧从牌坊穿了过去，往正在成熟的稻田开去。司机说：“有人开玩笑说，我们现在都住在东福米业了。”但这次，公交车上没有人笑。

深冬时节，荒地的学生们课间休息。

三舅在自己家门外。

从屋外的简易茅房看关先生的后院。我卧室的窗户在右边。

工人们一锹土，一块砖，人工拓宽红旗路。

夏天，荒地的稻子肆意生长，酝酿着秋日的成熟，一直延伸到远处的山脚下。

同样一块地，秋收后。

三姨在红旗路上。过去路边都是她种的花。现在成了荒地第一条草坪。树苗和太阳能的街灯也是新的，灯杆上还有东福米业的广告。

火车离开满洲里站看到的情景。左边有一个木质的俄式水塔，是中东铁路留下的遗物。旁边是现代的楼房。（Travis Klingberg 摄）

中朝边境小城集安的古高句丽国皇家陵墓。

阿城外首领完颜阿骨打的雕像。公元1115年，他统一了女真族各个部落，建立了金朝，一直统治着中国东北，直到1234年。（Creative Commons 授权使用，Lzy881114 摄）

努尔哈赤将女真各部统编为八旗，下令创制了新的文字书写系统。1626年在与汉族军队对战时死去。他的儿子皇太极将女真改名满洲，建立了统治中国将近三百年的清朝。（北京故宫博物院）

农民们站在辽宁省西部的石块上。这就是柳条边的遗迹。

俄国的遗迹：20世纪初哈尔滨的圣尼古拉斯大教堂（左）。“文化大革命”期间被拆除，原址上修建了哈尔滨最大的交通环岛。1997年，经历了数十年被忽略的命运，甚至曾一度被作为百货公司的仓库之后，哈尔滨的圣索菲亚大教堂（右）原址被宣布为国家级文化保护单位，作为城市博物馆和爱国主义教育基地重新打开大门。

1904年一期《恶作剧》(*Puck*)杂志的封面生动展现了日俄双方在中国东北的争抢。日本和俄国对对方爪牙相向，要决一死战的样子。但尾巴又被一起绑在写着满洲的绳子上，上面还绑了个结，写着，中立。图片解说是，愿此结永不解。

1905年日俄战争胜利以后，日本在南满铁路沿线修建了一系列奢侈的大和旅馆。比如图中这家，位于旅顺港。1931年，溥仪曾经藏身此处。也正是负责安排他藏身的日本军官，透露了他们想选溥仪做伪满洲国执政的计划。

一个世纪以后，这栋楼还是旅馆，不过已经是辉煌不再、破败不堪的廉价招待所了。没有任何牌子写出溥仪在哪个房间住过，或者说明他曾在此秘密藏身三个月。

溥仪，伪满洲国的傀儡皇帝。

少帅张学良。

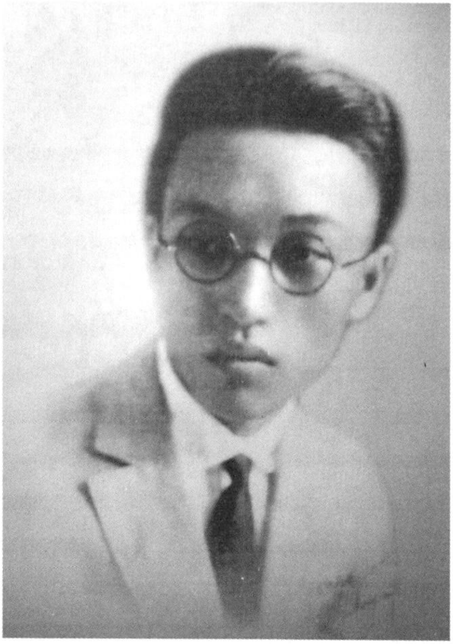

梁思永，1930年远赴东北，在昂昂溪开展考古挖掘工作。他的哥哥是中国最负盛名的建筑师，父亲是创造了历史的改革家。梁思永被誉为中国的“考古学之父”。

1932年一本期刊的社论漫画里，美国国务卿亨利·史汀生宣布美国站在中国这一边，不会承认伪满洲国。（漫画里的英文对话翻译，日本：我是大日本伪满洲国。美国：当然啦，我知道你是谁。所以我不承认你啊。）

“去满洲！”日本招收农民去东北拓荒的海报。

伪满洲国的一张政治宣传海报，承诺“日华满协助，天下太平”。三个人分别拿着伪满洲国旗、日本国旗和中华民国国旗。（感谢加州橘子郡查普曼大学提供图片）

长春市中心一座关闭的日本神庙。这是长春作为伪满洲国首都的遗物。这里有很开阔的广场，所以很多轮滑爱好者都喜欢来这里练习。

方正县城外弃用的松花江码头。1945年8月，女人和孩子占大多数的日本移居者，就是在这里等着那些永远不会到达的船，送他们撤离满洲。

在方正的中日友好园林，手持锤子和喷漆的男人毁掉了一座日本移居者纪念碑。第二天，这座纪念碑就被推土机夷为平地。(钟建民摄)

昵称哈尔的参谋军士哈罗德·莱斯，参与了奉天和西安（今辽源）的战俘营解放行动。战俘营里关押的包括巴丹死亡行军的幸存者，和在科雷吉多尔岛以及新加坡投降的将军们。（感谢哈尔·莱斯的家人提供照片）

1950年11月，美国海军的飞机炸毁鸭绿江上的大桥。美国飞机被禁止进入东北，所以飞行员直接选点，垂直投放炸弹，只炸毁朝鲜的部分。而中国这边用高射炮持续射击，美国前后出动了六百架次飞机。五天后，鸭绿江封冻了。

秦先生一家和他们养的蜜蜂住在莲花泡山谷仅存的一座房子里。其他人撤离的原因，是周围土里埋有日本人留下的化学武器。

“我和外星人睡过觉。”孟照国站在龙山前，这里是曾经的红旗伐木公社。（感谢钟建民提供照片）

荒地村的新公寓楼，再往前开一点，就能看到打造东北第一村的大牌子。

在荒地村，直接在路上晒谷子的农民越来越少，大家逐渐都用起了东福米业提供的进口机器。

第十一章　三姨的歌谣

“7 月份，稻子都可以洗日光浴了。”三舅在田里边忙活边说。英语里虽然都叫 rice，但种在土里时叫稻子，加工好了供我们吃的才叫大米。他用手指在田埂的土上写下稻和米的汉字。“来，你来写。”他耐心地看着我把两个字都写对，然后抬起胶靴，把刚才还写过字的地方扫平，土掉进了水田里。

夏日，每天的光照时长达十六小时。“除了虫害，最危险的就是稻子长得太快，熟得不均匀，”三舅给我解释，“要是长得太快，就把田里的水都抽了，让稻子干个几天。”传统的农耕技术认为，在稻子生长期短暂抽干田里的水，可以让根变得更坚韧。中国古人将此称之为搁田或烤田。实际操作时，要一直让土地干着，干得有些开裂了再进行其他活动。

三舅指着齐小腿的水。“这事儿老重要了，你懂不。水质啊，比种子和土还要重要。河水是最好的。人人都知道。”

“我不知道。”

“淤泥！”三舅有些夸张地强调。“河水有淤泥，有黏土。”后来我知道了，这些肥沃的土壤里含有营养丰富的矿物质。在成书于公元 1149 年的中国古代农学专著《陈旉农书》中，作者就记载：“大抵秧田爱往来活水，怕冷浆死水。”公元 8 世纪时，一位诗人写下诗句，三百年后，仍十分符合三舅与这片片稻田的此情此景：

东屯大江北，百顷平若案。六月青稻多，千畦碧泉乱。

插秧适云已，引溜加溉灌。更仆往方塘，决渠当断岸。

“这个时候啊，”三舅又开口了，“白天暖，晚上冷，刚好合适。一点儿湿气也没有。”

天气正好适宜。高温二十几度，低温十几度。白天可以穿个短裤，套个兜帽衫，不过我周围也没见谁这么穿。就连孩子们也都规规矩矩穿着长裤。暑假的时候，他们一般都待在家里，看电视，打电玩，或者做作业。村里星期一至五每天下午都有英语补习班。我会去帮忙。课间休息时，孩子们一个个地跟我五十米赛跑。他们细细的小长腿像风车般旋转着，跑过院子里的土路，搅起一团团云般的尘土。

我从没在稻田里看到过孩子们的身影，种子店他们也不会去，东福米业的碾米机或米仓更是不会近身。三舅说，大伙儿都觉得这是应该的。父母们希望孩子能上学，将来做个白领。有的孩子长大后还是去读了农学院，就在荒地和吉林市之间。但是，要是你没有照顾牲畜或与土地打交道的实践经验，农场管理和种子生物学这种东西，学来又有什么用呢？中国没有 4H 俱乐部[①]这样的组织。农耕也不是那种做做学徒就能成为专家的技艺。三舅说，种田，是生来就有的本领，很难在后天学得来。

我的学生们喜欢看电视转播的体育比赛和《中国好声音》。根据我这些并不科学的样本显示，荒地的成年人比较喜欢看电视连续剧，特别是清朝宫廷戏和抗日战争时期人民的英雄事迹。除了新闻上偶尔播放，我从未在电视屏幕上看到过农田的画面。没有《草原上的小

---

① 4H 俱乐部（4-H Club）出自英文 head，heart，hands，health 四个词的首字母。它的使命是“让年轻人在青春时期尽可能地发展他的潜力”。该团体于 20 世纪初起源于美国，随后于 1913 年传入加拿大，并得到了迅速的发展和壮大，如今在北美洲。该活动自从传入加拿大后很快传遍全国，尤其在广大的乡村地区开展得轰轰烈烈。俱乐部早期主要为乡村青年学习科学知识、提高技术本领、发展物质文明提供精神寄托，对乡村地区的稳定繁荣起到了积极的作用。——译者

屋》[1] 这样的电影。学校的书架上，也没有和约翰·斯坦贝克讲述加州农场故事类似的中国著作。中国最经典最妇孺皆知的小说是《红楼梦》，事无巨细地描绘了一个贵族家庭的生活和兴衰。里面提到的佃户，只是在每年的祭奠之前出出场，交个租子。书里有个人物曾经颇带蔑视地说："所以他们庄客老实人：'外明不知里暗的事'，'黄柏木作了磬槌子——外头体面里头苦。[2]"

美国文学最早的一部著作也和《红楼梦》差不多同一时期。法国移民赫克托·圣约翰·克雷夫科尔在 1782 年出版了《一个美国农民的信》。本杰明·富兰克林、托马斯·潘恩、珀西·比希·雪莱和塞缪尔·柯勒律治都曾对此书大加赞赏与颂扬。这本书被认为描绘了典型的美国梦。读起来，就像一本浸透了更多汗水的《瓦尔登湖》："与孩子一起耕作养活家人的父亲，世界上比他更伟大的，恐怕只有身体力行，躬耕农亩，为天下做表率的中国皇帝了吧。"

在荒地，我重读了赛珍珠的《大地》，不知道这本书我的学生会不会感兴趣。同时，也是因为美国有些评论家说我目前的研究"和《大地》有点像"，我想给他们一个更好的答复。当然，赛珍珠那本是一部小说，写的是华中地区九十多年前的事了。

小说的开头，年轻的农民王龙在娶亲当日醒来。他撕掉小破屋的窗户纸，伸了个胳膊出去看天气如何，他感觉到"一阵柔和的微风从东方徐徐吹来，湿漉漉的"，觉得是个好兆头。接着，就是结婚，生子，遭遇饥荒，娶了小妾，经历洪水、战争、田里遭了蝗虫，其中充满了欲望与贪婪。小说结尾，王龙在弥留之际嘱咐早已自视为城里人的儿子们："我们从土地上来的……我们还必须回到土地上去……如果你们把地卖掉，那可就完了。"儿子们发誓说绝不会卖地。"但是隔着老人的头顶，他们互相看了看，然后会心地笑了。"

---

① 美国电影，讲述一家人在草原小屋开垦生活的点点滴滴。——译者
② 此话出自贾珍之口，《红楼梦》第五十三回，"宁国府除夕祭宗祠　荣国府元宵开夜宴"。——译者

这个结尾充满了悲剧色彩。如果王龙活到了解放后，经历一波波革命，很有可能会被戴上资产阶级地主的帽子，被批斗处死。最后，他倾洒血汗挣来的土地将被归为公有，重新分配给贫下中农，比如弗朗西斯在荒地的亲戚们。

赛珍珠去世四十年后，仍然在两个世界中维持着尴尬的身份。中国文学界赞颂她，欣赏她的作品，但真正认真读她书的中国民众却寥寥无几；美国有很多人读她的作品，但并不欣赏，也不太感兴趣。美国小说家威廉·福克纳就曾经表示，不愿意与这位"中国通夫人"为伍①。然而，最近才翻译过她著作的中国译者告诉我："赛珍珠是一位革命者。她是第一个描写中国农村的作家。在这之前，就连中国作家也没能做到这一点。知识分子笔下也都是城市里的知识分子。"赛珍珠小时候住在长江边的港市镇江，到处飘散着著名的镇江香醋的味道。最近修建了一座博物馆，展示赛珍珠在成为第一个赢得诺贝尔奖的美国女作家之前的生活。然而，博物馆的礼品店里竟然少了一样东西：赛珍珠的书。

她一共写了八十本书，但最吸引我的还是她一生的经历。她的父母是传教士，雇用了先生来教她书法习字和孔子等其他中国古代哲学家的典籍。"我有一个双重的精神世界，"她在一部回忆录中写道，"在中国世界里，我说话、做事、吃饭都和中国人一样，思想感情也与其息息相通；身处美国人世界时，我就关上了通往另一个世界的门。"

她很喜欢查尔斯·狄更斯的作品，从她对很多细枝末节的文化差异的描写上，也能看到狄更斯的影响。赛珍珠的父亲将《圣经》翻译成白话的中文，而她自己独特的句法和语序也带着《圣经》的味道：The children tugged at Wang Lung then, and Wang Lung led them all

① 赛珍珠曾经获得诺贝尔奖，在美国遭到很多文学精英的嘲笑，认为她的作品缺乏文体风格上的细腻和巧妙，讽刺的力量，过分强调道德说教，更重要的是，太受大众的欢迎，因而不适合被授予诺贝尔奖。在她之后11年获奖的威廉·福克纳写信给朋友，表示他宁愿不获奖也不愿意和"中国通夫人"为伍。——译者

back to the hut they had made, and there they laid themselves down and they slept until the next morning, for it was the first time since summer they had been filled with food, and sleep overcame them with fullness（孩子们拉了拉王龙，于是王龙便带着父亲和儿子回到他们搭的那个席棚，在里面躺了下来。他们一直躺到第二天早晨，因为这是从夏天以来他们第一次吃饱肚子，而且他们也太困乏了）①。

这样的场景，这样的声音，对于每个花时间倾听中国人讲故事的人来说，都是再熟悉不过的。平时话很少的中国人要是有了闲暇，凭着一时高兴，就会打开话匣子，快速地说个不停。弗朗西斯喝了几杯啤酒就是这副德行。三舅生气的时候话特别多。关老师则是在上完一天的课想舒缓压力的时候。之前我在北京的四合院里有个绰号老寡妇的邻居，每次我直截了当地问她，某年某月某日发生了什么。她经常好几天以后才回答我，手上还做着其他事情，比如下饺子，“水差不多烧开了。你一定饿了吧。我爸就喜欢这样的馅儿，猪肉大葱。他说我必须嫁给差不多比我大二十岁的一个军官。是他认识的一个人的朋友。1931 年差不多就这些事儿”。她的声音很冷静，不带任何感情，仿佛是在讲很久前跟自己无关紧要的别人的事情。这和美国人讲故事太不一样。弗朗西斯一到美国，就注意到每个美国人都是故事的主人公，他们向任何愿意听的人讲述自己的人生故事，甚至在没有听众时也滔滔不绝。弗朗西斯说，中国人是发明了很多东西，但只有美国人才想得出博客、脸书和推特。

前文提到的约翰·斯坦贝克去了一些救济营，为报纸写了一系列报道，由此获得了《愤怒的葡萄》的灵感。赛珍珠的经历和他类似，《大地》中描写的各种场景，都是她的所见所闻。少年时期的赛珍珠曾经在饥荒时和母亲一起给穷人施粥；还在穷人的学校里教过缝纫。一次教会的野餐上，她认识了一个新加入的农学家，约翰·罗森·布

① 相关译文全部引自《大地三部曲》（［美］赛珍珠著，王逢振等译，漓江出版社，1998 年）。——译者

克。他的中文说得磕磕巴巴，而她则流利如母语。十八年后，两人离了婚，她写道，和丈夫唯一的共同点就是“在主日学校教《圣经》”。然而事实上，两人都对中国的农田满怀着热爱。

赛珍珠搬进丈夫位于华中的农学研究站。说是研究站，其实就是一座小棚屋，周围的小道泥泞不堪，屋子也是用泥糊起来的，四周都是泥墙。他们把周围的乡村探了个究竟。他的交通工具是自行车，而她则入乡随俗，坐四人抬的轿子。他记录下农村生活的点点滴滴：住房、燃料、物价、饮食、娱乐、婚丧嫁娶等等。当时，在这样一个80%的人口都是农民的国家，还没有人像这样有系统地搜集这些材料。

赛珍珠的丈夫最后将这些材料集结成书，定名《中国农家经济》（*Chinese Farm Economy*），一时成为比妻子更出名的作者。不过，对于非专业的读者来说，这部出版于1930年的著作十分枯燥，全是冷冰冰的数据表格。赛珍珠帮丈夫把这些报告打印出来，但字里行间的行文对两人的婚姻应该没有什么帮助。想象一下，一个熟读狄更斯著作和中国古代典籍的女人，竟然咔嗒咔嗒地在打字机上敲下以下的文字，“一个种植系统盈利与否，主要取决于作物的产量和售价、人力的季节性调度和利润最高的作物的比例”。

不过，此书接近尾声的很多章节都引用了当地的中文谚语并翻译成英语，比如，读书学不会插秧，只跟邻居学样；隔开种高粱，中间牛能躺。有的话感觉就像来自签语饼，并且经过了弗朗西斯的解析，宁愿饿死娘，不教断了种粮。

是赛珍珠加了这些谚语。丈夫在乡间田野中和男人们聊天，她就和女人们一起待在屋里，询问她们平时的生活，让她们传授朴素的智慧。她的妹妹格蕾丝曾对一名传记作家说：“她非常深入地参与到那个项目中，而且做了很多编辑工作。”布克成书后不久，赛珍珠就花五个月的时间，写出了《大地》。

1930年代，《大地》出了八个版本的中译本，而且被“不断地盗版”，赛珍珠带着一点小得意写道。但1949年共产党执政后，她的那些故事背景都成了不合时宜的旧社会，是已经被推翻的时代。早在1935年，她就离开了中国，也离开了丈夫。后来她和自己的出版商结了婚，搬到宾夕法尼亚州巴克斯郡的一个农场。红色恐慌①时期，她以约翰·莎草为笔名，写了五部以美国西部为背景的小说。

尼克松访问中国的1972年，赛珍珠申请中国签证被拒，官方的拒签信中称，拒签原因是“长期以来，你在你的著作中都对新中国的人民和领袖持有扭曲、诽谤和中伤的态度”。九个月后，赛珍珠去世，被埋葬在巴克斯郡的农场里，那是一座孤零零的坟墓，墓碑上刻着她的中文名字。

看赛珍珠的一生，我发现一个外国人写中国，需要万分谨慎。尤其要防范不要让自己被埋葬在梅英东这个中文名字之下。第二个教训是婚姻失败，因为某一方对自己的研究太过专注，忘了分一点时间给伴侣。“我太忙了，太忙了，太忙了，一心都要去求证核实那些土地利用的数据。”布克在意外遭遇离婚后承认。还有个教训，这个国家可能会因为你写的东西，把你赶出去，终身不得入境。

当然了，还是有非常积极的收获。那是个密切关注中国的时代。赛珍珠夫妇认真学习中文，离开了大城市。他们目睹，亲身经历，而不是轻信官方的解说或学者的评论。他们关注普通人的生活，没有从那些名人富翁制造的新闻中去获取信息。1970年，赛珍珠写道：“美国人对中国人有着很浓厚的兴趣，但新闻媒体低估了读者的整体智慧和兴趣的广泛程度。”夫妇俩关注的，不是短平快的新闻，而是那些节奏更慢的故事。他们细细观察着土地与每个人在岁月中的各种改变。

他们热爱农田。二战时，赛珍珠曾经对即将出征的美国飞行员们发表演讲，她说《大地》的情节有些含混，让很多读者认为The Good Earth（直译为好的土地）这个书名是讽刺性的。“如果你降落在中国的农村怎么办？”赛珍珠问飞行员们。“嗯，那你很幸运，因为

① 红色恐慌，又名红色恐怖，是指于美国兴起的反共产主义风潮。——译者

中国的农村很美。”

吉林的各大报纸在暑假时刊登了如下标题：

> “高速公路收费站被爆腐败”
> “67 岁老妇从十三楼跳楼自杀”
> “母亲弄丢宠物猫，九岁男童离家出走”
> “来自黄色录像厅的调查报告”
> “司机醉驾导致两人死亡”
> “聪明小狗使用手机”
> “发现一具血泊中的尸体，被打致死”
> “喝醉后将朋友从二层窗户抛出”
> “农民得奖猪被神秘杀害”

看完报纸之后，中国在我眼里简直大变样。回荒地的公车上，我突然想到，这些乘客是不是都能力通天？他们会腐败吗？会看黄片吗？会杀害得奖的猪吗？

而网上读到的西方报道又是另一番景象：

> “中国认为食品价格需要上涨”
> “中国在阿根廷大批购买土地”
> “中国大批购买土地，巴西表示不满”

中国正在全世界疯狂购物，这是来自《华尔街日报》的报道。中国是阿根廷大豆的最大买主。这些豆子一般都用于牲畜的饲料。因为消费者对肉食的需求增加，购买大豆的量也大幅上涨。中国公司在巴西签署了总价值七十亿美元的协议，要求每年生产六百万吨大豆。再加上其他各种合同和投资，使得中国成为巴西最大的贸易伙伴。中国对食品和能源的购买，“帮助巴西复苏了经济……超过两千万巴西人摆脱了赤贫，经济形势稳定下来……”《纽约时报》如是说。

中国从国外大批进口食品，主要是因为国内人口多，需求量大，同时迅速的城市化进程又使得耕地大面积消失。过去三十年来，中国开发成商业用地的耕地总面积，有整个纽约州那么大。

科学技术的进步让现有的耕地产量上升：现在平均一公顷耕地的稻谷产量是六点三吨，是1949年的四倍。“过分追求高产量可能导致过度施肥，影响农业安全，”中国农业部的一名高级官员语带警醒，“当然，我们必须提高这个区域的产量，但我们的技术和资源还无法同步。”

中国将玉米、麦子和大米归为谷物，对这些谷物的存储量也是世界第一，达到每年消费量的40%。中国曾经是大豆的全球最大出口商，现在却变成了最大进口商。单是前文提到的巴西那一单交易，就能满足10%的年度总需求。20世纪初，中国每年只进口几吨玉米。而到2012年，仅仅一年就进口了两百万吨。中国的大量需求，再加上旱灾和美国乙醇产业不断增长的需求，谷物的价格被推向前所未有的高峰。

中国大量进口谷物，最大的受益人之一就是美国农民。2010年到2012年，中国每进口五美元的美国产品，就有一美元是花在食品上的。销量最大的是大豆，每年的销售额是一百五十亿美元。2005年到2010年间，美国出口到中国的所有其他商品都翻了一番，包括乳制品、猪肉和果汁在内的食品增长了不止三倍。美洲山核桃更是狂增二十倍。佐治亚州的一位农民喜滋滋地告诉《华尔街日报》，由于中国人相信坚果有益于智力发育，“我们现在严重供不应求”。仅仅一年的时间，美洲山核桃的价格就涨了一倍。

中国不断地进行业务外包。2013年，中国和乌克兰签署了有效期五十年的协议，租下了该国三百万公顷的耕地。而在这之前，中国在海外租的耕地不过两百万公顷，这样一来就翻了不止一倍。在乌克兰这些土地上生产的谷物和养殖的猪将被卖给两个中国的大型国有企业。其中一个叫做“兵团”，成立于1950年代，以加强中苏边境守卫为目的，算是个准军事组织。现在，这个原来的准军事组织挥舞着支票簿，在上面写着，食品。

“我们可以给他们送一车厢猪尾巴，”三姨说。

“这是一句中国谚语吗？”

正在给花儿除草的她抬起头来望着我问：“啥？”

“给他们送一车厢猪尾巴，”我重复道，“啥意思啊？”

三姨大笑起来，灰白的卷发在毡帽下跳跃。“就是送一车厢猪尾巴呗，就是那个意思。哎呀我的妈呀。”她飞来一个调皮的眼神，上嘴唇都快包不住参差不齐的龅牙了。“你刚不是跟我说中国从苏联买吃的？”

1945 年 8 月，苏联红军洗劫了吉林水泥厂，三姨告诉我。现在那儿还是水泥厂，就是之前那个不断喷着黏糊糊颗粒弄脏行人衣服的地方。“日本子在那儿弄了些先进的机器。我们赶走了日本子，机器留下来自己用。但是苏联红军一直待到打完仗，想拿啥就拿啥，全拿走了。斯大林说这都是为了工厂安全，把工厂挪到苏联，美国人就拿不去了。后来他又送回来了。周总理给了他好多苹果和大豆。周总理就说：‘猪肉我们是没有，但是可以给他送一车厢猪尾巴去。’”

“所以说不是真的送猪尾巴去？”

“中国那前儿都穷成啥样儿了啊！”

三姨话锋一转，讲起了她弟弟的故事。她弟弟小时候在吉林城上学。她说那时候城门还在，但城墙和木头建筑都毁了。“几个月前你不是问我日本子占东北的事吗？我就跟你讲讲我记得的，”她边说边把我迎进屋。三姨夫给我们倒了几碗热气腾腾的豆奶。

“你问我那前儿这儿是啥样儿的，”三姨坐在炕边，打开了话匣子，“我还记得伪满洲国的事儿呢。我那时候还小，小日本就来了。他们干吗来的？我听现在的人说，他们是来挖矿的，还要修大坝。但修大坝和挖矿的都是咱中国人啊。你要是不干活儿，他们就打你，把你扔到死人坑里。”

“您见过日本人吗?”

“他们住在吉林市的一个区。我见过日本女人，穿着和服，背上还背着孩子。她们穿的鞋子是木头做的。那时候人行道都是木头的。那鞋子声音响着呢，哒哒哒。她们脸上抹着粉儿，吃得可好啦。她们的衣服都是绸子做的，穿着别提多好看啦。咱中国人呢，穿的都是旧棉袄，自个儿织的，自个儿染的色。我的裤裆经常扯烂，家里的毯子都是粗布做的，全是跳子①。”

“那前儿我还在上小学。每天早上都要唱伪满洲国的国歌。唱的是伪满洲国国歌的颜色什么的，好像是这么唱的……”

她哼哼了个调子，还模模糊糊来了几句日语歌词，大意是：

我们的国旗飘啊飘，飘啊飘，红、蓝、白、黑、黄。
我爱我的国旗，国旗飘啊飘，飘啊飘。

“要是唱的不对，老师就要拿木头教鞭打三下手心。”她说。“我可不想手一直肿着。所以我还记得些日语。”她一口气用日语从一数到了十。

伪满洲国的五色国旗代表了五个民族，也就是整个东北地区，从长城到西伯利亚。大背景是芥末黄，模仿的是清朝的旗帜。但那条纤弱细长的蓝龙已经不见，取而代之的是左上角一个方块，里面有几个横条，红的代表日本，蓝的代表汉族，白的代表蒙古族，黑的代表朝鲜族。

“老师教我们说，我们是满洲人，不是中国人，”三姨说，“还说中文是满洲语。不能说中国怎么样怎么样，没有什么东西是中国的。在学校只教日语。每天早上我们都要站起来向老师问好，说‘嗨!’跟电视上一样，什么东西都是‘嗨’，还要敬个礼。午饭的时候，我们要用日语一遍一遍地说‘谢谢’。‘阿里嘎多，阿里嘎多，阿里嘎

① 东北话，跳蚤。——译者

多。’放学的时候，我们也要敬礼，说再见。回家路上，我就又能说中文了。不过只有一年，1945 年，伪满洲国就没了。”

叛军还没到吉林，他们的中国敌人就先进入了那座城市。

“国民党的军队很瘆人啊。先是七十七军，后来还有八十八军。他们跑到我们家里来抓壮丁。我爷爷做不动了，他们就经常打他。我爷爷特别不待见国民党。他们跑进我们家，我们得跪在他们面前。都是些混蛋。砍了我们的树烧柴火，还打我弟弟，把他的头都打破了。有十个兵，都围上去打他。哦，对，日本子也来过我们家，但就是巡逻，往里面看了一眼。但还是挺瘆人的。他们戴着头盔，手上还有带刺刀的步枪。但最糟糕的是在那之后。”

三姨戏剧化地压低了声音，低语道：“咔嗒咔嗒咔嗒。俄国人拉着马车来啦。我就坐在树上大喊‘毛子来啦’。女人们都躲进屋里去。大家把门窗关好，手上拿着棍子。有时候一辆车停下来，里面有两三个俄国兵，然后他们就跑到我们屋里看。他们把柜子什么的都打开，见啥拿啥，我妈的手表和金戒指都被拿走了。我们的狗朝一个兵叫，他就给了它一枪。但我舅舅把那个兵灌醉了，杀了一只鹅送给他，他就走了。”

三姨说，有一回，一个俄国人把邻居一个女人给强奸了。“他们说，完事儿后，他把她的腿绑在马后面，一路骑马拖着她，把她拖死了。”

为了避难，三姨的爹娘把她送到了荒地村。但依然危机四伏。“1948 年，国民党和共产党在这儿的河那儿大干了一场。听到枪声我就躲在炕边上。那时候特别害怕。一颗子弹刚好打中了我们的窗户纸。晚上我们可不能点灯。灯全都灭了。我们只好睡觉。可是我睡不着哇，一整晚心都怦怦跳。我们睡在地上，就躲在窗棂下面。那时候我才七岁。”

接着八路军就进了荒地。他们和日本人、俄国人以及国民党的军队不一样，不会随便进入村民的家。“八路军就在院子里悄没声儿地坐着，在外面搭帐篷住。他们自己去提水，自己做饭吃，从来不打扰我们。那前儿窗户上都是糊的纸，没有安玻璃。有时候他们会去戳窗户纸，啪啪啪的，说：‘别怕我们。我们是来帮助你们的。我们不会欺负你们。’”

三姨模仿了几声冲锋号，然后唱了起来：

起来！不愿做奴隶的人们！
把我们的血肉，筑成我们新的长城！
中华民族到了，最危险的时候。
每个人被迫着，发出最后的吼声！
起来！起来！起来！

这首歌叫《义勇军进行曲》，是1935年一部电影的主题歌，电影表现了东北被日本占领后，做了亡国奴的东北儿女参了军，立志将日本人赶出中国。这首歌后来成为中国国歌。然而，在十年“文化大革命”期间，词作者田汉蒙冤入狱，惨死牢中。

三姨说，那十年的“国歌”是《东方红》。“每天日出日落都要用大喇叭放，全中国的农村都听得到。”她说着就唱了起来：

东方红，太阳升，中国出了个毛泽东。
他为人民谋幸福，呼儿嗨哟，他是人民大救星！

呼儿嗨哟这个词让我很感兴趣，没有实际意义，只是语助词，有点像东北人感叹时说的哎呀我的妈呀。据说，《东方红》的歌词出自一个爱国农民，他还给一首民歌写了歌词：

芝麻油，白菜心，
要吃豆角抽筋筋。
三天不见想死个人，呼儿嗨哟，
哎呀，我的三哥哥！

三姨熟记很多歌谣的歌词。她脸上露出狡黠的微笑，说她们那一代必须唱歌。三姨夫站了起来，从炕和窗户之间窄窄的过道走过去开电视。又是斯诺克的比赛。他无聊地关了电视。家里朝南的窗户从他的腰那么高的地方一直到天花板。窗棂边摆着一溜盆栽。

“我来浇水，”他说，“你俩唠你俩的。”

“再唱一首就不唱了，”三姨保证说。不过我很喜欢她的表演。她的双腿吊在炕边，没有着地。毡帽和灰白头发包裹着的脸上没有一条皱纹，随着歌词内容露出或逗趣或严肃的表情。一口白白的龅牙像指挥棒一样升起又落下。

最后一首歌是《松花江上》，是这一带妇孺皆知的东北之歌，就像《牧场是我家》在美国西部一样。这首歌以 1931 年日本侵略东北为背景，唱出了所有南逃的东北人的心声。三姨唱道：

> 我的家在东北松花江上，
> 那里有森林煤矿，还有那满山遍野的大豆高粱。
> 我的家在东北松花江上，
> 那里有我的同胞，还有那衰老的爹娘。
> 九一八九一八，从那个悲惨的时候；九一八九一八，
> 从那个悲惨的时候，脱离了我的家乡，
> 抛弃了那无尽的宝藏。
> 流浪流浪，整日价在关内流浪。
> 哪年哪月，才能够回到我那可爱的故乡？
> 哪年哪月，才能够收回我那无尽的宝藏？
> 爹娘啊爹娘啊，什么时候才能欢聚在一堂？

“人人都会唱。”三姨说。

“您是什么时候学会的？小时候？”

“我不知道，”三姨回答，“生出来就到处有人唱。”

我笑了。在乡下，好像什么东西都是“生出来就到处有”。人人都是什么都知道。九一八，九一八。从那个悲惨的时候，脱离了我的家乡。殖民者的鞋哒哒哒。侵略军的马车咔嗒咔嗒咔嗒。内战的战场上血肉横飞。八路军轻轻戳着窗户纸，啪啪啪，说我们不会欺负你们。起来！起来！起来！东方红。呼儿嗨哟。1956年，荒地建村。

第十二章　伪满洲国的傀儡

比起三姨讲述的历史，我不那么喜欢东北博物馆里展示的那些东西。很多博物馆会列出一些冷冰冰的数字，中日俄在东北打仗的日期，伤亡人数什么的。我最感兴趣的，是这些文字里不可能提到的，个人的戏剧化命运。

末代皇帝溥仪的故事，正是他的故乡东北的缩影：战火纷飞，动荡不安，谁有枪谁就是老大。他的统治生涯始于1908年的北京，结束于1945年荒地以西一百多公里的省会城市长春。长春的伪满皇宫博物院里有这位傀儡皇帝不同时期的照片，他看上去就像个布娃娃：路还走不稳时就登基了，穿了件过大的绸子龙袍；年轻的时候他穿着一身束腰外衣，挂着很多沉重的奖牌，不是因为英勇威武，战功赫赫，而是因为听话顺从；最后是一张身着粗布工作服的照片，那时候他已经成了普通的园丁，衣服上别着毛主席像章。整个展览中他所有的生平照片里，没有一张有笑容。

这栋两层的博物馆看不出从前皇宫的样子，反而有点像工薪阶层的疗养院。在溥仪过去居住的紫禁城，这样的房子可能连做库房都不够格。这里没有朱红色的城墙，没有令人心生敬畏的大门，没有宏伟美丽的御花园，也没有金銮宝殿。游泳池里只有枯萎腐烂的败叶，假山下藏着一个小小的防空洞。伪满皇宫的解说中有“溥仪有时会通过弹钢琴来缓解作为傀儡皇帝的抑郁和苦闷”。还有“起床后为了打发时间，溥仪会坐在马桶上一直看日报”。在那个可怜的所谓宝座上，摆着一张折起来的《满洲日报》。当然，这个博物馆也是一个爱国主义教育基地。

正值夏日，博物馆外艳阳高照，然而闷闷的雷声传来，越来越响。我躲到一个角落避雨，看到五匹栗色的马正绕着一个弯道转圈。这就是现代中国的特色了，进行爱国主义教育的同时，也要搞点挣外快的小生意。在这个伪满皇宫博物院御马苑马术俱乐部，游客们装鞍上马，绕着溥仪曾经绕过的土路，骑一圈。马儿小跑着从我身边经过，扑了我一脸满洲的尘灰。

博物院里没有提到的，是溥仪生命中的重大转折，是一次宿命般的失算，令他不得不投靠日本。在一本回忆录中，这位末代皇帝小时候的英语老师说溥仪是个“非常‘人性’的男孩，精力充沛，聪明慧黠，还富有幽默感”。他觉得这个学生“脑子活泛，十分好学”。还说他关心世界新闻，也喜欢了解全球地理，每天都会读大量的报纸。“另外，他很懂礼貌，文质彬彬，完全没有小皇帝的那种傲慢。这真的是很可贵的品质。想想吧，毕竟他处在一个那样拿腔拿调，虚张声势的环境里，皇宫的生活那样浮华，谁说过一句真话?”英语老师觉得，溥仪离开北京后，一定要去牛津那样的高校，也许余生都可以在那里度过。

逊位后，溥仪偏居在紫禁城一隅。1924年，一个军阀把他彻底驱逐了出去。英语老师开车把他送去了使馆区。他没有送他去英国使馆，因为使馆的人说了不会干涉中国的内政。他驱车穿过那时的运河街，来到日本使馆。后来，这位老师非常后悔这个决定，觉得这是一个“巨大的错误”。

整整三个月，溥仪都躲在日本使馆，拖家带口：一群妃嫔，几十名随侍、太监、宫女、妇差、厨役。在这样的情况下，每天的早饭还是有二十五道菜（在个人回忆录中，溥仪写到了在日本使馆的这段经历：“实际上，做一个普通公民，走出紫禁城的大门，我感到一种解脱。”）。1925年，日本人把他送上去往天津的火车，最后把他安顿在一座叫做静园的宅子里①。

---

① 此处似遗漏了一个信息。根据溥仪《我的前半生》中文版，他实际上是先在张园住了五年，才搬进了静园。而且这处宅子原来叫做乾园，静园是溥仪改的名字。另外作者在本书中引用的溥仪回忆录文字来自《我的前半生》英文版 *The Last Manchu*，凡遇到直接引用的，中译本全部引自《我的前半生（全本）》，溥仪著，群众出版社2013年版。——译者

“虽然他现在已经完全西化了，穿着欧洲人的衣服，吃着欧洲人的食物，随着欧洲的音乐起舞，溥仪仍然自视为中国皇帝，”他原来的英语老师写道，“而被流放天津的这一小群人也继续着这个虚妄的幻想，虽然他在那里是被放逐的，受苦受难，但这个‘皮包皇帝’又做了多年（六年）。”这一时期的照片上，溥仪打扮得像个欧洲的纨绔子弟，领带别针上镶着钻石，手上也戴着钻石戒指，拿着称作文明棍的手杖。他回忆道：“（我）浑身发着蜜丝佛陀、古龙香水和樟脑精的混合气味，身边还跟着两条德国猎犬和一妻一妾。”全世界的信像雪片般飞来，“很多陌生的女人要求进入皇帝的后宫”。

1928年的天津，派系众多，鱼龙混杂，秘密组织遍地都是，阴谋诡计甚嚣尘上。溥仪也听到很多人暗中议论复辟和暗杀。有谣言说，一个军阀有意让他重新登基，脱离中华民国。其他人警告说，日本人想把他这个最有权势的满人置于死地。那年，日本人炸死了东北军阀张作霖，溥仪害怕自己就是下一个目标。

他可能还分不清谁是朋友，但非常确定谁是敌人。1928年，国民党军队有计划有系统地挖掘和盗窃了清东陵，花了整整三天，把18世纪清朝鼎盛时在位的乾隆皇帝墓里的宝藏掏了个精光。把溥仪送上皇位的慈禧太后也没能幸免，她的墓被挖得七零八落。据说，士兵们把他们的骸骨打得支离破碎，抢走了所有能抢走的东西。溥仪听说中国当时的第一夫人宋美龄把慈禧凤冠上的珠子作为鞋子上的饰物。“我心里燃起了无比的仇恨怒火，”他写道，“走到阴阴森森的灵堂前，当着满脸鼻涕眼泪的宗室人等，向着空中发了誓言：‘不报此仇，便不是爱新觉罗的子孙！’……‘有我在，大清就不会亡！’”

如果这是一部电影，也许会出现一个满含信心和勇气的溥仪，提着米袋子，跟着一辆蒸汽火车使劲跑，把国民党那些将领的照片放在卷心菜上捅个够。但这是真实的历史，溥仪仍然待在日本租界，去参加舞会。但他写道，自己不是真的去跳舞，只喜欢在舞厅边上旁观。

在东北真正实施行动的勇者是少帅张学良。他的军阀父亲被日本人的炸弹炸死了。之前，张学良也和溥仪一样，过着奢侈糜烂的花花公子生活。在一封私人信件中，一位澳大利亚记者说张学良和手下的军官“彻夜狂欢，淫乱不堪，有很多小妾随侍，歌女伴唱，麻将打得热火朝天，和国家事务没有半点关系。在正事上，他们往往敷衍了事。古来多少奢侈暴君的教训，这些纨绔子弟们毫不在意。他们的心中只装着香车美女，丝毫没有国家”。白天，张学良就喜欢“打打高尔夫，也许这个活动还是让他有所救赎，带来了一些好处，因为这个爱好让他下令把通往高尔夫球场的路好好修一修。对此我们是心怀感激的。他还把发球台边的那些石头座位修整好了，所以我们想让他成为俱乐部的赞助人，好多从他那里捞点东西。他可是有很多不义之财的”。

然而，父亲的死成为张学良一生的转折点，就像哈尔王子成长为亨利五世。年轻的张学良雇这位澳大利亚记者做了自己的首席顾问，帮他戒了鸦片。1931 年 4 月，他忍辱负重，将东北的控制权交给了中华民国政府。而政府也宣布了终止日本对南满铁路租约的计划。

但这远远不止一列火车那么简单。日本专门为此成立的南满洲铁道株式会社是全国最大的公司，每年缴纳的所得税占了全日本赋税收入的四分之一。日本所称的南满铁路，实际上代表了一个“国中国”。根据美国促成的《朴次茅斯和约》，日本政府拥有对这条铁路和其“附属土地”的管辖权，并可以使用警力，租约一直签到 2002 年。株式会社在东北的子公司涉及的行业涵盖了煤矿、钢铁厂、医院、酒店、温泉、公共设施、屠宰场、果园、水资源供应、面粉厂、消防站、炼糖厂、图书馆和（从幼儿园到大学）学校。1931 年，生活在东北的日本人一共有二十三万，其中铁路及其相关的工人就占了三分之一。

在“平民装束，军事准备”的口号下，株式会社还成立了满铁调查本部，总共两千名雇员产生了六千份报告，详细研究了东北的土地、资源和文化，事无巨细地记录了很多数据和故事，从麻袋的短缺，到无国籍状态的俄国犹太人困居哈尔滨。这些研究者将东北生活的种种细节不厌其烦地记录下来，就是为了未来的殖民官员和来此居住的日本民众能掌握更多的信息。

1931年夏天，中国士兵以正当理由怀疑一个平民装束的日本军官是间谍，并将其处决。在长春北边一个村庄，中国农民和有日本人撑腰的朝鲜居民因为灌溉问题起了矛盾，双方发生肢体冲突，没有造成伤亡。但日本管辖的平壤掀起了反华风潮，有一百四十六名中国人死亡，数百人受伤。紧接着东北掀起了抵制日货的运动，紧张局势升级。

在中国进行的第二次世界大战被称为抗日战争。开始于1931年9月18日，比日本全面侵华要早六年，比德国入侵波兰要早八年，比珍珠港事件要早十年。如今，每年到了这一天的上午9点18分，整个东北就会响彻空袭警报。就是在9月18日，日军在奉天（今沈阳）北边的铁路上引爆了小型炸药，没人受伤，甚至都没怎么中断铁路交通。但日军说，这就是证据，是中国人破坏了他们的铁路。于是日军发兵夺取了铁路附近的一个中国军营，接着占领了全城。

事发时张学良正在北京，他手下的军队主力也在长城以南忙于“剿灭共匪”。张学良知道，反抗日本人无异于战略自杀。“我们没有赢的可能，”他后来说，“如果真的打起来，只可能引起大混乱，扩大事态。唯一可行的政策就是不抵抗，打不还手，骂不还口。”接下来的五个月里，日军控制了铁路沿线所有的大城市，接着占领了东北全境。

1931年11月，参与幕后策划九·一八爆炸事件的一名日本军官会见了还住在天津宅子里的末代皇帝溥仪，要他登基成为伪满洲国的君主。

“我心里还有一个极重要的问题，”溥仪写道，“我问道：‘这个新国家是个什么样的国家?’”

“我已经说过，是独立自主的，是由宣统帝完全做主的。”

“我问的不是这个，我要知道这个国家是共和，还是帝制？是不是帝国?”

“这些问题，到了沈阳都可以解决。”

溥仪表示抗议，坚持当场要得到答复，这位日本军官承诺说：“当然是帝国，这是没有问题的。”

溥仪没有理会大臣们三思的警告，穿上一身日本军服，秘密坐船离开了天津。他有所不知，船上还有一大桶汽油，万一船被中国军队抓住了，就立刻爆炸，杀人灭口。他不知道如果他拒绝了日本的提议，后面有一大堆能做伪满洲国君主的候选人，其中包括一个清朝的王爷和一个孔子的直系后代。不过，溥仪是他们的第一人选，因为伪满洲国西边是蒙古的草原，草原上颇有威望的王爷们和过去的清廷有着千丝万缕的联系。

溥仪从未在祖辈的故土上生活过。在旅顺港一家旅馆里与世隔绝地生活了三个月后，一名日本军官前来见他，通知说，伪满洲国将是一个议会制的国家，溥仪是国家的元首，也称为执政，但不是皇帝。

“不等中岛翻译完，”溥仪写道，“他从皮包里又拿出了《满蒙人民宣言书》以及五色的‘满洲国国旗’，放到我面前的茶几上。我气得肺都要炸了。我的手颤抖着把那堆东西推了一下，问道：‘这是个什么国家？难道这是大清帝国吗？’”

军官劝他接受这个条件，否则将被作为敌人看待。“听到了这个回答，我怔住了。我的腿一软，跌坐在沙发上，半晌说不出话来。”

3月8日，溥仪坐火车来到长春，踏上站台，迎接他的是高昂的军乐。“车还未停，”溥仪在回忆录中写道，“就听见站台上响起军乐声和人们的呼叫声。我在一群人的簇拥下走上站台，看见到处是日本宪兵队和各色服装的队列。在队列里，有袍子马褂，有西服和日本和服，人人手中都有一面小旗。”

在挨挨挤挤的人群中，他突然看到日本的太阳旗中有一队黄龙旗。举旗的都是以前满洲军队的旗人。一位随从告诉他：“这都是旗人，他们盼皇上盼了二十年。”溥仪写道：“听了这话，我不禁热泪盈眶，越发觉得我是大有希望的。”

3月1日，日本宣布建立伪满洲国。但那天，刚好是美国飞行英雄查尔斯·林白二十个月大的儿子“林白小鹰”被绑架，所以这个轰轰烈烈的“建国”事件被挤出了世界各大报纸的头版头条。

在一个“类似于职业学校毕业典礼的仪式”上，溥仪正式就任。一位出席仪式的日本外交官心中不满，因为他看到“溥仪脸上很明显地露出沮丧的表情”。不过，引发日本侵占东北的九·一八爆炸事件的幕后策划人之一打量着溥仪，心想：“真是个好门面。”

伪满洲国的执政坐在办公室前，桌上空空的，“无公可办”。“接着我便发现，执政的职权只是写在纸上的，并不在我手里，”溥仪写道，“实际上，我连决定自己出门行走的权力都没有。”

如果溥仪今天能出门走一走，可能会惊奇地发现，长春的很多地方，居然都还认得出来。

那条宽阔的大道仍在，两旁伫立着当年的日本赤松。沿着大道经过的地标保留着之前的样子，比如改名为人民广场的原大同广场，围着一圈壁垒一般的建筑，那时是想标志日本人将永久驻扎在此地。所有的建筑都还在使用着。过去的伪满洲国中央银行现在变成了中国人民银行；伪满洲国电信电话株式会社现在是中国网通的一个营业厅；伪满洲国警察局现在变成了公安局。

长春市一共有八百万人口，在解放后的中国曾经红极一时，是第一汽车制造厂（简称一汽）的所在地，生产了当时社会主义社会无处不在的蓝色解放牌卡车和四四方方的黑色红旗轿车。不过，长春不是底特律（也不是长春的友好城市弗林特）。现在的汽车厂为奥迪代工，每天流水线上都会生产出线条光滑的好车。市里一共有二十七所大学，十六万学生。然而，市中心仍然散落着一些遗迹，让人想起日占时期的过往。日本人树起的战争纪念和公墓都被夷为平地，但政府保护了一百多个殖民时期遗迹，让整个城市在某种意义上成为一个大的爱国主义教育基地。

从火车站出发，顺着人民大街往南走，会经过胜利公园（日占时期叫儿玉公园），透过公园大门，能看到毛主席挥手的巨大雕塑。接着会看到一个城堡一样的建筑，屋顶上有尖尖的宝塔，那是过去的日本关东军司令部。现在是吉林省党委的所在地。就在大同广场旧址南边的牡丹园，残存着一个曾经供奉战神的日本神庙。神庙门口宽阔而平坦的柏油路上，时常有穿着旱冰鞋的速滑爱好者一圈圈滑着旱冰。神庙的后墙上刷了“文化大革命”时的标语，在阳光下退却了颜色。除此之外，那坡度陡峭的屋顶上铺的瓷砖，以及白白的墙壁，都像是最近才翻修过的。

日本选择长春作为伪满洲国的首都，是因为这个城市在地理上的中心位置，与朝鲜的港口有铁路相通，也能坐船去日本。日本已经有了东京（东边的首都），而长春则被赐名新京（新的首都）。这座城市不会像其他规划齐备的首都，比如美国的首都和澳大利亚的首都就曾经在画板和预算表上搁置多年，未能付诸实施。在新京的建设全面启动之初，一位英国记者就写到了这种情况的典型，澳大利亚的堪培拉，“伦敦人可能会对没有规划的城市带来的种种不便感想颇深，但这一切都比不上光纸上谈兵进行各种规划，却没有付诸实施来建设的城市那么糟糕”。

新京的建设比巴西利亚要早三十年，是一边规划，一边付诸实施的。俄国人在哈尔滨建了一些教堂、私人住宅和商业区，都和莫斯科的风格大致相仿。然而长春不一样，日本殖民者给出的蓝图是非常符合现代城市规划的，和东京那些纵横交错而狭窄逼仄的古老街巷大相径庭。

规划者们的蓝图上画了清晰的分界线，圆形的广场和很多公园。他们又增加了一些带着柱廊的华丽建筑，有蒸汽供暖，还有供厕所用的排污管道，在当时的日本和中国其他地方都是很少见的。这些规划有着良苦用心，要让过去的俄国和中国的建筑黯然失色，吸引更多的人来此定居。

我走过一栋有着弯曲线条的建筑，这是原来的丰乐剧场，现在是吉林大药房的所在地。当然，还有随处可见的肯德基。我拿着一杯滚烫的雀巢咖啡经过沃尔玛和香格里拉饭店，沿着同志街走到解放路，通向宽阔的文化广场。这是全世界第二大广场，面积仅次于天安门广场。本来，在这个二十多万平方米的广场边，是要为溥仪修一座可以俯瞰广场的宫殿的。但到日本1945年无条件投降时，才刚打好地基。中国后来在此基础上，修建了长春地质宫博物馆。经常有学生成群结队地去参观，他们抬头望着满洲龙（恐龙的一种）高大的骨架，发出阵阵惊叹。

文化广场位于新民大街的一端。这条大街上有很多法西斯时代的建筑，就像古巴哈瓦那街上全是美国老爷车。路和香榭丽舍大道一样，是倾斜的，绵延约一点六公里，另一端是南湖公园。伪满洲国时期，这条大街名叫大同，路两边有八个重要政府部门的办事处。人行道很宽，日本松细长的树枝洒下浓荫。这里的建筑和中国其他任何地方都不同，在世界上也可谓独树一帜。锯齿形的塔楼、柱廊和弯曲的屋顶，这种独特的风格被称为“兴亚”（亚洲兴起）。而现在，这些依然屹立的建筑，却是一个衰落时代的注脚。

往南边走，大道上的第一栋建筑是原伪满洲国国务院。就像一个用花岗岩和大理石做成的婚礼蛋糕，屋顶是宝塔形状，贴着浅黄褐色的瓷砖。正门外是一个斜坡，两边都是柱子，皇家的随从曾在这里庄严行进。一棵高大的松树旁竖着一块牌子，写着“末代皇帝溥仪植松址”。

和其他伪满洲国政府机构的建筑一样，国务院也被用作他途。现在这里是一个大学的教学楼。前门敞开着，没有售票处，也没有拦着不让进去的保安。我走了进去，经过溥仪的专用电梯，外面镀了铜，但因为正在维修，无法使用。头顶上是枝形吊灯，我继续走上大理石台阶。两侧的栏杆雕刻着兰花。这是溥仪最喜欢的花，也成为伪满洲国玉玺的印记。顺着楼梯，来到没亮灯的二楼。我条件反射般地跺跺脚，一般中国大楼里的灯都是声控的，但这里却没反应。唯一的声音就是我脚步的回声，回荡在旧址中，回荡在日本曾经想要建立大东亚帝国的勃勃野心之中。

那天晚上，我入住原来的大和旅馆，这在过去是南满铁路沿线的高档连锁宾馆。1934年出版的一本旅行指南说这个旅馆“安静舒适，周边环境优美，有宽阔的夏日花园”。现在这个花园改建成停车场，宾馆显得很低矮，旁边一个巴士站都要高些，站顶上的霓虹灯闪烁着“安利”的广告。

宾馆里的寝具是现代的，还安了电视。但除此之外，房间里弥漫着一股1930年代的味道，高大的落地窗，洞穴似的小浴缸。桌上的电话响了，我本想说“不需要按摩”，但是客房服务部打来的。服务员说我是今晚唯一的客人，所以她不会像平时一样到处走一圈。她会在门边留下两个装满的热水瓶。前台说，中国人比较喜欢住宾馆那栋毫无个性的新楼，价格是这里的两倍。我来这里是想感受历史（或者像前台说的一样，就是抠门儿），现在这个古老的宾馆属于我一个人，就连那些按摩服务也不屑一顾。房间的确安静舒适，一面墙还安着那时候的暖气片。晚上，暖气片发出轻微的嘶嘶声，好像要我为这个房间继续保密。

1932年春天，一群外国人在对面的火车站下了车。他们是应中国的邀请，来进行外交援助，对日本加以干涉，削减其在东北的势力。

“我刚刚听说国际联盟决定派代表团去调查满洲事件，”威尔·罗杰斯写道，“我觉得似曾相识，就像从前在俄克拉何马，有人的马被偷了，警长专门前来，到马棚里一番巡视。”

国际联盟代表团，又叫李顿代表团，得名于团长李顿伯爵，还有另外四个成员，分别来自美国、法国、德国和意大利。他们在日本控制下的东北四处游历。下了火车走上站台，看到墙上贴的是英文海报，上面写着伪满洲国，这个初入社交界的“名媛”，欢迎国际联盟代表团的到来，希望伪满洲国能变成东方日内瓦。一名日本军官对记者表示：“比起我们大日本帝国刚刚到来的时候，政治气候已经好多了。”另一篇报道中提到，那些政治意味明显的海报，每天晚上都会被撕掉，天亮之前再换上新的。

代表团对溥仪进行了简短的采访，只有十五分钟。“他们向我提出了两个问题：我是怎么到东北来的？‘伪满洲国’是怎么建立起来的？”溥仪想要请求他们营救他去国外。“我这个念头刚一闪过，就想起来身边还坐着关东军的参谋长桥本虎之助和高参板垣征四郎。我不由得向那青白脸瞄了一眼，然后老老实实按照他预先嘱咐过的说：‘我是由于满洲民众的推戴才来到满洲的，我的国家完全是自愿自主的……’调查团员们一齐微笑点头，再没问什么。然后我们一同照相，喝香槟，祝贺彼此健康。”

代表团无论走到哪里，日本官员们都寸步不离。溥仪后来说，他们甚至把所有会说俄语、法语或英语的中国官员都关押了起来，确保他们见不到代表团成员。

日本人对代表团争辩说，伪满洲国所辖区域过去从未真正属于中国。他们展示了一张 1720 年的地图，长城以北的所有地名都用满文标注，以南的城市则是汉语。南满铁路总长则展现了几分装帧精美的纸张，印着清朝一位皇帝 1743 年写的诗，赞美东北独特的地理和历史。

代表团并未被说服。六个星期的调查之后，他们在报告中总结，中国应该保留对东北的主权，就算在那里形成一个自治区也可以。然而，国际联盟非常短命，1932 年 10 月，联盟的成员以 42 对 1 的投票（反对票来自日本）通过了李顿代表团的报告，但同时又提出，不实行任何制裁或军事干预。

日本退出了联盟，继续往南边推进，染指大中华区。从 1933 年初起，他们发动了一系列战争，企图打过长城去。这些事件的目击者之一，是美国学者欧文·拉迪摩尔，他亲眼见到日本“十天之内就蚕食了十万平方英里的中国领土。他们的战术简单粗暴，开着各种装有马达的交通工具，直捣黄龙，从中国军队的主力处突破深入，丝毫不在意他们较弱的侧翼”。他写道，这是第一场现代闪电战。“好像只有德国和俄国注意到他们的这种战术。其他人则认为这只不过是很多日本人打败了很多中国人，没什么值得职业军人学习的。”

1933 年 5 月，战争终于暂告一个段落，休战协定提出建立一个非军事区，扩展到长城以南约一百公里处，从沿海的天下第一关到北京。中国政府还被迫接受和承认了日本对长城以及整个东北地区享有管辖和控制权。

“开国皇帝登基，”1934 年 3 月，《满洲日报》头版大肆报道，“上午八时二十五分，在寒冷刺骨却又阳光灿烂的典型满洲天气下，溥仪，清朝末代皇帝，成为‘满洲国’的开国皇帝。”在英文报纸的纪念增刊中，刊登了通用汽车、壳牌石油、太阳石油、通用电气和福特汽车的广告，这些公司还表达了“对今日奉天登基的祝贺与美好祝愿”。

这篇文章详细描述了溥仪为期四天的斋戒和净化，冥想与祈祷，以及他身上穿戴的丝绸长袍和黑貂皮帽子。他的后面跟着十辆深红色豪车组成的仪仗队，在城里绕了一圈，停在“天坛”前。

我本以为这个故事会证明一个观点，历史上的很多人物都会出现两次，第一次是悲剧，第二次是闹剧。但最终这并没成为闹剧。在“天坛”上，溥仪写了《告天书》，点燃，把这些话送去给上天过目。“陛下将一生为国家奉献……后世子孙将铭记这一伟大时刻。”

即位诏书由南满铁路的两位宣传总长撰写，一对美国父子兵，亨利和查尔斯·毕夏普·凯尼。他们是 1927 年来东北为该铁路公司效力的，之前他们在历史上留下的记录不算很多。两人进入公司后，主要任务是绘制地图，编纂旅游指南，其中一本指南里提出这样的建议：“拜访重要人物或参加皇家花园派对等场合时，需要戴大礼帽，穿双排扣长礼服。”

亨利·凯尼曾在夏威夷做记者，后来成为该地区公立学校系统的领导，做了五年。1920 年，他在《大西洋月刊》上发表文章，赞颂这座刚被纳入美国辖区的小岛上，多民族共存的和谐美好。他写了一首歌，纪念已故的夏威夷公主。岛上的学校在公主诞辰这天，都要唱这首歌。但他也强调，夏威夷学校的课程，应该努力把美国和岛上的土著和其他移居者区分开来，包括大量的日本人。是不是在当时，他心中就种下了对伪满洲国那个“和谐社会”钦羡与赞赏的种子呢?

又或者说，这种子的萌芽，是在凯尼搬去日本之后。他担任了《泛太平洋》杂志的编辑，背后的金主是一名美国针织纱巨头。1924年，凯尼又在《大西洋月刊》上发文，提到十二岁的儿子，他对其的爱称是小虾，还描述了他们在东京郊外的家。“我们住在海滩上一栋异国风格的大别墅中，里面堆满了单身汉的杂乱东西。”文章里写到了1923年可怕的关东大地震。后来，根据有关部门测算，该地震的震级在里氏七点九到八点四级之间，横滨被夷为平地，该地区死亡人数达十四万。亨利提到他从家里赶到位于东京的办公室，想看看儿子是否还活着。在路上，他遇到了那位针织纱巨头，他说，城市会进行重建，美国人会留下来提供帮助。“这是我们应该为日本做的，”他说，“新政府很有勇气。重建的规模要更大，要比过去建得还好。所以我们必须忘记我们的损失，伸出援助之手。美国在这里是有使命的。”

十年后，李顿代表团访问期间，亨利·凯尼成为南满铁路的代表。在一张当时拍下的照片中，他站在日本军官的身边，满头银发，有点像演员约瑟夫·科顿。凯尼写了一份发给西方媒体记者们的通稿，其中写道，这个地区过去“完全是未开化的蛮荒之地”，但现在却有潜力成为“中国最富饶兴旺的地区和世界上发展最快的国家之一。”原因何在?“众所周知，是日本将西方文明带来了满洲……全中国只有这里在进步发展，而那个萧条颓丧的国家的其他地区，正越来越深地陷入混乱和毁灭的泥潭。”

凯尼没有写的是，尽管日本人只占该地区人口的3%，学校里教授的语言却是日语，不是中文，或是他们所谓的伪满洲国语。他没提到的还有：日本人在这里建了神庙，所有人经过时都要九十度鞠躬；两百五十万公民必须进行强制劳动；本地人的活动受到限制，也禁止拥有土地或吃质量好的大米；每年东北地区有六百万吨谷物出口到日本；1932年到1944年，日本从这里攫取了六百万吨的钢材和二点二三亿吨煤炭。

外国媒体将这个傀儡政权戏称为日本洲国（Japanchukuo）或木偶洲（Mannequinchuria）。伦敦《泰晤士报》的记者皮特·弗莱明（007创造者的哥哥）于1934年到东北游历，记录说，日本对这里进行着“无情的操控”。在伪满洲国禁烟总局（实质上是鸦片垄断局），一位与众不同很愿意说话的雇员“喋喋不休地说了两个小时”，解释了政府垄断的毒品交易的盈利状况。这些生意包括了在最畅销的香烟烟草中掺入鸦片。

然而，在亨利·凯尼笔下却是一片形势大好，他报道说：“并非征服，而是发展。”旅行者们能享受到齐备的美国设施：舒适的普尔曼卧铺车，由鲍德温火车头带动，行进在重达百磅的匹兹堡铁轨上。“这些美国机车的长鸣响彻满洲的平原，穿越满洲的城市。这是现代企业的雄壮之声，带来富足现代生活的福音，为一个古老的民族，传播机遇、健康、教育和幸福。”通了铁路的城市与“美国那些新建的小镇有着惊人的相似”。

南满铁路甚至还在纽约设了一个公关办事处，就在东四十二街上（今天，原址上是亚美单身俱乐部）。1936年，亨利·凯尼访问美国，特地列出了那些支持日本侵略政策的媒体。他的备忘录和通稿后来被一名美国记者发现并公开。该记者后来写道：“日本人发现消息走漏后，延长了凯尼的假期。直到战争爆发时，他仍然在法属塔希提岛上和自己的日本妻子一起度假。”

在南满铁路公司接班的是他的儿子查尔斯·毕夏普·凯尼，他给美国记者和学者们发送了“仅供个人参考”的急件。在这些急件中，他不遗余力地要纠正“失真信息”，比如对中国人抵抗行为的报道，他说那不过是“强盗土匪作乱”。还有据说日本人“在餐馆和其他公共场合相当嚣张跋扈”？尊敬的先生们啊，这样的行为难道不就像巴黎的美国游客，“他们太过活泼热闹，弄得法国人人侧目，但并无大碍。很多人都是第一次踏上别国土地”。他“饱含深情”地写道，伪满洲国有将近九千公里的铁路，而中国其他地区铁路长的总和也不到一万公里。四十八个新城正在计划中。煤矿开掘欣欣向荣。一伪满洲国元能兑换二十八点五美分。尊敬的先生们，“并非征服，而是发展”。

1933年，亨利·凯尼写道：“日本人口过多，带来社会压力；加之为促进本国自然资源的发展，日本官员开始鼓励日本民众大规模移民伪满洲国。”

过去日本人也不时地有过集体移民行为，规模较大的是往北边的岛屿北海道（驱散了当地土著的阿伊努人）和夏威夷。他们在夏威夷的人数日渐增长，是美国将其接管的原因之一。到1924年，美国完全禁止了日本人往美国领土移民。澳大利亚、新西兰、秘鲁和巴西也通过了类似的法案。

但之前他们企图在中国进行“农耕殖民”的行动失败了。大多数生活在伪满洲国的日本人都附属于军队或南满铁路。1931年前，只有不到一千名日本农民移居到铁路区内的试验田。成立伪满洲国时，这些农民几乎都回国了，只剩下区区两百人。

而日本本土正在经历经济危机。大萧条严重影响了日本的制造业，工人们不得不大批返回乡村。农民占了日本劳动力的一半，但因为大米和丝绸价格下滑，再加上作物大面积生病枯萎，农村经济一落千丈。正当规划者们为伪满洲国首都和宫殿画出蓝图时，日本北部已经因为饥荒饿死了五十万人。官方记录显示，该地区有一万一千六百零四名女孩被卖去进行“服务”，也就是做妓女。

1932年，经过在东京一系列激烈的辩论和游说之后，日本国会批了非常有限的预算，在伪满洲国建立日本农民的试验殖民地。试验的开端进展缓慢：先派了四百七十位农民，定居在松花江边比较偏远的东北小镇。第二年再派五百个去。不过，1936年，日本政府将发起“百万移民计划”，目标是在未来二十年内，将日本农业人口的五分之一移民到东北。

之前，日本曾经支持朝鲜人移民到该地区。南满铁路公司就曾号召日本辖下的朝鲜农民跨过鸭绿江，“在此过程中巩固日本在满洲的势力”。朝鲜当时的中学课本中有一张地图，一条环形的铁路，连接着首尔、平壤、哈尔滨和其他东北城市。朝鲜移民在这里种植水稻，证实一年一熟的大米在经济上的可行性，同时也把种植技术普及给当地土著。这种现象在飞地①间岛（今延边朝鲜族自治州）中尤为显见。19世纪末，清政府批准朝鲜人在这里进行农耕活动，好为这个中俄交界的满洲东北角增添人口。

来到此地的朝鲜人中有个年轻小伙子，1927年在吉林上了中学，加入了中国共产党的地下组织，在伪满洲国领导了抗日游击队，并改名为金日成。后来他说，自己在东北的经历为朝鲜革命打下了基础，1948年，他成立了一个在国际上备受孤立的国家，朝鲜民主主义共和国。大半个世纪以后，他的主体思想仍然牢牢控制着这片土地。

1937年7月7日，日军和中国军队在北京郊外的卢沟桥发生冲突，演变成一场大规模的战争，在接下来的八年，战火燃遍了全中国。

历史上有多少大规模的战争，一方挥师侵略，一方民不聊生，而我们（至少在我们的文化中）却一无所知，或几乎遗忘殆尽的？然而在今天的东北，日本的侵略和占领似乎就在昨天。你下榻的也许就是原来的日本旅馆，你停靠的可能就是日本人设计的火车站，甚至可能无意中就走进日本人用过的地堡。在这个地区的西北角，满洲里到哈尔滨的铁路上，从呼伦贝尔海拉尔火车站顺着一片草原步行三十分钟，就能来到过去的一个日本军事要塞。那里树立着一个用石块垒起来的纪念碑，用中文写着，勿忘。

遗址的地下是长长的隧道，这里是日军在西部的重要前线，而这些隧道是由两万名中国囚徒修建的。一排钠灯在湿冷的空气中投射下幽灵般的微光。墙上有英文和中文的牌子（没有日文），详细介绍了每个地方的功能：营房、厨房、医务室和厕所。修复遗址的时候，中国工人重新粉刷了墙面，不过小心地保留了过去侵略者留下的黑色日

① 飞地，指在本国境内隶属于另一国的领土。——译者

文字迹，警告大家注意非饮用水和其他危险。在这里，历史逃过白色墙漆的掩盖，存留了下来。

这个要塞是日本一条战线的一部分。整条战线是为了守护边疆，对抗苏联控制下的蒙古。1939年夏天，在蒙古骑兵跨过伪满洲国疆土，放牧马群后，日军和苏军在这里混战了四个多月。战斗愈演愈烈，从互射步枪，到火炮攻击，再到出动坦克，最后发展成第二次世界大战的一次“带妆彩排”。本来只是马背上的一场小冲突，最后升级到空战的地步。这次战争双方共出动了三万架次飞机，是苏联空军和日本空军第一次战斗机轰炸行动。装甲兵司令格奥尔基·朱可夫是苏联陆军的总指挥，他出动了大批坦克。后来，在对抗纳粹的斯大林格勒战役和占领柏林的战役中，这位将军故技重施。

最后，在这场史称的诺门罕战役（战役爆发的村子叫诺门罕）中，日本溃不成军，损失惨重。溥仪去看望了伤员。查尔斯·毕夏普·凯尼专程写了一篇报道，题为《诺门罕英雄享誉》：“在这个良辰吉日，他们过去一百多天来在这片平原上面对苏联重兵装甲所作出的拼死抵抗十分值得，荣光无限，因为满洲国的皇帝亲自送上了温暖人心的宽慰。”

他的报道中当然不会提到，有传言说应征在册的中国步兵杀掉了他们的日本指挥官，和伪满洲国其他暴动的反抗部队一样发生兵变。

溥仪的傀儡生涯继续着。从诺门罕回到“首都”火车站时，“帝国卫兵鸣礼炮向归来的君主致敬，陛下看上去身体健康，心情良好”。一个军乐团奏起国歌（天地内，有了新满洲。满洲内，便是新天地。），火车慢慢停下，站台上站满了前来迎接的官员，包括皇家内务部副部长，公共和平部长和玉玺主管。

1941年4月，诺门罕战役正式结束，日本和苏联签署了互不侵犯条约，后者得以抽出大量兵力对抗纳粹德国。至此，伪满洲国与蒙古和西伯利亚的边境稳定下来，就像其与朝鲜边境线一样。于是日军又将注意力转向中国的其他区域和太平洋。

1941年夏天的一份东北杂志上刊登了查尔斯·毕夏普·凯尼的

报道，“全满洲种植丰产作物，七种生活必需品将实行定量配给”。他还在另一篇题为《大东亚共荣圈》的文章中提到，日本在建立“新的世界秩序”。在一篇关于溥仪和盖世太保创始人的文章开头，他写道：“皇帝陛下很高兴将一等勋章和绶带授予德意志帝国元帅赫尔曼·戈林。双方相谈甚欢。”

12 月 7 日，日本轰炸珍珠港，占领香港，向美国和英国宣战。溥仪宣布伪满洲国也进入战时状态，颁布诏书称：“官民一心，万方一志，举国人而尽奉公之诚，举国力而援盟邦之战。”然而溥仪再次坐在了冷板凳上，一直旁观到 1945 年 8 月，苏联军队打破互不侵犯条约，向日本宣战，派遣苏军百万精锐挥师伪满洲国。

日本，这个所谓的盟邦丢下了东北和三千万民众，其中包括三十万作为“扛锄头的士兵”被劝说移民至此的日本农民。他们丝毫不知，他们是面对类似苏联攻击这一类战斗时的第一道防线。日军将他们秘密地称之为人肉碉堡。现在，祖国抛弃了他们，只能靠自己了。

第十三章　占后余波

“走走走！去殖民那片大陆！”从1936年起，这样充满鼓动意味的海报在日本屡见不鲜。“为了大和民族的壮大，建立东亚新秩序！”宣传活动参考了美国19世纪的口号，“年轻人都到西部去”，并提出“年轻人都到那片大陆去！处女地等待着乡村的年轻人”。尽管当时的日本乡村深陷大萧条之中，移民伪满洲国的号召也被涂上了浓厚的爱国主义色彩，并未重点宣传经济上的利益。不提日本食物短缺、人口过剩和遭遇美国禁令的现在，主要强调帝国的未来。

殖民手册上收录的一些文章主要针对男人进行宣传，比如“开拓者的乐趣”；“还有什么，比得上创建一个新的国家，成为那个国家的开国者呢”；还有些显然直指女人，比如“生养的喜悦”。文中附的图是一个母亲带着孩子，站在吃草的羊群面前。1941年，一篇文章信誓旦旦：“如果你成为开拓满洲的先锋，就能做个自耕农，祖祖辈辈永远富足平安。只有发展满洲，才能复兴你们的故土。”

在“百万移民计划”之下，日本在东北复制了本国的乡村，除了长子要继承家业，次子或第三子之类的家庭成员就要被送去开拓一个卫星前哨，名字和原来的乡村一致。这些移居者有所不知，大多数此类乡村都建在土匪猖獗的地区，或是靠近苏联的边境。在一些那时候的照片上，日本士兵会教习新来的妇女怎么使用步枪。每家一登陆东北，都会发一把这样的步枪。照片里，很多女人受训时还背着婴儿。

除了爱国主义的驱动，还有些平民是受财务奖励的诱惑移居伪满洲国的。像医生、教师、农学家这样的专业人才，在这里挣的薪水是本国的两倍。而农耕家庭能免费分到一百五十多亩可耕地，六十多亩牧场，还有设备、种子、购买牛马的资金以及帮忙的雇工。男人可以不用服兵役。

他们一开始以为，到了东北，分到的土地可能都是未经开垦的沼泽和林地，还需要自己去开垦。然而，分给他们的都是本属于当地人的现成耕地。在他们到来之前，日本方面已经通过军队驱赶和强制出售的方式取得了这些土地的控制权，只付给原主人土地估价的15%。若有人敢出言反对，将面临严重的惩罚，一名日本警长的报告中对此有所记载，“二十多名持枪警察被派遣到有问题的地区，要么直接用刺刀刺杀不遵守命令的农民，要么杀光他们的牲口、狗和鸡。”一般来说，被驱赶的当地人面临两个选择：一是接受一片未开垦的土地，二是在他们原来的农场上做雇工。

殖民时代的印记在今天的东北城市仍清晰可见，然而“百万移民计划”在农村的痕迹已经完全消失了。当时最著名的移民村之一，是1938年成立于荒地东北方向六十多公里的四家房，这里主要移居的是日本小村大日向的村民。日本有关部门出钱请来一位小说家记录大日向的移民过程，在报纸上发表了一系列报道，还写成了一本书，被改编成电影、话剧和歌曲。欢送移民们时，当地的学生会唱歌，其中一首歌这样唱道：

> 种下一颗麦，家中富裕享；
> 齐来勤做工，建设美妙天堂；
> 哦，满洲的大日向！

这位作家追随移居者们的脚步也来到了东北。现在我把他的小说作为寻找这个村子的地图。凌晨5点24分，火车开动了，我又一次成为整个硬座车厢唯一的乘客。凛冽清爽的风从敞开的窗户吹进来；夏天凌晨4点就升起来的太阳暖暖地照在脸上。我非常开心地度过了两个小时，跟着火车缓缓经过稻田和白桦林，偶尔还能看到一两只野鸡；途中经过一些村庄，名字很有解放后初期的意味，比如“兴亚”。

我在一个像碉堡一样的小站下了车，来到一个空荡荡的广场。根据那本小说的描述，车站前面应该有“四座满洲老民宅”。后来移民至此的日本人建造了“几百个家庭的住宅”，还有警察局、学校和医院。“我们期待着美好的未来，”小说的语气相当热血，“要把这里建设成为中级行政中心。”

现在，这个小城市名叫舒兰，的确是个中级行政中心。各个主要的办事处和服务机构都紧凑地安排在市里的两个十字路口周围。小说中写道，在日本大规模移民之前，这里住了四千个中国人和两千个朝鲜人。后来他们被驱逐出这片土地，成为强制劳役。“特别是在新乡村的建设中，他们非常有用，”小说里写道，“然而，我认为，出于未来的长远考虑，需要就我们对满洲人的领导以及双方的和谐共存问题进行深入的研究和探讨。”

作者描述说，移居者建立起来的新乡村面积将近十平方公里，中间有一条小河流过，“河水清澈见底，能看得见水底的鹅卵石”。地图上再也没有四家房这个村名了。不过，往火车站向北走几公里，在群山之间的那条河边，有个小村落叫四大家。也许是解放后改了名？我坐上了一辆往那个方向开的小巴。

十五分钟后，司机在一条双车道的路上停下，周围是翠绿的田野。我挤过走廊上的乘客，但在车门处犹豫了，因为举目眺望地平线，看不到任何活物。小巴消失在视线中，我一个人站在原地，看着眼前田园牧歌般的景色。那位日本小说家肯定也看到了这样的情景，才会写道：“比起其他地方，我们能得到这片土地，实在是天大的恩赐。”

一条土路穿过铁轨，经过一排平房，尽头是一片玉米地。旁边一块稻田里插了块牌子，表明田里种的是粳稻 1 号，荒地也种了这种米。我想跟谁聊聊这个发现，但听众只有两头牛，被系在间隙很大的木栅栏上。回到铁轨旁，岔路口的房子里走出来一个男人，跟我点头，算是问好。

“我在找四家房，就是原来日本农民住过的地方。”

男人皱了皱眉头，“这儿是四大家。”

“那四家房在哪儿?”

“压根儿没听说过。不过也没关系，你来晚啦。小日本儿早就跑光啦。那时候我还没出生，但听大人说起过。那时候的东西啥也没剩下啦。”

我沿着一条两旁种满白杨树的路走了将近十三公里，一路上没遇到任何活物，只有两块标牌，一块写着大树村，但站在村口一看，一棵树也没有。另一块牌子上告诫大家要“预防森林大火”。

在一个名叫平安的小村落，孤零零的岔路口只竖着一块手漆的蓝色木板，钉在一根电线杆上，指向一个小火车站。火车站的广场倒是很宽敞，铺路石的缝隙间长出翠绿的野草，算是加强了绿化。没有任何能找出日本遗留的痕迹。镇子里最大的建筑是韩国人修建的基督教教堂和学校。在这个夏日的星期六下午，两座建筑空空如也。

回舒兰坐火车去荒地的路上，公车司机改了道，把我放在河边新建的一座桥附近。很多人在浅滩上停车，用河水洗车。

“你不是找四家房吗? 这儿有几个人知道以前叫那个名儿，”司机说，“我爸是个老师，土生土长在这儿的。所以我也知道。解放后就改名叫舒兰了。”（后来我查阅到的资料证明他说对了。）“我爸跟我说，当时的日本村子就在这儿。”他指着一条新建的宽阔道路，两旁是新建的宽阔的政府办公室。唯一的一块标牌上用中文和韩文写着，二环路。路上空空荡荡的。

日本移民离开故土，前往满洲时，孩子们挥舞着国旗，“村民们纷纷把手绢抛到空中，大喊万岁，双手高高挥舞着”，每个人都留下两行长泪。火车缓缓启动，驶离日本的家园，移居者们听到一首离歌：

大日本的先锋，去修建另一个大日向；
来到满洲的四家房，建立帝国的天堂；

我们一起走在，帝国的大道上。

1945年8月9日，大多数在东北醒来的移居者都没有活过伪满洲国的覆灭。很多人聚在一起，自杀身亡。

尽管这些移居者只占了伪满洲国一百五十万日本人的17%，但在东北的日本死亡人数中，他们占了一半。死亡总数与日本长崎相当。东北的二十七万日本农民，战争期间死了八万人，其中大多数是妇女和孩子。

日本军队抛弃了他们。十四年前就入侵中国东北的军队经过太平洋战争，人数大减，很多部队都被派往南边。日本移民填补了这个空缺。1943年末，50%的日本农民被安置在苏联—伪满洲国边境沿线。1944年，日军在战争中损失惨重，于是收回了对移民免于服役的承诺。5月，德国投降，苏军挥师东进，日军发起了最后征兵令，号召所有身强体壮的男人（大多数没受过军事训练）为国参战。伪满洲国的军队不断后撤，避免和一路挺进的苏军交战，使得该地区四分之三的土地无人防卫。没有任何的人员撤离计划。一位日本将军十分直白地说，对于那些移民村庄的女人、小孩和老人来说，“他们唯一的选择就是自裁”。

1945年2月，盟军即将取得太平洋战争的决定性优势：拿下塞班岛及其飞机场后，B-29轰炸机就能空袭东京了。然而，日军还在继续征召法定年龄段的兵员。“那年春天，我不幸年满二十，”日本老兵长峰章告诉我，“我知道征兵的红纸就要上门了，我必须应征。”

我走过东北那么多条铁轨，去过那么多的博物馆和殖民时期的建筑，看过那么多地图和书籍，但真正让伪满洲国鲜活起来的，却是这位八十七岁的长峰章。他少年时生活在一个只有二十个农耕家庭的日本小村落，从那里坐船去了东北，拱卫当时的伪满洲国东部边疆。战后滞居当地长达八年。

“那是我第一次走出日本，”长峰说，他抬了抬浓密的眉毛，黝黑的脸上露出一个笑容。被征召的时候，他父母是种植大米和土豆的农民，而他的职业是代课老师，因为其他男老师早就当兵参战去了。“没有男人留下来教书了。”

军队上层将他和其他新兵召集到一个小旅社。“我们脱掉平民的衣服，换上军装，穿的是农民的布鞋。那时候是 2 月，也没有军靴穿。”

一艘船载着新兵们渡过日本海，然后换乘火车来到伪满洲国的东北端。长峰和其他新兵在铁路沿线的小城鸡西下了车，接着行军到城边一个小村落，那里有座要塞，是铁路和东边十九公里外苏联边界间唯一的防线。

抵达后的五个月，长峰都在接受防卫边疆的训练。“我学会了怎么携带炸弹滚到坦克下面，自爆。”除了炸弹，他仅有的武器是步枪、手榴弹和队里的轻型机关枪。“我们都知道俄国人要来，当地人被告知，必要的话举起菜刀抵抗他们。”

长峰至今还记得东北冬天的严寒。“太冷了，洗脸的时候得先把盆上的冰打碎才行，”他边说边比画。训练期间，他和住在那一片的朝鲜人和中国人没有任何交流，所以没多学一门语言。也没有人给他发指南针，所以没法到处走走。

美国在广岛投下了一颗原子弹，没隔几天又用同样的手段重创长崎，广岛原子弹袭击三天后，苏联对日宣战。苏军的指挥官正是斯大林格勒反击战的将领，他们的“满洲战略进攻行动”又被称为 8 月风暴，始于 8 月 9 日的午夜。“出乎意料地打起了闪电，”一名苏联将军回忆起那个晚上，“耀眼的闪电把黑暗的天空劈成两半。雷声隆隆，越来越响。针叶林中声音听起来更加恐怖。倾盆大雨眼看就要来临。已经有雨滴打在树叶上。我们进入了防空壕，看着手表。距离预定进攻时间还有六十分钟。应该推迟进攻吗？不，无论如何都不可以！”

1905 年，俄军在东北输给了日军，颜面丧尽。现在他们必然要不顾一切地复仇。8 月风暴中，一百六十万训练有素的苏军对阵六十万日本兵，后者有很多是才参军不久的新兵。苏军发起钳形攻势，军队从伪满洲国的西部、北部和东部大量拥入，东部的那些冲着二等兵长峰章所在地区而来。

“他们的飞机炸毁了我们军营里的仓库，”他说，“没有电台和其他任何通讯设备。那是我第一次开枪杀人。”长峰有一头浓密的白发，整个讲述的过程中他都咧嘴眯眼，慈祥地笑着，偶尔要强调什么，就温柔地摸摸我的胳膊。“我害怕吗？当然害怕！人人都害怕。”

8 月 15 日，裕仁天皇广播宣布日本无条件投降，但日本在伪满洲国的防线还在，并被苏军迅速攻破。长峰和战友们其实根本不知道投降的消息，那时候他和另外九十个步兵藏在深山里，偶尔出来也是从当地农民那儿偷点玉米棒子吃，或是开枪狙击几个苏联人。长峰在战斗中脚踝受伤，落下残疾。而他的很多战友被敌军俘虏，开膛破肚，死无全尸。

我站在凹陷的水泥河岸生锈的栏杆旁，仔细看着眼前的松花江。此处的江面宽阔，沉积了很多泥沙，水流很急，广阔的水域看起来更像一片有些可怕的湖泊。这个距离上游的哈尔滨约一百六十公里的地方，曾经是个忙碌的码头。

在伪满洲国的鼎盛时期，这片区域曾经是很多日本移民的家。然而到 1945 年，他们的乌托邦之梦破碎了。农作物收成惨淡，官方谎报产量，游击队的袭击愈发频繁，由日本本土催生的殖民力量逐渐衰退。四家房的移民后来回忆：“1938 年，我第一次来到满洲，满洲人（中国人）总是让我们先过街。在火车站，我们买票不用排队，他们会让我们先买票……等我 1943 年再度去到满洲，并终于在那里安顿下来时，真是完全变样了。满洲人让我们去别的地方，因为，他们说，那是他们的火车站。现在回想起来，我猜他们那时候感觉到日本将要战败了。我对自己说，我是在错误的时间去了个错误的地方。”

8 月 10 日，苏联对日宣战后的一天，日军从伪满洲国首都撤走了军方家属，下令炸毁桥梁，剪断电话线，进一步使得移居者们远离疏散撤退的路线。

相关的回忆录不在少数，其中有一本叫《冻土上的墓碑》。幸存者们纷纷回忆那些恐怖的逃亡经历，几乎都是步行，饥肠辘辘，一路遭遇强盗、强奸和“满洲人”的报复残杀。有几个人在集体自杀中活了下来。一个女人写道，她杀掉了自己的两个孩子，但在把枪口对准自己之前就被抓住了。还有人回忆说，走了很多天，结果发现走到河岸边没法逃了。

我站在松花江边废弃的码头上，这也是8月的一天，我的影子映在江面上。浑浊的水面看上去深不可测，危险重重。没有牌子，没有标识，只有生锈的小船和油桶。一个老人拿着鱼竿从一座小丘后走出来，问我在看啥。

“很多年前的今天，那些日本的拓荒家庭就在这儿等着，希望能有一艘船接他们回去。”

这位钓鱼的老人就生长在这个村子，他也知道这个故事，虽然那时候他还没出生。苏军正在接近。母亲们盯着从上游流往下游的江水，船终究没有出现。数百名日本妇女把孩子（很多还是婴儿）放在码头上，踏入了湍急的江水，一个浪头打来，她们都消失了。

1945年8月的那一天，二等兵长峰章在码头以东约两百公里的地方，拖着受伤的脚踝加紧撤退，躲避步步逼近的苏军。一个朝鲜农民通知他们说，战争结束了。但他们不明白日本怎么会投降。“从小我们就被教育说，绝不可能输，”长峰回忆道。于是他们一小队人继续撤退，涉过齐胸深的沼泽，躲避巡逻的苏军，不断赶走爬满全身的虱子。在与苏军的对战中，他的战友们纷纷牺牲，有的在重伤后自杀了，还有的在昏暗的夜色中与队伍走散。长峰手上也中了弹，到现在还有块弹片嵌在里面。他边说边揉着手上的某处。但最终他过了河，逃走了。到最后他只有一个同伴，整整六个星期，他们靠捡松子和偷食物过活。

9月，他俩在深山里发现一栋小房子，烟囱冒着烟。住在里面的中国人孙先生终于说服他们，日本战败了。他给他们换上中国平民的衣服，撕掉军帽上的标牌。孙先生把两个日本人领到一个村子，路上还成功说服一群愤怒的人不要杀他们。来到村子后，就把他们交给了当地的民兵组织。组织把长峰分配到一个食堂干活。

日本投降后的第一年，大概有六万六千名日本士兵因为受冻、霍乱或其他疾病，在东北死去。另有相当数量的日军被强制工作，有的被国民党征召，有的被共产党征召，不久他们就要在中国展开内战了。苏军把缴获的日军武器交给了共产党，使其步枪数量翻了番，大炮的数量更是增加到原来的三倍。然而，对东北的控制权仍然很不稳定。长峰最后的那个同伴被国民党征召了，而他因为伤还没恢复，就被留下了。

一个逃亡的日本男人遇到他，私下介绍说，自己过去是伪满洲国特工，主要工作就是渗透抵抗组织。他对长峰说要掩饰身份：就说是被日军抛弃的农民。“他伪装成一个老头，”长峰说，“然后教了我很多技巧，怎么扮成另一个人。”

男人在一个锯木厂工作，跟朝鲜人换水稻种子，还和中国人做生意。后来，长峰为一家十月革命中逃来此地的俄国白党挤奶，捆干草。差不多三年就这么过去了，直到 1948 年，农场主目睹苏军一路抢掠铁路，甚至把铁轨运回家，他决定再迈一步，移居到东北广阔的西部。“我们把所有东西放上火车，牛和干草都没放过，”长峰笑着对我说。

农场主从头开始，在齐齐哈尔市北边建起小木屋，开垦农田，种了庄稼。接着，中国警察跑来，“邀请”长峰和那个曾经做过特工的朋友到城里去翻修旅馆。长峰成了一名服务员，努力地学习汉语。他的朋友则在一次稻草车翻车事故中去世了。

1950 年，长峰流落到更北的地方，当了一名伐木工，两年来每天都要把木头放进河里，漂到下游去。他默默地隐藏在一群中国工人之中，从来不敢给家里写信。

1949 年，内战结束。一年不到，中国又参加了朝鲜战争，政府推迟了将受困日本人遣送回国的行动。直到 1953 年，来中国八年后，长峰才向有关官员承认了自己的真实身份。对方交给他一张火车和船的两用票。父母在故国的码头上等他。刚开始大家相对无言。他们用无声的眼泪欢迎他回家。

1956 年，长峰看到报纸上刊登广告，招人去加州摘草莓，于是报了名。加州急需农民，于是修改了之前的移民限制，下放一千个签证指标。摘草莓的时薪抵得上长峰在日本工作一天。但有个障碍，因为他在东北待了整整八年，所以必须向美国签证官写一份报告，说明自己不是共产党的间谍。事实上，从小学五年级开始，长峰就梦想着移居美国。我们的对话，就在圣克鲁兹我奶奶家附近的星巴克里进行。他在这里拥有两公顷的有机农场，就在自由大道上。

长峰回过中国两次，是在当医生的女儿的催促下重走当年路。女儿从小到大只是从他那里听到过故事的一些片段。“真是个奇迹，”她坐在星巴克的露天咖啡座里说。她父亲又是灿烂地一笑，轻拍我的胳膊，重复着那句可谓毫无意义却又包罗万千的中文：没关系。没什么大不了的。没关系。一切都很好。没关系。不用介意。

在松花江边那个下陷的水泥码头上，钓鱼的老人看着河里卷起的漩涡宣布：“这里不是个钓鱼的好地方。”他收起鱼竿，走到浅滩边，想在那儿试试手气。眼前的土路只够一辆车通行，弯曲地穿过一个全是红砖房的破败小村庄，之后有一条新的高速公路横越其上。离江岸大概六公里的地方，走过红旗水库，在一条小街没有去路的尽头，是一片桦树和松树林，形成一道厚厚的屏障，中间有一道大门。这大约就是唯一的纪念了吧。门上有汉字写着：中日友好园林。这是一个公墓，里面埋着数千名日本“先锋农民”的骨灰。

在整个伪满洲国，大多数幸存下来的移居者（61%），在苏军控制的难民营等待了一年（很多被迫成为慰安妇），才登上借来的美国船只回到日本。另外的 39%失踪了，或是去了西伯利亚，或是等到 1953 年，中国开始遣送他们回国，这项工程旷日持久，一直持续到最近几年。1972年中日邦交正常化时，还有三万移居者滞留中国。

在公墓周围这一片，曾经居住过大概一万名日本移居者。这个县城叫做方正，在荒地村东北四百一十八公里处。幸存者中，有两千三百名妇女别无选择，嫁给了当地的男人，还有一千一百二十个孩子（包括那些被留在码头上的）被当地家庭收养。

日本移居者的遗迹仍然能在方正县的街道上寻找到蛛丝马迹，店招牌是中日双语；日语培训中心比英语培训机构要多。县政府说，在全县二十三万人口中，有五分之一的人曾在日本生活或工作过。每年8月，日本的盂兰盆节，移居者的后代们会到这里来，依照节日的传统给先辈扫墓祭奠。

公墓的起源要追溯到1963年，一个嫁给中国男人的日本“遗妻”，在耕地时挖到了森森白骨。一场挖掘工作就此开始，大约四千五百名因为自杀或饥饿死去的难民遗骸出土了。当地人浇上汽油，烧了三天三夜。虽然中国把这些移居者归为“剥削兵团”，但在1963年，国务院总理周恩来还是批准在埋骨灰的墓旁树一座纪念碑。“日本人民和这些移居者，”周恩来说，“也是日本帝国主义的牺牲品。”

“文化大革命”期间，荒地那些中国人的老坟塚都被红卫兵给毁了，令人惊讶的是，这个日本公墓竟然安然无恙躲过了这场浩劫。不过，为了给水库让位，1980年代，墓地被迁移到现在这个地方。进了门就看到一块显眼的大理石碑，说这里是省级文物保护单位（不是爱国主义教育基地）。1984年，五百名自杀移居者的骨灰搬来这里，过去是在鸡西，就是那个铁路边的小城，苏联军队占领长峰章的军营后，接管了鸡西。

中日友好园林的公墓里还有那些收养日本孤儿的中国人的骨灰。一名对抛弃孩子表示愧疚的日本军官曾经写道：“是中国人养大了那些曾经抢劫他们的贼人的孩子。”但在很多采访中，那些收养孩子的母亲说，那些小宝贝就和曾经的她们一样，无助而无力。

园林里建起画了长城与富士山的楼阁，记录和称颂了她们的善行。公墓的步道通往松树林，再来到两个低低的水泥圆顶，里面埋着逝者的骨灰。那些低低的松树枝上，有日本祭奠者亲手折的纸鹤，上面系的丝带，在中国和日本都象征着永久的和平。“我们得叫那些日本人别再种树了，不然就得扩建公墓了，”住在里面的看门人告诉我。

这个地方很美，很平和，一片静谧，偶尔有喜鹊的叫声。风水应该很好：斜坡上种着一片玉米地，这青纱帐为公墓挡住了凶恶的北风，正面向着地势稍低的水田。

我 8 月来到这里，正好遇到一群日本人来过盂兰盆节，给先辈扫墓。但战争并非在 1945 年就彻底结束了。就在上周，五个中国民族主义者在网上相约来到公墓，拿着锤子和一桶红漆。他们的目标是最近树起来的一个纪念碑，列出了在方正饿死的数千名日本移居者中的二百二十九个名字。五个人用油漆刷蘸着红漆，叉掉了这些名字，用力凿碎石碑。这个消息在各种网上平台疯传，几个小时内，一架推土机就把纪念碑的碎石刨进了一个洞，还有四十个人把守。为此日本扫墓人取消了行程。“我们的经济发展，要多亏那些从我们县去日本的人，”当地一家店的店主说，“我支持中日友好。但有的人就骂我们县那些人，好像他们是叛徒，汉奸。”

我拍了拍公墓紧锁的铁门。看门人警告我说，上面告诉他，如果出现游客，就报警。

“没关系的，”我说。没什么大不了的。

“我必须报警。”

“没关系。”一切都很好。

看门人还是拿出了手机。历史的大门今天是关着的。

我从荒地坐了四百多公里的火车南下来到沈阳，那里有另一处战争遗迹。但只能通过外面围着的蓝色锡墙往里窥探。我看到一根烟囱，破败的营房，接着看门狗可怕的嘴就号叫着凑了过来。这里曾经是一个盟军战俘集中营。1945 年的今天，8 月 16 日，日本投降后的十七个小时，一个美国年轻人和另外四个人赶到这里，挽救了数百条生命。

“我是第四个从 B-24 飞机上跳下来的，”昵称“哈尔”的参谋军士哈罗德·莱斯告诉我，“当时我感觉是在飘，不是在降落。”那时他第一次看到满洲。俯瞰下去，只见一片卷心菜。

如今莱斯九十二岁高龄，对那一天还是记忆犹新。“紧接着我就听到下面传来鼓掌和欢呼。那是一群中国农民。我们降落的时候他们在种地。他们好像很爱看我们的空中表演。我们飘下来也是很有趣的。我很快就重重地降落在土路上，翻滚了几圈，裹进降落伞里。”

他的任务是解放沈阳（当时还叫奉天）的一千四百四十三名盟军战俘。另外，还要打退一百五十万正在进军此处的苏军士兵，好保护“日本和傀儡国的重要文件和人物”。行动的总指挥和发布命令的是战略情报局，也是美国中央情报局的前身。这次行动被称为红雀行动，是一个系列行动的一部分。美国计划在那天一共出动八次飞机，战略目标分别位于中国、老挝和越南。另一场在东北的营救计划被称为火烈鸟行动，但由于苏军抢先到达哈尔滨，宣告中止。

在战略情报局指挥的这些行动中，有一场以一个行动者被处死告终，他叫约翰·伯奇，之前是个传教士。他的任务是经由陆路走过中国沿海地区，侦查过去的日军机场，看有没有能用于撤离战俘的。当时中国共产党的军队对《雅尔塔协议》把东北的铁路控制权与旅顺港交给苏联非常不满。一个中国人民解放军[①]的分队拦住伯奇，并缴了他的武器。“你们到底怎么回事？你们是强盗吗？”他用中文问这些抓他的人。他的中国同伴让伯奇别激怒这些士兵。伯奇回答：“我想看看他们怎么对待美国人。被他们杀了也不怕。他们要真杀了我，自己也完了。美国会用原子弹惩罚他们的。”中国士兵开了枪，打中了伯奇那位中国同伴的膝盖上部，伯奇的腿也中了弹。他们绑住伯奇的手和脚，他在刺刀之下一命呜呼。接着士兵还把他毁容，不想他被辨认出来。那个中国同伴躺在伯奇身边装死，直到晚上一个路人经过，帮

① 此处作者似有误，中国人民解放军这一称呼是在 1949 年合并八路军、新四军、东北抗日联军等部队改称后才有的。1945 年还不存在。——译者

助他逃跑了。后来一个右翼的政治协会以伯奇为名，而他本人被该协会奉为“冷战的第一个遇难者”。

红雀行动是战略情报局一系列任务中最危险的：哈尔·莱斯和五个行动人员，身上只携带手枪，要跳伞进入被三万日本军队占领的领土，还要面临大批苏联士兵的进攻。没人知道日本军队听闻本国投降后，会有什么样的反应。美国战俘可能会被用作人肉盾牌，或者作为证据被杀人灭口。最近的美军部队也在将近一千五百公里以外了。

战争结束得如此突然，战略情报局也有些措手不及：1945 年 8 月 8 日，局长威廉姆·多诺万（也是美国情报系统的创始人）刚抵达华中城市西安，苏联就向日本和伪满洲国宣战了。第二天，第二颗原子弹掉在了长崎。“要是俄军去的时候我们不在朝鲜和满洲，那我们就永远进不去了，”多诺万发了一封电报，“尽管我们裤子刚提到一半被弄了个措手不及，但还是要尽全力及时把它提起来。”他对手下的人下令，把中国东北属于美国的财产定好位，准备好美国的“潜在特工、线人和亲美人士”的档案卷宗，并确保能拿到关于苏联援助中国共产党的情报。中国共产党接下来就要加入全面的内战，反抗当时执政的国民党，而国民党的后台正是美国。

红雀行动在 1945 年 8 月 16 日凌晨 4 点 50 分开始。

沈阳的这个战俘集中营很长一段时间不为盟军所知。其中关押的战俘有美国人、英国人、荷兰人、澳大利亚人，都是士兵和军官，包括了巴丹死亡行军的幸存者；在新加坡投降的英国陆军中将亚瑟·帕西瓦尔；在科雷吉多尔岛放弃了菲律宾的美国陆军中将乔纳森·温赖特。那场战役中的幸存者坐船去了台湾，途中一艘美国潜水艇发射了两次鱼雷，均未打中。到台湾后，他们又被赶上那些残暴虐待船员的所谓地狱之船，去了朝鲜半岛。他们在那里被分开，有的去日本做苦工，有的上了北去沈阳的火车。在沈阳的第一个冬天，有两百六十名战俘病死或冻死。日本人把他们冻僵的尸体堆放在一个仓库里，直到土地解冻。接下来的 1943 年，修建了条件稍微好些的奉天集中营，战俘们被强制在皮革厂工作，或者到满洲机床厂生产军需品。

日本人认为奉天集中营是战俘营中的典范，红十字会经常带着信件和供给品前来造访。但试图逃走的战俘仍然大有人在。集中营的指挥官松田上校，光头，身材矮小，整天闷闷不乐，戴着厚厚的眼镜。在抓住三个试图逃走的战俘后，他把所有战俘都召集起来，当场处死了那三个人。

“看到他们叛逃，大大出乎本人意料，这实在是最近最令人气愤也最不幸的事件；”松田拿着一张手写的英文稿件，一字一句地念，“在天皇陛下的无上恩德下，所有人都对你们同情以待。但这三个人竟敢违抗我的命令，简直可以说是完全泯灭人性……是你们自己天堂有路不走，地狱无门偏要闯。”

在一些老照片里，巴丹被俘前的美国陆军准将布劳尔看上去是个乐天派，整天叼着烟斗，感觉走到哪儿都能闹腾一番。这个来自密西西比州的军人一路写下很多日记，有的藏在竹子里，有的埋在营房下面，记录了 1945 年这个集中营不断恶化的条件和他本人的遭遇。“一个月内我就瘦了十四磅[①],”7 月的一天他写道，“没有肉，也没有糖。伙食很差，人人都饿得慌。”战俘的衣服全都破破烂烂的，集中营的看守命令他们多挖一些防空洞。

8 月 8 日，广岛遭遇原子弹爆炸的两天后，并不知情的布劳尔写道：“第一次没升旗。”

8 月 9 日，原子弹降临长崎的那天：“今天早上听到了空袭警报。大家好像都没去工厂做工。到底怎么了?”

8 月 15 日：“很多人传言战争要结束了。其他集中营送来很多人。大家都不去工厂做工了。”

8 月 16 日：“一整天大家都疯传说战争结束了。上午大概 11 点 30 分左右，战俘营附近看到有伞兵降落……关于他们是谁，有很多传言。”

哈尔·莱斯这个曾经当过兵的人看上去和“美国队长”毫无相似

---

① 大约等于十二点七斤。——译者

之处。瘦高个，一头红发，戴着眼镜，被选中参与红雀行动只是因为他会说中文。行动的三年前他入伍之初，军队就注意到他自学了德语、法语和俄语，而且还很流利。于是就派这个科罗拉多人坐船去芝加哥大学，学了一年中文。战略情报局派人来学校招收志愿者，莱斯和一群人一起来到卡特琳娜岛进行训练，学习了撬锁、密码传信和徒手格斗等课程，最后又和少数几人一起脱颖而出，正式被征召。他对劳军联合组织①的女主持海伦一见钟情，娶得美人归。但婚后几乎立刻就坐船前往墨尔本，马不停蹄来到加尔各答，然后登上去缅甸的火车，再匆匆坐上目的地昆明的飞机，辗转来到西安，六个小时后，就飞翔在满洲的天空中，降落在一片卷心菜地里。

“我跟那些农民说的第一句话是，‘我—是—美—国—人’，”莱斯告诉我，“用中文说的。然后又问他们：‘你们知道日本人在哪儿吗？’我们没有罗盘，也没有任何情报，甚至连集中营指挥官的名字都不知道。我们的飞机出现了，开始空降食物包和补给品。一个日本人朝飞机开枪，但没打中。我们没有毁坏农民们的卷心菜，所以他们好心地给我们指路。我们就往那边走。开始下雨了，接着日本人就发现了我们。”

一看到那十几个日本兵，队里的中国人转身就逃。现在“红雀”只剩五个人了。队医是夏威夷的第二代日裔美国人，他命令日本人投降。但那几个士兵拉了拉枪栓，命令美国人把手举起来。

“没人大吼大叫，”莱斯回忆道，“挺不平凡的一次交流。那些人还是第一次看到活的美国兵。他们也不知道战争已经结束了。”

日本人缴了“红雀”们的手枪，蒙住他们的眼睛，把他们送上一辆卡车。发动机启动。卡车停下来后，蒙眼睛的布被取了下来。莱斯看到的不是刑场，而是一个日本秘密警察总部的大门。“他们请我们

---

① 劳军联合组织成立于 1941 年，与美国国防部合作，经过美国国会特许，主要职责是鼓舞美军士气。二战期间，该组织发起了名为“散弹坑巡回”的劳军演出，几千名艺人签约响应。——译者

喝日本清酒和威士忌。警察头子承认说他听到投降的消息，但不知道该怎么办。他知道苏军就要打来了：就在北边约两百公里的地方，步步逼近。他同意让我们迅速去看一下战俘营。”日本司机用英语对莱斯说：“我听说你住在洛杉矶。我有个兄弟也在那儿，不知你们认不认识?”

“红雀”们被安顿在南满铁路宾馆。第二天，东京的官方投降诏书终于抵达了。级别最高的日本军官请莱斯见证他切腹自尽。

“我请他不要这样做，”莱斯说，“我需要他确切告知手下的士兵，战争真的结束了。”军官把战俘营交给这五个战略情报局的行动成员。形容憔悴而又兴高采烈的战俘们把莱斯团团围住，兴奋地拍他肩膀，不停握手，还问个不停。秀兰·邓波儿死了吗？罗斯福真的死了吗，怎么死的？现在谁是总统？谁是英国首相？过去三年的世界职业棒球大赛谁是冠军？现在不同军衔拿多少薪水？

在战俘营日记中，准将布劳尔写道：“这真是战俘们最开心的时刻，终于结束了三年半地狱般的生活!”最后的战俘营日记写于8月18号，“太多吃的了！饿了三年多了，大家很有可能会暴饮暴食，小心别撑死了!”一条画面很不稳定的黑白新闻片中，被解放的战俘们放肆地大笑，弹着吉他，让日本人填满散兵坑，建起临时的棒球场。

然而，对于哈尔·莱斯来说，游戏还远未结束。将近一千五百名被解放战俘中，有三十四名高级将领不见踪影，其中包括帕西瓦尔和温赖特将军，还有荷属东印度群岛的最高长官。莱斯了解到，过去一年来，好多人被扣押在西安县（今辽源）一个没有供暖的破败营房。自从苏军挺进东北，日本投降后，和那个集中营的通讯就被切断了。飞机没法飞，走陆路又太危险。

莱斯带着红雀队的一个士兵和一名日语翻译，手无寸铁上了火车。北上途中，他遇到一家俄罗斯白党，站在某个小站的站台上，苏联红军来了，他们都不知道接下来往哪里逃。在西安县的集中营，日本指挥官用英语向莱斯打招呼，原来他毕业于俄勒冈州立大学。他说，所有的战俘都活着。

温赖特将军骨瘦嶙峋，穿着破烂的衣服，看上去就像个稻草人。“战略情报局来解放战俘这件事让他非常困惑和疑虑，因为他从没听说过这个机构，”莱斯说着笑了起来。

三天后的中午12点30分，队伍来到沈阳，发现他们的宾馆里全是醉醺醺的苏联红军士兵。在来东北之前，他们中很多人都参加过斯大林格勒战役。一个中尉告诉莱斯，他因为杀了德国战俘，被降职了。他说，打起仗来，士兵就是国家的外交官，还说：“外交官也有干得好的和干得不好的嘛。”

一份“红雀”报告中写道，狂欢痛饮的苏联士兵在整个东北烧杀抢掠，奸淫妇女，报复四十年前打败俄国的日本。伪满洲国不复存在，中国人也开展了报复行动：“游荡的中国暴民不分青红皂白地殴打和屠杀日本平民。”

莱斯亲眼见到一群人攻击一个十二岁的日本男孩。他赶快走上去严厉制止，质问他们这样做和之前那些侵略者有什么区别。“有的中国人站在了我这边，”莱斯在日记中写道，“有的还说我中文说得不错。”他把男孩送去医院，然后回来把那群人遣散了，没收了他们的棍棒，但没有拿出手枪。他的语言能力帮了大忙：“这群人又评价说我作为一个美国人中文说得太好了。好些中国人站在我这边，痛骂那些言行不当的同胞。”

晚上不时能听到尖叫、机关枪响；还有日本人的住家或店铺被放了火，升起滚滚浓烟。一位战略情报局的军官报告说，苏联军队开始把下列物品通过船运回国：“(a) 所有的机动车辆——坏的也不放过；(b) 所有的汽油；(c) 小型的机器和马达；(d) 木材。”苏军甚至把疫苗也拿走了，令当地人在伤寒和肺炎爆发时毫无招架之力。

红雀行动开始后十二天，相关消息传回美国。住在旧金山的莱斯母亲接到当地记者的一个电话，问她对参谋军士哈罗德·莱斯的勇敢行动作何感想。“那不可能是我的儿子，”她回答说，“他不会做那样的事。”

身在洛杉矶的莱斯妻子海伦读到了相关报道，大声说：“这就是我的哈尔啊。”

1945年10月，苏军让莱斯自己选：要么马上离开，要么免费送他去西伯利亚。战略情报局局长威廉姆·多诺万怒火冲冠：“满洲什么时候成了苏联的了?”事实上，苏军一直霸占着铁路沿线和旅顺港，直到1955年才归还给中国。莱斯离开了，但很快回到东北。在代号威廉姆斯先生的行动中，他成为第一个到达中国东北的美国情报特工。干了一年之后，1946年，共产党将他彻底驱逐出境。我和他是在科罗拉多的戈尔登他家里见的面。

关于营救战俘这件事，他回过那个集中营两次，1989年和2003年，都是帮沈阳市政府宣传集中营博物馆的开放。我去的时候，躲开看门狗，找了一个侧门，划开门栓，偷偷溜了进去。从前的营房现在摆满了花环，有好多电线，到处都是水洼。迎面是一个紫色的条幅：老兵重访沈阳二战盟军战俘营记者招待会。条幅面对着一排排橘色的塑料椅子，上面布满了厚厚的灰尘。

战后，集中营的工厂被改建成一个电器厂，周围建满了职工住房。现在那些公寓楼则被高层商品房取代，广告牌上用英文承诺，Low density of the honey life（低密度的甜蜜生活）。跨越一条十车道的高速公路，那边隐约有一个购物中心，最醒目的招牌是必胜客。

集中营外的一块牌子上只字未提红雀行动，只是用中英文写着，战俘们“唯一的安慰就是热心中国工友的帮助”。解说词总结说，集中营“深刻反映了日本法西斯主义的一个侧面”。

不过，这句总结性的英文翻译被沙子蒙住了，抹都抹不开。这座博物馆十年前就破土动工，中途几次停工，因为大家产生了分歧，针对博物馆要展示什么，讲什么道理，进行什么样的爱国主义教育争论不休。现在还在建设中。

我去了方正县日本移居者公墓之后，一家日本报纸采访了一名六十二岁的退休小学教师。方正县政府让他写一写县里战时的故事。那位老师站在松花江边，就在那些日本母亲把孩子放在码头上然后自沉离世的地方，告诉记者：“这里发生的事情，正反映了战争对平民的伤害。保护这个地方，对中日关系的健康发展有益无害。”

他曾经向上面申请，在这里和附近一条支流的河边竖一块牌子，讲述一下当年的故事。当年，日本妇女们也曾试图从那条支流过河，把和服撕下来打成结，一起拉着，但最后还是被无情的浪涛卷走了。

官员回复说：“目前的情势下，不可能批准立牌子。”但这位老师非常乐观地说：“情势都是会变的。”

日本的侵略造成了一千四百万到两千万中国人死亡，而日本官员每年都会朝拜靖国神社，里面供奉着被定罪的日本战犯。一些日本老兵回到中国，讲述了他们在战争期间的所作所为。有些人甚至站在了过去的敌国这边。2002 年，在东京的法庭上，有很多中国家庭联合状告日本秘密部队当年在东北杀害了共计一百八十名家人。一位日本老兵出庭作证。这是日本皇军在中国展开细菌战的事实第一次在日本法庭公之于众。根据国际法，受害者拿不到补偿金，但最后的判决终止了日本官方半个世纪以来对相关罪行的否认。

“忘记历史就意味着背叛，”侵华日军第 731 部队罪证陈列馆的展牌上写着，“731 部队的法西斯罪行不容抵赖。”这个日本最大的细菌战研究部队拿中国、俄国、蒙古和朝鲜战俘做活体实验。他们的驻地就在哈尔滨市中心南边二十四公里的地方。日本医生把实验对象的战俘称之为 maruta，日语里意味原木，降低他们的体温，进行截肢手术，开枪研究弹伤，让他们染上各种各样的疾病，感染细菌，只为了记录一个人到底能承受多大的痛苦。

实验基地原本有七十六栋楼，占地面积将近十平方公里。战败撤退时，日本人一把火烧掉了不少，陈列馆就在原址遗迹的基础上建立起来。在灯光昏暗的走廊上，周围陈列着防毒面具、骨锯和装着内脏的容器。外面有很多标牌，标出了过去的细菌培养箱、冻伤实验室和试验用老鼠培养箱。陈列馆旁边就是二十五中，孩子们在操场上的欢叫笑闹翻越高高的砖墙清晰地传来。

整整十三年，大约有三千名俘虏在这里被残忍杀害。而 731 部队在全中国的日占区都有附属基地，也用恐怖的方式杀害了另外七千到九千人。该部队名义上是日军的防疫给水部队，在这个身份的伪装下，给所到住处的井水下毒。这就像纳粹集中营门口海报上写的“工作使你自由”一样，虚伪而令人恶心。

日本也有一位约瑟夫·门格勒[①]，他叫石井四郎，医学博士，日本陆军中将。1932 年开始了他的细菌战。1945 年 8 月，苏军攻入东北，石井命令将 731 的大本营和其他研究基地彻底摧毁，杀掉还活着的四百零四名战俘。光是烧这些战俘的遗体就用了整整三天，之后这位亲自在现场监督的高级将领说：“毁尸灭迹，天皇就不会被处死了。”

石井和他的手下带着一箱箱文件逃回了日本。美国军队发现他躲在自己的老家，那个村子的居民在报纸上发了一篇文章，说他被枪杀了，甚至还举行了一个假葬礼。石井未被逮捕，只是被带到东京接受质询。对他的质询断断续续进行了将近两年，一名美军基础科学负责人给指挥官写信：

> 这次调查中搜集到的证据是对这个领域的极大补充和扩展。这些数据是日本科学家付出数百万美元和多年的辛勤劳作得来的。从具体的细菌感染量来测试人类对相关疾病的敏感性，从而搜集了很多信息。由于对人类活体实验的顾虑，这样的信息在我们自己的实验室里是无法搜集的。

信的结尾写道，美军为调查石井在中国的所作所为而拨的款“比起他的研究花费，不过是九牛一毛”。

1948 年，美国赦免了石井和他十八个手下的战争罪行。他们没有一个被起诉，更别说受刑了。三十年来，这宗交易一直是秘密，直

---

① 约瑟夫·门格勒是德国纳粹党卫队军官和奥斯威辛集中营的“医师”，被称为死亡天使。他负责筛选当时送往集中营的囚犯，并负责裁决是将他们送到毒气室杀死，还是做强制劳动。他还用集中营里的人进行残酷的人体实验。——译者

到被一名美国记者发现。据说石井在日本开了一个儿科诊所，六十七岁患喉癌去世。

皇帝陛下溥仪，在 1945 年 8 月 17 日接到了伪满洲国覆灭的通知。这是溥仪一生中第二次逊位，然后他逃离了皇宫。他在机场准备飞往日本时，苏联军队把他拦下。之后把他遣送到西伯利亚拘留起来。他请求不要把他遣送回中国，并言之凿凿地说，只要一进入中国国境，就会面临杀身之祸。

1946 年，苏联人把他押往东京，为战犯审判作证。年仅四十岁的他看上去如蒲苇般孱弱，非常苍老。但在庭上为了保命，他还是滔滔不绝。他穿了一件昂贵的棕色西装，说着中文，上演了一出好戏：中国的末代皇帝，站在证人席上，慷慨激昂地唱着爱国主义的赞歌。“满洲人民完全是日本人的奴隶，”他断言，“满洲的中国人民的痛苦几乎无法用语言表达。他们得不到生活必需品，甚至在严寒之下也衣不蔽体。如果中国人有高级的大米，那就是犯罪。中国人没有言论自由，说什么都要小心翼翼，不留神就会被处死。在日本统治期间，伪满洲国完全是个黑暗的国家。”

之前，中国军人对溥仪皇家祖坟的破坏和掠夺让他恨之入骨，发誓报仇，所以加快了和日本勾结。但日本人根本没有允许他去皇陵祭祖。“我最好不去，”一位将领对他说，“因为我的祖先全是满人，要是我去祭祖了，会显得满人比‘满洲国’其他族的人高一等似的。”

他为什么没把真相告诉来访的国际联盟李顿代表团并寻求帮助呢？“当时的情况就像我被强盗绑架了，然后邻居赶来救我。但强盗也在场，我没法告诉邻居到底发生了什么。因为等救我的人走了以后，我肯定就会被强盗杀了。”所以他又一直忍耐了十四年，等着合适的时机反抗侵略者。“那是我的理想，所以我自己走入了虎口。”

在二十年后他写的自传里，溥仪承认说：“今天回想起那一次作证来，我感到很遗憾……我把我与日本的勾结，一律否认……就是与日本人长期勾结的结果。我为了开脱自己，却回避了这个问题，只顾谈了我怎么被逼和受害……我在掩饰自己的罪行的同时，也掩盖了一部分与自己的罪行有关的历史真相。”

和日本天皇以及皇族一样，溥仪也没有被判任何罪。1950 年，苏联把他交还给中国。他被送往清源附近的一个监狱，那是一个东北的县城，就在柳条边沿线，意为清朝的起源。而清朝早已覆灭，他已经从龙椅上逊位了。

那个监狱现在是个爱国主义教育基地，学校的参观团络绎不绝，参观这位“天子”成为阶下囚的牢房，他的编号是 987。照片里的溥仪在牢狱里自己缝补袜子，用一个搪瓷的杯子喝茶，杯子上还写着，“劳动光荣”。导游介绍说：“最后，他成为一个对国家和人民有用的人。”

嗯，终于成为一个“有用的”人了。

1959 年，中华人民共和国成立十周年，溥仪被赦免并释放。他回到阔别三十五年的故乡北京。他穿着松松垮垮的哔叽呢毛式中山装，作为“特别导游”，在他过去的宫殿紫禁城里做了一次参观。在国有出版社出版的回忆录中，他并未用太多笔墨记录这次参观的印象，只是说，宫里的墙都刷了新漆，“我临离开故宫时的那幅陈旧、衰败的景象不见了”。

政府分配他到北京植物园的温室工作。溥仪一直瘦瘦的，有一双忧伤的眼睛，就像曾经装饰在伪满洲国皇宫里的那些兰花一样弱不禁风。他在回忆录的最后，引用了他的启蒙读物中的话，那是一本孔子学派的古典作品。

人之初，性本善。
性相近，习相远。
苟不教，性乃迁……①

① 这是英文版的结尾。中文版的结尾是“‘人’，这是我在开蒙读本《三字经》上认识的第一个字，可是在我前半生中一直没有懂得它。有了共产党人，有了改造罪犯的政策，我今天才明白了这个庄严字眼的含义，才做了真正的人”。——译者

1967 年，中国爆发“文化大革命”，红卫兵找到了已经罹患肺癌，虚弱无力的溥仪。他们大喊：“我们要把你赶回东北老家，揪斗你，砸碎你的狗头!”但在他们行动之前，癌症就夺取了溥仪的生命，享年六十一岁，没有留下任何子嗣或遗产。《纽约时报》在讣告中称他为“历史的遗孤”。不再是皇帝的他，遗体被火化，骨灰也没能和皇族祖先们合葬，而是被葬在北京八宝山革命公墓，那是优秀共产党员们最后的归宿。

然而，在以市场为导向的现代中国，溥仪再次变成了一个对国家“有用的”人。1995 年，北京郊外的一个私人公墓给了溥仪的遗孀一笔钱，数目没有公开，然后把他的骨灰迁至他们专门针对富有上层人士的公墓，华龙皇家陵园，就紧挨着清皇族的西陵。陵园的广告写着，享受皇家风水，理想的安葬之地。溥仪葬在那里就是最好的证明。溥仪的墓碑上只写了他的名字，用汉语，没有满文，他还是“天子永生”的象征。

1945 年 8 月日本投降以后，苏军从东北继续向南挺进，直到朝鲜的“三八线”处才停下。朝鲜半岛被这条线分为南北两部，一边是朝鲜民族主义共和国，一边是大韩民国。又一场大战一触即发。

但首先爆发内战的是中国。1936 年，少帅张学良兵谏蒋介石，要和毛泽东组成抗日统一战线。也因为如此，张学良再也没有回过东北，余生的五十四年都分别在大陆和台湾过着软禁生活，百岁高龄时在夏威夷去世。1945 年日本战败，中国国民党和共产党的统一战线崩溃，各自为政，又打了四年仗。

国民党在内战中遭遇了几次致命的败仗，其中一次发生在长春，就是过去的伪满洲国首都，距离荒地村以西约一百一十二公里。日本侵略前，长春一共有十万人口；到伪满洲国覆灭时，有九十万人住在那里。

林彪指挥的共产党军队将国民党军队围困在长春城内，这位后来主导了毛泽东语录“红宝书”编纂的林彪下令，将长春变成一座“死城”。士兵们用铁丝网围城，堵住了一切通道。1948 年 6 月到 10 月，五个月间，任何军民不允许离开，也不许往城内运送任何补给。幸存者们讲述说，当时在城内他们吃腐烂的谷子，玉米芯，接着是草和树皮。还有的把枕头撕开，将里面填充的玉米皮全部塞进嘴里。皮带拿来煮了吃；连死人的尸体也下了肚。美国飞机扔下来的援助包裹全被士兵们拦截了。

一位身在香港的研究者回忆说，在她写一本有关中国内战的书时，采访的每一位老军官一提起那场围困战，就会崩溃。在长春胜利公园聚集的老人中，常常会有那次围困战的幸存者。这座公园原来是日本人修的，现在里面竖着一座毛主席雕像。在那里，一位退伍的老兵说，官方说法是“兵不血刃解放长春”，而他知道这是怎么来的。

战争的余波一直延续，影响着战后的日常生活。中国估计，自 1945 年以来，至少有两千人死于日军埋在地下的化学武器。单在东北地区，就遗留下两百万件军火，其内部的化学物质渗入土地和水源，甚至带来更坏的影响。2004 年的吉林省，两个十二岁和八岁的男孩在一条河里发现了一块生锈的有毒弹壳，接触后被灼伤，生了病。日本政府承认那是他们留下的武器，但拒绝赔偿。作为《联合国禁止化学武器公约》的签约国，日本出于履行义务，同意派专门的团队来挖掘这些武器残留，并在男孩受伤的敦化市外修建处理设施。

敦化在荒地村以东约三百二十二公里处，我想看看这个工程的进展。之前，日本承诺在 2007 年完成挖掘工作。日本外务省的一位发言人称，这些武器的清理工作“对于增进两国相互信任至关重要”。但 2008 年，负责该事务的机构被曝光挪用了一百万美元的公共基金。

我坐的大巴晃晃悠悠四个小时，在偶尔小小起伏的空荡荡的高速公路上经过绿色的小山丘，途经一个别墅开发项目，英文名是 Island of Egrets（白鹭岛）。我差点把白鹭（Egrets）看成了后悔(Regrets)。这可能要归咎于大巴前面的电视上播着连姆·尼森的动作片，画面模糊，看得我晕乎乎。他这些充满复仇和刺激的片子在很多大巴上热播，正逐渐取代东北广受欢迎的二人转。我本以为自己永远不会想念二人转那闹哄哄的唱腔和场面，直到在这辆大巴上坐了好几个小时，听着影片里传来轰隆隆的枪炮声和张口闭口都是威胁恐吓的粗哑嗓音。

敦化的街道布局仍然能看得出当年日本规划的影子：火车站前，轴向的道路呈对角辐射出去，形成交通环岛，通向市中心。五十万人口的敦化虽然名义上是中国的一个小城市，但感觉上更像一个县。所有的快餐连锁店都是山寨的，比如 CFC，加州炸鸡。

一个名叫佟刚的当地人提出带我去看男孩受伤的武器清理现场，距离市区三十二公里。佟刚是个相当谨慎的人，一路紧紧抓着自己的苹果手机，指关节都发白了。头发剃光，反光的墨镜压在太阳穴上。牛仔和黑 T 恤好像用手涂的颜色。他让我叫他兄弟，开口说话总是这句口头禅："我分析啊……"他脚步很快，沿着乡间的道路一直走，穿过牡丹江，经过连绵的烟草地，不时转身看着我，一边说：

"眼睛要一直看着正前方，兄弟。"

"别担心。我分析啊。小日本不愿意赔钱，因为他们觉得 1972 年我们签了和平条约，这事儿啊，就算了了。"

"看路，兄弟。"

"这儿就是原来的日本飞机场。我小时候，就在跑道上骑自行车。现在都种上玉米了。我分析啊……"

三十分钟后，我们进入一个窄窄的山谷，经过的标牌上列出了禁止在保护林进行的活动：伐木、点火、烧烤。这条只容一辆车通过的道路看上去像一条自行车道，蜿蜒着通向那条男孩们发现有毒弹壳的小河。而他们曾经住过的房子，现在已经被遗弃了。

"我分析啊，他们和其他人一样，搬到城里去了。"

我们继续前进，中间停下来抬起一根红白相间的杆子，这就算是门了。一个警告标志上写着，化学武器清理区，非请勿入。路上空无一人，唯一的声音是一阵轻微难辨的嗡嗡声，随着我们接近山谷里的最后一座小房子，这声音越来越大。穿过齐肩高的玉米秆，我们看到斜坡上有个小棚屋。往那里走，一群蜜蜂在身边环绕，原来小棚屋是个蜂房。老秦家是唯一整年住在这儿的家庭，他们拿出一碗用新鲜蜂蜜调的开水，欢迎我们的到来。

清理工作又暂停了，秦先生说，但他也不知道原因。他指着一块空地上停工的铲斗机和推土机。“卡车啊啥的都还在这儿，日本人都走啦。”蜜蜂在我耳边嗡嗡不停，弄得我手臂上痒痒的。秦先生说过去住在这个叫莲花泡的林场里的村民和日本派来的官员见过面，接受了他们提出的搬迁条件。不过那些官员很小心地说，这是一笔搬迁费，不是赔偿金，避免滋生未来可能与战争有关的争端和分歧。

日本政府拨款给敦化政府，在城区修建新的公寓房。但秦先生说，房子修好以后，村民们说建筑质量差，指责政府官员贪污了一部分拨款。但他们还是被强制搬迁了，原来的房子都被拆了。“我们家没签协议，”秦先生说，“城里不能种玉米，也不能养蜂。这么多年了，我种庄稼的时候从来没挖到过武器。希望它们是埋在其他地方吧。”

十分小心谨慎的佟刚又说了一连串对日本、战争、化学武器、受伤儿童、强制拆迁和挪用公款的分析。我感觉到暖暖的阳光照在脸上，呼吸着正在成熟的玉米香气。脑海中突然闪过叶芝的一句诗，是对林间空地，蜂舞蝶绕，独自在一间小屋生活的向往，在那里“安宁会慢慢降临”。

然而眼前这首诗的结尾却并不安宁：被蜜蜂叮一下可是痛不欲生。我尽力忽略周围这团嗡嗡响的蜜蜂云，喝着蜂蜜水，蜜蜂纷纷飞过我的耳畔，弄得我脖子发痒。

“它们不会叮伤你的，”秦先生打断了佟刚滔滔不绝的分析，“它们有它们的地界，我们有我们的地界，但我们要同进退。”

第十四章　大　暑

回到荒地。一阵轰隆隆的声音把我惊醒。我挥手赶去眼睑上的一只苍蝇，拿起手机一看，凌晨 3:35。轰隆隆的声音又来了，震得房子都晃起来。我从瘪着肚子的枕头上翻身起来，爬到炕那头凉快的油毡布上，往窗外看。空空的自动倾卸卡车在红旗路上风驰电掣而过。

就在前一天早上，我坐在这个空荡荡的小屋里，有种与世隔绝的感觉，心想，要是醒来突然失忆了，能猜得出我在哪儿，是怎么到这儿的吗？我会觉得这个地方落后还是美丽？当时我的室友关先生已经开摩托车回来了，他向我宣布："五斤鳝，四斤鱼，不错不错。"我的手机收到一条短信，也是"钓鱼"的："一个月拿到 MBA/MPA 双学位，证书上印有北京地址。价格好商量。联系张老师，电话 18210557248!"在中国，就算是躲到偏僻的乡下，与世隔绝的时间也相当有限。

现在，周六凌晨，还没到四点，一队自动倾卸卡车震动了我们这个小小的农屋。

我拉了下一根塑料线，就是头顶那个光秃秃灯泡的开关。灯没亮。电热烧水壶也启动不了。我下了炕，趿着拖鞋，跑到厨房去开灯。也没反应。荒地晨光熹微，一缕阳光偷偷照进我们的小院。我来到屋外，看到那排向日葵在每一辆大卡车经过的气流冲击下，晕头转向。

我弯腰走过葡萄架，遭遇了那个晒着鱼干周围苍蝇乱飞的大筛子，赶紧躲着走。我的头碰到一张渔网，接着是一个蜘蛛网，睡意朦胧中我走得东倒西歪，也不知道到底甩掉了哪个。一根绳子上吊着钩子，钩子上挂着做鱼饵的水虫子。要是我在这里醒来，失忆了，一定会惊慌失措地想，到底做了什么罪大恶极的事情，居然来到这么个破地方。茅房外面有个三十厘米高的木台子，是防老鼠的。我跨过台子，蹲下来。“别去想坑里可能有老鼠，”我每天早上都这样告诫自己。但还是满脑子全是它们血红的眼睛，在下面闪着凶光，盯着我。

我套上一件兜帽衫，抓了一把雀巢袋装咖啡放在前面的口袋里，出发去三舅家。他那儿能用秸秆点火烧水。我在红旗路上往南，看到一溜大卡车都排到他家门口了。一辆小松牌挖掘机停在荒地村的岔路口。将近两公里的路，经过每一个卡车驾驶舱，我都要背一遍那个单子“美国人，身高一米八六，属鼠”。

“他们在拓宽红旗路，”三舅解释说，然后递给我一只筷子，搅搅咖啡渣，“是东福米业的工程。他们出的钱。我猜啊，是想更方便那些人去温泉。要么就是有大官儿要来啦，他们想给他看看，‘我们的路修得老好啦’。”

“路需要拓宽吗？”

三舅呵呵笑了。“这路本来好着哪。两年前才重新铺了路面儿。我还记得那前儿只是土路，再那前儿吧，特别窄，就是条小路。新的那个牌坊也得拆啦，才刚修起来俩月呢。”

好像是板上钉钉的事情，那天上午，红旗路口那个写着东北富饶之根的牌坊就被拆了。拆下来的残垣断瓦装了满满一卡车，和其他装满土的车子一起，轰隆隆开出了荒地。

挖掘机沿着路边挖出一条三米宽的沟。之前，这本来是个排水沟，但在将近五十米的沟里，也开满了三姨种的虞美人，粉的白的煞是好看。我在三姨屋外找到她，戴着一顶渔夫帽，站在那儿朝操作员大吼大叫。

“东福米业想干啥就干啥，”她说，“通知都不贴一张。我都来不及把我的花儿移走。这花儿是我亲手种的，我自己买的种子，自己育的苗！村儿里谁不知道我的花儿！”

这是实话，这条光秃秃的路上有这么一段色彩缤纷的花圃，已经成了村里的地标。

我们看着挖掘机挖进湿润的黑土地。“很好闻啊。”我说。

“一股土味儿，”三姨纠正我。

她指着远处的起重臂和楼房：“东福觉得大家都想搬，从院子里搬到那儿去。只要同意了，就把你的房子拆了，然后种稻子。我绝对不搬！”

三姨是个党员，过去是村干部。温泉、楼房、道路拓宽这样的发展最让她烦心的是，背后的金主是一家私有企业，不是政府。“都是东福干的，”她说，“是个试点项目，所以国家还拨了一些工程补贴，但管事儿的还是公司。是他们设计的。要把这儿建设成什么‘东北第一村’。牌子你也看到啦。政府想让东福这样的公司带领‘落后’农民做出改变。这就是我们国家现在的方针。”

所有的政治都能涉及私人的层面。三姨又朝那个挖掘机操作员大喊大叫。对方一直躲闪着她凌厉的眼神，专心致志地把一铲土倒进卡车里。那天下午晚些时候，太阳把每一样东西的影子都拉长了，红旗路上工人们斜斜的身影足有五米长。卡车装着一车车碎石，又开了回来。石头被填进开挖出来的沟里，掩埋了三姨那些可怜的花儿。她哭了。

“她真的很爱那些花儿，”三舅和我坐下来吃晚饭，“那是她的爱好。人为什么想待在家里，都是有理由的。她就是因为那些花儿。不过她可以再种嘛。一个星期路就修好啦。”

我正吃着豆腐，差点儿噎着。“一个星期?”

“听说他们要带一大队民工来。肯定是哪个当官儿的要来视察了。”他用同样的语气预报起天气。“某某秘书长要来，局部晴朗；小干部来，可能多云。”

三舅对这些事情表现得很实用主义，或是听天由命。但看着其他老人对中国剧变的反应，总让我心里酸酸的。他们毫无办法，管事儿的人也从来不问他们的意见。三姨是非常爱国的。小时候，那些在她家院子里驻扎的人民解放军对她说过，“我们不会欺负你的。”她还喜欢唱革命歌曲：“没有共产党，就没有新中国。”所以，为什么就没有人来提醒她，先把花儿移栽了呢？

三舅说她的粮食没有被糟蹋，房子也没拆，不过就是一堆花儿嘛。他像平时一样狠狠瞪了我一眼，很认真。

“你瞅啥？我要给你点颜色看看，”我说。

他哼了一声，挺给面子地挤出一个笑容。“你记住，我们每年只有四个月长庄稼。那就是我们十二个月的生计。我在乎的是吃饱肚子，穿暖衣服，不在乎什么破花儿。三姨有退休金拿。还有你，你还有钱给那个关老师交租金，满东北逛去呢。”

三舅之前提过，我不应该给任何人交租金，因为我在学校上课不收钱。

“要是我能住在这儿，也会给你钱的。”

“一家人收什么钱！”

我们沉默地坐着。每到这种时候我的中文就说不利索了。我害怕说错话，让场面变得更难堪。我没跟他一起住，他是不是生气了？他是不是在为钱发愁？他是不是支持道路拓宽工程？是不是跟三姨吵过？

“租金也没多少，”我小心翼翼地说。

三舅说：“别浪费钱。你马上要生孩子了。小孩儿可花钱了。”

“我的中文名字就是卖儿，”我大笑起来，“这事我门儿清。”

“不，你才不知道呢，”三舅严肃地说。

田野间滚过一阵隆隆声，一开始我以为卡车又来了。“打雷呢，”三舅说，意思就是，“快回家吧。”我得走十五分钟回去。我谢过他这顿晚饭，他没说话，只点点头。接着我躲过院子里大叫的京巴狗，从他屋子后面的田里抄小道朝我住的地方走去。

我把这条小路叫做蛙道，一路走过全是蛙鸣，还不断有癞蛤蟆跳到我的小腿上，偶尔还停在我的鞋带上。我嘴里满是一团团小飞虫，就像吞掉一大片浮游生物的鲸鱼。雷声越来越大。施工队已经到红旗路了。黑暗之中我能听到他们的声音，他们一边说话，一边赶在暴雨来临前把碎石铺平。天降大雨时，我刚好走进家门。电还没来，所以我直接上了炕，借着电脑屏幕的光，看起南满铁路的报告。直到电脑电池耗尽，就该睡觉了。

天蒙蒙亮的时候，我被“祝你生日快乐”的曲调吵醒。看着窗外，我发现曲子是一辆洒水车车顶上的喇叭发出来的，边洒水边扫走那些卡车留在路上的垃圾。

我出门晨跑，跑过被雨水冲刷过的道路，经过名叫土城子和黑山的小村落。很多村落的后缀不是村，而是窝棚，来自帝制时代，意思是路边的驿馆，或是猎队扎营处。再跑远一点，松花江附近，就有个下洼窝棚。我花一块钱买了一瓶矿泉水，大口大口地喝。卖水的女人问我：“你家有河没？”

“密西西比河。”

她两眼放光：“挺有名儿的嘿。”

我点点头。接着她脱口说出中国和美国各有多少平方公里。“你们国家稍微大点儿，”她说。

“你咋知道的？”

“我喜欢读书啊。”

我又从她那儿买了个苹果。她开始如数家珍地说出吉林省的各种苹果，接着又说新西兰的，智利的，华盛顿州的。对我来说，所有的苹果都和我尝过的一种味道差不多，我私底下管这种水果叫管闲事大妈：每咬一口，我都会想起荒地村那些七大姑八大姨，带着责备的语气，催我快点让弗朗西斯怀孕，还说要让她多吃苹果。

我开始往店门口退去，但店主还有最后一个问题。

“美国人看到的太阳，和我们这个一样吗？”

“什么？当然啦。只有一个太阳啊。”

“同一个太阳，哈？”她听起来并不信服我的答案。

我继续晨跑，直到路变成土路，越来越窄，只能走拖拉机，最后到了河边。等我跑回荒地，施工队已经到了，穿着宽松的工装裤，汗衫，胶鞋。他们才去吉林市改建了一条路，接着就坐大巴到这儿来了。才一上午的时间，他们就用砂浆混合的石子，修好了一条新的道牙子。

道牙子底部与稻田平行，一直到路基那么高。碎石块和泥土填平了之前那条沟，顺着红旗路，大概五公里长。这一切在一个工作周内就完成了。施工队每天从日出干到天黑，完全靠双手工作：没有电动工具，只有泥铲，铁锹和水平仪。他们在东福米业总部附近临时搭起来的工棚里吃饭睡觉，外面用锡板围了一圈。很多人都会留下来继续修那些公寓楼。

工人们来到三姨门前，三姨拿出几瓶矿泉水，还问有没有谁饿了。他们叫她大娘，有些不好意思地谢绝了她的好意。三姨戴着渔夫帽，身上手织的衣服也打了补丁，放低身段来迫使他们接受。“我只是个普通人……”话一出口，她就滔滔不绝起来。

她一直是我的“总参谋长”。我给她两斤猪肉，她说：“三舅生气了，因为你不像以前那样给他送肉了。他那个老顽固啊，不会告诉你他喜欢肉，不喜欢牛奶，因为猪肉要贵多啦。”（于是我就给三舅送肉去，他又对我视如己出了。）

而三姨呢，让她生气的是别人。

“东福米业想让农民从院子里搬走，搬到新楼里去？那我们就要花钱买暖气和水啦。我们不能自己种菜，得去买啦。连米我们都要自己买来吃！这说不过去啊，”她说。

村里人的房子都是自己的，所以新的房子就算赔偿金了。但房子占的地，没有补偿一说。因为地是村里的，是属于集体的。“理论上，这个还可以哈，搬到楼房里，啥都齐全，”三姨说，“但是万一我就爱守着老房子呢？万一我啥都不想变呢？这公司对我们指手画脚，警察和政府呢，都支持他们。和过去可不一样喽。”

我问：“如果关系到人民的生计，政府不是应该做主吗？这个不是死规定吗?”

三姨表示反对:“我们就说吧,你喜欢你的房子,喜欢这块地,在上面种种菜啥的。你就喜欢现在这样。但他们不允许。因为政府的政策啊,要人人平等,至少每个人要一样的对待。你说现在这样,有啥公平的?”她朝新拓宽的道路挥了挥手,指着她的虞美人曾经绽放的地方。

“人们可以选择是种地还是做其他事情。他们不是一定要做农民。这很公平啊,是不是?”

“你什么农活都不会,真是站着说话不腰疼。”她回敬我。“是啊,是有些人再也不想种地了。但很多人还是想啊,三舅就是。以前集体种地的时候,大家都是互相依靠,因为大家都在一起劳动。现在呢,终于可以各干各的了,东福米业就来掺和了,买地,买房子,把我们村儿都攥在手里。”

三姨是不种地的,但她看东西都很长远。说到发展什么的,她的话也比一般人有哲学意味。

“现在这些变化啊,我都不高兴,”她说,“不过人哪,都不高兴新东西。他们说不高兴,其实是不肯定。没人来解释为啥会有这些变化,没人能想象这对于自个儿家的未来意味着什么。我还记得1952年那前儿,开始‘互助社’,1954年,开始‘农业生产合作社’,然后是1956年,‘高级合作社’。都是土地集体化,让农民而不是地主来掌控土地。那时候大家高兴不?当然不高兴啦!哎呀我的妈呀。吵架啊,抱怨啊。然后怎么样了呢?生产队。然后是大跃进,接着就是大饥荒。每次改变大家都不高兴。但是不高兴的人,也是可以做出改变的。”

美国新大陆,清教徒在普利茅斯忍受了两年的食物短缺后,于1623年废除了公社农业制度。每个家庭各自耕种,耕种所得归自己所有。人们变得比从前更为勤劳,女人和孩子也下地和男人一起干活。殖民地从此再也不知饥荒为何物。

中国在集体化农业方面的尝试持续了将近三十年，直到三姨口中“不高兴的人们”改变了这一现状。

1949年建国后，政府颁布的政策把自耕农纳入了集体。1954年，估计有八十万名地主因为“反革命”罪名被处死，他们的土地被重新分配给农民。在三姨记忆中，土地改革政策的宣布，开始于吃从地主那里收缴来的牛肉和羊肉罐头，那是她第一次吃这两种肉。两年后，中国速战速决废除了土地私有，农民们被编入七十九万个农业集体合作社。三姨怀疑所谓的合作社其实就是地主原有的土地被贴上了新标签。政府把土地结构调整称为“趁热打铁”，以防地主乡绅卷土重来。

那时候荒地已经广泛种植稻米了。我和三姨一起坐在她家炕上，她开始讲述那时候怎么种稻子，接着又跳到另一件事去。“你注意到了吗，《松花江上》那首歌里面，有森林煤矿，大豆高粱，但是没有稻子?”

在这首包含亡国之恨的歌里，记录的不仅仅是日本的侵略，还充满深情地回忆了东北消失的风景。“挺好笑的，”她引吭高歌了一段儿说，“现在没谁种高粱了，种蚕豆的也比大豆多。森林啥的，都快被砍光了。能挖的煤，也没过去多了。”

三姨夫正看电视上的斯诺克比赛，突然转过头来补了一句：“现在这首歌应该唱，石油，玉米和稻子。”

“不过，开这些田是真不容易，”三姨说，又捡起之前的话头，“我们都搭了把手。牵一匹马，拉着雪橇，把土翻一遍，然后穿着木鞋子，把土都踩平。我们在田上走，走过去，走回来；走过去，走回来。土地一弄好，越来越多的人就搬来啦。1955年，俺们村儿就从‘初级社’变成了‘互助社’。都是贫下中农的集体。有长工或是有那么些地的富农不能参加。集体不接受他们啊。要不他们就去接受再教育。”

最后这个词总让我脊背一阵发凉。但三姨的共产主义信仰坚定，一席话里充满着骄傲和自豪。我问她，互助社的互助什么意思。

“你家有匹马，我家劳动力比较多，我们就交换嘛：你的马拉犁翻地，我们家帮你插秧收割。后来就变成人民公社，我们都到食堂吃‘大锅饭’，大家把锄头啊什么的工具都拿到院子里来，谁想用就拿去用。我们把衣柜都捐了出来，给食堂做桌子用。那个时候荒地就成了一个村儿。”

“1956年，”我条件反射般地想起村里那块石头，脱口而出。1958年，中国所有的合作社都变成“人民公社”。这项政策引发了后来的大饥荒，导致成千上万人死亡。中国的官方说法是，饥荒是由自然灾害引起的，因此被称为三年困难时期。

“合作社那前儿吧，自己的口粮都是要上交的，”三姨说，“我们在家里偷偷磨大豆，和大麦混在一起。鬼鬼祟祟的。什么都得是公社的。我们连一分钱都没有。挣的是工分。每天工作完，你都要去评分，记在每家每户的小手册上。其实啊，工分多少都是随便的。根本不是个真正的公社。评分的人挣的工分最多，他的朋友啊，家人啊，挣的也多。你清楚标准吧。如果干苦力，就有人说，‘给他六分吧’。要是真的特别辛苦，十分也能挣，甚至十二分。但是富农顶天也就八分。每天晚上都有人提醒他们，工分少是因为他们过去剥削过人民。我们家就是那样儿的。我爷爷自己走路来到这村儿，一开始靠背粮食挣钱，后来条件稍微好点儿，雇过人帮工。我爸爸呢，就在这儿开过一个粮仓。所以我成分不好。不过，我运气好。原来跟伪满洲国的日本子干过事儿的人才最惨。等到说完工分，大家就坐一块儿吃饭。要是你不干活，或犯了错误，就要扣工分。是这么说的：倒找八分。辛辛苦苦干一年，结果还欠组织八分。”

我说换了我，估计撑不了多久。“你肯定话太多，还说错话，”她拍打着我的胳膊，假意责备道。接着她又切换成“村干部”：“从行政角度讲，我不喜欢工分。这个制度不公平。60年代那前儿，我们已经变成‘高级合作社’，走在实现社会主义的路上了，我们那会儿的村长挺好的。当然他是被调走了，又来了新领导，从头来吧。”

制度没变。在党内要往上走，像美国市长那种努力寻求连任，待在一个岗位上是没什么希望的，要在一个地方干得好，然而一步一步，在仕途之梯上升迁：村到县，县到市，市到省，以此类推。

“我们猪肉太多的时候，”三姨说，“他们也给运出去。”

这话不是什么预言。她的回忆总是围绕食物展开。三姨夫站起来，一边往厨房走，一边叫我留下来吃晚饭。他做了爆炒蒜薹肉，大米饭。“吃吧，”我都吃完三碗饭了，他还在催促我，“你吃得太少啦。你没吃饱。吃，吃，吃。”

1976年，毛主席去世，关于集体农业的梦也随之灰飞烟灭。70年代结束时，农民们分得了少量的个人土地，作为村里集体耕种庄稼的补充。工分制度被废弃了。“但是只要有改变，大家就不高兴!”三姨说，“抱怨嘛，人的天性。但‘大包干’开始的时候，抱怨的人可少了。”

大包干，就是家庭联产承包责任制。这个政策意味着，和那些饥饿的清教徒一样，大家不用再集体务农了。这个变化的诞生，不是在什么部长级会议上，而是在《大地》这部小说的背景，华中的安徽省一个农民的家里。以种植玉米为主的凤阳县小岗村，全村人饥肠辘辘，面对国家要求的缴粮指标更是雪上加霜。村里人挖树根，用盐煮白杨树叶，把树皮烤了磨碎当面粉吃。很多人举家离开茅草顶泥糊墙的家，沿街乞讨。

中学毕业的农民严宏昌，当时是副村长，专门负责农业生产工作。但1978年的秋天那会儿，谈不上什么生产，全村颗粒无收。大饥荒期间，村里的人死了四分之一。“我们知道饿肚子是什么滋味，要死也要换个死法，”严先生后来回忆道。

11月24日晚上，严先生召集村里二十户[①]“当家的”，开了个秘密会议。村里的会计临时充当秘书，从小学生作业本上扯下一张纸，写了一篇七十九字的契约，将公社的土地承包到户，除了按照国家规定上交的部分以外，剩余的全归自己。“如不成，”契约的最后写道，

---

① 普遍的说法是当时签订契约的是十八户。——译者

“我们干部坐牢杀头也甘心，大家社员也保证把我们的孩子养活到十八岁。”农民们签了契约，按上自己的手印。

这就是中国农村改革的开端。

今天，小岗村竖立着一座纪念该契约的大石碑，欢迎来村里参观的游客。但在1979年春天，当地一名官员得知了这件事，大发雷霆，说这群农民“挖社会主义墙脚”，威胁说要严惩他们。严先生以为自己肯定要被送去劳改所了，一大清早就起了床，嘱咐妻子说村民们保证帮他养孩子。然后他走到县委书记的办公室。但领导悄悄对严先生承认说，他知道自从签了这个契约，村里冬季的收成增加了六倍。这位官员告诉严先生，他会保护小岗村和这群农民，只要他们别到处宣扬，也不要把其他人拉入伙。

但村民们不是哑巴，农民之间除了种田还有什么话题呢？很快周边的村落也开始学起小岗村的样子。消息传到省领导的耳朵里，他们也不愿意惩罚这些农民，至少，他们在生产粮食。因此，他们没有把这种放弃集体农业的行为称为反革命，而是表示了支持，说这是“不可逆转的潮流，自发凌驾于曾经的国家限制之上”。

毛主席逝世三年后的北京，在邓小平制定的政策下，中国对外开放，欢迎对外贸易，实现经济自由。然而一开始，邓小平是反对允许“承包到户”的，担心又有人给他贴上“走资派”的标签，“文革”中他就被扣了这顶大帽子。然而，小岗村这场草根运动，却为他下定了决心。通过1978年到1984年颁布的一系列政策，中国正式推广家庭联产承包责任制。每家每户可以分得土地，自己耕种，只要按时定量上交给国家，剩下的归自己所有，可以当做自家口粮，也可以卖，卖价没有限定。全国的公社、大队、生产队分别变成城镇、乡村和屯。

小岗村现在是一个爱国主义教育基地。村里展示了一份农民们当年契约的副本，因为原件丢失了。很多展品都在赞颂大包干的带头人，“大智大勇”的严宏昌和那些敢为人先的农民，以及党的英明支持。但不是每个人都会被华丽的修辞冲昏头脑。“我父亲签那个契约，就是因为饿，”严先生的儿子告诉我，“没什么英雄主义。他没有其他选择。求生是人的本能啊。领导们把大家活下来这事儿拿来宣传庆祝，真奇怪。”

改革没有停止。1984年，家庭承包的地可以签订十五年的租约；1993年延长到三十年。2001年，全国取消粮食统购，粮食价格放开；2006年，农业税被废除。

三姨很支持这些改革。“但是现在这里的人又不高兴了？你说为啥？现在不是地的事儿了，是俺们自己的房子。我不想当东福米业的租客。”

“你有一套公寓啊。”

“但是他们逼我搬的。就是新时代的地主嘛。”

我们站在红旗路边7月的阳光里，看着工人们在她房子上涂上金黄色的厚漆。“有人要来视察。这次他们修路。真好笑。”前面约三百米的地方，就在转弯到三舅家的那条土路前，竖起了临时的路障。我给弗朗西斯打电话，她又教了我一个新词：波特金村。就是英文里的Potemkin village①。

“这么多年，这儿的土地分配，还有咱们怎么种地，都变啦，”三姨说，“但我们的房子没变过。我们一直住在一个地方，没动过。房子本身倒是从泥糊的变成水泥的，也就是这点变了。你妈（我丈母娘）和你媳妇儿都是在三舅那房子里长大的。”

她又开始喋喋不休地抱怨了。要是你不要这房子，搬进了公寓，房子成了集体的一部分。而这个集体呢，会拆了房子，把地租给东福米业去种。这个公司会和你签合同，每年按照你之前耕种的土地面积付租金。“但农民不光是卖米啊，我们还吃米。剩下的秸秆还烧了暖炕。住公寓呢，暖气得出钱买。现在公司说得好听，头三年不用交暖

① 俄国女皇叶卡捷琳娜二世的情夫波特金，官至陆军元帅、俄军总指挥。波特金为了使女皇对他领地的富足有个良好印象，不惜工本，在其必经的路旁建起一批豪华的假村庄。于是，波特金村成了一个世界闻名的、做表面文章和弄虚作假的代号。——译者

气费。就是在迷惑我们。三年后你觉得自己还活着吗？还活着？那就得买暖气啦。我们的菜园子没了，也没法养鸡。我们全靠公司了。我们的家会被拆，根本没法回头啊。”

粉刷匠用滚筒刷着她的家。

“颜色挺好看。”

她没理会我的评价：“我冒出个想法。要是真想知道东福米业的计划，你就去他们那儿，跟老板说你想把公司买下来。看看价格表上有没有包括办公楼、温室和温泉那些东西。打听一下土地的事情：现在有多少已经签了合同，公司到底想要多少地。”

我指了指自己沾满泥巴的双腿，磨损的短裤，穿得很旧的连帽衫和一脸的大胡子。

“但你是个外国人啊，”三姨不以为意地说，“还有，再问问他们，是不是要把村名也改了。能不能改？”

二十分钟前，她的房子还没刷过漆。现在，面对红旗路的那面墙闪烁着崭新的金黄。

中国的农场，没有“典型”之说。农场数量很多，而大小规模、地理位置和农业类型（乳制品、牲畜、农产品、棉花、粮食）丰富多彩，不一而足。中国的人口占全世界的22%，可耕地只占全球的8%。大米、小麦、猪肉、鸡蛋、棉花、水果和蔬菜的总产量都居全球之首。

但新的农业模式很好总结，一言以蔽之：国家正在从家庭承包向农业综合企业转变，脱离乡村，转向公司城镇。

城市化带来挑战，农民的数量减少，但粮食的产量不能减。在发达国家，解决的办法就是规模化生产。现在，中国只有5%的禽类是那种“后院”散养提供的，每年不到两千只。有四分之三的鸡肉来自商业农场，其中很多每年能加工超过十万只禽类。在《大地》里所提到的安徽省，也是包干到户的小岗村所在的安徽省，美国的农商巨擘嘉吉公司（这家公司和阿彻丹尼尔斯米德兰公司，掌控着全世界

80%的粮食贸易）正在修建一个养鸡场，名叫82号。在这里每年将孵化、宰杀和加工六千五百万只鸡。用养鸡场经理的话说，这样的产量“在广大的中国真是微不足道”。但政府将其看做小型农场也可以学习的典范，认为这是朝“高科技、高效率和安全农业”的进步。

如果一批食物来自数百位农民，他们使用的饲料、抗生素或农药质量不同，那么食品安全就很难监测。2013年的一份政府报告中说，有10%的中国大米可能镉超标。这种重金属容易致癌，并引发肺部衰竭。工厂的污水和废物排放，让镉进入水源；但也可能来自过度施加化肥的庄稼：三舅喜欢用的那种肥料，镉在其配料表中。

然而，农村的意义已经远远超越工作地点。在这个房价飞涨的年代，农村人的住房被写入了社会保障政策。年轻的一代也许进城务工，但总是可以再回到乡村。或者，他们可以把孩子送回农村养大，远离乌烟瘴气的城市，就像弗朗西斯被送回荒地一样。

说服上了年纪的农民和他们一家人抛弃这个保障，是中国城市化进程中的难关之一。政府通常会在全国实施改革之前先试点，比如深圳这类经济特区的建立，就是市场经济的试点。接着再把深圳模式扩展至其他大城市。2007年，中央政府在西南地区的四川省进行了两个农村改革试点项目。

第一个项目是建立“农村产权交换”体制，感兴趣的农民可以把土地的使用权转让给某个农业企业，每年收租。这其实就是东福米业目前在荒地全村所做的，背后有中央政府的许可和支持。每家每户的土地将会被统一收编，实现机械化生产，由一个公司管理，而非一个村政府松散地监督着几百户人家的农业活动。

第二个项目允许农村居民“自由进城”，让他们得到过去无法享有的上学、工作、医疗和其他社会服务。从1958年开始，户口登记制度将中国分成了两个阶层：城市的和农村的。经济改革之后，两者间的差异进一步加大。城市居民的收入是农村居民的三倍。城市孩子上高中的概率也是农村孩子的三倍，而上大学的概率是惊人的十一倍。2013年，中国的城市化比率达到了54%，其中仍然被归为农村居民的农民工就占了三分之一。在各个城市中，估计有两点五亿中国人作为“二等公民”生活着。

在四川省的第二个试点项目中，农民仍然享有土地的所有权，但可以把他们在农村的平房换成城里的新公寓，孩子可以在附近上学，生病了可以很快就医。他们过去的房子被拆，原来的土地用来种粮食。把一个一马平川的乡村整合进垂直的公寓楼，不仅能净得千顷农田，还能增加城市人口。这也和东福米业在荒地倡导的事情类似。不过他们修的公寓楼是在村里，不在市中心。

中央政府说，试点的目的是想看看，能否公平公正地让人们离开他们的农村。同时，这也是为了寻找措施，平息对目前制度的异议。

中国禁止地方政府借贷筹资，所以农村是不能发行债券的。于是，他们通常建立开发公司，用村里的土地当抵押品向银行借贷。2013 年，地方借贷总额飙升至三万亿美元，相当于当年国内生产总值的 31%。

土地转让引起的权钱交易和腐败使得抗议四起，平均每天超过五百起。诸如“农村抗议不断，社会动荡隐患”之类的标题纷纷见诸报端。2011 年，华南的渔村乌坎，在秘密的土地转让权钱交易曝光后，三千村民袭击了政府办公室。掌管村里权力四十一年的几位官员，在交易过程中中饱私囊，贪污受贿。

据 2012 年公布的一份全面的全国性调查透露，有 70%的农民对自己的社会经济状况相当不满，其中非法占用土地是最令民怨沸腾的一点。国家政策顾问团的一名农业经济学家把中国贫富差距制造的紧张局势比作内战前夕的西班牙。

四川省成都市政府赞扬了试点工程，称其“首开先河，打破阻碍居民自由流动的长期桎梏；开天辟地，让农民能够在保有土地的前提下进城生活；前无古人，消灭了城市和农村之间教育和医疗上的不平等”。

两周后，试点结束。农村产权交易所被关闭，没人出来解释一句。我打开相关的政府土地管理局网站，只找到一条最近的新闻，说在内部庆祝活动上，干部们朗诵了诗歌，演唱了川剧片段，表演了题为《笑谈土地利用规划》的双簧。接近尾声时，“歌舞《翻身农奴把歌唱》把晚会推向了高潮”。

另一个标题是《扑克比赛圆满结束》。“在二十天进行的六场激烈竞赛中，局里科室的高阳和周穆今以胜利七场的佳绩获得了冠军。”

政府部门默不作声，但民营公司必须公开他们的信息。法律文件和许可证登记都是有案可查的。我坐在房间的炕上，伴随着隔壁屋关先生如雷的鼾声，读着东福米业的信用报告，这是公司必备的卷宗。

除了毁掉三姨的虞美人之外，公司好像挺清白的：没有悬而未决的诉讼，没有环保部门的罚款，没有对不正当经营的举报。各种细节都和农学家刘博士在公司办公室里告诉我的一样：东福米业是2000年成立的，建立者之一是现在荒地村的党支部书记刘延东。一开始只是个大米加工小作坊，设备条件都有限。公司的名字取自最初的创建者之名，后来刘先生从合作伙伴那里把全部产权买了下来。没有其他的股东。他弟弟是公司的总经理。市级、省级和全国报纸上屈指可数的相关新闻报道，也都是正面的。报道里总是提到刘先生的话：“技术上说，我们加工稻米，不种米。我们为种地的农民免费提供种子。选择不种地的人，会有专人帮他们种地，每年收入一万五千五百元。‘我们的座右铭是：稳定的企业＋农民＋科技＝绿色大米’”。

2003年，荒地和周边乡村约两千名农民和东福米业签了合同，把庄稼土地承包给了东福米业。八年后，数量上升到五千一百二十名。

“过去，农田被分为好多片，”刘先生对吉林一家报纸的记者说，“2011年初，村里的代表决定合并农田，同时又保证农民的相关权利。”

刘先生没有提到，他和他弟弟也是村代表，只是着重强调了：“这个决定完全出于自愿，有完备的法律程序，农民们会得到补偿。”

三姨相当不以为然。“有啥人再帮我种花儿不?”她问道，看着正在拓宽中的道路，“你还想让我相信他们说的话，会出好价钱买我的房子？更别说能把咱们村儿管得更好了。我是个退休干部。我知道所有的政策，宣布的啥东西我都听着呢。但我还是不知道是不是必须搬进那些高楼里去。我不是让你去他们那儿说你想买公司吗？你去了没？进去见见老板。他说不定天天泡在温泉里呢。去那儿找找他。”

一个周日的凌晨，4 点 15 分太阳就升起来了。我当时很清醒，有幸看到了日出。整个晚上，运水泥的卡车都把我的窗户震得剧烈摇晃。又没电了。工人们把湿湿的水泥铲到拓宽的道路上，照明用的是汽油发电机供电的聚光灯。

6 点，一个小贩骑着三轮车慢悠悠地经过，高喊着各种各样的面条，还有“海带便宜卖了啊”。7 点，一群人挥舞着柳枝绑在干竹竿上做成的大扫帚，扫过我们门前的车道。关先生还在钓鱼。我条件反射一般地在窗口往回缩了缩，突然觉得自己好像身处一群陌生人中间，是个彻头彻尾的异乡人。

我出去跑了很长一截，到了松花江，却没找到关先生。我往回跑，经过一个叫张家店的小村落。一个男人卖给我一瓶矿泉水，说他上不了网，手机信号也很差。“有当官的要来啦，”他颇有深意地笑着。天气很闷热，要下“车队雨”啦①。

我在红旗路的最北端转了身，朝家里跑去。这段路上，从来没有汽车为我减速。它们总是稍稍转个弯，迅速绝尘而去。但现在，一辆车身漆成迷彩的丰田陆地巡洋舰开过，司机踩了刹车，掉个头朝我这边开来。我心里突然一沉，赶快拿出电话，按了弗朗西斯的快速拨号。我想，这么一来，应该就没那么引人注目了，至少看上去是个忙着聊闲天的哥们。

弗朗西斯还没接电话，司机就摇下了有色玻璃的车窗。此人体壮如牛，剃着平头，戴着飞行员的那种墨镜，堆着肥肉的脖子上戴着很

---

① 此句原文是 Muggy with a chance of motorcade，来源于英语中一个常用说法 Muggy with a chance of showers（天气闷热，可能要下雨）。——译者

粗的金链子。他用中文向我大吼：“不准录像!”

“我在跟我老婆打电话，”我回答。

他的嘴角轻轻抽动了一下。

“那个手机有摄像头吗?”

“没有。我很穷的。你看。”我给他看了看那个基本款的老式手机。

他哼了一声，车窗又摇上去了。陆地巡洋舰风驰电掣而去。

在荒地的岔路口，穿戴整齐的警察拦下来往车辆，不让任何人过马路。我回不了家。只好和村民们一起坐在杂货店里。“只要车队过去了，我们就能走了。”

“谁来啦?”

“温家宝。”国务院总理。

“不对!”一个男人边打麻将边说，“是个将军。”

“听别人说是农业部长。”

“胡锦涛 2006 年来过。”

“是 2007 年，”我纠正道。然后吹嘘我有一次在美国国务院参加为胡锦涛举办的官方午宴。村民们没觉得有啥了不起的。

“他到俺们村儿来过。”

“他吃过俺们的米。”

大家又七嘴八舌说了些头衔和官员名字。到最后也没统一出个答案，谁也不知道那辆开在荒地村的黑色奥迪后座上到底坐着谁。汽车左拐，顺着红旗路上还在晾干的新水泥，飞速而去。

2013 年初，中国发布“一号文件”，说中央政府会“引导农村土地承包经营权有序流转，鼓励和支持承包土地向专业大户、家庭农场、农民合作社流转，发展多种形式的适度规模经营”。

这个国家那些以家庭为单位耕作的小块土地将合并成大块的，交给公司管理经营。农业部长说，“要逐渐将土地转到专业大户手中，发展适度规模经营，这是未来的方向”。

高层官员们预见到了农业的未来。就像荒地村。

第十五章　通往工人村的断桥

随着农业现代化的进程，城市生活也发生了变化。在东北，后者的开端是1990年代，效益不好的国有企业纷纷倒闭。荒地西南约四百公里的沈阳，曾经是中国工业的佼佼者，大家都端着“铁饭碗”，住宅有保障，医疗很方便，孩子上学更是不用发愁。这里曾经有上千家工厂，生产的商品从床垫弹簧到飞机，无所不包。工人们住在国家统一的住宅区，称为工人村。三层的公寓楼，不带电梯，楼前是绿柳掩映的道路，很多名字里都带个“工”字，比如赞工街、强工街、重工街、卫工街。

我还依稀记得21世纪伊始这些地方的没落。落锤破碎机重重地摧毁公寓楼，失业的工人们四处找工作，手里举着牌子列出自己的技能。过去作为交谊厅的工人文化宫被下岗妇女们占据了。其中一个捏捏我的屁股说：“嘿，老毛子！”

“我不是俄国人。”

“你别蒙我了，”她回答，“跟我就说实话呗。跳舞吧。”

她打开通往舞厅的门，里面的音响正放着中音萨克斯吹奏的曲子。这间舞厅没有窗户，黑灯瞎火，我只能从女人头上的发胶味感觉她的存在。“三支舞，十块钱，”她说，“你的手想放在哪儿都行。”

我们没跳舞，在大厅坐了下来，还有六个她的“同事”。这里有一溜公交车站常见的那种橙色塑料椅子。工厂关门了，白天她要去酒店打扫房间。“我有个六岁的儿子。我家那口子也下岗了。所以我们很缺钱。每天晚上我都来跳舞。是区政府组织的。每个顾客进来都要付给他们五元钱。相当于买票嘛。我们挣多挣少都归自己。有总比没有好。一分一厘都有用呢。”

“我干了半年了，但不适合我，”一个女人说。

另一个问道：“现在我还能上哪儿挣钱去？工作没了，没地方去啦。”

“农民为啥还想跑到城里来？”又一个女人开口了，“跟我们比他们太轻松啦。真希望我也有地，永远都能赚钱。”

虽然环境昏暗嘈杂，女人们却开朗快活，说起过去生活有多好，一起大笑，用东北腔互相调笑着：“说啥？”她们都有小孩，在跟我解释铁饭碗丢了的时候，语言简单直白，像是在给孩子讲故事：“坏人”把她们的工作抢走了，总有一天，他们会因为“撒谎”而受到惩罚。

没做成舞伴的那个女人把我领到楼上，那儿是工人文化宫的计算机培训教室，也是漆黑一片。隔壁是美容教室，三个女人，头上箍着发卷，在化妆箱里翻翻找找。英语学校的门前有张桌子，坐着一个男人，他用中文问我干什么。我用英语回答。但他不耐烦地挥挥手，“我听不懂”，他咕哝着。我转过身，他在后面阴阳怪气地喊：“ABCDEFG!”

跳舞的女人们很坦诚，说有时候不止是转转圈。“要是有男人问，我们就把电话号码给他。不过大多数人还是来跳舞的，想跟别人接触一下。他们也过得不容易。”那间黑乎乎的舞厅里，每个人都面目模糊，在里面不用看得太清楚，全凭感觉：一群下岗工人紧紧抓住对方，随着没有歌词的曲子，转圈，迈着舞步。

八年后一个8月末的工作日，我旧地重游，发现大多数工厂都拆了，被豪华公寓楼所代替。但原来的街名没改，所以，现在重工街、卫工街的人们，就住在名叫纳帕名门和亚美利加之类的高层建筑里。

我走进过去的工人文化宫，一群穿戴体面的舞伴正在跳华尔兹，我显然扰了他们的雅兴。穿着制服的保安请我离开：“这里是私人会所。有钱人才来得起。”

附近有一家星巴克，音响里放着切特·贝克的歌。我坐在店里，周围是很有美国风的大地色系装修，真不知道从哪里能看出来我在中国的东北。答案在门口揭晓，我条件反射般地塞了很多纸巾到帽衫口袋里。过去的公共厕所还在街那头，到里面肯定用得上。

工人文化宫变成了一个私人舞厅，过去少帅张学良的银行则成了沈阳金融博物馆，讲述着“钱的故事”。一个展厅里有来自世界各国的纸币——“厄立特里亚人用的是纳克法，”导游背着稿子。小小的壁龛上立着财神像，很多人都跑来跪在前面的垫子上，叩头祈求。最后一间展厅里，很多中国游客停下来看照片，旁边是华尔街公牛雕塑的复制品。还有一尊比尔·盖茨的蜡像，带着微笑。“他就是活财神，”讲解员对我说。

在城市的另一头，日本人设计的广场面对着原来的南满铁路宾馆。就在这座广场上，树立着中国最著名的毛主席雕像，雕像对面是可口可乐与韩泰轮胎的霓虹灯广告。这座伟岸逼真的塑像是“文革”高潮时落成的，毛主席的脚下是一个基座，基座周围围满了昂首向前，挥舞着红旗、扳手和步枪的无产阶级，把佛像和含有帝制色彩的雕塑踩在脚下。大理石基座上贴满了小广告，工作中介，养老院之类的。“找工作吗？”“你老了谁来照顾你？”一对中年夫妻，穿着洗得褪色的衣服，来到广场。他们朝雕塑鞠躬，十指交叠，默默祈祷，然后再次鞠躬，在毛主席脚下放了一束花。夫妇俩告诉我，他们曾经住在工人村，现在是来祈求工作的。圣人般的毛主席雕像伫立着，一言不发。

工人村过去一共有一百五十七栋楼，现在只剩下七栋。这些老公寓楼看上去仍然挺吸引人的，特别是和周围那些平淡无奇的高层比起来。水泥的拱门通向宽敞的楼道，堆满了白菜；大大的窗户外垂着粉色的天竺葵；楼与楼之间的小院里种着土豆和豌豆，开着漂亮的小花；一根根杆子间牵着晾衣绳，大家都趁着阳光好，把毯子拿出来晒一晒。

其中一栋被改成社区的展览馆。这里不是爱国主义教育基地，是个非常不错的博物馆，不是那种用冷冰冰的年月日和死亡人数把历史掩埋，而是让历史鲜活起来。展览的主题是工人村过去的辉煌。有四间按照那时候布置的公寓，重现了50年代、60年代、70年代和80年代这里的日常生活。你看，这里是任先生的卧室。1952年他来到沈阳，在3301厂工作。他的房子里有旋转式电话、气炉、搪瓷脸盆、痰盂、椅套、缝纫机；这是工人村社会主义住房中比较高档的一种。另外在当时的中国比较少见的是，这套公寓里有电灯。

然而，今天，这里停电了。我在黑暗中独自在两层的展览馆游荡，用手机屏幕照明。博物馆每天开放四个小时，只有一个志愿者守着，不收门票。志愿者是个老太太，说这些老式的展品都是邻居们搜集来的：砧板、衣帽架，还有北方孩子常玩的旮旯哈，用猪膝盖上的骨头做成小沙包。每间房墙上的老挂历显示了家庭娱乐活动的演变：黑白电视机（1969），大型手提式录音机（1978），影碟机（1988）。

谷仓里展示了粮票之类的配给券；学校的黑板上用白粉笔写着英语的第一课，“Long Live Chairman Mao!”（毛主席万岁！）其他展厅的墙上刷着几十年前的政治标语，从毛主席的训诫“深挖洞、广积粮、不称霸”到邓小平说的“前事不忘，后事之师”。在手机屏幕的微光下，这些口号仿佛远古时代的洞穴艺术。

和铁饭碗这个概念一样久远的，是分配驻地和工作。三姨的丈夫就经历过。“我从来没当过农民，”我们坐在荒地的炕上，三姨夫对我说，“我是抗美援朝之后被分配到这儿来的。肯定不是我选的啊。我是南方人。但是参了军嘛，派你去哪儿就得去哪儿。”

三姨夫出生于1934年，十六岁参加了解放军。作为一名军人，他是村里唯一不觉得我跑步是浪费时间的。看到我经过红旗路时，他会伸出双臂拍拍手，过于宽大的迷彩外套袖口使劲晃着，为我加油鼓劲。

“我是……1957年分配到这来的——对，1957年。就住在飞机场的一个小木屋里。飞机场是日本人用过的，但是跑道不行了，所以我们重建了一下。还有厨房窗户那儿能看到的燃料库，那时候还在用呢。我们有谷仓和燃料，刚打完仗，农民可能有这些就觉得安全了。可我是当兵的，知道这样就把这儿变成了敌人的打击目标。这边，那时候全是一片荒地。有一些草啊泥巴啊糊起来的小棚屋，你丈母娘就是在那种屋子里长大的，你媳妇儿也住过。没有电，没有水龙头。"

1950年代，沈阳的工人村慢慢成形，而荒地这样的小村庄还是一副19世纪封建社会的样子。那种弗朗西斯小时候住过的老房子现在还剩下一栋，被改成了库房。泥巴和稻草糊的墙壁大块大块地剥落，看痕迹好像多年来一直有驴子在啃似的。没有地板，全是土；内墙和地上被煤烟熏得黑不溜秋；用波浪形锡板搭起来的屋顶上，锈迹斑斑。在中国那些面貌一新的大城市，我经常遇到怀念老房子的人，但在乡村，这样的人一个也没有。看看眼前这样的棚屋，有什么值得怀念的呢?

"我刚到这儿的时候，没有稻田，"三姨夫继续讲着。"这一片儿全是高粱。我在部队那会儿，吃了老多高粱。难吃死了。粉粉的，没啥味道。不像大米有香味儿。"

他来的时候，荒地的稻田才刚刚开始。"那前儿还没有红旗路呢；这外边儿啊全是种的大米。出去都是绕着田埂走。有时候脚下一滑，就跌到田里去了。我很不高兴，我们住在田里，不是村里。我也不喜欢冬天。其实现在还没习惯呢。头一年我手上和鼻子上都生了冻疮。那前儿也是一直挨饿啊。这里有野鸡野兔，我就跑出来打野鸡。那前儿年轻嘛，身体好，所以就派我去打。鸡没路可逃了，就把头塞进雪里。这样就完事儿了。"

他停顿了一下，斜过身子看我的豆奶喝了多少。"我给你倒点儿热水，"他慢慢起身，挪到窗边的热水瓶那儿。是那种老式的搪瓷热水瓶，瓶塞拔出来的时候会发出令人满足的蹦跶一声，袅袅的热气飘散出来。

三姨夫讲话慢悠悠的，声音也很柔和。三姨出去买东西了，也没人打断他。他跟我讲起第一次遇到美国人的经历。

"我老家在长江以南，那个村叫梁山村。在南京的西南边。老小了。但是1943年日本鬼子还是打过去了……也可能是1944年。不对，肯定是1943年。我那时候还小，鬼子把全村都烧光了。嗯，东北的鬼子要好些。不敢说他们就是好人，但是他们需要中国人给伪满洲国做工啊。在南方他们对中国人就是'三光政策'：烧光、杀光、抢光。我那时候还在上小学。"

他喝了一口热气腾腾的豆奶。

"就是那前儿第一次见的美国人。1945年仗打完了，一些美国人跑来我们村帮忙重建。他们开着拖拉机来的。"他回忆着，大大的棕色眼睛睁得更开了。"不说我都差不多忘了。1949年共产党解放了我们村。第二年10月我就参加了志愿军，那时候抗美援朝已经开始了。我们学校每个男的都参军了。我们村一共出了九十六个志愿兵。都是十四岁到十六岁之间的。"

十六岁的三姨夫第一次离开家，坐着空军后勤的火车到了北京。

"1950年快过完，我们到了边界，就是鸭绿江边的那个丹东。他们给我们发了枪，军装有一件穿一件。我拿到的那件就特别大。"

现在也很大。不过三姨夫太瘦了，穿什么衣服都显大。

他记得在朝鲜，白天在洞穴里扎营休息，晚上趁着夜色行军。"跨过边界之后，就看到美国飞机在天上到处飞啊。说实在的我也不知道我在哪儿。打仗的时候，按上面说的做，活下来就谢天谢地了。我们队里也有朝鲜人。他们以前在东北抗日。解放战争的时候志愿加入了共产党。那前儿谁知到苏联想让中国帮他们打美国啊：斯大林怕美国呢！打完仗了我才知道，村里九十六个参军的，只有六个活了下来。我就活下来了。运气好。这就完事儿了。"

1953年战争结束，三姨夫被分配到沈阳。"我认识你三姨的领导，他把我介绍给她的。然后我们就结婚了。"

我问他俩是不是一见钟情。

"嗯呢，"他淡淡地应了一句，在东北话里表示"是啊"。我被他的坦白暗暗惊了一下。"男人都这样，遇到想结婚的女人就会这样。

不过女人好像不是这样吧。”

三姨一家住在荒地。所以 1957 年，三姨夫就从沈阳调动到这边的飞机场。“土改完了，地都被分给了农民。不过我刚也说过，当时还没多少地呢。‘文化大革命’开始的时候，红卫兵来破四旧，结果根本没啥可破的。但我们家，我媳妇儿，还有三舅，过得都不好，因为他们的长辈被划成了‘富农’。我是当兵的，所以红卫兵没管我。他们朝别人大吼大叫，我只要站在那儿就行。但是他们太凶了。我们都不认识他们。他们是城里来的，就跟侵略一样嘛。你肯定都没法想，这些不认识的人闯到村里来，对着一个人大吼大叫。我根本不懂他们在做啥。我是当兵的，觉得这完全不符合纪律嘛!”

我问军队里有没有说要给红卫兵一点颜色看看。在朝鲜战场刀头舔血活着回来的士兵们会不会想把这些完全不知革命为何物的小屁孩一把推到田里去。三姨夫笑了：“现在这么问好像很有道理。但那前儿大家都是跟着命令走嘛。军队是，农民也是。他们在合作社、人民公社，都是听上头的命令。我们就和工人差不多，等着上头下指示，指挥我们做啥就做啥。”

1976 年 9 月 9 日的凌晨，毛主席逝世了。“孤店子有家商店有电视，全村人都跑那儿去了。你想想，我们都围在那儿，想看一眼。大伙儿都哭了，然后有人累了，就走了，后面的人又挤上来。就等着有人哭累了，走开，你才能往前走，看电视清楚些，”他说，“我是真的伤心啊。三天三夜，大伙儿都在默哀。真的都不出声。那年周恩来去世了；接着朱德也去世了。但那时候我哭不出来了，就算是他创建了解放军。”

那个年代，那些场面，都在三姨夫的话语中，他一张照片都拿不出来：长江以南他的老家，他的父母，同学，战友，朝鲜的军营，飞机场的小木屋，或是这房子的修建场面。“那时候没谁拍照片儿啊，”他摊了摊手，轻描淡写地说，“到 1956 年，他们才在这儿开始统计，进行普查什么的。那时候荒地才变成一个村嘛，有了村委会。那之前啥记录都没有。咱们村儿的正式记录就是从 1956 年开始的。反正我知道的就这么多。我是第二年才来的。”

热水瓶塞又蹦跶一声，三姨夫小心地把热水倒进我碗里。我很好奇，抗美援朝的时候，三姨夫有没有近距离地看过美国人。他撇了撇嘴：“我忘了告诉你！美国炸丹东那个桥的时候，我也在场。”

丹东的名字，可以理解为“东边的牡丹”；我妻子的中文名字就是丹，因为出生那天晚上，她叔叔刚好从那个鸭绿江边的小城市归来。我觉得这样取名字对小孩挺不负责任的，就像你用法戈（Fargo）这么傻的名字叫你的孩子。但三姨夫说，这样一来，就把弗朗西斯的降生和那趟旅程联系在了一起，是冥冥中自有天数：“等你生了孩儿，从这个地方的名字里拿一个字，给他取名。”

“荒还是地?”

他咯咯笑起来：“这个你不用问我。”

三姨夫说，打仗那会儿他最害怕的时候就是在丹东那座桥边。“司令说我们要跨过那座桥，去朝鲜，”他回忆着，“但是那场仗打得太狠了，我都没法想象怎么去。”

今天，你还能站在那场战斗的遗迹上。那座桥变成了一个爱国主义教育基地，但比丹东山上的那座博物馆还要冷清。走到博物馆的门口，每个人都能听到那首朗朗上口的《打败美帝野心狼》①。展览的解说告诉参观者，中国士兵“爱惜着属于朝鲜人民的山山水水，一草一木”，同时击退了“美帝国主义及其走狗的疯狂进攻”。抗美援朝纪念馆可不太有利于促进中美两国人民的友谊啊。

不过丹东江边那些沾沾自喜的中国人也无益于中朝两国人民的友谊。从早到晚，每半个小时，游轮就会突突地开到鸭绿江中，让挤在栏杆上的游客拍一拍对面的朝鲜城市新义州。那儿有生锈的船，穿着破旧上衣的渔夫，一个男人骑在旧自行车上。中国的游客七嘴八舌：

“看他们多落后啊！太穷了！”

“‘文革’的时候中国也这样。”

---

① 即《中国人民志愿军战歌》，“雄赳赳，气昂昂，跨过鸭绿江……”——译者

“听说他们现在还要用粮票呢。”

“他们肯定觉得我们已经背叛共产主义了。但肯定也很羡慕我们发展得这么好。”

仅仅一代人之前，很多中国城市也是这么一副死气沉沉的样子。游轮转了个大弯，我们看到朝鲜人每天面对的地方：起重机在修着高楼大厦，广告牌上宣传着银行的服务。熙熙攘攘的江边步道上有一排望远镜。人们可以付钱远眺对面空空荡荡的江岸。

他们还能看到一座黑色的钢铁桥，在江中间断掉了。这座桥于1911年修建，是一座铁路桥，曾经将日本人控制的朝鲜和东北连接在一起。

现在游客可以在上面走四百五十米左右，来到江中位置的一个观景码头，桥断了。只有四个水泥桥墩，像一条圆点连成的线，通往那边的江岸。游客们在一枚假炸弹旁摆姿势照相，一块石碑上写着，从1950年11月8日到11月14日，美国空军多次派出数百架B-29型轰炸机对鸭绿江大桥狂轰滥炸。故事完了。

但三姨夫说，他最害怕的就是那个时候。

1950年末，战争似乎就要结束了。朝鲜军队被赶出了首尔，退回三八线以北；美军占领了平壤，朝鲜的空军全线崩溃。美军总指挥麦克阿瑟将军在东京的指挥部宣布，他的军队可以回美国过圣诞节了。虽然战略情报局报告中国军队正在往鸭绿江边行进，麦克阿瑟却言之凿凿，中国不可能跨过鸭绿江。共产党刚刚打赢内战，全国民生凋敝，经济崩溃。共产党军队甚至不会立即打去台湾，更别说和美军作战了。

而毛主席注意到二战之后美国的手越伸越长，从柏林到东京，现在伸到朝鲜来了。中国能出动相当于联合国军四倍的兵力，几乎是完全保密进行的。1950年10月，士兵们昼伏夜行。十六岁的三姨夫就属于两侧包抄美军第八军的十二万志愿军。另外还有九万人在增援路上。

与此同时，麦克阿瑟向华盛顿报告："打败朝鲜人及其军队，胜局已定。"事实上，战争还要再持续二十个月。

直到 1950 年 11 月，联合国军都在"有节制"地进攻，指挥官下令说："别靠近东北和苏联的边界。"美国海军的飞行员从黄海的航空母舰上起飞，但不能攻击苏制米格战斗机中的中国飞行员或是边界上的高射炮。这样的命令催生了一条"米格走廊"，就是鸭绿江沿线上空的一块区域，美军飞行员在这里进行着永远没有结果的猫鼠游戏。中国飞行员从丹东的机场起飞，爬升到九千多米的高空，冲美军飞机开火，再俯冲过鸭绿江，回到安全地带。他们的攻击目标中有个年轻的少尉，叫尼尔·阿姆斯特朗。那时他还没在月球上跨出"个人的一小步，人类的一大步"，阿姆斯特朗在朝鲜上空被打了下来，躲过了被俘的命运，之后又奉命执行了七十八次战斗任务。二十二岁他离开海军，成为一名试飞员。

麦克阿瑟催促杜鲁门总统，批准飞行员们在鸭绿江上空一路追击。但杜鲁门怕这会引发中国参战，于是禁止在边境周围八公里的地方发动任何空袭。

麦克阿瑟在回忆录中写道，这些限制让他感到"万分震惊，无法用语言描述"。他对自己的参谋长说："战争史上第一次，一名司令被限制不得使用他的军事力量去拯救他的士兵并保证军队的安全。"

麦克阿瑟威胁说要请辞，但杜鲁门当时焦头烂额，麦卡锡主义甚嚣尘上，很多人批评他"把中国拱手让给了红色势力"；民主党在国会选举中败局已定。他最终同意放松一些限制，允许麦克阿瑟轰炸鸭绿江边的新义州，当时金日成政府就在那里避难。麦克阿瑟要求炸掉连接中朝两国的大桥，杜鲁门命令说，只能炸朝鲜这一边。

不难想象麦克阿瑟读到电报时咬牙切齿的表情。高层指挥中的很多人身经百战，其中包括奥尔马·布拉德利将军，二战时曾在欧洲战场指挥盟军。他们难道忘了，从空中炸平一座桥有多难。桥面挺容易炸掉，但也很容易换新。即便没什么抵抗，要炸掉一座桥，飞机也必须超低空飞行，找准位置再把炸弹扔下去。另外，因为美国"不想在错误的时间，错误的地点与错误的敌人进行错误的战争”，布拉德利将军和所有的高层指挥官命令，鸭绿江的空袭任务可以进行，但美国飞行员只能在垂直位置进行轰炸，不能按照通常更快速高效的办法，沿着大桥的轴线排成一列扔炸弹。

飞行员们不得不飞进中国军队高射炮的狂轰滥炸中，试图轰炸大桥。在飞行任务开始前的短会上，一名海军上将告诉手下的士兵："我们海军飞行员接受了一项最困难的任务。美国政府命令，无论对方如何，我不能侵犯中国东北的领空，不能攻击他们的领土。如果攻击，很有可能引发第三次世界大战。"

11 月 8 日，美军的 B-29 战斗机用凝固汽油弹和燃烧弹炸平了新义州 60%的地区。另外十六座城市也被战火殃及。"十天内，朝鲜全境将会被全部扫清，"麦克阿瑟承诺说，"不幸的是，这里将会成为一片荒漠。"

在这场历史上首次全喷射机组成的空战中，中国飞机拦截了瞄准鸭绿江大桥的美军战机。值得一提的是，双方没有一位飞行员被击落，也没有桥被炸毁。

第二天，美军再次发起进攻，美洲豹战斗机往桥上扔炸弹，螺旋桨带动的海盗攻击机进行掩护，朝中方的高射炮开火。在八千多米的空中，穿过无情的高射炮夹击，"我们来了个高角度攻击，大概是七十度俯冲，"一名飞行员回忆道，"我还记得当时冲着目标去的时候，我把机轮放了下来。驾驶海盗攻击机进行高角度俯冲时，这样做可以帮你控制速度，否则提速太快，根本没法控制飞机的襟翼。起落架就是专门用来应对高速飞行时突然直接俯冲的。"

大桥依然挺立。

此时美国刚刚结束 1950 年国会选举，亨利·杜鲁门登上总统游艇。当时的他喝得醉醺醺（喝了波旁酒），"显得十分沮丧"，他的官方传记中写道，"旁人从未见过他如此消沉。"那个星期的早些时候，他遭到波多黎各的分裂主义分子刺杀，险些丧命；现在国会选举的结果又雪上加霜：对手共和党在参议院赢得五个席位，在众议院赢得二十八个席位。

第二天，杜鲁门总统没能如约和高层指挥官们开会（他的回忆录只写了一句，说他“无法”参加）。会议上，指挥官们一致认为，麦克阿瑟想要和中国全面开战。他们偏向于用政治途径解决朝鲜问题，比如英国提议的，让联合国军撤出，南北朝鲜继续以三八线为界，分而治之。布拉德利将军后来写道，那时候他们应该反对麦克阿瑟的。“我们阅读材料，我们坐下讨论，我们思量再三，然而很遗憾，我们达成了大错特错的结论和决定。我们任由麦克阿瑟对形势错得离谱的判断和激昂雄辩的慷慨陈词蒙蔽我们的心智，同时我们自己心里也怀抱着不切实际的希望。”

去年 10 月在复活岛面见杜鲁门时，麦克阿瑟拒绝向他问好。但总统没有责怪他，只是写道：“自己选的人，无论怎样都要支持他。”同时，麦克阿瑟还给众议院共和党领袖写信，批评杜鲁门在战争期间的表现，说他没有理会自己利用台湾的国民党军队在中国开辟第二前线的建议。现在，就算是中国军队意识到美国人不会进入他们的领土，麦克阿瑟也不会叫停鸭绿江大桥上的攻击行动。中国军队甚至都懒得伪装他们的高射炮。

美国飞行员驾驶飞机直冲而来，在桥上低低地飞行着，接着控制机身，倾斜得厉害，免得进入中国领空。

炸毁大桥的努力仍在继续，高射炮不断开火，风速每小时一百五十三公里。在相继出动六百架次飞机后，鸭绿江的“朝鲜段”于 1950 年 11 月 14 日轰然崩塌。

五天后，江面封冻。

三姨夫在内的中国军队行军冰面，来到对岸参战。对于麦克阿瑟来说，“本是胜利的美酒，此时却变成酸楚的浓醋”。双方还要再打小两年，但麦克阿瑟没有等到最后一刻：1951 年 4 月，杜鲁门以不服从命令为由将麦克阿瑟撤职。停火协议将朝鲜半岛分为三八线南北。这场战争巩固了毛主席在党内和中国的威望，但也夺走了毛家长子的生命。就在那年 11 月，这个二十八岁的小伙被一架南非飞机投下的凝固汽油弹击中，死于空袭之中。

我去的那天傍晚，太阳西沉，一群韩国游客拿着雨伞，挤在鸭绿江大桥的断裂处，离封禁的对岸不到五百米。我远远地站着，想象着飞机放下起落架，以七十度角俯冲，躲避着敌方战斗机的炮火。两边的江岸上，高射炮无情开火。江水不断溅起。雷鸣般的爆炸声响彻云霄。游客们靠在一个扭曲的钢铁栏杆上，旁边就是那块石碑，上面简单地写着：公元 1950 年 11 月 8 日到 11 月 14 日，美国空军多次派出数百架 B－29 型轰炸机对鸭绿江大桥狂轰滥炸。

第十六章　立　秋

8月的荒地绿意深浓。稻子长高了，几乎快到我的臀部。越来越高的草垛都快遮住田里的水了。沿着红旗路一路走，感觉像穿过长毛绒毯子，里面藏着好多青蛙，兴奋的呱呱声从稻田的四面八方传来。

节气正值立秋，三舅说，这是稻农们压力最大的时候。还有三十天就得收稻了，他走在自己的田里，看有没有那种钻石形状的黄色病变斑，是稻瘟病引起的。从前，这是最致命的农作物病菌，一旦染上，一整株性命难保。“一直很让人头疼，”三舅说，“但是生长季到四分之三的时候，总是会出现。”

他仔细检查着每一株稻子。毛茸茸的外皮不断破碎，像打湿的粉笔一碰就裂。“还有一个月，”他说。他把灌溉渠里长的野草扯掉，解释说很快他就会抽走点水，好让稻子的根部更有力。“现在白天天气热，晚上天冷。等白天也凉快儿了，就能收了。”

我注意到他从没说过什么“老天爷保佑”的话。

“迷信没嘛用，”他说，“干活才行啊。”

但每天，他家里供的神农像前，都会摆上新鲜的水果。雕像光着头，留着长长的胡子，代表着中国农业的始祖。

“那不是迷信，”三舅严肃地说，“那是传统。”

关先生和我住的家里什么神像都没有。没有挂钟、闹钟、电视或收音机。这是我住过的最安静的地方：我的手机铃声经常会把自己吓一跳，我大喊起来的时候，关先生总觉得很好笑。于是我就把手机设置成静音了。

我每天跑步的来回总长延长到十六公里，十九公里，最终达到二十二公里。和一路上的村落相比，荒地显得很有生气也很规整。上次官员视察后，留下了外墙刷成金黄色的房子，拓宽的红旗路上干净的水泥路面以及太阳能发电的街灯。这种街灯在这一片还是头一次安装，人们说这是好东西，但其实村民们日落之后都不怎么出来了。因为日落而息，他们要待在家里，吃晚饭，看电视，然后上床睡觉。三姨看了一眼每个灯杆上装饰的红蓝色旗布。上面宣传着大荒地米和神农温泉。

“这条路是东福米业出的钱，现在变成他们的广告牌儿了，”她说，“应该写限速多少多少公里啊，我们真正需要的是这个啊。”这话说得在理。改建后的红旗路看上去就像个跑道。汽车在上面飞驰而过，好像下一秒就要起飞似的。这对骑自行车的人和步行的人都不安全，我也被迫把跑步路线改到北边一点的土路上了。

有人在几根灯杆上涂写了一些赞颂法轮功的话。1999 年，政府宣布法轮功是邪教，彻底取缔了该组织。然而在荒地，仍有人用油漆大字宣称其“好”。这是我在村里唯一见过的涂鸦，很快又出现在其他灯杆上。高铁轨道上方凌空架起一座新桥，在通往桥上的阶梯上也喷着这些涂鸦。

灯杆上还贴着一张通知：东福米业在招聘二十五岁到四十五岁的男性，去大米抛光车间工作，主要负责装卸稻米，操作机器。关先生得到了这份工作，每天 8 点开始轮班。他很高兴，因为上班前还可以去钓鱼。他说，这样就有两份收入了。东福米业好。

拓宽红旗路的时候，路边的水曲柳都被砍掉了。公司又种上了树苗。虽然新的路基和三姨家的距离变窄了，她还是满意地看到，又有地方可以重新种虞美人了。“我 9 月份播种，”她说，“春天就发芽了。虞美人很好养活。它们都是自己传播种子的，所以几小袋种子就能种满整条路了。我会种点儿粉的，再种点儿橙的。”她指着房子黄色的墙前的那块区域，说种下的花儿就会在这里开放。我怀疑除了诗人济慈（“穿过虞美人摇曳花茎的微风，如此柔和平静地走进我的灵魂中”），再也没有谁像三姨这么热爱和重视虞美人了。“老漂亮啦，优雅得很，不像向日葵，”三姨做了个鬼脸，“向日葵是用来产葵瓜子的。虞美人么就是花嘛。”

“可以产鸦片啊。”①

“胡说！那是犯法的！林则徐虎门销烟，把鸦片都扔水里了。”我们又像通常对话时那样，这次是回到两百多年前，在那个遥远的南方码头的一起历史事件。每次一搭上三姨的“思维列车”，我就觉得时间旅行简直是身临其境。在游历第一次鸦片战争一圈之后，我们回到荒地。“看着这些虞美人，你就忍不住微笑。这样的花儿可不多。”她边说边看着那大片大片的稻田，畅通无阻地延伸到远处树林茂密的山脚下。她不认同我的品味，说这不是风景。“是粮食。”

我在家门前的车道往右转，走了十五分钟，穿过大片稻田和东福米业新的大米抛光车间。仓库的外墙是金属做的，面对着一个大广告牌，广告牌上是一排排整齐的楼房，以及一排大字：人人一条心，建设新乡村。起重臂和几十个农民工也参与其中。我经过他们的临时工棚，往右转，沿着一条窄窄的小径向下跑，我记得大陆的尽头是一片水田。沿路全是一排排蓝色锡板，就是那种围在建筑工地外面的，完全遮盖了那些被荒弃的泥墙小屋。和城市里的建筑不一样，农村里没有什么房子会因为历史悠久而升值。工具生锈，野草疯长，路面下陷，屋顶垮塌。大自然，总是赢家。

一条小河里堆满了垃圾，散发着恶臭，河上有一座单车道的桥，上面竖着另一块广告牌：奉士河清淤工程。旁边的效果图显示，河两边的人行道拓宽了，种了柳树，十分惬意。我看看牌子两边，还是臭烘烘的枯河。回到牌子上，只见清澈见底的河水。牌子两边：粪便垃圾堆在一块；再回到牌子上：河面盛开着美丽的莲花。啊，我又进行了一次时间旅行。

---

① 虞美人在花形上和罂粟花十分相近。——译者

公寓楼已经粗具规模。四层的楼房，没有电梯，外墙上刷着钢铁灰的新漆。但车道没有修好，泥泞一片。楼里也还没有通电。楼房看上去还不错，可以和吉林市甚至是北京的新楼相比。墙上贴着一张通知，说这是第一期，东福米业花了近一千五百万元，修了六百套公寓，希望广大村民踊跃入住。

但是和荒地典型的农舍相比，公寓就显得有点拥挤。从窄窄的窗户看出去，没有延伸至山脚的田野，只能和其他的公寓楼面面相觑。乡下的房子一般朝南的那堵墙都会开大窗户。然而，公寓楼的天花板低矮，光线昏暗。承重墙把本来就不宽裕的空间分隔成更小的房间，不像在农舍，大大的房间，生活起居都在炕上。公寓里没有炕，只有中央供暖。

楼梯也是大问题。就连底楼的公寓也得上几级台阶才能进。老人会不方便，特别是冬天。另外，住这么高，他们再也没法接地气了。

在建的有一个老年活动中心，还有一个停车场和健身场地。这个开发项目背后是东福米业第一个住房修建工程。那是一排平房，仿照了传统的农舍设计，有院子和晒稻谷的地方。村长说要把他的房子租给我时，我一时间有点难以接受，觉得就是个没有灵魂和生气的水泥块。但和新的公寓相比，算是实用亲切的了。

关先生听了我的实地考察说："我喜欢新房子。盼着搬进去啊。"他已经签了协议。"为什么你会觉得这房子这么破?"他问。"因为我不会再花钱装修了，他们要拆了种地的。"

"什么时候?"

"他们会说的。"他看见我的脸色一下黯淡下来，补了句，"别担心。要是你的租约还没到期就得搬走，你可以跟我一起住楼房呢。"

他们家也同意把原来的土地承包给东福米业，选择每年拿租金。关先生是东福米业的全力支持者：东福米业种他的地，用公寓来换他的农舍，让他在抛光车间工作并付他薪水。他给我展示过自己的工服：红色的帆布外套，左胸上绣着公司的名字。很快，这种衣服就要在荒地无处不在了，就像当年蓝色的毛式中山装风行中国一样。现在，只有三舅那一辈还在穿。

“很快你就会去温泉度周末了，”我打趣关先生。

“我×！”他爆了句粗口。“那地儿我从来没去过。那是有钱人去的。”

“一开始大家都那么说。但是一旦去了，就会上瘾哦。”

关先生说，比温泉更能让道德腐坏的，是街角那家店里每晚的麻将活动。要钓鱼，就得早点睡觉，没法去搓麻将。但是第二天能听到输赢的情况。“特别容易上瘾，”他说，“不仅仅是想赢，还想打败那种你特别看不顺眼的人。”

看不顺眼的原因，可能是钱、家庭关系、工作矛盾或是其他各种各样的纠纷，要么就是听谁说了上述谣言，或是传了不该传的话。村里没有秘密。“我妹妹现在就不爱到这儿来，”他说，“谁看不出来啊？大家都在议论她。她没结婚，搬到城里去了，她原来的房间里住着个外国人。”我哈哈大笑，他看着我，又说：“你可千万别跟别人说你给我们的房租多少，行吗？我们跟他们说是帮你的忙，因为你亲戚也是咱村里人，但他们没有多余的房子给你住，而且你在学校免费教书。别人不知道我们还收你的房租。要是知道了，唾沫星子可得把我们淹死。”

他说，对他而言，就算村民们觉得我和他妹妹“有一腿”，也比知道我是个租客来得更好。

“他们会这么说？”

“不不不，”他条件反射般地否认，“只是可能。”他很快把话题转移到钓鱼上。

那个周末，行驶在荒地的卡车又在天亮前把我吵醒了。没电了。“他们在修红旗路，”关先生解释说。

“不是刚修过吗。”

“可能要再拓宽一点吧。”

我赶上了前往吉林市的早班公交车，排队买了票，登上开往机场的高铁，去赶飞机。我要飞到弗朗西斯身边去。这是个冲动的决定。

我需要找个人说说话，我需要永远充满前进的势头，一路进行有中国特色的“拥挤障碍赛”：往前挤，挤到队伍前边儿去！别留空位，补上去！别往那边儿看！我终于离开售票处，过了安检，上电梯，走舷梯，进了飞机。飞机起飞，我看着窗外，寻找荒地村，但从这么远的地方看，所有的村庄都一模一样。

接下来的那一周，三姨在红旗路上大发雷霆。

“你看看，你看看，你在香港的时候，东福都干了些啥！我本来想在那儿种花儿的！”她满脸愤怒和轻蔑地指着一溜绿色的草皮。一缕灰白的头发从她的毡帽下跑了出来，垂在她晒黑的脸颊边。“现在我得等到这些草都死了。或者干脆直接挖起来，种我的花得了。他们肯定得知道是我干的。但这是村里的地啊，不是他们的地！你看看，你看看！”

我们盯着荒地村的第一块草坪，默默无语。

这是一场典型的中国式对话，三姨先询问了我去看弗朗西斯的情况。“她怀上了吗？还没呢？”接着才说出坏消息，“呃，三舅中风了。”

不是很严重，她说，现在他在家休息。“别去打扰他，”三姨建议，“他很不高兴的。很少生病嘛，别说这么重的病了。明天早上他要去诊所打吊瓶。你去那儿陪他坐坐。”

早上6点，我跑了将近两公里到三舅家，结果发现他骑自行车去诊所了。我又跑去诊所。年轻的护士穿着洗得白亮的护士服，问了我那些常规问题——美国人，属鼠，身高一米八六——我一边回答，一边在走廊里找着三舅。

他躺在一间病房里，一共有四张病床，都躺着人，连着输液管。天花板上一个吊扇，推着空气阻力懒洋洋地转动着，面对村里街道的纱窗外，苍蝇嗡嗡着想闯进来。卡车按着喇叭开了过来，扬起一阵尘土，飘进屋里。生理盐水的袋子空了，病人用尽力气嘶吼着：“换药！”

我问了声好，拍了拍三舅的胳膊，他眼睛一亮。中国的家人之间是不习惯拥抱的，就算另一方经历了中风。

“没事儿，”三舅说，我问到底怎么回事，“啥事儿没有。”在田里检查稻瘟的时候，他突然觉得不对劲儿。左手两根手指麻了。“我本来希望只是抽筋，”他说。但还是继续麻着，没有感觉。他独自走了近两公里的路，来到诊所。分诊的护士了解这种症状，找来医生。一架救护车把他送到吉林市的一家医院，做了 CT 扫描和进一步的检查。看上去没有什么后遗症，但现在每周还是要来医院三次，打个吊瓶。三舅不知道输的什么药。“没事没事，”他连声说着。

有个手上缠着绷带，脖子上挂着白纱布的男人问我去哪儿了。另一个男人把吊瓶举到自己缝着针的眉毛那儿看了看，吼道：“换药！”穿着笔挺白护士服的护士走进来说：“美国人看咱们诊所，是不是觉得老寒酸啊。”我很真诚地说，诊所看起来设备齐全，员工都很负责，而且是个农民也看得起病的地方。但没人相信我说的是真心话。

我在想，三舅的医药费是多少；一屋子的人，我怎么才能让他知道，别担心钱的事儿呢？

在中国，付钱不是一笔财务上的转账那么简单。就算在餐馆吃饭，付账的时候双方甚至多方也可能在饭桌上大争大抢，高潮是某人一把夺过账单，抢先冲到柜台，扔下钱就走。付钱，是尊重对方的表现，也是在“人情银行”里存上一笔，以此搞好互相间的关系。作为一个老外，我在这个银行里是没法开户存钱的。这间房里的每个人和三舅都认识了大半辈子。他和他们一起走过生命中六十年的岁月。我们通过婚姻成了家人，但在这样的情况下，我只是个外人。

我在前台询问了医药费，回答说已经付清了。那天吃午饭的时候，三舅的表亲，在村里开饺子店的，向我转述，三舅取消了我们每周一次的晚饭。“他让我告诉你，不太方便。”

“我跟他说过了，不用做饭。我去他最喜欢的韩国烤肉店买了外卖带给他。”

“不方便。”

为什么？跟钱有关吗，或是面子，还是我开了什么玩笑，或是诊所的人嚼了什么舌头？我有点儿懵圈儿。心想，三舅还不如像平时那样叫我一声傻瓜，直截了当地说出我错在哪儿了。

我很小心地对三姨说起这件事。她咯咯一声："大伙儿都叫三舅'鳅子'，心思啊特别难捉摸，一直都这样。他这外号起了几十年了。"

我以前从来没听过。

"你根本不知道他到底咋了，"她说，"你就去吃晚饭嘛，假装啥事儿没有。"

他下一次去打吊瓶的时候，我一直陪着他，对护士大拍马屁，逗病房里的人笑。然后按照三姨的指示，按时去吃晚饭，提着桃子、猪肉、坚果和菊花茶。什么解释也没有，但那晚和我共进晚餐的三舅精神矍铄，亲切慈爱，咂巴着嘴，用力嚼着爆炒蒜薹肉。孩子们跑进跑出，门不断关上打开。京巴狗用力叫着，想尽一切办法吸引主人的关注。

快到 9 月中旬，红旗路上日影渐长，山脚下的草渐渐干枯，变成沙子一样的棕色。稻田一片金黄。荒地村小学的孩子们课间外出活动时都穿上了外套，黑板上的内容提醒大家，注意白露霜降带来的寒潮；预防手足口病。很快，黑板上就应该出现说，冬天气温变化最大，要大家保暖了。

我终于刮了胡子，这是入夏到入秋后的第一次。这样孩子们就不会跑到老师毛茸茸的脸上来摸一摸，扯一扯。我经过岔路口街角的商店，店主向我问了声好，然后说："之前有个利比亚人，大黑胡子，也搁这儿走来走去的。"

我当然不信了，还有个外国人？北非来的？怎么可能来荒地呢？"姨，是我。我那会儿没刮胡子，现在刮了。"

这位姨眯缝着眼睛，仔细瞅了瞅我，说："真的吗，梅老师？那人比你可好看多了。"

我跑步的长度从二十二公里增加到二十六公里再到二十九公里。我沿着松花江，越跑越北，山脚下的树荫草地似乎日渐萧条。一路上能遇到正在干枯的玉米秆和因为葵瓜子太重而垂头丧气的向日葵。秋天真的到了，却好像是荒地第二春：天空碧蓝如洗，蚱蜢上蹿下跳，蟋蟀器乐和鸣，而我脚下生风，一路经过盛开的野花，轻盈的蒲公英。田野里的颜色还是那么和谐：绿色的茎秆，金黄的稻穗。田里的水被抽了以后，泥地逐渐干涸，青蛙在上面晒着太阳，夏天吃了一整季的大虫子，个个肥不溜秋的。

关先生十几岁的侄女说我看上去“身体不好”，在乡下，意思是“你瘦了”。她开始每晚都把家里的剩菜拿不锈钢碗装着送来，米饭、豆腐和土豆堆得高高的，让我觉得自己是只备受关爱的宠物。关先生用胶带补了补炕上的裂缝，然后加柴火烧暖。我把秸秆塞进下面的烟口，舒舒服服蜷在炕上，肚子那儿好暖和。我很快就像条满足的狗一样，睡着了。

身上现金不多了，我走到十字路口，到农业银行的自动柜员机上取钱。我做和平队志愿者的那个年代，必须要填好几张表，在银行柜台前排队，近乎低声下气地求柜员把账户里的钱取给我。好几次银行都让我第二天再来，因为当天没现金了。现在，取钱是分分钟的事：荒地的机器直接出人民币，这还是会让我感觉好像找到一个直通金钱的“任意门”，远在一万三千多公里以外的银行里的钱，这样就到手了?

荒地银行的经理姓王。矮个子，胖胖的，总是满脸堆笑。不过三姨说他那是苦笑，婚姻一点儿也不幸福。我问她是怎么知道的，她说：“人人都知道，俺们啥都知道。”

王先生说，最近银行搞了个试点项目，把钱借给农民，可以买好一点的农具，或者搞点副业。“问题是他们没有抵押品，”他对我说，“他们没法用分到的地来抵押。我们允许他们用房子做抵押，但值不了几个钱。贷款也是很小额的。说真的，要是一个农民想买一群鸡，弄个鸡笼啥的，肯定不会跑来找我，花一个小时填表，借三百块钱吧。他随便找个亲朋好友借就得了。这个村儿最需要的，是更多的打谷机。一台就要两万。是这里房子均价的两倍了。”

过去一周，三姨夫一直在催促我买一批收割机。“你可以搞个日租，”他说，“生意肯定老好了。现在大伙儿都在等着这机器呢。我这儿还有张名单。”

“但是过了这个季节，机器就需要储存起来，还得维护。”

他仔细考虑了下我的话。“想想也是哈，”他说，“反正马上收割都是由东福来做了。”

公司又把红旗路口那个牌坊修了起来。新的广告牌上，宣布荒地是一个“生态农业示范区”。三舅讲不清到底什么意思，关先生和其他我询问的农民也都说不出个所以然。他们甚至都没好好看看那几个字。接着我想起了刘博士，东福米业的农学家，她跟我说过，公司的地一开始叫“科技试验基地”，因为2000年那会儿政府喜欢这些字眼儿。现在用词变了，公司的眼界明显更上了一层楼。

东福的工人们穿着清一色的红色外套，拿着专用的镰刀在成熟的稻田里仔细寻找，挑选明年可用的稻种。稻子已经长到他们的腰上面，远远望去，就像畅游在一片金色的海洋中。

压力不小，中秋节之前要完成收割。中秋节大家都会坐在一起吃团圆饭，所以对新鲜大米的需求也达到了全年的顶峰。整个荒地的农民都忙碌地收稻子、打谷子。固执的三舅因为家人实在担心自己的健康，还是屈服了，雇了两个人。只用了一下午，他们就开着收割机，把他的地给收完了。

机器收割的缺点是，只要谷子被装了起来，就需要干燥，赶紧卖掉，免得发霉变烂。然而，人工收割的谷子，是连着茎秆割下来的，保存时间要长些，可以等谷价涨的时候再卖。但一直弓着腰收稻子，是人都受不了啊，还得举一把胳膊长的大镰刀。这工具倒是轻巧锋利，但要一直在茎秆之间挥刀向前，还是很费力气的，一边猛地拉扯一把，一边手起刀落。腰要弯得够低，必须刚好割到根部上面一点点。

一拉一割之间，空气中会扬起无数的谷糠，模糊人的视线，衣服上也蒙了一层粉，眼睛、嘴唇全沾上了。机器收割后的土地一片狼藉，人工收割后的秸秆却一捆捆绑在一起，堆成一堆，黄澄澄的，像一只跪着的狮子。荒地人的骄傲和自豪弥漫在农田中，面对着逐渐西下的夕阳。

打谷之后，大米就摊在水泥路上晒干，小路大路都行，但红旗路上不行，温泉的停车场不行，那里停满了游客的车辆。关先生最后一次在自己屋前的车道上摊开从田里收来的米。明年，收这些米的就是东福了，他们会把米放进一个烘干机，然后用日本造的机器进行抛光一类的加工。但现在，关先生还是很仔细地绕着这片金黄的稻谷，用耙子翻来翻去，那全神贯注旁若无人的神态，活像和尚在沙园中参禅。

9 月末，一辆平板货车运来一块小轿车大小的粉色花岗石板，放在红旗路口。现在，只要进入我们这个小村庄的司机，就能看到上面雕刻的红色大字：荒地村。背面是小一些的字，漆成了绿色，开头写着：简介。

石板上说，荒地是 1722 年康熙年间起源的，这位满族皇帝还建起了吉林市的船厂。简介上的下一个年份是一个世纪后，1823 年，这里修了一座庙，供奉着一位女菩萨，传说每到新年便举行宴饮，吸引东北平原上的子民们前来参加。

接下来的年份又跃进了一百年，来到 1931 年，日本人侵占了这片区域。1946 年到 1947 年，国民党接管了这里，1948 年，共产党执政，1956 年，荒地建村。

我以为故事到这句熟悉的话就结束了。但下面又列出了三个年份。我跪在黏糊糊的新草坪上去看，1958 年，荒地成为九台人民公社的一部分。1962 年，改名为荒地营。

我现在五体投地，低着头，偏到一边去看最后一个年份：1984 年，荒地营又改名为荒地村。

和村里的田地一样，荒地的历史在季节和岁月中流转，周而复始，回到起点。

第十七章　大连的展示柜

还有一个博物馆，我特别想去看，在东北的最南边。过去一个世纪以来，大连和相邻的旅顺港在俄国、日本和中国之间颠沛流离，而东北的铁路交通呈现漏斗式的发展，最终走向没落。我想，多年的岁月中，历史与各种见证历史的物件慢慢堆积，就像排水道中堵塞的残余。

六百多公里后，荒地出发的慢车在大连的一个火车站停下，我下了车。这里还保留着日占时期朴素威严的白石建筑。轴向的道路连接起环岛，带我走向大和旅馆的旧址。这栋有着一百多年历史的建筑老态毕现：前台问我能不能和其他房间共用冷水洗澡，因为楼里的水管经常爆，没几个房间有自来水了。

这个旅馆是日本在大连市中心广场设计的一系列建筑之一。广场上之前有一块纪念碑，纪念日俄战争中阵亡的士兵。一名日本职员的年轻女儿在回忆录中提到，1932 年，她目睹广场上举行游行，庆祝伪满洲国的建立。

“前进的高中生们跟在学校的礼乐队后面，白天，挥舞着日本国旗；到了晚上，就举起点亮的纸灯笼，白色为主色，上面有一个大红点，代表了日本国旗。灯笼把街道点亮，如同成千上万闪耀的红色圆球，飘过广场。”

纪念碑早已消失。现在，玻璃外墙的写字楼完全抢了广场上那些低矮的石质殖民时代建筑的风头。那位撰写回忆录的日本女孩，她的故居位于呈阶梯状的鸣鹤街，现在也在中国暴发户们的翻新之列。就像她回忆的，这些别墅有奶油色的外墙，红色的瓦屋顶，“鲜艳明媚得如同小人书的插画”。而她上过的日语小学“安静地坐落在公园外沿，高高的合欢树投下浓荫”。现在，这所小学当然只教中文了。

俄占区也有一小部分保留了下来。就在火车站背后，一排两层的木质住宅，刷了淡草绿色和柠檬黄的新漆，被命名为俄罗斯风情街。在步行道的购物区域，打着伞的中国游客跟小贩讨价还价，购买双筒望远镜、贝加尔湖牌香烟和伏特加之类的商品。

1903 年修建的最早的一小片遗迹，隐藏在商店后面。我溜过一片片蓝色锡板，就迈入过去的岁月，踩入一片脏兮兮的泥水洼。曾经崭新恢宏的大宅，如今木梁腐朽，红砖也被多年的风吹雨打弄得坑坑洼洼；简陋的棚屋盖满了过去的花园。这里以前只住了一百户人家，现在的户数是那时候的十倍。

一群老太太在一个过去是老车房的拱门下面聊天，其中一个邀请我进去。

“你的祖先在这儿住过？”我们踩在木台阶上，发出嘎吱嘎吱不安全的响声。

她说，有时候，会有外国人在这一片慢慢地散步。是些白皮肤的中年人。一般都不会说中文。她也听不懂俄语。落日西沉，蝙蝠在暮色中盘旋。我问老太太那些人除了散步还干些什么。

“他们就是看啊，”她指指那些墙壁。

然后呢？

“然后就离开了。”

回到蓝色锡板的另一边，大连随处可见来海滩度假的游客，要么双双对对，要么三五成群，要么是个旅游团。独自旅行最糟糕的，就是在拥挤的人群中一个人吃饭。落日将尽，穿着裙子和高跟鞋的女人从门廊边款步走来，用英语耳语道：“按摩吗？”我怀念起吉林市那些更为温柔纯良的推销者，都是些卖针织品的阿姨，无辜善意地问我：“买袜子吗？”

我走进天津街的一家书店买地图，经过一个书架，上面放的都是新书，《羽毛球实用英语》《孩子别怕》《永不言败》。我在《美国总统情书精选50封》前停下来翻了翻。哇，原来拉瑟福德·海斯[1]还有这么温柔的一面？书的最后是莫妮卡·莱温斯基写给比尔·克林顿的信："亲爱的帅哥，我感觉自己被抛弃，被利用，无足轻重。"

我也是，莫妮卡。我也是。

我走了很长一截路，累得不行，在路上小贩那里买了蚵仔煎和鸡心烤串，吃完上了去星海滩的公共汽车。到了以后，我买了瓶冰啤酒，脱掉鞋袜，踩着冷冷的粗糙的沙子扑进黄海。海浪不断涌来，淹没我的小腿。我想念荒地的稻田，就像想念家。

值得一提的是，大连没有特别官方的历史博物馆或爱国主义教育基地。1980年代，大连市长是薄熙来，全市意气风发，要建成中国最具现代化气息的大都市，"北方香港"。一个过去只有官员能使用的海景车道向大众开放了；沙滩进行了清洁，与市区之间通了新的电车；革命烈士雕塑被足球明星塑像所取代；那时候大连有着全中国最好的足球队。薄市长承诺说，要建成一个不堵车的城市，增加了左转红灯的信号（当时在中国非常少见），还组建了一批骑兵交警。这就是著名的大连"女骑警"，清一色的巾帼英雄，穿着紧身的白色衬衫和海军蓝的裙子，吸引了中国乃至全世界媒体的目光。大连不是一般的中国城市。大连与众不同。大连一年一度的节日，是一个时装周。

薄市长建了一座博物馆，并非为了纪念这个城市斑驳复杂的过去，而是展望其未来。大连现代博物馆就在星海滩附近，白色柱子让人想起大连火车站日本人的设计。据说这个博物馆的规划是薄市长亲自审定的，连黑色大理石地板的光泽度都要过问。他很清楚，大连这座博物馆不会走寻常路，去纪念传统或历史，而是要歌颂发展，向前看。

1999年博物馆刚开放时我就去过。"欢迎来到未来，"那时候解

---

① Rutherford Hayes，美国第19任总统。——译者

说员一路对我微笑。未来看起来已被模拟，解说员在我耳边低语着鼓励，我站在屏幕前，操纵控制杆，把一艘游轮开进大连的港口，在空旷的街道上飞速飙车，在海岸上空来了次虚拟飞毯行。从高空看下去，整个城市缩入绵延起伏的山丘当中。我的飞毯升高了，离开了现代博物馆对明日大连的展示：浪漫海滩之城；无拥堵城市；时尚之都；足球之城；海鲜之城。屏幕上是万里无云的高远蓝天，还有谁会想看大连的过去？

薄市长的城市美化工程让大连有了大片的草坪和价格亲民的住宅，这些都吸引了外商投资，还赢得了联合国人居署的联合国人居奖。他把一个曾经的工业港口变成旅游胜地，赢得了交口称赞。担任大连市长七年后，薄熙来升任辽宁省省长，接着接受了商务部部长的任命，之后被派去中国土地面积最大的城市，长江边的直辖市重庆做市长。2013 年，法院判决薄熙来在任大连市长期间，贪污受贿，滥用职权，他被判无期徒刑。

博物馆里原先的女骑警人体模特被锁进仓库，飞毯模拟器、联合国奖以及足球也遭遇了同样的命运。一同消失的，还有为数不多的南满铁路遗物，包括生锈的标牌和车站的钟。

我现在看到的展厅里，全是传统的中国字画和景泰蓝花瓶。四层博物馆，让这些小型的展览显得特别不显眼，就连国家重大历史主题的展览，那些表现“封建主义”“贫困”“战争”和“解放”的绘画和雕塑展，都相形见绌。

“现代博物馆要物尽其用，”新馆长坐在画廊一样宽敞的办公室里，告诉我，“甚至在薄熙来同志出事之前，我就希望把这里变成一个真正的博物馆，不要做个公关的门面。”

我坐在一把套着椅罩的长毛绒椅子上，非常舒服。面前光滑锃亮的红木茶桌上摆着陶瓷茶杯，茶水热气氤氲，无声缭绕。我后悔穿了短裤。

馆长名叫刘广堂，一个颇有点好管闲事的中年男人，说起话来跟放炮似的，语速很快。他指着我的光腿说：“你的腿打湿了。”

“我没带换洗衣服。”

“外面在下雨。”

“所以我迟到了，对不起。”

“你的司机迷路了?”

“我搭公车来的。”

刘馆长那张看上去有六十岁的脸上露出一个灿烂的笑容。“你住哪儿? 日航? 香格里拉? 康莱德?”

“如家，”我说。相当于中国的汽车旅馆。

刘馆长又朝我一笑，忍着哈哈大笑的冲动。“你还真是铁公鸡啊!”他扯开嗓子喊了一声。“来来来，咱们吃饭去。你得吃饭啊。你喜欢寿司吗? 隔壁有家很不错。”

十分钟后，我们肩并肩坐在一起，两人都脱了鞋。“工作时间不喝酒，”刘馆长看着菜单说。他点了大麦茶。

我去大连见刘馆长，是因为三十年来他一直在管理附近的旅顺博物馆。我很好奇，每次政治风向一变，展品随之撤换，从这样的展柜中能看到什么样的东北剧变。

旅顺博物馆特别容易“走上修正主义的道路”。1905 年，日本在沿海击沉沙皇的舰队，赢得了日俄战争的胜利。之后，就把旅顺港过去的军官俱乐部变成他们欣赏中国文化的证明。其实就是殖民者的公关项目，和刘馆长口中过去的大连现代博物馆没什么两样。

“你还没去过旅顺博物馆?”刘馆长一边吃着生鱼片，一边问。

“我上次去旅顺是 1999 年，也就去过一次。当时被警察逮住了，因为手上没有许可证，还被罚了款。”

刘馆长哈哈大笑。“是，那时候经常有这种事。他们在哪里找到你的?”

“一个公共厕所门口。”

他捂着嘴偷笑。“你给钱了吗? 给了多少?”

“我跟他们讲了价，最后谈到两百块，还让他们带我去邮局把钱汇了，这样我就有收据，可以报销。”

刘馆长绷不住哈哈大笑起来。“高！实在是高！你不愧是铁公鸡啊!”

他的助手飞奔着去埋单。他派她陪我去旅顺博物馆，说我应该“带着问题回来”。一辆专车载着我们开了四十公里，沿着海岸线边蜿蜒的两车道，一路风景如画。车开进一条长长的隧道，不久就到了旅顺。修剪整齐的草坪通往滨海区和海军的船坞。我还看到被警察逮住时的公共厕所。在中国，老房子总是被拆，但旧的公共厕所却是例外。

“拆了建新的没多少利润，”助理猜测，“公共厕所都是免费的。”

司机在区中心停了下来，三层的砖石结构房屋错落有致，和约一千公里外哈尔滨卵石路上的建筑遥相呼应。我走进前南满铁路的大和旅馆旧址，日本人曾把溥仪藏在这里达三个月，之后带他去了长春，1931 年把他扶上伪满洲国的君主之位。如今这旅馆看上去无人照管，好像所有的人都在多年前跟着溥仪离开了，木地板一踩就嘎吱响，上面落满了烟头和僵硬的死蟑螂。没有牌子标明溥仪以前住哪间房。

在旅顺博物馆门口，我踩在车道上，脚底下发出粗糙的声音，路面是用打磨过的小卵石铺成的。“感觉我们在维也纳呢，”我说，讲解员也表示同意。

“日本人从俄国人那里接管旅顺时，想显示一下他们有多么文明，”她说，“这栋建筑在中国是独一无二的——甚至在日本也是。”眼前的景象让我想起了哈布斯堡王朝[①]的宫殿。一共两层，大理石外墙没有装饰，但每一层都有一溜高高的拱形窗户，两边都有国际象棋棋子一样的塔楼。只有周围的柏树看上去还有点亚洲的风格。

下雨的周二，我们是唯一的参观者，一共经过了二十个展厅，主题是殖民收藏精选，全是中华文明的精品。古代青铜器！甲骨文！梵文佛经！丝绸之路木乃伊！成吉思汗的画像！精美的清朝陶瓷！博物

---

① Hapsburg，欧洲历史上统治领域最广的王室，曾统治神圣罗马帝国、奥地利帝国、奥匈帝国、西班牙帝国。——译者

馆馆藏共六万件，分门别类放在不同的展厅。展厅全都装着清一色的枝形吊灯，展示柜也都是高高的胡桃木柜子，擦得亮亮的，镶嵌着菊花：日本皇室的家族徽章。

我再次震惊了，在东北，一个人能感受和触摸多少过去，多少历史。博物馆隔壁是日本军部旧址，我的手指抚摸过他们的伪满洲国地图。上面有天下第一关，满洲人曾经从那里旋风般翻过长城，扫平全中国；上面有柳条边，在整个区域画了一根许愿骨[①]的样子，骨头的尖峰就在荒地上面一点；这里是满洲里站和通往海参崴的火车；那里是哈尔滨，俄国人口中的亚瑟港（旅顺港）就在这里，日本在附近沿海击沉沙皇舰队后，又把旅顺（Ryojun）这个名字改了回来。长春那时候叫新京，就在地图的中央，是伪满洲国的都城。这里，是年轻的士兵长峰章被送去保卫边界的地方；那里，是日本母亲们忍痛遗弃孩子的松花江岸。这里，哈尔·莱斯降落在一片卷心菜地里，去解放那些战俘；那里，鸭绿江的断桥静静接受着风吹日晒。表示“您在此地”的红点在 Dairen，这是大连的日本名发音。在这个城市，一个被尊称为刘馆长的男人在他的博物馆办公室里，等着一个穿短裤的“铁公鸡”带着问题回去。

我问他，这么多年，旅顺博物馆是如何逃过被毁坏、被抢劫、被没收，甚或是被改建的命运的？有没有军队曾经在这儿扎过营？有没有炸弹击中过这里？“文革”时的红卫兵是不是忘了，在安静的旅顺有个大宝藏，里面到处是他们要破的“四旧”——旧思想、旧文化、旧风俗、旧习惯？周恩来总理是不是打了个电话，命令红卫兵不要动旅顺博物馆？我在全中国的名胜古迹听过太多雷同而真实性可疑的“逸闻趣事”。所以总想问博物馆的工作人员，到底哪些事情才是真的。

---

① 接近 V 形的 Y 形。许愿骨是火鸡胸部的一种两叉形的骨头。一只火鸡只有一根许愿骨，而且很脆弱，不小心就会压断。感恩节时，两个人分别拿着骨头的一端，默许愿望，用力一扯，让骨头断掉，谁折断骨头的部分比较大，他许的愿就会实现。——译者

刘馆长笑了。“周总理这个故事挺常听到的，但旅顺不是这样的。我们把所有价值连城的文物装在箱子里放进仓库。大多数展示柜都清空了。我和同事们一起把革命口号刷在外墙上，挂了一些红旗，然后锁了前门。那时候我每天都要来上班，从侧门进去，就等着红卫兵来。他们来的时候，想把外面的雕塑给砸了，但我们已经在周围竖起了隔板。然后他们就想进来。我说他们来得太晚，馆里已经被破坏了。我把一些相对来说不那么珍贵的文物交给他们，他们大模大样地砸烂了，就走了。”

刘馆长的这番话没有吹嘘，甚至没有骄傲。他的语气就像一个步兵，讲述自己躲过参战活下来的故事。

“我的整个职业生涯，我这一辈子，都在保护那座博物馆和里面的一切，”他说，“说到底，我爱我的国家，也就是说，我是个历史学家，我爱中国的历史，一切都爱，好的坏的，辉煌的落寞的。旅顺博物馆，它的地基、大楼和里面的藏品，代表了东北独特的历史，以及中国历史中非常重要的部分。”

这是我第一次听一个官员用如此亲切深情又毫无吹嘘的语气说起中国历史。“博物馆是干什么用的？”刘馆长问。“它们是广告吗？不是。它们是我们祖先创造的活生生的故事。”

现在，刘馆长的任务是让大连现代博物馆变得低调些，主要用来展示艺术品和老物件。他说，他希望从旅顺博物馆带来的，不是藏品，而是那些放置藏品的高高的展示柜。因为参观者俯下身往玻璃柜里看的时候，总会被吓一跳，以为有人在回瞪着自己：那只是他们自己淡淡的倒影。

第十八章 霜 降

10 月末，堆在墙边的秸秆上的露水结了冰。茅房周围苍蝇的嗡嗡声听来有些疲倦。大半年了，我第一次可以拍死它们。“那些苍蝇有战士的基因，抗日的时候遗传下来的，”弗朗西斯在 Skype 上说，“但谁也扛不住挨冻啊。”

关先生坦白说，他不愿意待在家里，总是在新的车间挨到很晚才走。东福米业的车间有中央供暖，而我们卧室的窗户漏风，寒气袭人。他建议我买一卷胶带来黏一下炕，凑合凑合得了。“这是在这个房子里的最后一个冬天了，”他如释重负地说。

早上，我走路去学校，总要把运动衫的兜帽紧紧包住耳朵。我想象吹向荒地的西北风在西伯利亚集结。“做好准备吧，当狂风从北边袭来，你会禁不住哭泣且无限哀伤，”1903 年，一名在吉林的旅人如是写道，“因为你的鼻子、眼睛、指尖都将痛不欲生。”现在风还只是一小阵一小阵的，但很猛很冷，正在为东北一整个冬天“马拉松”积蓄力量。

地里的玉米秆干了，还没来得及收下来作为饲料贮藏。我跑了过去，十六公里的路程，来到山脚下。近距离看这些山，比家里看要小些。路的尽头是臭熏熏的垃圾堆。一个夏天的自我跑步训练，这里就是终点了。在这里我完全看不到荒地。跑回家的时候，一阵大风吹起毫无生气的白杨，黄叶铺天盖地地撒在我身上。

唯一还有点夏天气息的颜色，是挂在篱笆上晾干的白菜。每家每户旁干秸秆垛拔地而起，是整个冬天烧炕用的。稻田变成了一望无边的泥地。青蛙钻进休耕期的田里冬眠，等春天再醒来。

三姨站在红旗路上，一脸鄙夷地瞪着最近修起来的妨碍她种虞美人的东西。草皮上，工人们修起了一面薄薄的墙，高一米五，刷成丰收的金黄色。上面用红色大字写着，建设社会主义新农村。

工人们跟三姨说了，修墙是要保护她，免得来个车祸啥的把她家给撞了。其实减速带可能更有效。来往的汽车以迅雷不及掩耳之势把新修的路给毁了，每辆车车身上几乎都会带点土啊泥的。荒地第一次有了大量动物在路上被车辆碾杀的现象。遗憾的是田鼠和青蛙根本看不到是什么碾了它们。

“要是我们必须搬进那些高楼，那这面墙还能把他们干的丑事儿遮起来，拆房子的时候谁也看不到。”三姨猜测。她仔细打量和研究这面墙，我想她是不是把那句标语看成了一个预言。但她只是做了个鬼脸，说要把虞美人种在墙根下。说完就双膝着地，开始挖土。

这个季节时常会遇到突如其来的一阵冷雨，我会赶紧找避雨的地方，不过在这么一马平川的地方，挺难找的。暴雨让我被迫停止跑步后，我就在那座铺了铁轨的天桥下等着。吉林到长春的高速列车拖着光滑洁白的车厢飞驰而过，快得乘客都来不及看清荒地的站名。反正大多数乘客的窗帘都是放下来的。

站台空无一人。雨中，浅粉色的墙壁看上去挺美。车站是荒地最引人注目最干净的楼，不过废弃不用的库棚周围，野草已经悄然蔓延，入口也一片泥泞。一块生锈的牌子上写着：公用电话。现在农民和他们的孩子都有了手机。在新的天桥下，我看到很多用油漆喷的广告，挖井人的电话什么的。还有好多小纸片贴在上面，说什么“法轮大法好”；还有一张海报，上面有手足口病引起的水疱的图片。太可怕了，我干吗总是要去看呢？

暴雨变成了米粒大小的冰雹。

我向诊所跑去，推开贴着“二十四小时开放，祝您健康”的大门。护士说三舅刚刚才走，我在街对面发现了他，正坐在一张桌子边看电视。电视里蒋介石正痛苦地紧握双手，因为没能把日本人赶出东北。很快他就会遭遇兵谏，被迫联共抗日了。

“我知道这电视剧的结局。”

三舅说了声“啊”，权当问好。

电视继续放着，我们俩分吃了一盘春饼，这是东北版的墨西哥卷饼，夹一筷子葱丝，腌萝卜和辣味炒肉放在油亮亮的薄饼上，卷起来吃。我们没有要米饭。旁边的餐柜上摆着满满一大桶饭，想吃多少随便舀。丰收之后，没有什么庆祝，大家没有聚在一起吃今年的第一碗新米。我问为什么不，三舅说：“不就是米吗，有啥稀罕的？”

他有些艰难地站起来，踉跄地走到餐馆另一边，拿起一把椅子上折起来的毛毯，搭在我肩上，淡淡说了声“啊”，然后叮嘱道，“别病了。”

这餐馆就我们两个顾客。我们也没说话，只听筷子碰撞着碗沿，嘴巴咀嚼着葱丝，电视里将领在大喊，炮火在怒吼。我提醒自己，要尽情享受这一刻，好好铭记下来。三舅是我在这里的亲人，是唯一持续未变的变量。现在时光匆匆，这样的日子不多了。

我问起今年的收成，他一口气说出收了多少，卖了多少钱，像背电话号码似的，顺溜极了。土地的产出比他预想的高，大米的批发价也提高了，不过批发商也会跟着抬价。三舅预测，等大米真的上了架等着消费者去买，可能价格要高50％。

“涨价，”我说。

“别这么说嘛，”三舅说，“是提高，提高，提高。”

什么都涨价了。中国人太多了。

丰收之后，村里的人也变少了。又来了一场暴雨，我躲在一家人前门用锡板围起来的门廊下。一个小男孩撑着伞跑了出来，是荒地小学的孩子，我认得。他喊道：“老师，别站在那儿，别站在那儿，老师！”他上气不接下气地解释说，这家的外墙被涂成红色，是因为里面停放着一个女人的遗体，要放到出殡那天。我害怕地一缩，这才发现前门的窗户也涂了红漆，只在玻璃上留下一个十字形的透明部分。

"咱们走，"男孩催促我，"免得她附你的身。"

"那你呢？"我说。"她为什么不附你的身？"

"我是个小孩儿！"男孩喊起来。

"那又怎么样？鬼讨厌写作业？他们不想再去上学了？"

男孩拉了拉我的胳膊说："别开玩笑了。我们得走了，不然来不及了。"他把伞递给我，我们紧挨在伞下，往他家走去。

第二周，我被一阵音乐声惊醒。有人在吹呐子[1]，长长的喇叭，声音有点像卡祖笛。一吹这东西，要么喜事，要么丧事，通常还伴着敲锣打鼓，把那些邪灵吓退。音乐是从一条土路上的一户人家里传出来的，土路我从没去过。关先生说，死去的这位是个八十六岁的老太太，家庭和睦，儿孙满堂，后辈都来为她守灵，至少停灵一晚，甚至更长。关先生要去追悼会。"要是你也去，打招呼一定不要说'你好'，"他郑重其事地说。我得说"你不好"。

我和他一起走到那家屋前，但在院子里停下了。我不认识这位逝者，也不知道她家姓什么。我脑子里突然浮现起三舅躺在棺椁里的样子，一个陌生人跨过门槛，向他的亲人们做自我介绍。这个陌生人是个外国人，有可能做出什么不尊重逝者让人丢脸的举动，这会让本来就悲伤的气氛雪上加霜。

关先生说我分析得很理智，但这种事情源自内心的情感，"进来露露脸，"他说，"别做笔记了。这事儿你也不会想写。要是你觉得不得劲，我就跟他们说你要走。我清楚咋办。"我只要站在那儿，不记录什么就好。关先生领着我走了进去，关上门。

10 月的最后一个星期，霜降逐渐接近立冬，我接到警察的电话，让我去派出所走一趟。我心里一沉。在北京，这个电话意味着我要苦苦哀求继续住在大杂院里，因为他们认为不安全。但我教了他们一连

---

① 唢呐的一种，属于中国民族乐器中的管乐器，用于吹奏地方戏曲，卡戏，模仿动物叫声，和唢呐不同的是，呐子没有笛孔，靠气息控制音高。——译者

串的英语脏话后，得到了准许。警察们很高兴，因为要是老外骂他们，他们就知道了。不过，这样的交易对荒地的警察可能没多大用处。

在荒地很少看到警察，第一次见还是上次那个官员来视察，一个警官跑来管制荒地的交通，让车队通行。村里的派出所是一栋两层的砖砌小楼，墙面像北京那样刷成带蓝色边的白色。不过，停车场里全是晒干的玉米棒子，有两只小狗在打架。

办事员领着我经过几个窗口，窗口的牌子上写着：

出生登记

婚姻登记

档案纠错

“在最后一个那儿等着，”她给我下了指示。

来了一位警察，穿着平整干净的制服，叫我梅老师，抱歉说麻烦我跑一趟。他看上去就像我在中国见到的所有警察一样，永远一副四十上下的样子，好像未曾老过。他说村长向他们报告，我和关先生住在一起。是报复我没租他的房子吗？我无从得知。但根据国家规定，外国人无论是住宾馆还是借宿别家，必须登记。“城里的话你必须二十四小时内登记，不然就会罚款，”警察说，“但在农村你有七十二个小时。你在荒地住多久了？”

“七十一个小时，”我言之凿凿。

“啊。”警察笑了。我长出了一口气。

他让我去一个柜台，那儿的电脑前坐着另一位警察。我还以为她要手填那张明信片大小的登记表，但她打开一个浏览器，登录进去，然后找我要护照。把护照号打进去，我的照片就出现在屏幕上。

“好了，”她说。

现在，任何穷乡僻壤的警察都能进入一个包含每个人身份信息的数据库了。“这是你的签证，”她点击了一个图标，“你上次入境是上个月，从香港到深圳。”

“我去看我老婆了。”

住在这个没有监控、检查站和安检的乡下，我几乎都忘了中国的官僚制度和那些繁琐的规定。在这里，我从来没想过要办什么证，或申请什么许可。初夏的时候出过一次岔子，我去看弗朗西斯的时候，中国签证刚好前一天过期，结果我给忘了，最后错过了去东北的火车，得去申请新的签证。

警察停止了打字。“有个地方要填门牌号码，但是村里没有，”她说，“我就说你住在荒地吧。”我的地址就是个地名，像圣诞老人似的。

女警又跟我寒暄几句，问我为什么还没有孩子。她很好奇我一个人来荒地到底在干什么。她的语气突然从热情变成冷漠，问我是不是传教士。“你肯定是个传教士。你知道劝服他人改变宗教信仰是违法的吗？明白吗？你信什么教？你能证明自己和任何教会都没关系吗？”

我赶紧做无罪辩护。“在百度上输入我的英文名。”

百度就是中国的谷歌，很常用的一款搜索引擎。警官看到我在北京四合院危房外的照片，还有我在那个社区教退休人员英语时的照片。还有些中文新闻，报道我在那里写的书。

“哦，你是个作家啊，”女警如释重负地说。我还是第一次听别人用中文称我为作家。

“我们和老板聊聊吧，”刘博士拿出手机。这位东福米业的农学家正领着我穿过温泉旁的温室，一边流利地说着有关收成的数据。公司刚成立的时候只有近三十六亩地，而今年收了七千两百多亩的稻子。“老板可以跟你讲讲我们下一步的计划，”她拿起手机贴在耳边。“喂！”算是问好。接着一连串扬声调的“啊啊啊”，事情说定了。“他到园子里来找我们。”她领着我经过芭蕉树，走过葡萄架，来到一个茅草屋顶的小亭子，里面摆着一些藤椅。录音机里放着鸟儿的鸣唱，弥漫在空气中。刘博士停下脚步，摘下一颗红宝石般的草莓。

刘延峰走过各种植物，来到面前和我握手。他是东福米业的总经理，在公司的地位仅次于创立者，他的哥哥。刘老板指了指一张雕花木桌，谦逊地一笑，用带着浓重口音的英语说“Sit down，please（请坐）”。“我就记得这句了，”他坦白地承认，改口说中文了。

刘老板胸膛宽厚，平头黑发，红润的圆脸，扁平的鼻子。“我是个爽快人儿，”他边说边伸出粗粗的胳膊拉了拉用皮带扎在黑裤子里的T恤，“我每天就穿这样的衣服，除非要开会。”

两个服务员端着盘子过来，盘子里装着剥好皮的香蕉，切好的西瓜和草莓。“都是咱们这儿种的，”刘老板说着点燃一支烟。他抽的是金红塔山，比普通的红塔山更贵些，但比熊猫烟便宜。这些都是老板们爱抽的牌子，不算奢侈，但也没那么廉价。我委婉谢绝了他递过来的烟。

“哦，对，我经常看见你跑步。”他摆摆双臂做出跑步动作。“我也喜欢跑步。我想跟你聊聊在这儿组织一个比赛，比如马拉松啥的。”

“这里很适合跑步：地势平坦，车也不多，还有地方买水。应该在终点那儿修个酒店或再开发个温泉。”

刘老板笑了。“是啊，我们聊聊吧。我管宣传这块儿。那天张艺谋还来帮我们拍广告呢。”他说的这位是中国最著名的电影导演，是2008年北京夏季奥运会开幕式的总策划。

“他是我的好朋友。要是你俩见面就好了。下次吧。”

我点点头，想起东北人爱吹牛是全国闻名的。刘老板又说起一位著名歌星：“去年他来过这儿，我和他一起唱了歌呢。”

我想起三姨让我假装要收购东福米业，好了解公司的真相。但刘老板看上去相当精明，这么个谎应该骗不了他。他说我什么事都可以问，还叫我哥们儿，跟我称兄道弟。

“是不是大伙儿都得搬出来，住到楼房里去？”

“目前，中央政府想解决的问题，”刘老板突然打起了官腔，“是农民如何开创第二收入。我们尝试过生产队的农业模式。效果没有家庭联产承包责任制好，就是1984年开始的模式。实际上1983年，咱们荒地就率先改革了。我是1972年出生的，还记得那个时候。”

我说我俩是同年生的。

“兄弟!”他殷勤地笑着，把那盘甜甜的西瓜往我面前推。

“多吃点儿，管够。”

“那个制度效果要好得多。每家每户种自己的地，养活自己。当时我们家第一次一年挣了一万元，感觉很富足。并不是说很有钱，但至少稳定。现在当然不够了。你要供孩子读书上学，还要买车，日常开销也很大。大家想要多挣一份儿钱啊。在这儿，我们每年种地的时间还不到半年。第二个问题：以后谁来种地?我们这个岁数的人都不想下地了。大家想住城里，尽量多挣钱。没人想让他们的孩子种地。这是个很紧迫的问题。”

刘老板把香烟从嘴里抽出来，塞了片西瓜进去。他一口咬下西瓜瓤，丰富的汁水在舌尖上啪啪直响。“咱们公司——你知道是怎么成立的对吧?现在这个品牌下面有十一家企业。一开始是个乡镇企业，村里的党支部书记也和大家一起办公司。”

“就是你哥哥，公司的创立者之一。”

刘老板点点头。“我们的目标是带领荒地致富。”

“是不是大伙儿都得搬出来，住到楼房里去?”我重复了一遍之前的问题。“还是说他们可以选择自己的去留?”

刘老板又点燃了一支烟。“我们形成了一种全面机械化的集约化农业，”他说。我转向刘博士，让她给翻译翻译。

“就是要减少劳力。”

“我们说的是解放劳动力，”刘老板赶快纠正，“这是中国农业的大方向。我们是首批试点之一。所以国家领导才来视察：来看看我们的模式，鼓励鼓励。集约化农业，日常开支少些，成本就少了。中央政府也会给一些补助：我们买了设备，每年向每户按一垧地（十亩）一万三的价格来租。政府另外付两千五。签三年合同就能享受这个级别的补助。他们可以去干别的，这样就会有第二收入。”

刘老板看我微张嘴唇，又要提刚才那个问题了。

“中央政府很欣赏我们的这种模式，”他继续说道，“因为集约化种粮在安全上比较好管理，种植也比较高效。农民们可以不再种地，他们的下一代可以找其他工作，为国家的经济增长作贡献。风险就从农民和村政府那儿转到了公司肩膀上，我们投了资，要有回报啊。”

我又张了张嘴。

“我会回答你的问题，”他说，“改善农民的生活环境也是我们的目标。要是他们不种地，干吗还要住在地里？他们可以住进高楼，有中央供水和供暖系统。你看了我们在修的新楼房没有？那些就是给农民住的。前农民。是，很多人还没做好思想准备，不想搬进去。我们的职责就是减轻他们的担忧，继续促进村里的发展，好让他们愿意搬家，因为他们总会发现，住进去之后，他们的生活质量和幸福指数，都会提高。比如说在老年活动中心就可以看医生。他们不用担心没人帮忙，随时都有人来帮忙。”

“很多人喜欢有个院子，自己种菜自己吃，”我说。

“以后，他们就想买更好的菜了，”他回答，“这个西瓜好吃吗？”他指着盘子问我：“比你 10 月份能吃到的任何西瓜都好吧？”

“是，但 10 月一般不吃西瓜——”

“现在可以了，”他打断了我，“城里人去沃尔玛，一整年，啥水果蔬菜都能买到，都是从全国各地甚至世界各地来的。我们今天就能吃到菠萝、苹果和芒果。农民不应该像我们一样享受到这些吗？他们整个冬天通常只有大白菜吃。我就是吃大白菜长大的，现在那样的日子一去不复返了。就像我爸妈那一茬儿也不用再吃高粱和窝窝头了。”窝窝头是一种口感粗糙的玉米蛋糕。

刘老板越说越激动，我感谢他说话这么坦率。中国的开发商很少会坦白具体计划。我问五年后的荒地会是什么样子。桌子对面的刘老板往前倾着身子，双脚互相摩擦着，很急切地想要回答。

“五年后你就认不出这个地方了。你是老师，我们就先说孩子。他们上学的问题会怎么解决？昨天我和吉林北华大学的校长签了个协议。他们会把大学附属的小学和中学都搬到这儿来，咱们会修个新校园。我们就这么来填补城乡差距。现在的农民都想让孩子去城里上学，所以他们就搬到城里去，村里人口少了，全是老年人。等你还没明白过来，这村儿就完了。全中国都有这种现象。”

从2000年到现在，中国有四分之一的乡村成了只有老人和留守儿童的“空巢”。中国设立了2020年达到60%城市化的目标，要增加一亿城市人口。但迁移到城市，并不意味着生活水平能立即提高。政府预测，到2020年，全国只有45%的人能拥有城市户口，享受学校、医院等相应的社会服务。

相比之下，刘老板的主意更好。“我们把城市搬到这里来，”他说，“咱们修个现代的校园，请在城里教过书的老师。要是学生考进了全国重点大学，就去读。如果没有，就保证他们能进城里的北华大学。北华大学的外语系和中医专业都不错。这两个学位找工作都还是有优势的。”

“我还在想其他办法促进人口增长，把大家留在村里。这在今天的中国可是个大问题。城里全是农民工，国家政府想让城市化从农村开始。‘不要进城，要自己建城。’咱们这儿就是这么做的。首先，我们可以把这片村儿全都连成一片，增加点人口。估计十五年内就能有三万人，现在荒地才两千人，孤店子也只有几千人。人口多一点，就可以吸引投资，因为劳动力更多了。国家政府也会帮助我们，解决基础设施上的花费。”

“城市的房地产市场已经饱和了，现在城里人都不知道把钱投到哪儿，因为你可以买的房产数量是有限制的。还有，城里人周末的时候都想跑到乡下来放松放松。顺着这个思路，下一步我们应该在这里发展房地产。我们可以学学欧洲，修个度假村。那就需要再有个超市。这个我已经做好规划了。还有体育馆、剧院。”

“听起来就是个城市啊，”我看到刘老板不住地点头，“如果这里和城里人工作的地方一模一样，干吗还要在这儿买房子度假？”

“有一片湖，”刘老板回答，“我们要修个很大的人工湖。另外，还有一座山。我们这边没有山，对吧？完全是平的。”

“那边的小山风景很好，你有去过吗——”

“所以我们在造假山，”刘老板滔滔不绝，“夏天湖上可以划船；冬天人们可以在山上滑雪。我们会站在农业旅游的最前沿。”

我对刘老板说，这样的规划很糟糕。和可再生沾不上边，也不是可持续发展。中国这么大，消费者想去哪儿就去哪儿，而且有越来越多的人跑到国外去。有句话我憋着没说，他就像个小男孩，在沙盒里玩着自己信以为真的东西，构建着一个叫做大米之乡的神奇世界。

“你错了，”刘老板笑着说，“我告诉你，我刚从香港回来，在那儿找到一个投资者，他的公司愿意给整个计划投钱。我们负责提供土地，从政府那儿申请许可。这里会正式变成一个开发区。”

这样一来，政府就会拨款修建新的道路。“我们希望能修一条通到吉林市的高速公路，只需要二十分钟就能进城，不像现在要花一个小时，”刘老板说，“我希望有一条八车道的大路，什么都不缺。还有那个老机场？可以建一个物流基地，空运海鲜过来。然后把鲜花空运出去。我已经签了个协议，定了种花的温室。这儿没人种鲜花，都是从南方运过来的。我们会成为这个领域的头一份儿。”

我无言以对。

“我听说你也是从美国的农村来的？”

“是的，明尼苏达的一个小镇。在密西西比河附近。很冷，跟这里一样。”

“你们镇现在啥样？像荒地一样。”

我不得不承认，和刘老板梦想的样子很接近。

我童年的家乡充斥着高速公路的噪音。我妹妹现在还住在那里。周围的田野上生长的，只有购物中心和大厦豪宅。在明尼阿波利斯上班的白领们都喜欢到这郊外的小镇来住。镇上有个很大的高中，有点像个大学校园。周围有几片湖泊。但为数不多的农场基本上只种温室鲜花。

刘老板一笑，好像在说：“我不是早说了吗。”

“我们可以成为友好城市，”我建议。

“为了我们的友谊，”刘老板相当欣赏这个想法。

“我不想只是自己富起来，”他突然冒了一句，“我希望我长大的地方，所有的人一起分享财富。这就是我接下来的计划。让我的农民们过上和我一样的生活。有人在写一个电视剧，关于我的。拍摄播出是板上钉钉了。大家都会看的，大家就爱看这种奋斗成功的故事。”

“你刚才说‘我的农民们’。”

他没理会我，继续说：“等我们把宏观的东西完成了，就专门给农民建两百栋温泉别墅。这样人人都能来享受温泉了。”

“和这个温泉区是分开的。”

“对。农民来这儿老觉得不得劲。我们还要为村里修个大食堂。再过两三年，我们就可以一起过年了，就像过去一样。”

“在人民公社。”

“现在，我们计划搞个春节晚会。我会邀请最好的唱歌的和跳舞的，到这儿来给咱们表演。”

我的脑子被自相矛盾的话搞得混乱不堪。农民们会变成城里人，但还是像农村那样庆祝新年，待在属于他们这边的温泉区。货运机场和高速公路。电视剧。说不定就叫《我的农民与我》。“我们约个时间再谈谈吧，”刘老板说，“真的很想和你聊聊美国是怎么种地的，那里的农业最重要的特色什么的。”

我脑子里涌现出政府拨款和大型农业公司。但说出口的，却是我那当律师的妻子不断向我灌输的：享有正当程序的权利甚至比《农业法案》还要重要。

“美国农民的地都是自己的，在这儿，地都是集体的，”刘老板说，那语气就像他就是集体。

就别想搬进楼房的事了，我心想。还在为花儿担心的三姨，根本不知道会面临什么样的变化。

“万一村民们不喜欢你的计划呢？”

“我会耐心解释啊，说我在帮他们。我会让他们和他们的下一代生活得更好。一定要搞清楚，这是全国的趋势。挡不住的。（中国国家主席）习近平把发展农村作为他们这一届政府的头等大事。机械化农业就是其中一个方法。农业旅游也是。我们两手都在抓。我要去澳大利亚和新西兰出差学习，看看他们是怎么做的。我知道他们的模式和咱们想搞的很像。”

我突然意识到，整个谈话期间，刘老板压根儿没提到大米这个词。他出生在荒地最贫穷的家庭，却在二十二中取得了优异的成绩(关老师曾经也教过他)，参加中考进了重点高中，接着考进清华大学，中国最好的理工科大学。在那儿读的中文系。

他说，大米是农学家刘博士的专业范畴。她负责田里的事，而他要拉生意，促进公司成长。刘博士微笑着点点头。自从刘老板坐下，她基本上没说话。

“我们不能放弃的，就是这个区域的‘农业特性’，”他继续道，“这是签发许可的省政府一再强调的。我们可以开发土地，但不能造成耕地减少。所以我们无论建了什么东西，都要种粮食来弥补。比如，我们用楼房来代替平房，然后在原来的地方种地。总有一天人人都想搬到楼房里去。”

刘老板用这句话回答了我的问题，三姨和三舅是不是非得搬家呢？总有一天。

刘老板说中共中央政治局有个委员听说了东福米业的成功模式，派了个调查小组来视察。之后他写了一封表扬信，说要是公司的工作“持续顺利进行”（刘老板觉得持续顺利进行的意思就是粮食高产出，食品安全，收入增加，不出乱子)，他们的商业模式就可以在全国推广。他还告诉刘老板，下一次的全国农业年度论坛就在荒地举行，就在温泉那儿。

“我们需要修个大一点的会议厅，”刘老板告诉我。

村里有的砖墙上还有 1960 年代刷上去的口号，已经褪了色，农业学大寨。大寨是那时候的模范公社。我说，以后全中国的口号可能都要换，换成“农业学荒地”。

“事实上，”刘老板说，“我想把咱村儿的名字改一下。”

“荒地是个很棒的名字，”我说，“你们在红旗路上修的那个新石碑说历史要追溯到清朝了，1722年，比美国建国还早。”

“我有个更好的主意，”刘老板说。他有些戏剧化地顿了顿后宣布：“村名改成东福，和咱们公司一样。”

第十九章　大　雪

12 月中旬，我在冬日的清晨醒来，日出比夏天晚了三个小时。擦擦卧室窗户上的水汽，外面用来烧炕的草垛上堆着两寸多厚的雪，刚积起来的。关先生已经离开，摩托车后面载着一个钻子，像根长矛似的。他飞奔向松花江边的捕鱼点。我问他结冰的地面怎么开摩托车，他说："慢慢骑呗。"

现在是一天里最难熬的时候。我穿上秋裤，牛仔裤，厚厚的羊毛袜，一件兜帽衫，一件外套，戴上一顶帽子，鼓起勇气迈入近零下 30 摄氏度的冰天雪地中。结霜前茅房没有冲洗，现在坑里堆起了一座黄棕色的冰山。短短一个周末，冰山变高了不少。因为关家招了一堆人来参加一个侄女的婚礼，男亲戚们和我们在炕上挤着睡了两晚。

农村的婚礼，特别是这种隆冬时节进行的，就是吃流水席，从这一家吃到那一家。早餐是猪肉咸菜饺子，加点大蒜和醋，再盛上满满一碗热气腾腾的饺子汤，原汤化原食。水果、炒豆子和瓜子是随时不断的。那盘咸咸的炸蝉蛹让我想起弗朗西斯的父亲和我第一次来东北的场景，那次是来见她的父母。

我再次接过炸蝉蛹的盘子，拿起一个咬了一口，面糊一样稠兮兮的感觉让我脸上的表情有些扭曲，大家伙儿再次大笑起来，屋子里充满了快活的味道。

亲戚们坐在租来的车队里，去吉林市区的江边拍照，江岸两边的树结了雾凇，一片银装素裹。沿途有小贩兜售烤红薯、小袋的糖炒栗子，还有红彤彤的冰糖葫芦，看上去像一串串圣诞节的装饰。法式天主教堂灰色砖墙上装饰着一串串白色灯泡，街对面的公园里，一个电动的圣诞老人站在麋鹿拉的雪橇旁，一边扭着屁股，一边吹着萨克斯。每吸一口气都寒意刺骨，每呼一口气都凝结成一小团白云，这一切让我想起明尼苏达。行人们个个举起双臂，避免摔到人行道边脏兮兮的黑冰上。来来往往的，女人们不时喊着“哎呀我的妈呀”，男人们不住骂着“我×”。

我很早告别了一大家子亲戚，坐上回荒地的公车。车子走廊里融雪和煤灰混合着，形成一个个水洼，有好多乘客险些滑倒。呼出的气蒙在窗户上，很快就结了冰。我擦开一小片，发现公车歪歪扭扭地滑行着，感觉在往河里开，很危险。司机透过有些裂痕的挡风玻璃看着眼前白茫茫的道路，我很担心自己是不是已经用完了这辈子安全乘车的配额。手机铃声响起，司机一手把着方向盘，一手讲电话，公车剧烈地向右滑去，再猛地下坡，我闭上眼睛，觉得自己大限将至。同时，车里的其他乘客平静地聊着天，或是全神贯注盯着手机。

从远处看荒地，平房全都被积雪覆盖了，挺漂亮的。但一进到住的房子里，我就得花上一个小时去堵窗上塑料薄膜的裂缝，再仔细查看炕有没有开裂。我开始期盼去学校上课，当然是因为教室里很暖和。

去荒地小学的路上，我跑了起来，滑过一群路上的散养鸡。“当心！”一个四年级的女生喊了起来，很严肃，也很成熟，跟她妈妈如出一辙。她也不喜欢打雪仗，在她看来，冷是要忍受的，不是用来玩的。我那天教的课文说到一个雪人，而一屋子的孩子们居然都没堆过雪人。教室里热得像在烤面包，但孩子们穿着一层层的裤子和手织毛衣，鼓鼓囊囊，无法动弹，就像一袋袋粮食。

下午 4 点前太阳就落山了，我顺着红旗路往三舅家走，经过温泉的入口，心想有一天这里会不会开个星巴克：刘老板说过他喜欢喝拿铁。红旗路很安静，只有北风在呼喝，冲过光秃秃的白杨树，像鞭子一样把地里的积雪打散。

三舅给我冲了一杯速溶咖啡。自从他中风后，我们就再也没一起喝过酒，我跟他讲了刘老板对村里的规划，他好像没什么情绪，只是评价说："老多计划了。"

不过他还说，东福米业做的事情对这片儿是好的。合并土地，改善食品安全，增加基础设施，都是积极的改变。"我寻思吧，这是我这个农民经历过的最好时代了，"三舅说，"但新的时代要开始了。"

他说，每隔三十年，中国就要来一次划时代的农业改革，也就是每两代人就要经历一次大转变。比如，你奶奶在1925年是个佃农，那么1955年，你就有自己的土地了。你爷爷1965年在公社干活，那么1995年你就有三十年的土地租约，可以自由地种地，卖米。三舅说，问题在于下一代的人手不够去执行下一步。"所以到2025年，机器会取代很多劳力。但这是自然进化，"他说，"这是进步。"特别是这种进步发生在他的有生之年。三舅从十几岁时就开始种地，挥着锄头，开垦了荒地的稻田。

然而，他不满的是农民的地位一直不高，被看做低人一等的工作。用他的话来说，"上面的人"——他举起一只手臂——"总是在告诉我们这些下面的人该干啥。"封建时期，上面的人是地主。接着是干部。现在是经理。

"村里的地是集体所有的，但理论上农民就是集体，"他说，"要是你想把你的土地承包给东福，搬到城里，再找份工作，那老好了！现在有的选，以前没得选。东福也给我们提供了这种选择。"

但是，如果你想继续种地，一直住在有院子的平房里呢？三舅对此深表忧虑。"我就这么一个人儿，"我俩肩并肩坐在炕上，他说，"但我觉得每家每户都应该自己来选，该怎么活下去。"

他说，东福模式对于一个穷困的农耕地区来说是双赢的。但荒地相对来说还比较富裕。在粮站的通知栏上，只有一家人在广而告之，说明年有土地出租，十亩地，年租一万元。东福在红旗路重建的拱门上贴的不是招工小广告，而是专门针对农民的旅游路线，去温暖的南方，价格优惠。

"你找到空房子租了吗？"三舅问道，"没有，所以你把钱给那个老师，搬进他家去了。你给他们多少钱?”

“你很清楚我给了多少吧，一分一厘，”我说。

他哈哈大笑，承认说确实如此。在村里，人人都知道，啥都知道。

三舅选择不和东福签三年的约。他说，这合同是那些再也不想种地的人家签的。大米的价格一直在涨，让人家一口价给咬死了挺傻的。到时候每年涨价只能干瞪眼。三舅把希望都压在“涨”字上了。

他六十七岁了，不久前才挺过一场中风。他的儿子们在村里开了个餐馆，我从来没见他们下过地。我不知道他还能在地里干多久。对于老年人来说，东福在楼房小区修的老年活动中心和诊所能给他们的生活提供便利，而把土地承包给东福也可能是再也干不动时的救命稻草。

老掉牙的不止是“为了我们的友谊”，还有政府宣传部门和东福米业广告牌上的话，信誓旦旦地说要“释放农村的无限潜能”。这些话的重点不是农民，而是土地，字里行间处处在暗示土地才是农村最重要的财富。但中国的农村早就释放了无限潜能，在沿海的工厂区，农民工们没日没夜地苦干，为长达二十年的经济高速增长添砖加瓦。有些中国学者和研究者提议，通过把土地所有权全部转给农民，以此来释放农村的无限潜能。

“共产党不会那么做的，”三舅说，但没什么恶意，“革命的目的就是要土地改革。这就是现在的社会主义经济。”

“有中国特色的社会主义，”我说。这是官方讲话和中央文件里常见的字眼。这句话可以用来解释市场上的一切现象和波动，从国有企业到私人企业再到上市公司。如果这就是机械化农业时代的开端，那么下一次的划时代改革可能是革命性的，将土地所有权从“集体”转到每家每户手中。

“我这辈子是看不到喽，”三舅说，“我的孙子可能看得到，或者你的孙子。”

三姨和三姨夫坐在炕上看中国和古巴的女排比赛。“古巴要赢了，”三姨夫用失望的语气预测道。

“也就是排球而已，”我安慰他。

三姨说刘老板这些计划就是吹牛逼。“他说的比唱的还好听，”她说，“但土地是集体的，要问过每个人之后才能做决定。”

我说刘老板很有信心和决心。

“咱们走着瞧，”三姨说。作为退休干部，她对村里的政治仍然关注和敏感，好像没太担心很快就会从客厅的窗户看到一座高架桥或滑雪坡。现在窗外的景色宁静祥和，一望无际的雪野，空空荡荡的红旗路。春天，如果三姨偷偷种在墙根的种子熬过了寒冬，她家门前那一段会盛开鲜艳的虞美人。

“我听别人说，”三姨说，“长春机场下面发现了石油。挺多的，他们可能把机场搬到这儿来呢，就原来的飞机场那儿。”把一个新建成的机场搬到六十多公里以外，在今天的中国是完全有可能的。说不定一个星期就完成了。然而我觉得这传言很不可信，但三姨的情报到目前为止没出过错。

“我们当然不想搬出去了，”她说，“你说那些楼房咋住啊？再说了，咱们家的根儿在这儿啊。每家都一样。你丈母娘就在这个村长大。你媳妇儿也是。说不定哪天你孩子也会住这儿呢。”

这时候宣布大新闻应该不错。

“我老婆怀孕了。”

三姨脸上露出异常灿烂的微笑，毡帽都拱了起来。三姨夫咯咯笑着，热情地祝贺我。之前三舅听说的时候，像往常一样低调地笑笑，但笑容中满含赞许，接着又批评我这么晚才当上父亲。

弗朗西斯早就告诉我了，是在某个夏日的早上。我的手机屏幕亮了，她的号码，我接起来，担心香港那边出了什么事。她告诉我，在家用试纸测了两次，这事儿板上钉钉确凿无疑。我的第一反应是哈哈大笑，上蹿下跳，但很快发现路上的村民都停下来瞪着我，赶快消停下来。到那天傍晚，我的嘴都笑疼了。弗朗西斯也一样。

也许我们该感谢荒地。这里让我忘记了中国的官僚体制和繁琐流程，忘记了更新签证，于是没能坐上北上的火车，在弗朗西斯那里多待了三天。那三天完全是计划外的，而我们俩在谈论是不是该安定下来。我们一个三十九，一个三十四，是不是该要个宝宝了？最核心的问题，是不是应该结束我的东北之行？我们争论不休，最后打成平手，现在生米煮成了熟饭，再没有了争论的理由。

炕上的三姨由衷地欢呼鼓掌。她没问弗朗西斯有没有坚持吃苹果，只问了预产期是什么时候，是男孩还是女孩？

我没回答第二个问题。是个男孩。但我不想听他们说我们运气好，因为男孩能传宗接代。我们决定了，宝宝中文名字的姓不用妈妈的（也就是外公的），而用外婆的。岳母家里只剩下她一个人了，我们的孩子将继承她的姓，继续帮这一家开枝散叶。感谢那场地震，没有让她去流产；也感谢岳母，舍不得把新生的女儿抱养出去。她把她送到荒地，在这里长大。而我也是在这里的路上接到了“小多余”的电话，说她怀孕了。

又一场生命的轮回即将完成。所有故事的转折与起伏，只有到最后才真正有了意义。在这里就是意义。

“预产期就是过完年吧。”

“那就是属龙的!”三姨大惊小怪。“太好了。是很好的属相!”

“随便属什么大家都说好，”我笑出声来，“没人会说，‘哦，你孩子是属兔的？啊，那可能会有点笨，不好’。①”

三姨轻快地跳下炕，再进屋的时候手里拿着东福米业那个巨大的挂历，寻找吉利的出生日期。

“刚拿到的，”她说，“质量老好了。”

她翻动着厚厚的纸页，找到农历的日子。“龙年是这一天开始，”她说。每个月的页码上，都标有农历、阳历和节气。下周就是冬至

---

① 英语中有一句俚语 dumb bunny，意指“可爱的傻瓜、蠢货、笨蛋”。直译的话就是笨兔子。——译者

了。我也是冬至时搬到荒地来的。

挂历的图片中有成熟的田野，笑容灿烂的农民，勤奋的收割者。农学家刘博士在挂历上加了农家俗语，让我想起赛珍珠在她丈夫乏味冗长的田野报告后加的丰富多彩的谚语。12 月这一页的俗语好像没那么传统，更像签语饼上一句惹人眉开眼笑的话："瑞雪兆丰年，财源滚滚来。"

弗朗西斯第一次去美国的时候，只有一张签语饼的纸条，她不能用地道而一针见血的中文解读："生命的行程无法预测；没人能提前写就他的自传。"

这也许就是东北这片土地的写照。现在，我终于能把东北的列车时刻表、地图和历史书放到一边，开始书写自己的人生了。

我同三姨和三姨夫道别，手机突然振动起来，有条短信。我站在他们的院子里，遮住屏幕，抵挡刺眼的阳光，短信是这样写的："愿你正在享受东北的早晨。宝宝踢我了。就像小小的手指在温柔触碰我的皮肤。太奇妙了。回家吧。"

冬天，封冻的大地寂静无比。万里无云的天空，阳光照射在冰雪覆盖的稻田上。雪野反射着阳光，那么刺眼，我不得不伸手挡在眼前。在红旗路上往南走，刺骨的寒风令我不得不加快脚步，离开这个叫做荒地的村庄。

致　谢

我首先要感谢荒地的村民，热情欢迎我进入他们的家、教室、办公室和田地。我特别感谢关老师一家、三姨、三姨夫和三舅。而能够完成相关的调研，要十分感激吉艾斯·怀庭夫人基金，约翰·西蒙·古根海姆纪念基金，洛克菲勒基金会百乐宫中心和纽约公共图书馆多罗西 & 路易斯·科尔曼学者和作家中心对我的经济支持。

在纽约公共图书馆，馆员萨米·奥塔和瑞贝卡·费德曼不仅帮我查找了很多资料，还提供了很多别的帮助；玛丽·奥利格尼和珍·斯特劳斯给了我很多支持和积极的鼓励。倍儿棒！我还要感谢国会图书馆的玛丽·那卡哈拉，帮我找到了南满铁路的地名录。也要感谢美国档案馆的大卫·费列罗，帮我查询了有关“红雀行动”和日本在东北战争罪行的资料。

在中国做自由撰稿人，遇到的困难和挑战不仅仅是没有名片、助手和正规商业发票那么简单。书里的故事来自一个很少有人去过甚至没多少人听过的地方，我很感激那些对此表现出浓厚兴趣的编辑们：《国家地理》的唐·贝尔特和奥利弗·佩恩；《中国经济季刊》的汤姆·米勒；《启程》杂志的理查德·斯多利；《目的地亚洲》的克里斯·希尔；《纽约时报书评》的詹妮弗·舒斯勒；美国亚洲协会《中国档案》的苏珊·杰克斯和《美国生活》的米基·米克、朱莉·斯奈德和伊拉·格拉斯。

在沈阳，我从熟知并热爱这个城市的道格·凯利那里获益良多，还有总领事西恩·斯坦因。同样也感谢和我深度交谈的大卫·道格拉斯，南京大学的刘海平教授，安克·谢雷尔，伊娃·皮尔斯，丹·艾布拉姆森，江平，杰雷米·茨温格，罗恩·苏斯基，杰弗里·沃瑟斯托姆，拉娜·米特尔，大卫·斯宾德勒和汤姆·戈尔德。美国农村发展研究会的朱克良帮我理清了繁杂的中国土地权利问题。迈克尔·亨特帮我理解了尼尔森·费尔柴尔德自杀之谜。马克·艾略特对我讲授了一些满语的语源学。史蒂芬·沃得利翻译了书开头的那句来自《子弟书》的引用。皮特·科恩引起了我对赛珍珠传奇一生的浓厚兴趣。《纽约时报》的吉姆·亚德利帮我寻找了沈阳二战盟军战俘集中营那些幸存者的所在；而安德鲁·雅各布斯帮忙寻找了“长春围困战”的幸存者。感谢《朝日新闻》的员工们，石田光一在敦化为我提供了帮助；而藤原岩井为我引见了东京那些当年被遣送回国的孤儿。另外，我衷心感谢长峰章先生（以及他女儿简妮特的帮助）和哈罗德·莱斯先生（以及他妻子海伦的帮助），感谢他们分享了战时的经历。

我的岳母程兆华和吉利安·利菲在东北和自己的所在地都提供了很多帮助。罗恩·格拉克曼、麦克·格伊提格、伊恩·约翰逊、马克·梁和卢克·麦恩斯都给予了我友谊和鼓励。当然还要感谢特拉维斯·科林博格博士不断催促我前进。傅睦友（Matt Forney）的公司 Fathom China 的员工为我查找了很多东福米业的资料。而他本人在和儿子罗伊一起去红旗林场时，驾驶我们的红旗轿车撞上了一辆解放牌卡车。从那以后我就坐火车了。感谢你，好哥们。

还要感谢尼克拉斯·格里芬、亚当·霍赫希尔德和何伟（Peter Hessler），你们认真阅读了我的书稿，给出了批评意见。亚当，你是世界上最好的良师益友。彼得（何伟），给莫洛打个电话吧，我欠你的。

同样，我也深深感激我的代理人乔治·波尔夏特和出版人乔治·吉布森，他们投入了无限的耐心，一直在帮我修改，并从头到尾无条件支持。

弗朗西斯和我相识于 1997 年，当我写下这些文字时，真的很难相信，距离我们第一次约会已经过去了十七年。时间都去哪儿了？

（嘿，台阶都去哪儿了？都去上面了。[1]）我实在无法用语言表达我对她的感激。我们之间有着深情厚谊，相互支持，一起欢笑，并共同建立家庭。此时此刻，两岁的本杰明就坐在我膝盖上，手上拿着尤克里里，要求我再唱一遍儿歌《汽车在奔跑》。亲爱的小本（你是不是很高兴我们没给你取名叫荒地），总有一天，你会厌烦这首歌，要求爸爸换首别的。从这本书的字字句句，你会知道在呱呱坠地前，你的父母都在哪里，在干些什么。而你的到来，让我们的生活更加美好。你，我的儿子，就是生命的意义。我爱你们。

① 原文是 Hey，where do these stairs go? They go up。来自经典电影《捉鬼敢死队》（*Ghostbusters*）的一句台词。放在这里算是作者针对“时间都去哪儿了”讲的一个冷笑话。——译者

注　释

直接引用的句子在此标明出处，列出开头的字句方便对照。不能轻易在参考文献中找到的信息也标明了出处。如果一个引用后面没有页码，说明来源于报纸文章。

第一章　冬　至

这里似乎是中国最有影响力的，张嘉璈，p. 1。我不是要搞什么地域论，不过弗朗西斯这个东北人认为南部沿海的广东省（省会广州，毗邻香港）也当得起这句话。

仅仅是 1927 年到 1929 年间，Reardon-Anderson，p. 98。书中说这个数字超过了美国的移民潮。1907 年美国移民潮达到最高峰，有一百万人来到埃利斯岛。根据美国国家公园管理局的统计，移民高峰期的年均移民人数是七十八万三千。

尽管不知道上帝到底将人间天堂选址何处，这句话出自法国神父古伯察（Evariste-Regis Huc），他还在旅行笔记中写道："满族人成为大中国帝国的主宰已历经两个世纪，在这两百年中，他们不断自我毁灭。他们的行为礼仪、语言文化和本来的大本营，都已经完全汉化了。"这位神父在四十七岁仙逝，《纽约时报》上的讣告盖棺定论道："在他身后，没有更真切的教士；没有更诚意的作家；没有更有趣的笔法。"

远早于日本侵略之前，Elliott 2，p. 635。1937 年，文中提到的共产党机关被捣毁。但 Elliot 写道，早在周恩来和刘少奇在相关刊物中使用“满洲”一词之前，“这个词并不敏感，也不会触犯当时人们的民族主义情绪”。

皮特·弗雷明写道，鞑靼一词，“严格来说并非地理名词，和基督教教徒的感觉差不多”（p. 14）。这个词指的是居于里海到朝鲜一带的某一人群，首见于乔叟的《坎特伯雷传说》。也许这个词（Tartary）脱胎于拉丁文 Tarturus，一指“冥王哈迪斯的内脏”，一指“蒙古人在东欧发动的毁灭性打击”（Elliot 2，pp. 625 - 626）。

耶稣会绘于 18 世纪的一幅中国地图包含了这些民族志的信息，并强调东北“过去是满洲，后来征服了全中国”。此处是法语文献，在里面“满洲”叫做 Mantcheou。日本版的改成了 Manchū，而伦敦的版本用的是 Manchew。19 世纪早期，美国的地图册上出现了 Manchuria（包括 Mandshuria 和 Mantchooria），并逐渐发展为普遍的用法，常带着一种浪漫主义的色彩（Elliot 2，pp. 626 - 632）。

1993 年，美国人口普查已经不把农民的数量算在统计范围内了，出自美国国家环境保护局的“网站导读”页面：http：//www. epa. gov/oecaagct/ag101/demographics. html。美国只有 2% 的人口居住在农场上，而这之中只有一半的人真的以农业为生。因此，美国只有不到 1%的人是“全职农民”（每年农产品销售额超过一千美元的机构才能称之为农场）。美国的农场总数已经从 1935 年的六百八十万下降到了二百二十万，其中有十八万八千个（总数的 9%）农场采用集约化和机械化生产，出产了美国三分之二的农产品。规模很重要，为了长期可行的经济效益，美国的玉米种植带在作物种植和畜牧业上需要投入两到三千公顷土地和六百多台播种机。

这个数字正在直线下降，Boehler 1。2012 年，村庄数量从去年的三十六万八千下降到二十六万九千。

这类米普遍用于制作寿司，荒地村种植的稻子叫做粳稻（japonica）。中国的植物学家一直以来都不满亚洲栽培稻的两个亚种的命名方式：籼稻（indica）和粳稻。从名字完全看不出这两个亚种形成的过程，英文听起来好像是从印度和日本进口的。虽然稻米的确起源于印度，但籼稻和粳稻却是实实在在的中国制造。

公司为他们提供种子，中国农村地区人均年收入是七千元（城镇人均年收入的三分之一），所以东福米业承诺的年收入相当于翻了番。

第三章　血 浓 于 水

1976年，在多年响应“多生孩子”的号召后，城市居民迎来了新政策，所谓的独生子女政策，官方的说法叫计划生育。1979年正式实施，有效放缓了中国人口增长的速度，但随之带来性别不平衡的问题。杀女婴和流产现象严重，因为很多夫妻都有重男轻女的思想。农村居民、少数民族和双方都是独生子女的父母可以生育两个孩子，城市居民可以生育双胞胎。除此之外，多生一个需要缴纳不菲的罚款。

1947年一本名为《乡土中国》的书中，作者是社会学家费孝通，英文版还有个副标题，中国基层传统社会。他在日记里写“同上”，结果被老师严厉批评，但费孝通心想，“那是真情，天天是‘晨起，上课，游戏，睡觉’，有何可记的呢？老师下令不准‘同上’，小学生们只有扯谎了。”

事实上，关于中国的农场，我读过的最好的“回忆录”，是得克萨斯大学历史学教授李怀印所著的大部头学术研究著作《乡村中国纪事：1948—2008集体化和改革的微观历程》。书里写的小村庄是东部沿海省份江苏省东台县的秦村。

第四章　去 日 留 痕

大规模的墓葬群里有坚实的房屋地基，Nelson，pp. 213 - 218。

这些发现表明，五千到七千年前生活在这里的人们，同上，p. 252。

有些考古现场的发现甚至表明这里二十万年前就有过人类居住的痕迹，同上，p. 252。

肖的长官把他带到一个房间，Condon，p. 20。

满洲的骑兵旋风般，Elliot I，pp. 1－2。书中对这场战役进行了精彩描述，将其称为“中国闪电战”。

事实上，长城不过是位置一直在变化的堡垒，三个世纪以来，大明王朝在东北的统治可谓兴衰起伏，当时的疆域包括了今天的辽东半岛和辽宁省，分界线是位置多次变化的城墙（感谢研究长城的学者David Spindler）。

1754 年，乾隆皇帝在一首古诗中如此描述这道屏障，Edmonds，p. 599。乾隆诗作《柳条边》，英文翻译取自 Edmonds 的文章。

1886 年，一群英国探险家穿越东北，James，p. 6。

小男孩痛失双亲，Crossley I，p. 48。

他还下令女真妇女不用缠足，而男人要削发梳辫，依照传统，汉族人不剪头发，认为“身体发肤，受之父母，不敢毁伤，孝之始也。”然而，在清朝统治下，那些拒绝剃掉额发的人将面临重刑甚至杀身之祸。将近三个世纪以来，中国人都熟知一句口号，“留头不留发，留发不留头。”“例外”的只有和尚。

叫做努尔哈赤，我第一次听到这个名字是小时候看到的另一个故事。在《夺宝奇兵 2》电影开头的一幕，我们的男主角拿着一个装着努尔哈赤骨灰的玉雕瓶和一个满族黑帮老大做交易。老大叫做“老车”（大概取自著名的满族小说家老舍）。

他的儿子建立了清朝，1635 年颁布法令，Crossley I，p. 15。这个名字和清朝的军队管理组织形成对照。该组织是由来自蒙古的女真和汉军一起组成的，名为“八旗”。里面包含了类似于俄罗斯哥萨克人的世袭庄园制度和武装种姓制度，将疆土分割成不同的部分，分别划归于正红、镶红、正黄、镶黄、正蓝、镶蓝和正白、镶白这八面旗帜之下。

现在中文里的“满族”其实并不对应英文里的 Manchu。Manchu

是一个词，而满族，英文里应该翻译成 the Man ethnicity。

努尔哈赤的儿子皇太极，将朝代取名为“清”，此名和水有关，而前面的朝代“明”和火有关，刚好以水灭火。同时，清这个字也有满族要文明开化的意思。之前女真族建立的金朝修建了很多佛寺，包括 1137 年修建的佛光寺，至今还伫立在华中地区的五台山上。

重命名的法令是在 1635 年 11 月颁布的，其中说道：“我国原有满洲、哈达、乌拉、叶赫、辉发等名，向者无知之人，往往称为诸申。夫诸申之号，乃席北超墨尔根之裔，实与我国无涉。我国建号‘满洲’，统诸绵远，相传奕世。自今以后，一切人等，止称我国满洲原名，不得仍前妄称。”诸申即女真（Elliot I，p. 71）。

很多人都是群居，集中在清原满族自治县这样总人口在十万左右的地方，满族虽然是中国最大的少数民族之一，却是最后一个被分配给自治地区的少数民族，此事发生在 1983 年。那时候，十五个大少数民族中，已经有十四个拥有自治区和辖区。也许这种延迟源自某种忌惮，但也许说明满族已经融入了汉族社会，没有尽力争取自治区（Shao，pp. 210 - 211）。

一位陪同皇帝视察吉林造船业的耶稣会传教士，Verbiest，p. 75。

第五章　惊　蛰

1903 年，一个英国人旅行到此地，Simpson（笔名 Putnam Weale)，p. 431。

老吉林有城墙，充满了古老的木建筑，Fogel，p. 255。这位诗人名叫大町桂月。Fogel 提到，“满洲京都”这个词，其实就是想让目标国家的国民对一个外国的所在有直观的想象（比如东方巴黎，亚洲纽约）。这个词里面没有什么帝国主义的语气，作者提到：“京都，特别是冬季的京都，在日本人眼中是美的典范，所以，这是来自一个日本人对吉林的高度赞赏，或许还有些夸张。”

19 世纪末，一位英国探险家，Younghusband，p. 43。我非常喜欢他的描述，好像打开了通往过去的回忆门。部分原因是，在纽约图书馆，我是自1918年以后第一个借阅这本书的人。书的外观、感觉和味道都是那么古老。他写道：“本书献给所有志趣相投的灵魂；与我同享对冒险与探索未知的热爱。这种热爱在我心中滋生萌芽，已经深深扎根。写下这些经历令我无比愉悦，原因就是我能通过这种方法，找到志同道合的人们……能把这种热爱传递给别人，让他们也开始探索的事业。我也是从前人的身上，找到了这种对旅行和大自然的无限热情。”

第六章　谷　　雨

2010年，中国有65%的群体性事件， 数据来自美国农村发展研究所。该所对中国十七个省进行了调查，2012年报告问世。调查人员走访了一千七百九十一个村庄，发现自1990年以来，43%的村庄都有过强制征用耕地以为商用的经历。据估计，每年大概有四百万农村居民的土地被征用。

刘博士建议他们做种植有机水稻的先锋， 中国的有机食品遵循国际标准，要求第三方进行鉴定，确保食物非转基因，种植时未添加人工肥料、除草剂或杀虫剂，种植土壤也要求通过重金属残留检验。

2010年，全国进行了一场土壤调查， 调查由国务院环境保护部进行。2013年初，该部门在名为《土壤污染和人体健康》的书中写道：“每年收获的农作物中，有超过一千三百万吨被重金属污染，两千两百万英亩的农业用地杀虫剂超标。”书里做出评估，全国大概有六分之一的耕地被污染。

宣布全国有将近八千万亩土地污染严重，不应进行农业活动的中央高官叫王世元，是国土资源部副部长。

2014年初，政府， 《土壤污染“家底”揭开，治理刻不容缓》(英文报道标题：China Alerted by Serious Soil Pollution，Vows Better Protection)，新华社，2014年4月17日。调查报告是环保部和国土

资源部共同发出的，依据是相关人员从 2005 年 4 月到 2013 年 12 月进行的调查研究。

第七章　朝 圣 之 路

尽管各大城市的天际线日新月异，2013 年，世界银行对中国进行表彰，因为它是第一个让半数人口摆脱贫困的发展中国家。各个机构对贫困人口的估算数字不太一样。中国的新闻机构报道，根据国务院提供的数据，该数字从 2010 年的一点六六亿下降到“现在的九千八百九十九万”（《联合国官员赞扬中国扶贫成效显著》，新华社，2013 年 10 月 17 日）。

我找不出任何语言来形容这里种类繁多的蚊子，James，引自 Lee，p. 5。

1886 年远涉东北时，Younghusband，p. 12。

要是还有人下落不明，Du Halde，p. 98。

旅人们进入高山树林，湮没其间，同上，p. 96。

一百年后，这些树林却面目全非，Younghusband，p. 12。

一位英国领事来到吉林，Hosie，p. 23。

一个发了横财的中国矿工，Lee，p. 92。

一个诨名马疯子的土匪，同上，p. 94。

19 世纪时，夏末的霏霏淫雨，Reardon-Anderson，p. 112。

探险家亨利 · E · M · 詹姆斯，裹着厚厚的羊皮袄，James，p. 15。

天黑时队伍来到一个貌似可驻扎之地，Younghusband，p. 11。

荣赫鹏先抱怨了一通当地人总是盯着他们看，同上，p. 8。

（“在我看来，这是上帝的恩赐之一”），James，p. 168。

他和今天到东北旅游的人们一样，Younghusband，p. 18。另外，和今天到东北旅游的人们一样，他也被宴席上的饮品弄得苦不堪言。“最近我们一直在过清苦而健康的生活，胃口不错，”他记录道，“但喝酒这件事实在太可怕了。要是一直喝一种酒可能还受得了，但葡萄酒混啤酒，雪莉酒混干红，黑啤混伏特加，颠来倒去，一杯又一杯，简直要命。”

东北有仅次于长江的， Reardon-Anderson，p. 113。

美国总统皮尔斯派一位海军上校， Collins，p. 232。柯林斯还写了关于铁路的文字，“就算我们发现无法依靠自己的努力达成这项事业，还是应该记住，我们比较有先见之明地知晓了这个国家的需求”(p. 399)。

吾辈竟成游鱼之玩笑， Verbiest，p. 77。即使是在吉林上游的大坝建成之后，松花江的数条支流也相当容易发洪水。我在荒地的第一年夏天，就遭遇山洪暴发，汽车被冲毁，道路被淹没，一个仓库也葬身水底，三千个装有有害可燃化学品的蓝桶被冲进松花江。市政自来水关闭，人们陷于恐慌，疯狂抢购瓶装水。另外，富有中国特色的是，河岸上站满了人，围观相关人员打捞蓝桶，没有一桶泄漏。

里面装的都是客死满洲的殖民者， Younghusband，p. 50。

1938 年，东北一共有将近四百座天主教教堂， 1838 年，罗马教廷设立了东北宗座代牧区。在这之前的一个世纪，都是由教廷断断续续派遣神父前来，将相关报告递交回去。让·巴普蒂斯特·杜赫德在 1741 年出版的著作中，描述了东北边关的吸引力：“这里的土地大体上肥沃优良，盛产小麦、粟米、根菜和棉花。此处物产丰富，有大批的牛羊，是中国其他地区少见的情况。水稻甚少，但却有好几种欧洲水果，如苹果、香梨、坚果、栗子和榛子，在森林之中繁茂生长。”

当时一位传教士解释说，之所以要让懂医术的人来传教，是因为， Christie，p. 26。这位传教士也认为，因为他的病人都是移居此地，所以比起他们那些“被圈在长城之内旧中国的亲属们”来，更容易接受新思想和新做派（p. 14）。

我也许会哭泣，但并非出于痛苦和忧伤， O'Neil，p. 37。

到了春天，她写道，东北的颜色就是“泥土与蓝”， 同上，p. 52。

“每天，”她写道，“我都越来越感觉到”， 同上，p. 47。

第八章　火车开往满洲站！

他们骑在马背上夺取了政权，上海曾经有一条短短的铁路线，是香港怡和集团下属贸易公司在未获得官方许可的情况下修建的。十年后，政府下令将其拆除。而北京至汉口的铁路线的修建时间是 1898 年到 1906 年，但直到 1915 年才正式通车。

大概是全世界现代交通变化，Chirstie，p. 64。他以苏格兰长老教会（现在的偕我会）医学传教士的身份来到东北。1913 年，他出版的书中写道传教士这个群体："三十年过去了，他们都记录下了什么呢？一路遭遇的敌意，不断跟随的迫害。我们的栖身之所和一切身外财物全部付之一炬；战乱连连，瘟疫缠身。我们的同伴悲惨地死去。有的不得不将孩子们送回故土，致使妻离子散。日子过得很苦很不顺，*然而很值得。*"斜体的部分，大概只是他的个人感受。

也是在这个时期，与英法进行的第一次和第二次鸦片战争，第二次鸦片战争算是对清廷的惩罚，因为后者违反了第一次鸦片战争后签订的条约。1858 年，英法两国，再加上战争中提供支持的美国和俄国，与清朝官员签订了《天津条约》，打开了很多对外通商口岸，且允许外国公使进驻北京。

你很难想象我们烧掉的这座园林是何等美丽壮观，查尔斯·戈登的这封信写于 1860 年，引自 Elder，p. 246。

新的协议中，两国边界回到了黑龙江，1858 年和 1860 年，中俄分别签订了《瑷珲条约》和《北京条约》，开放松花江沿岸（以及吉林市），俄国军舰和商船可以自由航行，同时也将中俄边界南移。

俄国人实际上或自以为控制着河道，一直持续到 17 世纪，东北开始抵抗外侮，收复中国失地。随之而来是各种战争和攻击，到 1689 年尘埃落定。中俄双方一起坐下来，中国签订了和欧洲国家的第一个条约。这个条约是清廷的天主教外国顾问用拉丁文写成的，史称《尼布楚条约》，以条约签订的村庄命名，就在额尔古纳河边上。条约中规定，黑龙江—阿穆尔盆地属于中国。

当时俄国认为这条河易攻难守，而且由清廷两次主导改道，于是同意了条约的内容。这条边界就这样一直存在了两百年。直到东西伯利亚总督尼古拉·穆拉维约夫发起“昭昭天命”（Manifest Destiny）运动，认为俄国的未来在太平洋地区，就如同美国的未来在加利福尼亚。穆拉维约夫带领一支舰队南下黑龙江，通过修建堡垒，签订新的条约，重新夺回了盆地。近年来，穆拉维约夫遗留下来的思想又在俄国有所抬头，他的墓从巴黎迁回了海参崴，而曾经被列宁雕像代替的纪念雕塑也重新树立起来。这座雕像还被印在5 000卢布的纸币上。（见“Amur's Siren Song: The Long River That Marks the Border Between Russia and China Has Proved to Be a Site of Dashed Hopes”，《经济学人》，2009年12月19日。）

然而中国人也在穿越边界，以自己的方式收复失地。苏联解体后，大片的国有农场荒废了，而现在，这些面积几百万公顷的土地被租给中国的自耕农和企业家，甚至还包括县政府。中国绥芬河的东宁县，就将边界那边俄国领土上的二十万公顷（八百平方英里，面积相当于半个罗德岛）闲置耕地租了下来，种了土豆、洋葱、小萝卜和黄瓜，收成后就在当地卖。

观礼尼古拉斯加冕仪式的一位中国外交官， Wolff, p. 5。这位清朝外交官名叫李鸿章，他是一位改革家，之前支持修建一条穿过长城山海关的铁路。铁路不用于客运，用于运输煤炭，对于李鸿章来说，也是有利可图的副业。

三百万卢布的贿赂， 同上，p. 5。向李鸿章行贿的人是谢尔盖·维特，总管中俄银行的俄国财政大臣。中俄银行非常支持修建“中东铁路”，这是俄国通行东北的一条捷径。

第一次中日战争时间很短， 中国人称之为甲午战争，甲午是那一年的传统纪年。

1894年9月，日本军舰在平壤打沉北洋军舰， 对于日军来说，在中国的陆战可以说是打靶练习。从当时拍摄的照片可以看到，穿着军服的清朝军人前后都画着大大的白圈。

七个月后，清廷签订了条约，这就是中日《马关条约》。原哈里逊总统旗下的国务卿约翰·W·福斯特作为中国的顾问，起草了各项条款。签订条约期间，外交官李鸿章遭到日本右翼势力刺杀，但没有危及性命。遇刺地点就在日本南部的马关（今山口下关市），条约签订的地方。

您当然已经知晓，亲爱的母亲，Nicholas II，p. 130。

为使俄国便于运输部队，Wolff，p. 7。即便签订了条约，也没能阻止1900年俄国人在东北北端展开针对中国人的大屠杀。然而这场屠杀被遗忘在历史的角落里。弗朗西斯和我坐了一夜的火车，从哈尔滨来到黑河，这是个河港城市，对岸就是俄罗斯的布拉戈维申斯克市（又称海兰泡）。1900年义和团运动刚刚兴起时，清朝的舰队曾经试图封锁河道，袭击布拉戈维申斯克。俄国的军队都统下令从该地区驱逐一切清朝人员，无论满汉。本来在条约签订边界变更之后，这些人还被允许留居当地。从7月17日开始连续四天，俄军聚集了成千上万的中国人，其中包括妇女和孩子，将他们驱赶到湍急的深深河水中。大多数人不会游泳。人群一入水，俄军就开火。

“对于命令的执行让我差点恶心吐了，”一名俄国军官说，“我就好像可以踩着那些漂浮的尸体，轻松走过河去。”估计死亡人数从三千到八千不等，幸存者仅有四十到一百六十名。那几天黑龙江沿岸常常发生类似的屠杀。下令进行屠杀的将军说：“阿穆尔—哥萨克军的威名将如雷声一般，响彻整个满洲，让中国人恐惧害怕，畏缩不前。”屠杀三个星期后，一名俄国作家沿着河水南下。看着船头不断被拨开的肿胀漂浮的尸体，作家吐了。

三年后，作家的书在圣彼得堡出版了。在当时很容易因言获罪的沙皇首都，很少有人像他一样提到这件事。相反，比较常见的书有着《在满洲的最后岁月》之类的标题，详细描述了义和团和清朝军队（他们只开枪杀了一名乘客）挺进之前对俄国铁路工人的疏散和撤退。唯一对大屠杀的新闻性记录出现在十年后，作者“匿名”。成千上万死亡的平民当然不能出现在开辟西伯利亚边疆的“英雄史诗”里。没有进行任何军事审判，关于屠杀的调查也在暗中秘密进行。主导的将军被控告，暂时撤职，但没有坐牢。其他指挥官被判服刑几个月。而参与其中的哥萨克军则完全被宣告无罪。沙皇尼古拉斯二世还颁发了奖章，上面刻着“奖赏在中国进行的军事行动，1900—1901”。

弗朗西斯和我在中国这边的河岸没找到任何关于那场屠杀的纪念物。中俄历史上的关系在往南三十多公里的小镇瑷珲展示着。那里新修了一座博物馆，里面摆着很多模特，一边戴着一模一样的肩章，留着山羊胡；另一边穿着绸子衣服，梳着辫子。有四幅花里胡哨的油画讲述了这一带的村庄在清朝被焚毁；住户们被驱赶到河岸，跳进河里，尸体浮在水面上。这个名为“瑷珲英雄卫国园”博物馆又是一个典型的爱国主义教育基地，展现历史的方式是罗列一串串数字，而没有亲历者生动的讲述。油画下面的说明冷冰冰地告诉参观者们，1900年7月17日到20日，哥萨克人杀掉了五千多名中国人，而清政府签订条约，割让了领土。闭口不提首先获得这块领土的，也是清朝统治者。

也许，把这场大屠杀的纪念馆放在这么一个少有外人来访的偏僻乡村，是因为黑河与布拉戈维申斯克现在贸易互通，有频繁的经济往来。我们回火车站时，出租车司机说，曾经黑河街上的垃圾筒都是俄罗斯套娃的样子，结果俄罗斯人不干了，状告外交部，表示强烈抗议。当地只好把这些垃圾筒作废。现下这个冬天，就在大屠杀曾经发生的现场，我们在河岸边找到的唯一标识上用中文写着，小心地滑，英文写着 SLIP AND FALL DOWN CAREFULLY[①]。

1901年，列车的第一批乘客中有人写道， Shoemaker，p. 67。

“这个地儿叫啥名字?”， Fraser，p. 225。

郎先生和我遇到的每个满族人一样，不会说满语，不会写满文， 大家普遍误解，认为满语是中国纸币上的五种语言之一，其实那是蒙古语。其他四种是藏语、维吾尔语、壮语和汉语。

① 英文直译过来是“请小心地滑倒和摔倒”，是对中文的错误翻译。——译者

当时通往这里的火车上，一名英国乘客，Shoemaker，p. 67。

“试问世上谁人见过如此叹为观止之事?”，Simpson（笔名 Putnam Weale)，p. 397。

“他们畅想，这条铁路将构建一个新的满洲”，同上，p. 383。

1903 年从这里出站的那位英国人看到的站前广场，同上，p. 139。

过去与未来并存，少有例外，同上，p. 93。

要是篮球的发明者詹姆斯·奈史密斯目睹这一切，该有多么欣慰，Naismith，p. 109。我首次看到这句话，是 Ian Frazier 在 *On the Rez* 一书中的引用。

火车从 1901 年俄罗斯人修建的一座桥上跨越松花江，2013 年，在“服役”一百一十三年后，这座桥宣告光荣退休。桥没有被拆除，而是被作为文化遗迹，成了一个旅游景点。

我们在绥芬河下了车，这名字和东北很多地方的名字一样，在汉语里没有任何特殊含义，只是用了附近河流的满语谐音。绥芬河也是一条中俄两国的界河。一本地名集上说，绥芬河的漩涡就像蜗牛背上那种尖尖的有对称凹槽的壳。绥芬的发音接近满语里的锥子一词，既可以形容那种蜗牛的壳，也可以形容河里的漩涡。

照片的解说涵盖不了多少内容，没有告诉参观者的是，Carter I，pp. 190 - 191。会议举办地改成了哈尔滨在俄罗斯的友好城市，哈巴罗夫斯克。

就像学者们常说的那样，中国人在俄国曾经的殖民中心加盖的建筑让我想起英国马克思主义史学家 Eric Hobsbawm 所说的“再造的传统”。其中一个例子就是英国议会的哥特式建筑，修建于 19 世纪，遵从历史传统，使其能够“延伸到迷雾一般的过去，符合人们对旧时代的观感”。Carter 的优秀著作《创造一个属于中国的哈尔滨：国际化城市中的民族主义，1916—1932》（*Creating a Chinese Harbin: Nationalism in an International City，1916 - 1932*）中对这种观点和现象有详细的阐述。我在这段文字中的两个引用都出自此书（p. 161

和 p. 195)。

1970 年代，一名记者踏足此地，Burns。

政府用了包括长时间电视广播宣传等很多办法公开集资，Carter 2，p. 111。

1903 年，英国亲华派辛博森，Simpson（笔名 Putnam Weale），pp. 167–171。

“这周有两个人自杀”，同上，pp. 169–170。

辛博森写道，此行令他，同上，p. 148。

“所谓的俄国满洲只是个神话”，同上，p. 149。

1903 年，辛博森，同上，p. 430。

伦敦应和着西方世界的预测，在 1904 年 3 月 19 日的一封家书中，被困在汉城（今首尔）的杰克·伦敦抱怨说，根本没法去前线。“我从来没觉得自己做的事情有这么恶心。我在这儿简直要发霉了。这根本不是什么战地报道。日本人根本不允许我们去见证什么战争。”4 月 1 日，还被困在原地的他写道：“我再也不去掺和东方国家之间的任何战争了。困扰重重，到处受阻。我现在还困在首尔，什么都写不出来。我的五匹马和翻译在仁川，我的服装细软在平壤，我的记者站在（法国）安茹。哪儿都去不了，什么都做不了，实在让我心急如焚。我真是如同一头焦躁的困兽，连信也写不下去了。”6 月，他写了《黄祸》（*The Yellow Peril*），预言了中国和日本的崛起。

在争夺东北城市奉天（今沈阳）的战斗中，沈阳相当于东北原来的王城，而过去西方的地图上就写着奉天（Mukden）这个名字。名字来源于满语的 mukembi 一词，意思是崛起，这座城市还曾经有个名字叫盛京，后来才改名沈阳。

海军的将领和水手发生暴乱，Brooke，pp. 302–310。

1905 年 8 月，中国要求美国总统西奥多·罗斯福出面调停，在主持谈判之前，美国对满洲事务并未显露出浓厚的兴趣。美国传教士那时已经频繁现身长江三角洲，在东北却完全不见踪影。约翰·洛克菲勒这样的巨擘在北京等地修建医院，却从未涉足过东北；他的“中美发展公司”在广州组建团队，规划铁路，却未曾派遣过调查员去东北考察，制定类似的计划。当然洛克菲勒旗下的美孚石油在华北进行棉花、铁路设备和煤油方面的小贸易。但总体来说，当时在全中国包括东北进行的贸易，仅占整个美国对外贸易的 2%。

“我一向认为这对人类文明大有裨益”， Morrison，p. 112。此信写于 1901 年 7 月 8 日，收信人是乔治·费迪南德·贝克尔（George Ferdinand Becker），著名的美国地质学家，美西战争期间曾在菲律宾服过兵役。

“我们的立场比较窘迫”， 同上，p. 478。这封信是 1903 年 5 月 22 日写给海伊的。海伊协助参与了《巴黎条约》（结束美西战争的条约）的谈判。他同时也是门户开放政策的拟定者，该政策规定外国列强在中国“利益均沾”，任何一国不得控制中国的贸易或条约中涉及的港口。

“私人信件——千万注意”， 同上，pp. 830 - 832。这封信写于 1904 年 6 月 13 日，收信人是英国外交官塞西尔·春稻。他是罗斯福婚礼的首席伴郎。1912 年到 1918 年期间，担任英国驻美国大使。

1904 年 9 月，在长岛牡蛎湾度假的罗斯福， 同上，p. 917。这封信写于 1904 年 9 月 2 日，收信人是国务卿约翰·海伊。

“哈尔滨陷入无政府状态，” 1908 年，《纽约时报》在头版显著位置如是说，《纽约时报》，1908 年 4 月 19 日。该报驻哈尔滨记者写道：“各种事件纷乱，惹人注目。这座全是俄罗斯人的城市被一个私有铁路公司控制和管理着。”

他的副领事是个人高马大却长着娃娃脸的大学毕业生， Tisdale，p. 139。他记录下了和当地人进行的洋泾浜英语对话。比如，Boy! Boy! You no belong proper boy. You have sleepy. Plenty piecie (bandits) kill two gentlemen, night time no have catchee place sleep。而费尔柴尔德则努力学习中文。

“我一点也不奇怪，中国人希望如此秀丽的国土”， Fairchild，p. 111。

费尔柴尔德来到东北的时间是1906年10月，同上，p. 153和p. 136。这些日记语气是快乐轻松的，读来感觉却像读那个贝尔法斯特女医生的日记一样，令人心如刀割。这个快乐的年轻人不知道，他很快就要客死异乡，而这里离故土家人是如此遥远。

然而，那个冬天，《纽约时报》的头版，"领事饮弹自尽"，《纽约时报》，1906年12月20日。费尔柴尔德被葬在奉天的万国公墓。但到1930年代，公墓被日本人关闭。两个月后，他的尸骨被挖出来，往南移到牛庄（营口）的租界，现在踪迹全无。

巧合的是，美国驻哈尔滨总领事后来也饮弹自尽，《纽约时报》1914年5月12日的头版标题写着，"华纳领事自杀"。

东北就此失去了一个仰慕者，Fairchild，p. 100。

第二年，一名朝鲜民族主义者在哈尔滨，"伊藤博文遭到刺杀"，《纽约时报》，1909年10月26日。伊藤博文希望朝鲜一直是日本的受保护国，而不进行正式的吞并和占有。

"我刺杀伊藤博文不是个人恩怨"，Perlez。

布尔什维克和俄国白党在街头展开血战，Chiasson，p. 46。

一个美国旅人记录了这场大规模的逃亡，Franck，p. 93。

"到底有多少俄国女孩"，同上，p. 101。

军阀张作霖控制了东北，张作霖不是个简单粗暴的土匪。在他制定的"殖民发展计划"下，东北的人口和耕地面积都翻了番。新政策主要是为了吸引劳动力前来移居，并在东北扎根。政府可以提供住房，五年租期后，住房归个人所有，租期内不用交税，而且还能分到用于耕种的土地。当时，一位日本旅人乘坐火车经过吉林，写道："仅仅是满洲北部，就大概有三万朝鲜人搬迁到此，以农耕为生。稻米种植业一定会欣欣向荣，也许会在满洲的农业生产中占据重要的一席。"（Yosano，p. 58）在大量移民涌入之前，东北仅有少量的稻米种植，而且是旱田。

勒令将那些用斯拉夫字母写成的商店招牌全部换成汉字，Cater I，p. 146。

在列宁主义者的抗议下，Chiasson，p. 127（这一页展示了该神像的照片）。

哈尔滨的法定假日多了起来，包括，同上，p. 114。“中东铁路”的苏联管理者走马上任之后，一直小心谨慎，苦苦维持着和平的局面。直到1920年，中华民国政府宣布接管一切执法和司法职权，取消俄国的治外法权以及俄国和日本对中东铁路北段与南段的实际管辖权。哈尔滨火车站上猎猎作响的旗帜非常奇怪，中华民国五色旗的红色横条上，竟然加了苏维埃的锤子和镰刀。

他帮土匪们治疗梅毒、沙眼和皮癣等疾病，以此来换取好感，Howard，p. 156。医生名叫Harvey J. Howard，他曾在北京做过溥仪的眼科医生。

一部较为夸张的戏剧展现了英国音乐厅里的场景，同上，pp. 209 - 211。

赛后的数据表上，统计了双方的伤亡人数，Chiasson，pp. 198 - 199。后来，中国还发生了很多场篮球赛后的群架。2011年，乔治城大学校队和中国一支职业篮球队的比赛，就以互相丢椅子，大打出手的混战告终。

1924年，中国农民袭击了一个俄罗斯人开办的牧场，把牧场上住的人都赶走，拆毁了所有的现代设备，种上了传统的农作物，然后日日夜夜蹲守在地里。还有的农民发起了拒付租金的行动。

住在中国人治下哈尔滨的俄国人，“哈尔滨的紧张局势加剧”，《纽约时报》，1927年10月23日。

哈尔滨当得起东方小巴黎这个美称，“哈尔滨游客惊叹高昂物价”，《纽约时报》，1928年10月28日。

俄国白党现在没有了国籍，也没有有效护照，“哈尔滨的紧张局势加剧”，《纽约时报》，1927年10月23日。

一个英国人被警察暴打一顿，同上。

《哈泼斯杂志》刊登的文章说哈尔滨，Gilbreath。

计划刺杀的是一名日本陆军上校，日军高层当时并未提前得知刺杀计划，所以没能及时采取措施，利用这次刺杀，以维护治安为名义，取得更多的东北控制权。结果被爱国主义者张学良抢得先机，日本又等了三年才等来又一个好机会。

“老张”和日本本来是亲密盟友，他到底做了什么，被痛下杀手呢？1920年，张作霖企图推翻中华民国政府，进攻北京未遂后才退居长城以北，在东北建立攻防，自成一国。1926年，他成功占领北京，自封“安国军总司令”。后来，蒋介石领导的中国国民党军队挥师北伐，意图剿灭各路军阀。1928年，对战中张作霖被赶出了北京。也是在那一年，中国首都南迁至长江边的南京。张作霖自作主张进军北京让日本人生气，因为他们希望这位可靠的合作伙伴能维持东北的现状，保证日本能从铁路上分一杯羹。雪上加霜的是，在日本看来，击溃张作霖的是苏联的盟友国民党。而这两股力量都想把日本赶出东北。

“俄国暴徒与华人在哈尔滨对战”，《纽约时报》，1932年1月5日。

警方派人进行驱赶，俄国人随即占领了中国大街，Yosano，p. 96。

原来是家咖啡店，叫做苏菲娅，胡宏从咖啡店的书架上抽了一本书，书名是《东方小巴黎》。这是一本摄影集，里面有哈尔滨现存主要的殖民时代建筑。有除了圣索菲亚之外更小的一些教堂，有翻修后的犹太会堂，还有美国领事馆旧址。这简直是在哈尔滨闲逛的最佳指南。这本书出版有些时日了，那时候哈尔滨大大小小的殖民时代“化石”还没有成为吸引游客的热门景点，我很想知道，是什么促使这个摄影师去记录这些的。

“我亲自去了现场，看着他们拆掉的。”中年摄影师宋红岩说起自己小时候的家。“我很受震动，决定开始记录还没消失的历史。”我们站在一条贯穿道外区的狭窄小巷里。这里曾是殖民时代哈尔滨的“唐人街”，当时都是非欧洲人在居住。一栋栋砖房挨挨挤挤，外墙连成一片，墙上开着一扇扇小门，通向每家每户的院子。很多人家都有木头的栏杆，腐朽的楼梯，通向二楼的阳台，两边都是公寓的门。现在这个看上去很不适宜居住的地方里全是农民工。“这不是很讽刺吗?”宋女士说：“最穷的人住的地方，以前住过最有钱的人。”

这里是中国现存最大的殖民时代民居片区。正在重建的过程中，开发项目名称叫中华巴罗克。宣传手册上有一幅中国地图，标出了北京、上海、天津、南京、成都、杭州、苏州和长沙那些被改建成露天购物广场的历史片区。照片上是一座座欧式的建筑，灰色的外墙上有星巴克和哈根达斯的招牌。“每个城市都有无法忘却的记忆，”售楼小姐一边说一边递给我们一本投资指南，“中华巴罗克结合了传统文化，同时创造崭新的未来。”

我很喜欢和宋红岩一起在城市里边散步边聊天。后来，胡宏打电话给我，说她从自己公寓的窗户跳楼自杀了，我万分震惊。

第九章　隧道与岔路上的旧时空

中国考古学之父，纪念资料上没有说明的是，这个头衔本来是属于梁思永在哈佛大学的校友李济的。1949 年共产党执政后，李济逃往台湾。

梁思永日志的手稿在一万多公里之外，非常感谢哈佛大学 Tozzer 图书馆的助理馆员 Janet Steins 帮助我找到这些手稿。我曾向“图书馆圣人”祈祷能一睹手稿，而她必定是圣人的使者。

虽然之前没听说过梁思永，我却写过那场让他的建筑师哥哥留下终身腿部残疾的北京摩托车事故。当时哥哥就在南长街他们家的四合院外骑摩托车，结果被一辆官员的汽车撞倒了。而梁思永就坐在那辆老式摩托车的边车里，只受了一点皮肉伤。两兄弟应该一直保持着密切联系。在工作日志中，梁思永写道，他陪着“思成和菲利斯（梁思成的妻子，建筑师林徽因）”去参加了张学良少帅在奉天举行的舞会。

到哈尔滨采购生活必需品，梁思永，p. 6。

梁思永对这位铁腕人物的描述，同上，pp. 23 - 24。

一群匪徒骑着马，追赶着梁思永，同上，p. 30。

最难熬的是天寒地冻，同上，p. 109。

我的手指已经完全僵硬，同上，p. 116。

行进在东北的偏远地区，同上，p. 13。

第二天，他就发现了，同上，p. 9。

他花了整整一天，“在沼泽地里走了六千多步”，同上，p. 9 和 p. 14。

不管怎么说，同上，p. 14。

全世界六千八百种语言中，有一半将会灭绝，Lague and Yu。出自赵阿平教授，哈尔滨黑龙江大学满族语言文化研究中心主任。

仅存的另一些会说满语的人在遥远的中国西部，与哈萨克斯坦交界的地方。当那里还是中俄边界的时候，三万名军人后代被送去保卫边疆，他们说的是锡伯语，满语的分支。更多信息请参阅 Johnson。以下网页，点击可获得满文短语有声书：

http：//online. wsj. com/public/resources/documents/MANCHU - LANGUAGE. html

但一千万份清朝史料中，大概只有 20% 是满文，Et Tu, Manchu? One Hundred Years on，Only a few Native Speakers Remain，《经济学人》，2011 年 10 月 8 日。文章作者采访了政府档案保管员吴元峰，他说：“全国大概只有三十名真正通识这种语言的学者。”

周围绿树环绕，像繁忙喧嚷的闹市中一片安谧的净土，在中国的大城市中，哈尔滨的殖民时代建筑解说牌算是独树一帜。“国际友好城市展览馆”的建筑附近还有一栋差不多的建筑：东大直街 289 号的美国领事馆旧址。现在是哈尔滨商业银行的一个支行。近年来才开始提到建筑过去的历史，当然是为了吸引游客。更多信息请参阅 Carter。

在“后邪恶帝国”时代，SCI 的一个条目是“伊拉克和美国和解工程”，里面将美国的城市和伊拉克的城市配了对：丹佛配巴格达，达拉斯配基尔库克，费城配摩苏尔，还有夫勒斯诺、图森和盖恩斯维尔等，都找到了伊拉克的“城市伴侣”。

这个港市已经在积极输入赌城的文化，不过，长期的友好关系也有可能走向恶化。2012 年，南京中止了和名古屋长达三十四年的友好城市关系。因为名古屋市长对 1937 年日军在南京进行的大屠杀提出了质疑。事实上，日军当时的确屠杀了二十五万到三十万中国人。南京市政府一名发言人说，名古屋市长歪曲史实，“严重伤害了南京人民的感情”。名古屋市政厅的发言人则说，市长川村隆之的话“仅代表他的个人意见”。同时表示，日本政府的立场就是名古屋的立场，“日军在南京对平民进行屠杀和劫掠是不可辨驳的事实”。

校园是某个工程的一部分，哈尔滨政府投入了大量资金，Barboza I。

但政府允许人们表达对外星生命的相信，事实上，中国对天空宇宙的兴趣由来已久。前《时代周刊》北京分社社长傅睦友曾找到一本约成书于公元 4 世纪的古书《拾遗记》，里面记录了“十二年一周天”，如月亮般出入西海上空的“贯月船”（书里称为贯月查）；还说中国古代一位著名的航天员曾经在一个湖上看到空中盘旋着珍珠一般的光芒。

第十一章　三姨的歌谣

但还种在土里时叫稻子，稻，种在土里的大米，这个汉字的起源要追溯到公元前 1046 年开国的周朝。并不巧合的是，这个朝代也开辟了水利工程和灌溉的先河。三舅种的这种短粳米从新石器时代就开始了（粳米从公元 1 世纪就有了，见 Bray 2。）。

中国古人将此称之为，宋朝时，首次出现了指导农业生产的专著和手册，并且在全国范围内流通。比如成书于公元 1149 年的《陈旉农书》。建立了独特的农学体系，提出了“十二宜”，分别是：财力、地势、耕耨、天时、六种、居处、粪田、薅耘、节用、稽功、器用、念虑。其中还引用了约公元前 1000 年左右的《诗经·颂》：“以薅荼蓼，荼蓼朽止，黍稷茂止。（拔掉杂草，杂草枯萎了，谷物自然就长得丰茂。）……古人留意如此，而今人忽之，其可乎?”在后面的“念虑”一节中，陈旉写道：“凡事豫则立，不豫则废。求而无之实难，过求何害?”这话听起来也像是对一个作家的谆谆教导。

公元8世纪时，一位诗人写下一些诗句，诗的题目是《行官张望补稻畦水归鉴赏》，作者是杜甫。引自 Needham，p. 510。

没有《草原上的小屋》这样的电影，不过，倒是有一本书类似于厄普顿·辛克莱揭露社会丑闻的《屠宰场》。书名是《中国农民调查》，写的是华中大省安徽的事情，一本类似于报告文学的书。该书的英文版书名是 *Will the Boat Sink the Water?*（舟能覆水吗?）安徽省也是《大地》这部小说的背景。见 Chen Guidi。

里面提到的佃户，只是在每年的祭奠之前出出场，交个租子，《红楼梦》里还是出现了中国古典文学中少见的对农民的正面描写。大人叫书里的男主角，十几岁的贾宝玉自己到外面去玩。他带着手下的小厮到处探访，遇到了一系列的农耕工具：

> 凡庄农动用之物，皆不曾见过。宝玉一见了锹，镢，锄，犁等物，皆以为奇，不知何项所使，其名为何。小厮在旁一一的告诉了名色，说明原委。宝玉听了，因点头叹道：“怪道古人诗上说，‘谁知盘中餐，粒粒皆辛苦’，正为此也。”

就像一本浸透了更多汗水的《瓦尔登湖》，《一个美国农民的信》更多是来自作者短暂的突发奇想。克雷夫科尔的父亲留给他三百七十一英亩的土地，然而这片土地带给他的是一生的悲剧。他不在的时候，印第安人杀了他的妻子，毁掉了农田。他最后又回归到城市的生活，成为法国驻纽约、新泽西和康涅狄格州领事。接着，1789年法国大革命期间，他被困在巴黎。后来，就像两个世纪后的赛珍珠申请回中国被拒签一样，他返回美国的签证申请被詹姆斯·门罗大使拒绝了。他在法国这片父辈的故土终老。就我所知，美国只有一个关于他的纪念馆，位于佛蒙特州小小的圣约翰斯堡。这个小城的名字还是独立战争英雄 Ethan Allen 取的。

中国文学界赞颂她，欣赏她的作品，但真正认真读她书的中国民众却寥寥无几，我在伯克利的教授，小说家汤亭亭（Maxine Hong Kingston）推荐我读这本书。我当时跟她谈起《大地》改编的电影很糟糕，主角都是白人演的。王龙的妻子阿兰的扮演者是德裔女演员 Luise Rainer（还因为这个角色获得了奥斯卡影后）。汤亭亭带着愉快的表情回忆起被分配到读赛珍珠的学生时代。“我很幸运，”她对我说，“在加州的公立学校上学时，赛珍珠的作品还是必读书目。所以 1955 年读九年级的时候，我就读了《大地》。这本书对我来说非常重要。黄玉雪是对我影响最大的作家。但赛珍珠却向我展示了，中国人都是活生生的人，是有人性的。她是带着深切同情来写他们的。那本书赋予了中国人人性。里面的感情那么浓烈，让美国人不得不第一次将中国人平等看待。”

然而，最近才翻译过她著作的中国译者告诉我，这位译者是南京大学的刘海平教授。我曾在《纽约时报书评版》写了我和刘教授探访中国的赛珍珠故居与博物馆的故事。见参考资料部分，作者 Meyer。

刘教授第一次读到赛珍珠，是在美国。当时是 1980 年代，他还是哈佛的一名学生。不过这不是课堂作业。“我到朋友家去的时候，有位二十多岁的女士问我，怎么看赛珍珠对中国的描写，”他告诉我。“当时我很尴尬，因为还没读过她的作品。她的书在中国是禁书。后来我读了她的书，也读了她的生平。读得越多，越想为她正名。”

1986 年，刘教授在南京组织了一次文学会议，标志着赛珍珠研究在中国的复苏。

在《中国的过去与现在》中，赛珍珠回忆起《大地》。一位著名的中国作家曾经说过：“我对这本书唯一的批评，就是它本应该是中国人写的。”

“我有一个双重的精神世界”，Buck，Pearl，2，pp. 10 and 52。Spurling 为赛珍珠写的精彩传记中，也巧妙地引用了这句话。

赛珍珠的父亲将《圣经》翻译成白话的中文，Buck，Pearl，1，p. 86。

前文提到的约翰·斯坦贝克，这些系列报道发表在1936年他在《旧金山新闻报》的专栏上。后来集结成书，名为*The Harvest Gypsies: On the Road to "the Grapes of Wrath"*。

十八年后，两人离了婚，同上，p. 92。布克在南京成立了中国第一个高校的农业经济系，并逐渐成为当时全世界规模最大的，教职员工达到一百人。但革命以后，他的工作就没那么受青睐了。他推崇的是机械化生产，减轻农民的负担，并不赞成马克思主义"打土豪，分田地"的那一套。布克回到美国成为国务院教育与文化事务局的专家以后，还是一直在发表关于中国的研究。还有一位记录中国农业的人比布克要出名些，韩丁（William Hinton），他的著作《翻身》，厚厚的六百页，记录了1948年共产党土地改革期间一个乡村的情况。麦卡锡主义盛行之时，美国海关扣押了韩丁的手稿和笔记。后来韩丁发起诉讼要求予以归还。本书一直到1966年才得以出版。

"读书学不会插秧，只跟邻居学样"，Buck，John Lossing，2，pp. 240－241。

她的妹妹格蕾丝曾对一名传记作家说，同上，p. 166。在《中国农家经济》一书的致谢中，布克整整提到了十个人，其中包括"特别感谢Mertsky小姐收集各种数据和其他共事时间较短的人"，接着才想起来说，"在编辑修改方面，我对我的妻子亏欠良多"。他完全没提到她的名字，她对书中内容的翻译，或者她与他在田间一起进行的研究。

尼克松访问中国的1972年，Buck，Pearl，4，p. 171。书里有原拒签信的照片，信的日期是1972年5月17日。写信的是个公务员，"我被授权通知您，我们无法接受您前往中国的要求"。结尾用"您诚挚的×××"署上了名。赛珍珠是想去为父母亲扫墓。在她的最后一本书的最后一页，她写道，"我心中怀着谦卑的欢喜，看到（诺贝尔奖颁奖词和）关于我的精彩传记中也提到了我的父母" （Buck，

Pearl，3，p. 177）。

赛珍珠说过，她竭力不去台湾旅行，在中国的内战中也努力不偏向任何一方。但她无可避免地有所偏向。1970年，她语气晦涩地在文字中暗示了自己的政治立场。"1933年我永远地离开了中国。我知道共产主义会取得胜利，因为这对广大农民群体的吸引力太大了。我也知道，我无法在共产党执政的国家生存下去，而且共产党也不会放过那些不是共产党的美国人。回国以后，我一直致力于帮助美国的中国人，不要被遣送回中国。"（Buck，Pearl，3，p. 294）

我太忙了，太忙了，太忙了，Spurling。

当然了，还是有些非常积极的收获，感谢我的朋友张彤禾（Leslie T. Chang）为我提供了如此真知灼见。见Chang。

1970年，赛珍珠写道，Buck，Pearl，3，pp. 294－295。

如果你降落在中国的农村怎么办，Buck，Pearl，3，p. 175。她还告诉那些士兵："也许你要学的第一句中国话就是，'我是美国人'。"（我真希望她继续教他们了解十二生肖、怎么对待中国人觉得你太高这件事，以及怎么用筷子。但她没有教。）

中国正在全世界疯狂购物，Romig。购买阿根廷大豆的公司是黑龙江北大荒。公司名字中的北大荒是东北过去的绰号。

中国对食品和能源的购买，Barrionuevo。

中国大批从国外进口食品，相当于纽约州的总面积是我比较后得出的。而原来的面积数字出自周孝正，北京中国人民大学社会学教授（见O'Neill）。

"过分追求高产量可能导致……"，Chuin Wei。农业数据和财务报表一样，总让我头晕眼花。光是理解里面几百万公顷有多大，一公吨大米有多少，我就有点抓瞎了。我知道一百七十份一公吨的大米能装满一个标准尺寸的航运集装箱，但这没什么帮助。所以我一直集中精力去进行不同时段的对比。比如，中国现在一公顷稻田的产量是六点三吨，五十年前是一点五吨（全球平均产量是四点三吨）。袁隆平，"中国杂交水稻之父"一直在打破自己的纪录。2013年，一块水稻试验田每公顷产量达到了十九点四吨。不过他的“超级杂交水稻”的种子还没有商业投放，市面上买不到（Zuo 3 and Zhou）。

1949年中国共产党执政时，全中国共有一点一亿公顷的耕地，喂养五点四二亿人口。现在是一点二二亿公顷的耕地，喂养十三亿人口。增加的耕地面积来自开荒。

中国将玉米、麦子和大米归为谷物，同上。

中国每进口五美元的美国产品，就有一美元是花在食品上的，Wessel和Carlson。

佐治亚州一位农民喜滋滋地，Wessel。

中国不断地进行业务外包，Zuo 4。据报道，该项目是中国目前最大的海外农业项目。数十年来，中国一直致力于谷物生产的自给自足。最近，该目标被降低为90%的自给自足率。

这首歌后来成为中国国歌，毛主席去世之后，国歌的歌词曾一度修改，赞颂毛主席，突出共产党。不过现在传唱的还是最初的歌词。2004年，一项宪法修正案最终确定，这是中国的官方国歌。

唱出了所有南逃的东北人的心声，Shao，p. 289。

第十二章　伪满洲国的傀儡

这栋两层的博物馆看不出从前皇宫的样子，反而有点像工薪阶层的疗养院，日本人把溥仪安顿在这里之前，这栋楼曾经是管理吉林、黑龙江两省盐务的吉黑榷运局官署。

在一本回忆录中，这位末代皇帝小时候的英语老师，Johnston，p. 166。英语老师的名字叫Reginald Johnson。

（在个人回忆录中，溥仪写到了在日本使馆的这段经历），Puyi，p. 129。

“虽然他现在已经完全西化了”，Johnston，p. 241。在Scotland，pp. 37－39中也能找到非常精彩的叙述，记录了溥仪这段被放逐的日子。可以想象他在天津这段日子感觉到的自由，这种自由对于他来说，前无古人，也后无来者。回想他逊位后在紫禁城生活的十二年，溥仪写道："我在这块小天地里一直住到民国十三年被民国军驱逐的时候，渡过了人世间最荒谬的少年时代。其所以荒谬，就在于中华号称为民国，人类进入了20世纪，而我仍然过着原封未动的帝王生活，呼吸着19世纪遗下的灰尘。"（Puyi，p. 37）

他回忆道，"（我）浑身发着蜜丝佛陀、古龙香水和樟脑精的混合气味"，Puyi，pp. 154－155。

全世界的信像雪片般飞来，Johnston，p. 241。

"我心里燃起了无比的仇恨怒火"，Puyi，p. 146。

在一封私人信件中，一位澳大利亚记者说，Donald写给Harold Hochschild的信，1927年2月14日。世界真小，我在一栋楼里找到了Donald在哥伦比亚大学的档案，开始读他的信件，逐渐意识到他那些语气最亲密的信是写给Adam Hoschschild的父亲的。而Adam是《琼斯夫人》杂志的创办人之一，还写了很多书，比如《莱奥波尔多国王的鬼魂》（*King Leopold's Ghost*）和《终止战火》（*To End all Wars*）。他也是我在伯克利的教授，更是一直以来的良师益友。

1941年年末，通信中止，1945年5月19日又恢复了，Donald给Harold写信说，"我在一个收容所待了三年"。在收容所的他日渐衰弱，靠吃草料活命。和很多饥肠辘辘的狱友一样，只求速死。"我能逃出来，实在是奇迹。"

5月23日，哈罗德回信了，但内容形成了鲜明对比，"1941年11月26日，我结婚了。你应该可以想见，我们的婚姻非常快乐幸福。我们生了个男孩（Adam），快满三岁了。"

1945年秋天，七十高龄身体虚弱的Donald推辞了去曼哈顿发表演讲的邀请。"作为朋友我说句实话，再也不想谈起有关中国的任何话题"（9月9日）。他要求这位朋友不要和为他写传记的人合作，然后只身回了上海，第二年在医院溘然长逝。那时统治中国的国民党以"国葬"的规格厚葬了他。

但这远远不止一列火车那么简单，Young，pp. 31－33。这里有个南满铁路概况的简明介绍。“三分之一”的工人数字在33页，作者补充说，“剩下的很大一部分也都参与到和铁路间接相关的商业活动中”。更多信息，请查阅Fogel，pp. 124－125。

在“平民装束，军事准备”的口号下，Fogel，viii。后藤说：“我们必须建立一个中央实验室，实施文化入侵，开展对大众平民的教育，形成其他学术上和经济上的联系。‘入侵’这个说法可能不太好听，但撇开咬文嚼字，我们可以逐渐把我们的政策称为平民一线的入侵。”

事无巨细地记录了很多数据和故事，美国研究者John Young花了八年时间，才找到保存至今的南满铁路报告。1966年，Young在一本七百页的文献综述中记录了散见于国会图书馆，斯坦福胡佛研究所图书馆，加州大学伯克利分校图书馆，约翰·霍普金斯大学图书馆，哈佛大学图书馆，密歇根大学图书馆，哥伦比亚大学图书馆，俄克拉何马大学图书馆，宾夕法尼亚大学图书馆和日本二十五所大学图书馆的六千二百八十四份报告的标题。其中很多都是一名日裔美国士兵在一群占领军中发现的。他们集结在码头上，刚刚从东北过来。“他被这些资料的数量和价值震惊了（其中还包括了俄语和日语的文件），赶紧利用疏散的机会，把它们送到了美国。”

因为灌溉问题起了矛盾，起争执的村子叫万宝山，该事件被称为万宝山事件。日本间谍中村大尉被杀一事，史称中村事件。

甚至都没怎么中断铁路交通，一个小时后，北京开来的快车就以八十八公里的时速开过了爆炸发生地。

“我们没有赢的可能”，Chang和Halliday，p. 120。

按照官方的说法，日军一开始就只想找个由头。我去过日本的游就馆，一个战争博物馆，旁边就是靖国神社，纪念那些为天皇而战死的士兵。我很理解为什么当代中国人（和很多日本人）都对日本官方对战争的解读感到义愤填膺。博物馆的伪满洲国展区说，“满洲事件”的发生，仅仅是因为“张学良明目张胆的反日政策引起东北日本居民的仇视，同时他们也对日本政府以安抚为主的温和对华政策感到不满

（在关东军中，这样的情绪尤甚）。中国的民族主义阵营发展壮大，要把外国势力清除出去，这违反了当时的条约。民族主义活动蔓延到满洲，反日骚扰和恐怖活动不断爆发。在这样的情况下，关东军才开始使用武力”。

石原莞尔，九·一八爆炸事件的幕后策划者之一，日本陆军中校。他本以为自己会因为办事不力被撤换。但他回到日本后升了官，成为全军总指挥。六年后重回伪满洲国，石原对日本在中国的殖民统治感到恶心，于是公开抨击关东军的指挥官，结果被强行退休，偏居京都附近。战后他免于被起诉，在东京审判中以证人身份出庭。和他共同策划事件的板垣征四郎，1945 年 9 月在新加坡和日军的东南亚军队一起，向蒙巴顿将军投降。后来被判有罪，处以绞刑。作为整个事件的总策划和总监督，日本的情报军官土肥原贤二命运也一样。他在伪满洲国可谓呼风唤雨，掌握着整个地区的卖淫产业和鸦片运输，还主使了将鸦片秘密注入当时流行的金蝙蝠香烟，把毫无防备的消费者也拉入毒品的深渊。

“我心里还有一个极重要的问题”，Puyi，p. 172。

“听到了这个回答，我怔住了”，同上，p. 173。

“车还未停”，Yamamuro，p. 93。这段节选自从溥仪回忆录日文版翻译过来的英文版。里面写道，溥仪是下午 3 点到站的。今天全中国用的都是北京时间，但那时候不同，共有五个时区。长春用的是长白时间，以吉林省东边的长白山命名。在回忆录的英文版中，溥仪也提起了这个时间，“我已公开露了头，上了台，退路是绝对没有了。……如果对日本人应付得好，或许会支持我恢复皇帝尊号的”（Puyi，p. 180）。

溥仪正式就任，Yamamuro，p. 105。

九·一八爆炸事件的幕后策划人之一，同上，p. 97。

“接着我便发现，执政的职权只是写在纸上的”，Puyi，pp. 181 - 182。

日本已经有了东京（东边的首都），当时，新京（Xinjing）还有个写法 Hsinking。

这座城市不会像其他规划齐备的首都，Capital Punishment，《经济学人》1997年12月18日。1792年，乔治·华盛顿解雇了哥伦比亚特区规划者皮埃尔·查尔斯·朗方，因为后者拒绝修改自己宏大奢侈的规划蓝图。特拉华大道周围的大片区域一直到1850年末都是一片沼泽；华盛顿国家大教堂到1991年才完全竣工。

在新京的建设全面启动之初，一位英国记者就写到，同上。

规划者们的蓝图上画了清晰的分界线，圆形的广场，Buck，David，pp. 74－89。他的文章非常清晰地概述了长春的规划和建设，也写到了那些为此地划下清晰界限的人。1906年，日本任命后藤新平为首任南满铁路总裁。后藤出生在一个武士家庭，少年时去德国学医。后来为日本和中国台湾地区规划了自来水和污水处理系统。后藤还主导了对台北的规划，大大区别于城市规划还不是一个研究领域的日本的那些城市里纵横交错而狭窄逼仄的典型街道。来到东北以后，他发起了对奉天（沈阳）和长春的规划，规划者们绕过了俄国人和中国的聚居地，从无到有地建立起日本人的居住地。今天，上述城市的地图还能看到后藤的影子：网格状交织的街道，对角线上也有大道横贯，通往广场和公园。

布克提到，长春的第一位设计者是加藤与之吉，具体画新京蓝图的是佐野利器。两人都是后藤新平的徒弟。其他参与过新京规划的建筑师包括弗兰克·罗伊德·怀特（当时他在东京，设计帝国酒店）的徒弟和柯布西耶的徒弟。更多信息见Young，Louise，pp. 249－250。

翻阅DuBois名下参考文献，可以看到一个很棒的附注，新京城市规划中，主路是环绕着一个孝子坟的，这说明伪满洲国在刻意宣扬孔子文化。

他们抬头望着满洲龙（恐龙的一种）高大的骨架，满洲龙比较像体型稍小直立的雷龙。情理之中，满洲龙是否能作为单独的一种恐龙存在已经在国际上引起多年争议，一些古生物学家将其称为“疑难种类”，由于种类下的有效研究资料残存不全，所以难以界定。

这里的建筑和中国其他任何地方都不同，这些行政大楼是1936

年建成的，第二年日本就发动了全面侵华战争，五年后爆发珍珠港事件，日本还向岘港和新加坡开火，迫使美国和其他盟友参战。

“我刚刚听说国际联盟”，Powell，p. 189。

又叫李顿代表团，得名于团长李顿伯爵，1932年，日本成立伪满洲国以后，中国要求初创不久的国际联盟进行干预。国际联盟下令日本撤兵，但日本没理会。那时候西方国家的注意力都在国内的忧患上：英国水手在苏格兰因弗戈登皇家海军的船上发起了兵变；欧洲最好的银行之一破产，让整个欧洲大陆的经济都面临着崩溃的危险。而美国一直深陷大萧条的泥潭难以自拔；因此颁布了以当时的国务卿命名的史汀生主义，即不承认主义，宣布不承认日本以武力获取的国土，东北的主权仍然属于中国。但除了嘴上说说，没有实施任何制裁。这个毫无威慑力的“主义”倒是起了一个作用，就是进一步让日本摆脱了美国的影响，不再惧怕其威胁。

一名日本军官对记者表示，Morton，p. 41。

另一篇报道中提到，那些政治意味明显的海报，Holmes，p. 12。

“他们向我提出了两个问题”，Puyi，p. 188。

代表团无论走到哪里，日本官员们都寸步不离，Roy L. Morgan文件收藏，第一箱，第6文件夹，MSS93 - 4。条目2：Affidavit of Henry Pu Yi，p. 8。

南满铁路总长，Elliot 2，p. 639。那首诗的作者是乾隆皇帝，诗题《盛京赋》（又名奉天，今沈阳）。现在东京的战争博物馆还能看到日本的辩驳，展示了一条追溯到两千多年前的时间线，不知是否有省略，但至少展示了满洲人的故乡“在历史上不断变化的官方名称”，和那些“不断与汉族人起纷争”的王国。

想知道与李顿代表团相关的更多信息，请翻阅Young，Louise（p. 150），Duara（p. 53），以及国际关系委员会（International Relations Committee）的相关资料，从新闻报纸的社论，一窥当时全世界对时局的普遍观点。

代表团并未被说服，代表团声明，不会承认伪满洲国，日本需要将军队召回南满铁路周边区域。《时代》周刊将这份报告称为经济上陷入危机的代表团“最后一次避免政治和道德败坏的机会”。

日本在国际联盟的代表松冈洋右宣称：“日本已经做好被钉在十字架上的准备！但我们相信，坚定地相信，短短几年内，世界的观点就会改变，我们会得到全世界的理解，就像耶稣在他的故乡拿撒勒一样。”

这些事件的目击者之一，是美国学者，Newman，p. 21。

休战协定中提出，休战协定签订于 1933 年 5 月，以协定签订的渤海湾港口命名，史称塘沽协定。

“开国皇帝登基”，《满洲日报》。

我本以为这个故事会证明一个观点，黑格尔的名言，“一切重大的世界历史事变和人物，一般地说都会出现两次”，卡尔·马克思后来补充说“第一次是作为悲剧，第二次是作为闹剧”。

“需要戴大礼帽，穿双排扣长礼服”，日本铁路局，p. oooviii。

他在《大西洋月刊》上发表文章，Kinney，Henry，1。

1924 年，凯尼又在《大西洋月刊》上发文，Kinney，Henry，2，p. 130。

文章里写到了 1923 年可怕的关东大地震，里氏震级是 1930 年代才逐渐发展起来的，所以该地震的里氏震级是后来测算的，在七点九到八点四级之间。

凯尼写了一份发给西方媒体记者们的通稿，Kinney，Henry W.，斯坦福大学胡佛研究院档案库，1931 年 11 月 30 日通稿。

他没提到的还有：日本人在这里建设神庙，Yamamuro，p. 187 和 p. 194。

外国媒体将这个傀儡政权戏称为，同上，p. 189。

伦敦《泰晤士报》的记者，Flemming 3，p. 130。这本书很有趣。游历东北的弗莱明时年二十岁，这段信息记在日记里，直到 1952 年才编入书中。今天如果去东北旅游，看他写的内容会觉得很熟悉。“旅馆真是令人情绪低落。前台的男人们对我倒是很热情，我猜是怀疑我那天会把他们语焉不详的满腹牢骚公布出来……一个很典型的哈尔滨男人推测出我是记者；最后还坚持要告诉我他的名字，写在一张纸上，后面写着 drunk（醉）。他真是哈尔滨唯一有幽默感的俄国人。”

旅行者们能享受到齐备的美国设施，南满铁路株式会社 2，p. 49。

“这些美国机车的长鸣”，同上，p. 69。

他的备忘录和通稿后来被一名美国记者发现并公开，Powell，p. 309。

还有据说日本人“在餐馆和其他公共场合相当嚣张跋扈”，Kinney，Henry W.，斯坦福大学胡佛研究院档案库，1935 年 6 月 8 日备忘录。

他“饱含深情”地写道，伪满洲国有将近九千公里的铁路，同上，1937 年 3 月 10 日备忘录，伪满洲国“建国”五周年。

1933 年，亨利·凯尼写道，*Manchukuo: A Handbook of Information*，p. 96。

过去日本人也不时地有过集体移民行为，Wilson 2，pp. 251 - 252。同见 Young，Louise，pp. 310 - 312。

只有不到一千名日本农民移居到，同上，p. 253。

正当规划者们为伪满洲国首都和宫殿画出蓝图，Young，Louise，p. 324。

官方记录显示，该地区有一万一千六百零四名女孩，同上，p. 324。

1932 年，经过在东京一系列激烈的辩论和游说之后，同上，p. 321。

不过，1936 年，日本政府将，同上，p. 307。

之前，日本曾经支持朝鲜人移民到该地区，Hyun，pp. 36 - 43。

南满铁路公司就曾号召日本辖下的朝鲜农民，同上，p. 52。文中提到的地图出现在 p. 48。

溥仪去看望了伤员，*Manchuria*，pp. 211 - 12。在俄罗斯，诺门

军战役被称为哈拉哈河战役（Khalkhin Gol）。

他的报道中当然不会提到，Roy L. Morgan 文件收藏，第一箱，第 6 文件夹，MSS93 - 4，条目 7：Interrogation of Pu Yi，p. 12。溥仪在东京审判中说，这件事发生在诺门罕，但我没在其他资料上找到关于此事的只言片语。Alvin Coox 曾经写过两卷里程碑式的书，记录了这场战役的历史，其中提到 1936 年伪满洲国东边发生的一场兵变，一百个中国军人杀死了三个日本军官，烧掉了营房，逃过苏联边境，接着在苏联红军的护送下，又回来挑起更多的小争端。书里面描述了令人难忘的场景："最激烈的一场战斗中，'有人明白无误地看到苏军司令级别的三个军官用鞭子来训诫逃兵'。"（Coox，p. 95）

1941 年夏天的一份东北杂志，同上，p. 215 和 p. 129。

在一篇关于溥仪和盖世太保创始人的文章开头，同上，p. 175。

溥仪宣布伪满洲国也进入战时状态，Yamamuro，p. 194。

日军将他们秘密地称之为，Young，Louise，p. 406。

第十三章　占后余波

"走走走！去殖民那片大陆！"，Young，Louise，pp. 364 - 368。

殖民手册上收录的一些文章，同上，pp. 368 - 369。

1941 年，一篇文章信誓旦旦，Wilson 2，p. 278。另见 Tucker，其所著的文献非常有趣，可以看看其中日本规划者（包括内田祥三，东京大学校园的主要建筑师）对这些居住地的看法。

像医生、教师、农学家这样的专业人才，Young，Louise，pp. 400 - 401。

分给他们的都是本属于当地人的现成耕地，同上，pp. 401 - 404，另见 Tamanoi 2，p. 29。

若有人敢出言反对，将面临严重的惩罚，Wilson 2，p. 267。

当时最著名的移民村之一，Scherer。另见 Tamanoi 2，pp. 31 - 32。我看的是 Scherer 的翻译版本，摘录自她的论文。

种下一颗麦，同上，pp. 205－206。

凌晨 5 点 24 分，火车开动了，车站在吉林市西边，乘客不算多，建筑有点像德国的天主教教堂。这里算是一处遗迹，少帅张学良本想打破日本的垄断，修一条足以与之抗衡的铁路，叫吉海线。车站的设计者是林徽因，英文名 Phyllis Lin。考古学家梁思永的嫂子；她有个侄女叫林缨，1928 年华盛顿特区越战纪念碑的设计者。入口的一块牌子上解释说，吉林西站哥特式的尖顶和花岗岩的结构寓意着“一头坐卧的雄狮，狮尾被巧妙地设计成钟楼”。我周围的人群进入一个临时候车室。戴着黄色安全帽穿着橄榄绿胶鞋的建筑工人正在附近修建一个高层商品房，叫什么锦绣花园。

“特别是在新乡村的建设中”，Scherer，p. 213。

作者描述说，移居者建立起来的新乡村，同上，p. 211。

日本移民离开故土，同上，p. 205 和 p. 209。

只占了伪满洲国一百五十万日本人的 17%，Chan，p. 17 和 p. 20。Young，Loiuse 引用日本外务省的调查报告，战争结束时还留在中国的二十二点三万日本移居者，只有十四万（63%）回到了日本。“超过三分之一的移居者——约七万八千五百人——因为战败而死”（p. 411）。另见 Tamanoi 2，p. 167。Yamamuro 的数据和 Chan 一致：“大概二十七万日本移居者”和“大约八万人”。

日本军队抛弃了他们，Young，Loiuse，pp. 406－408。另见 Wilson 2，p. 283：“他们没有受到任何军方的保护，也没有任何疏散撤离计划。事实上，关东军在事发前两个月制定的针对苏联参战的应急计划中所制定的防御措施，本就是打算将大多数日本移居者弃之不顾的。”

“我不幸年满二十”，我是通过日本经济新闻社 Nikkie West 的一篇文章和长峰相识的。新闻社的 Nikkie West 是“北加州历史最悠久的日语—美语报纸，现在已经走过二十个年头”，见 Sammon。我和长峰，他的妻子，女儿简妮特以及加州大学圣克鲁兹分校教授 Alan Christy 见了面。他们合作的关于长峰人生经历的书和纪录片正在筹备中。

苏军的指挥官正是斯大林格勒反击战的将领，他叫亚历山大·瓦西列夫斯基（Aleksandr Vasilevsky）。

“出乎意料地打起了闪电”，Glantz，p. 44。书中引用了贝洛布罗多夫将军的话。Glantz有着里程碑意义且可读性很强的专著给了这场战役“八月风暴”这个更生动的名字。

曾经是个忙碌的码头，这个小乡村叫做伊汉通乡。

四家房的移民后来回忆，Tamanoi 2，p. 48。

有几个人在集体自杀中活了下来，见Chan，pp. 19－22和Ltoh，pp. 186－187，其中举了一些例子。

数百名日本妇女，到底有多少名妇女说法不一，从几百到几千都有。中国最大的新闻机构在2006年的一篇报道中说，陆续有一万多名日本人聚集在码头等待救援船，后来“很多人选择了自杀”。到春天，“其中五千多人都死了”。幸存者中，有两千四百人选择被遣送回国，而“另外两千多人留了下来，大多数都是女人和孩子，被当地家庭收养”（见《战败后的日本平民：祸福相依》，新华社，2006年8月12日）。Chan写道：“据估计，方正的难民营大概收留了两万日本难民。”其中只有八千六百四十九名挨过了冬天。到春天，有两千三百名日本妇女嫁给了中国人，两千三百六十名病死或饿死。有一千一百二十名儿童被当地人收养，有一千两百人试图步行到哈尔滨（Chan，p. 22）。

日本投降后的第一年，Young，Louise，p. 410。

另有相当数量的日军被强制工作，Dower，pp. 50－51。

我们的对话，农场一开始是种花的，名叫长峰苗圃，在沃森维尔。

在整个伪满洲国，大多数幸存下来的移居者，Young，Louise，pp. 410－411。一开始，由于国内住房和食物短缺，日本并不急于让移居者回国。就算战后的日本元气尽失，回国的移居者仍然有政府提供的住房，语言和工作技能培训课和每月发放的大约一千五百美元的补贴。但在东京这个全世界物价最高的城市，这样的补贴杯水车薪。大概有60％的移居者靠福利生活（Tamanoi 2，p. 131）。想了解登船时的细节，见Maruyama。

幸存者中，当地一名日本女人和中国人的后代告诉新华社记者，父母的结合不是自愿的："当时，谁去那儿都能领个日本女人或孩子回家，"五十四岁的毕中庆说。

县政府说，《战败后的日本平民：祸福相依》，新华社，2006年8月12日。

公墓的起源要追溯到1963年，同上。另见Pulvers；Chan，p. 22；Itoh，p. 187。

"日本人民和这些移居者"，Pulvers。看到这句我想起一些"开拓团"农民离开日本前发的誓："我不能让家人干预我的决定。我应该为这片殖民地牺牲自己的生命。我应该竭尽全力，在满洲永久定居。"

表示愧疚的日本军官，Itoh，p. 40。

"我们得叫那些日本人别再种树了"，看门人的名字叫张林。

就在上周，五个中国民族主义者，Lau. Itoh（p. 187）也提到，公墓有了看门人，就是因为之前的破坏事件。

"我们的经济发展，要多亏那些从我们县去日本的人"，Nishimura I。该县政府是所有地方政府中外币交换量最大的。去日本打工的人汇款回来都是日元。

这里曾经是一个盟军战俘集中营，这个地方的中文全称是二战盟军战俘集中营旧址，在沈阳市大东区，滂江街和珠林路交叉口的东南方向。

如今莱斯九十二岁高龄，对那一天还是记忆犹新，我找到他自出版放在网上销售的书，之后才见的面。他给我寄了书，写道："亲爱的迈克尔·麦尔！希望你喜欢我的回忆录！我想跟你聊聊，所以给我打个电话吧！"我很感激莱斯的妻子海伦和他儿子麦克，他们热情地欢迎我来到他们位于科罗拉多戈尔登的家，帮助整理和复制哈尔·莱斯在执行任务时拍的照片。2013年的平安夜，莱斯去世。

另外，还要打退，Yu，p. 231。

这次行动被称为红雀行动，是一个系列行动，另外几个行动分别是：喜鹊行动（北京），鸭子行动（魏县），火烈鸟行动（哈尔滨；由于苏军的挺进最后被迫停止），麻雀行动（上海），鸽子行动（海南岛），乌鸦行动（万象）和鹌鹑行动（河内）。最后这次河内行动的指挥是一位年轻的上尉，名字相当神气，阿基米德·L·A·帕蒂（Archimedes L. A. Patti）。他曾和胡志明狭路相逢，一边安慰队里的五个法国士兵，一边摩拳擦掌要和这个共产党的游击队领袖决一死战（想象一下，要真的打起来了，历史会不会改写。）。胡志明后来很快就发起了针对法国殖民者的独立战争。同上，p. 232。

有一场以一个行动者被处死告终，同上，pp. 236 - 241。

中国共产党的军队对《雅尔塔协议》，历史学家对于富兰克林·罗斯福是否在雅尔塔的一系列会谈上“出卖”了东北争论不休。不管怎么说，俄国恢复了1905年日俄战争中失去的对东北铁路和大连/旅顺港船厂的控制权。Albert Wedemeyer将军，驻中国美军总司令，认为《雅尔塔协议》是对中国主权的背叛，持同样观点的还有美国驻中国大使Patrick Hurley。他曾试图说服丘吉尔放弃香港来安抚斯大林。丘吉尔拒绝了，说：“除非我死，否则这块殖民地绝不能从英国版图上消失。”同上，pp. 241 - 42。

最近的美军部队也在将近一千五百公里以外，Clemens，p. 73和p. 77。

“要是俄军去的时候我们不在朝鲜和满洲”，Yu，p. 231。

他对手下的人下令，Clemens，p. 76。

那场战役中的幸存者坐船去了台湾，Harris，pp. 162 - 164。这些士兵来自“地狱之船”（Tottori Maru）鸟取丸号。

他们在那里被分开了，Yardley。

日本人把他们冻僵的尸体堆放在，Harris，p. 165。

条件稍微好些的奉天集中营，Brougher，p. 168。

日本人认为奉天集中营是战俘营中的模范，同上，p. 168。日军管理下集中营的平均死亡率是27%（德军的集中营是4%），而奉天集中营里死了12%的战俘，其中有三名是在1943年试图逃跑后被处死的。

"大大出乎本人意料"，Yang Jing，p. 235。（沈阳大学）的杨教授重印了松田的话，上校的原话是他本人用潦草的英文写下的。

"一个月内我就瘦了十四磅"，Brougher，p. 179。

8月8日，广岛遭遇原子弹爆炸的两天后，同上，p. 181。

8月15日，"很多人传言战争要结束了"，同上，p. 182。

8月16日："一整天大家都疯传说战争结束了"，同上，p. 183。

一看到那十几个日本兵，那位中国队员叫陈士武，湮灭在历史的烟云中遍寻不得。日裔美国队医叫文雄伊藤，现定居夏威夷。

在战俘营日记中，准将布劳尔，Brougher，p. 183。

最后的战俘营日记，同上，p. 184。

温赖特将军骨瘦嶙峋，穿着破烂的衣服，Clemens，p. 87。

一份"红雀"报告中写道，Clemens，p. 95 和 Yu，p. 244。

"有的中国人站在了我这边"，Leith，pp. 60－61。

一位战略情报局的军官报告说，苏联军队，Clemens，p. 99。

苏军甚至把疫苗也拿走了， "Changchun Mayor Inspires His City"，《纽约时报》，1946年3月11日。

战略情报局局长威廉姆·多诺万，Yu，p. 245。

站在松花江边，就在那些日本母亲把孩子放在码头上，Ishida。

官员回复说，同上。这条支流叫大罗密河，由于那些过江时被大浪卷入江底葬身鱼腹的人，这个地方又被叫做"死亡渡口"。

日本的侵略造成了一千四百万到两千万中国人死亡，Mitter I，p. 5。书中写道，一千四百万是个保守估计。在p. 363他写道，"准确数字并不清楚"，于是又加上了那个两千万。Mitter还提到，战争引起了大规模的难民逃亡。中国的官方说法通常使用的是最高估计的死亡人数。

2002年，在东京的法庭上，Lewis 和《土壤污染"家底"揭开，治理刻不容缓》，新华社，2014 年 4 月 17 日。相关的历史学家 Shelton Harris 四天后就去世了。

整整十三年，大约有三千名俘虏，这是一家博物馆给的估计数字。Harris 提到，这个数字实际上比较保守，没有计算到 731 基地启动前被杀害的那些人。因为石井九年前于 1932 年就在哈尔滨开始了人体试验。这个数字还没有包括战后居住在营地附近受影响死去的人（1947 年，有三万人感染瘟疫而死），Harris，pp. 86 - 87。

给所到住处的井水下毒，同上，p. 99。之前，Harris 提到，平房营（731 部队的集中营）面积大约六平方公里，规模向纳粹的奥斯维辛集中营看齐。

1945 年 8 月，苏军攻入东北，同上，p. 245。

美国军队发现他躲在自己的老家，同上，p. 246。

这次调查中搜集到的证据，同上，p. 263。

1948 年，美国赦免了石井，同上，pp. 287 - 91 和 pp. 304 - 305。另见 Drea，p. 37。资料中总结了相关事件的美国档案。Harris 还认为，赦免的决定不仅来自东京的麦克阿瑟将军和威洛比将军，而且是华盛顿高层的授意。

三十年来，这宗交易一直是秘密，记者 John W. Powell 是一名资深的“中国通”，之前一直在上海的《中国月报》担任编辑，直到 1953 年（Powell 的父亲是该报的联合创始人之一，创始时间是 1917 年，一开始叫《中国周报》。在日本战俘营，他因为生坏疽失去了双腿，1947 年去世，享年六十岁。）。Powell 宣称美国在朝鲜战争中使用了化学武器，但其煽动性言论并未获得瞩目。在遭到主流媒体拒绝后，他的相关论述转而发表在 1980 年的 *Bulletin of Concerned Asian Scholars* 和 1981 年的 *Bullitin of the Atomic Scientists* 上。见 Fox。

这些指控最终被美国历史学家 Shelton Harris 所证实。他在 1994 年出版了一本著作，《死亡工厂：美国掩盖的日本细菌战犯罪》（*Factories of Death: Japanese Biological Warfare, 1932 -45 and the American Cover-up*）。这本书影响了美国立法，2000 年通过的法案命

令美国政府机构公开所有关于日本军队战争罪行的细节证据。2007年，国家档案局解密了十万页的记录，前面有一百七十页的内容指引，可上网免费查看：http：//www. archives. gov/iwg/ japanese-war-crimes/。

Harris 提到，东京审判的中国法官从未提及日本的细菌战，在中国也没有哪个日本人因此而被处刑罚。Harris 写到，共产党关押的跟细菌战有关的日本战俘并未被处死，而是遣返回国，并因为自己所受的宽大仁慈而"高唱对俘虏他们的人的颂歌"（pp. 315 - 316）。

"满洲人民完全是日本人的奴隶"，Roy L. Morgan 文件收藏，第一箱，第 6 文件夹，MSS93 - 4。条目 7：Interrogation of Pu Yi，p. 6。

"满洲的中国人民的痛苦几乎无法用语言表达"，同上，p. 9。

"我最好不去"，Roy L. Morgan 文件收藏，第一箱，第 6 文件夹，MSS93 - 4。条目 6：Interrogation of Au-Hsin-Cho-lo Pu Yi（Henry Pu Yi），1300 - 1500 时，p. I。调查溥仪的时候，英语中普遍使用 Manchurian（满洲人）这个词，而不是今天的 Manchu（满族人）。但英语中还没有特定词汇能够准确翻译现代汉语中的"满族"一词。我猜，溥仪用中文自称的时候，说的是"满洲人"，可以准确翻译为 Manchurian，即来自满洲的人。

"当时的情况就像我被强盗绑架了"，Roy L. Morgan 文件收藏，第一箱，第 6 文件夹，MSS93 - 4。条目 5：Interrogation of Au-Hsin-Cho-Lo Pu Yi（Henry Pu Yi），0900 - 1200 时，p. 8。

"那是我的理想"，同上，第十三箱，第 I 文件夹，MSS78 - 3，p. I。

在二十年后他写的自传里，Puyi，p. 329。

国有出版社出版的回忆录，同上，p. 306。

1967 年，中国爆发"文化大革命"，Scotland，p. 10。

在讣告中，"溥仪，中国的末代皇帝和日本的傀儡，逝世。他两岁登基，六岁退位，后被苏联和北京红军抓住监禁，"《纽约时报》，1967 年 10 月 18 日。

1995 年，北京郊外的一个私人公墓给了溥仪的遗孀一笔钱，Ho，Stephanie。

一位身在香港的研究者，Jacobs。这位教授的名字叫龙应台，她的相关著作是《大江大海 1949》。

中国估计，自 1945 年，Monahan 以及新华社的报道。日本不承认这个数字，说各种估算都有，从几百人到几千人甚至上百万人（Yamamura，p. 290）。

2004 年的吉林省，同上。

日本出于履行义务，《中日专家在黑龙江宁安市挖出日遗化学炮弹 210 枚》，新华社，2006 年 7 月 10 日。

日本外务省的一位发言人，Monahan。

第十四章　大　　暑

忍受了两年的食物短缺后，于 1623 年，Philbrick，p. 165。

1954 年，估计有八十万名地主，Ho，Peter，p. 8。这是政府的估算。其他的估算数字最高达到两百万（见 Lawrence，p. 13）。

两年后，中国，Chen Guidi，p. 145。Li Huaiyin 认为合作社的数字是 708，912，1982 年上升至 719，438（p. 361）。

政府把土地结构调整称为，Li Huaiyin，p. 23。

这项政策引发了后来的大饥荒，Dikötter，p. 333。

“我们知道饿肚子是什么滋味儿”，Forney。Li Huaiyin 提到，有一些中国记者开始质疑小岗村的故事，这让小岗村变得有些“神秘”。另外，尽管立下誓言，其他人并没有把名字签在严宏昌旁边，而是签在下面，意图让他承担最大的责任以及可能的惩罚。我去村里的时候，严宏昌的一些后代仍然对此耿耿于怀。

通过 1978 年到 1984 年颁布的一系列政策，Zweig，pp. 47 – 85。文献中详细描述了这段时期中央政府在逐渐削弱集体农业上采取的步骤。

改革没有停止，Ho，Peter，p. 12。

中国的人口占全世界的22%，Lohmar。

总产量都居全球之首，同上。

中国只有5%的禽类，同上。

《大地》里所提到的安徽省，Herzfelder。

2013年的一份政府报告中说，有10%的中国大米，Pang Jiaoming。

2007年，中央政府在西南地区的四川省进行了两个农村改革试点项目，Miller，Tom，I。产权交换将土地的权利拍卖给一百七十九位买主，包括全国的开发商和中石油这样的大企业。大家都避免用“购买”和“出租”这样的字眼，因为中国的土地都是国有的（城市土地）或集体的（农村土地）。所以一致的说法是，双方签订一个“有偿使用”合同，农村土地的使用权发生“转让”。这种交换允许农村政府交换土地，或者把农村土地“挂钩”到可以开发的国有城市土地上（中国把土地分为四种：城市建设用地，农村建设用地、农业用地和林业用地，每一种都有一定的面积限制。）。

两者间的差异进一步加大，Hongbin Li（p. I）。

讽刺的是，大学毕业生面对人满为患，竞争激烈的就业市场，开始申请把他们的户口转回农村户口，这样就能分到房子和土地（见Chen，Lulu，2）。

在四川省的第二个试点项目中，同上。房子被拆掉，土地用来种庄稼，平白得了很多耕地。村里接着把“地票①”交换给开发商，开发商就能在同样面积的农业用地上搞建筑工程了。政府认为这是“三赢”：守住了18亿亩的耕地红线，农民有选择地“城市化”，新的建筑工程增加了GDP（国内生产总值）。

国家认可的政策试点总会出现一些问题，这种不正式的交换在全

---

① 地票指包括农村宅基地及其附属设施用地、乡镇企业用地、农村公共设施和农村公益事业用地在内等农村集体建设用地，经过复垦并经土地管理部门严格验收后产生的指标。——译者

国都有发生。研究发展中国家土地问题的前沿非政府组织“美国农村发展研究所”（Landesa）发现，到2008年，已经有15%的中国农民转让了他们的土地。在农业部公布的最新官方数据中，2006年到2009年的土地转让面积增长了两倍，包括全国12%的耕地（见Landesa和Zhu Keliang）。

地方借贷总额飙升，Wang，Alieen，2。

权钱交易和腐败，Landesa。该组织调查发现，只有三分之一的中国农民拿到了签发的土地权利证明文件。另外，这些文件中只有不到一半包含了必要信息或完全遵照了相关法律程序。比如，没有列入女性的名字。

国家政策顾问团的一名农业经济学家，即国务院发展研究中心的吴敬琏。O'Neil。

四川省成都市政府，Miller，Tom，I。

只找到一条最近的新闻，http：//www. bjgtj. gov. cn/publish/portal1/tab2951/ info54411. htm.（网站有了很大的进步）。农业部部长签发政策法规，而国土局负责监管执行。主要职责是评判和划分界限，将土地执照签发给地方政府。

扑克比赛：http：//www. bjgtj. gov. cn/publish/portal1/tab2951/info54408. htm. 。

从2013年起，国土局开展了一项全国性的五年计划，利用卫星来绘图，标出农民的土地，签发标准的租用文件。该计划致力于防止地方官员侵占土地，同时也为了保障农民的权益，让把土地租出去的农民能从手里的每一寸土地那里获得相应的补偿。目前出现了意想不到的结果，探测出来的土地面积比之前增加了，中央政府给农民的补偿金也将相应增加（每亩地大约二十五美元）。之前，各户都少报了自己的土地面积，以逃避粮税（见Hornby）。

我坐在房间的炕上，伴随着隔壁屋关先生，感谢独立研究机构Fathom China的Fanny对东福米业所做的详细调查。

2013年初，《从李克强总理考察家庭农场看现代农业发展新趋向》，新华社，2013年3月30日。农业部调查发现，有八十七点七万户农村家庭，平均每户耕地面积为十三公顷，够得上家庭农场的资格。很难把这个数字与美国相比，因为美国的很多农业产业都被官方认定为家庭农场。

农业部长说，Zuo I。

第十五章　通往工人村的断桥

丹东的名字，可以理解为“东边的牡丹”，在朝鲜战争和伪满洲国时期，丹东曾被称为“安东”。

在东京的指挥部，Marolda，p. 163。

与此同时，麦克阿瑟向华盛顿报告，Blair，p. 396。文献中说，麦克阿瑟的公报通常都很长，这一份是11月6日。这些公报不仅被五角大楼揶揄嘲笑为“毫无用处”，而且给中国的指挥官们提供了价值连城的情报。因为在公报中，麦克阿瑟对中方的位置和军队人数显然完全不了解。

一直到1950年11月，联合国军，Futrell，p. 220。

麦克阿瑟催促杜鲁门总统，Futrell，pp. 222 - 23。虽然有追击战中飞跃国界“两到三分钟”的先例，美国却无法说服联合国军的同盟国允许他们的军队进入东北。

麦克阿瑟在回忆录中写道，同上，p. 394。

麦克阿瑟威胁说要请辞，Blair，p. 395。

另外，因为美国，同上，p. 397。当时，高层指挥可以给战场上的指挥官直接下达命令。

在飞行任务开始前的短会上，Bruning，p. 49。

“朝鲜全境将会被全部扫清”，Blair，p. 403。

在八千多米的空中，穿过无情的高射炮夹击，Bruning，p. 50。

当时的他喝得醉醺醺，Blair，p. 401。

布拉德利将军后来写道，同上，p. 402。这位将军是林登·约翰逊在越南问题上最强硬的顾问之一。

见杜鲁门时，麦克阿瑟拒绝向他问好，同上，p. 402。

相继出动六百架次飞机后，Marolda，p. 309。

对于麦克阿瑟来说，“本是胜利的美酒”，Blair，p. 402。

第十六章　立　　秋

除了诗人济慈，括号里的诗句来自济慈的长诗《恩底弥翁》(Endymion)，诗的开头写道，“美的事物是永恒的欢乐”Keats，p. 30。

打谷之后，阳光自然晒干的大米颜色发黄，相比机器烘干来说，破碎的颗粒要更多一些。东福米业用鼓风机和米糠炉剥去稻谷粗糙又不实用的壳，留下的就是棕色的大米，外面的一层麸皮有种坚果的风味，很有嚼劲。按照传统的办法，去除麸皮需要在磨石上碾磨。东福米业有日本进口的立式碾米机，可以很快把麸皮除去，剩下的米粒进行抛光，变成消费者通常看到的白米（严格来说，我们吃的是稻子的胚乳，就是那层保护其胚胎的淀粉和蛋白质。）。全世界市场上卖的大多数米都是经过抛光的。而抛光会降低大米的维生素 B 和铁元素含量；和中国不同，美国的大米必须经过“再营养化”，以补充丢失的营养成分。抛光后，大米会被定级，方法是将五百克米粒放在盘子上，计算被破坏的数量。然后会包装好，或立刻加工烹煮，作为速食米饭出售。

第十七章　大连的展示柜

“前进的高中生们”，Kuramoto，p. 19。

这些别墅还是，同上，p. 18。

第十八章　霜　　降

你会禁不住哭泣且无限哀伤，Simpson（笔名 Putnam Weale），

p. 226。

风险就从农民和村政府那儿转到了公司肩膀上，本书英文版付梓之际，“吉林食品区”也破土动工，选址在荒地西边六十四公里处的一个超级农场，近长春机场。这是由中国国务院总理和新加坡总理共同发起的合资项目，规划占地面积一千四百五十平方公里，差不多有一个洛杉矶那么大。这里将利用新加坡的专家和科技，生产有机大米、蔬菜、禽类、牛奶和婴儿奶粉。另外，还规划了四百八十家零售商店，一家酒店和一个展示中心。

中国有四分之一的乡村，Boehler I。2012 年，这个数字从三十六万八千下降到二十六万九千。“每天，中国都会因为人口往城市迁移，导致八十到一百个乡村的消失，”中国社会科学院农村发展学者于建嵘研究得出结论。

中国设立了到 2020 年达到 60%城市化的目标，Miller，3。

第十九章　大　　雪

“生命的行程无法预测”，我很喜欢这句话，虽然来自有中国色彩的签语饼，却并非出自中国，而是源自一个犹太学者和哲学家 Abraham J. Heschel。他的母亲和两个姐妹不幸被纳粹杀害。1940 年，他逃亡到美国。

参考资料

Published Sources

(Where a formal English translation appears on the cover of a Chinese-language text, I have listed it. In other cases, the translation is my own.)

"Amur's Siren Song, The: The Long River That Marks the Border Between Russia and China Has Proved to Be a Site of Dashed Hopes." *Economist*, December 19, 2009.

Atiyah, Jeremy. "The Whole Point of Manchuria Is to Make Everything Else on Earth Seem Really Quite Nice." *Independent*, January 16, 2000.

Bakich, Olga. "Emigre Identity: The Case of Harbin." *South Atlantic Quarterly* 99, no. 1 (Winter 2000); Raleigh: Duke University Press, pp. 51–73.

Barboza, David.

1. "In China, Wholesale Urban Flight." *New York Times*, November 25, 2005.
2. "Auditor Warns of Risks from Local Debt in China." *New York Times*, June 27, 2011.

Barrionuevo, Alexei. "China's Interest in Farmland Makes Brazil Uneasy." *New York Times*, May 26, 2011.

Bell, John. *A Journey from St. Petersburg to Pekin, 1719–22*. Edinburgh: University Press, 1965.

Benson, Richard. *The Farm: The Story of One Family and the English Countryside*. London: Penguin, 2005.

Blair, Clay. *The Forgotten War: America in Korea, 1950–1953*. New York: Times Books, 1987.

Boehler, Patrick.

1. "Report Points to Local Opposition to Beijing's Land Reform Efforts." *South China Morning Post*, September 17, 2013.
2. "Anti-Corruption Scholar Yu Jianrong's Rural Renewal Project Stalls." *South China Morning Post*, October 8, 2013.

Bogan, M. L. C. *Manchu Customs and Superstitions*. Tientsin: China Booksellers, Ltd., 1928.

Bradsher, Keith. "U.N. Food Agency Issues Warning on China Drought." *New York Times*, February 9, 2011.

Bray, Francesca.

1. *Science and Civilisation in China. Vol. 6: Biology and Biological Technology. Part II: Agriculture* (Joseph Needham, ed.). Cambridge: Cambridge University Press, 1984.
2. *The Rice Economies: Technology and Development in Asian Societies*. Berkeley: University of California Press, 1986.

Breidenbach, Joana (ed.). *China Inside Out: Contemporary Chinese Nationalism and Transnationalism*. Budapest: Central European University Press, 2005.

Brooke, Lord. *An Eye-Witness in Manchuria*. London: Eveleigh Nash, 1905.

Brougher, William Edward. *South to Bataan, North to Mukden: The Prison Diary of Brigadier General W. E. Brougher*. Athens: University of Georgia Press, 1971.

Bruning, John R. *Crimson Sky: The Air Battle for Korea*. Dulles: Potomac Books, 2005.

Buck, David D. "Railway City and National Capital: Two Faces of the Modern in Changchun." In Esherick, Joseph W. (ed.). *Remaking the Chinese City: Modernity and National Identity, 1900–1950*. Honolulu: University of Hawaii Press,1999.

Buck, John Lossing.

1. *Chinese Farm Economy: A Study of 2,866 Farms in Seventeen Localities and Seven Provinces in China*. Chicago: University of Chicago Press, 1930.
2. *Land Utilization in China: A Study of 16,786 Farms in 168 Localities, and 38,256 Farm Families in Twenty-two Provinces in China, 1929–33*. New York: Paragon, 1964.
3. *Three Essays on Chinese Farm Economy*. New York: Garland, 1980.

Buck, Pearl S.

1. *The Good Earth*. New York: John Day, 1931.
2. *My Several Worlds*. New York: John Day, 1954.
3. *China As I See It*. New York: John Day, 1970.
4. *China Past and Present*: New York: John Day, 1972.

"Building Excitement: Can China Avoid a Bubble?" *Economist*, March 5, 2011.

Burns, John. "Harbin, Near Disputed Soviet Border, Retains Vestiges of Russian Influence." *New York Times*, January 3, 1974.

Buruma, Ian. "A Chinese Box: In Manchuria's Boom, Echoes of a Japanese Utopia." *Harper's* 6 (1994): pp. 70–80.

Canaves, Sky. "Editor Who Authored Chinese Editorial on Reform Ousted by Authorities." *Wall Street Journal*, March 9, 2010.

"Capital Punishments." *Economist*, December 18, 1997.

Carlson, Benjamin. "Good News: U.S. Exports to China Soar, Setting New Record." Global Post, January 21, 2014.

Carter, James H.

1. *Creating a Chinese Harbin*. Ithaca, NY: Cornell University Press, 2002.
2. "A Tale of Two Temples," in "Harbin and Manchuria: Place, Space and Identity." *South Atlantic Quarterly* 99, no. 1 (Winter 2000).

Chan, Anita, Richard Madsen, and Jonathan Unger. *Chen Village: Revolution to Globalization*. Berkeley: University of California Press, 2009.

Chan, Yeeshan. *Abandoned Japanese in Postwar Manchuria*. London and New York: Routledge, 2011.

Chang Kia-Ngau, Donald G. Gillin, and Ramon H. Myers (eds.). *Last Chance in Manchuria*. Stanford, CA: Hoover Institution Press, 1989.

Chang, Leslie T. "Book Review of *Pearl Buck in China* by Hilary Spurling." *Washington Post*, July 18, 2010.

"Changchun Mayor Inspires His City." *New York Times*, March 11, 1946.

Chatwin, Bruce.

1. *Anatomy of Restlessness*. New York: Viking, 1996.
2. *In Patagonia*. New York: Penguin, 1988.

Chen Guidi and Wu Chuntao. *Will the Boat Sink the Water? The Life of China's Peasants*. New York: PublicAffairs, 2006. Also in Chinese as 中国农民调查. Beijing: People's Culture Press, 2004.

Chen, Lulu.

1. "Invited to Farm, but Forced off the Land." *South China Morning Post*, August 6, 2011.
2. "Rural *Hukou* Now a Prize for Graduates." *South China Morning Post*, July 25, 2010.

Chen, Stephen. "Chemical Spill Sparks Battle for Bottled Water." *South China Morning Post*, July 30, 2010.

Chen Wenfu. *Northern Paddies: Production Technology Explained* (北方水稻：生产技术问答). Beijing: China Agricultural Press, 2010.

Chiasson, Blaine R. *Administering the Colonizer: Manchuria's Russians Under Chinese Rule, 1918–1929*. Vancouver: University of British Columbia Press, 2010.

"China Alerted by Serious Soil Pollution, Vows Better Protection." Xinhua, April 17, 2014.

"China, Japan End Excavation of Chemical Weapons." Xinhua, November 11, 2006.

"China Quells Reds in Riot at Harbin." *New York Times*, July 19, 1929.

Choi Chi-yuk. "Farmers Are Finally Allowed to Use Land Rights as Loan Collateral." *South China Morning Post*, April 12, 2009.

Christie, Dugald. *Thirty Years in Moukden, 1883–1913*. London: Constable and Company, 1914.

Chuin-Wei Yap. "China Sees Food Needs Rising." *Wall Street Journal*, March 25, 2011.

Clausen, Soren, and Stig Thogersen. *The Making of a Chinese City: History and Historiography in Harbin*. London: M. E. Sharpe, 1995.

Clemens, Peter. "Operation 'Cardinal': The OSS in Manchuria, August 1945." *Intelligence and National Security* 13, no. 4, (1998) pp. 71–106.

Clyde, Paul Hibbert. *International Rivalries in Manchuria, 1689–1922*. Columbus: Ohio State University Press, 1926.

Collins, Perry McDonough. *A Voyage down the Amoor*. New York: D. Appleton and Company, 1860.

"Come Back in Five Years: It Looks Good, Even with North Korea as a Partner." *Economist*, June 27, 1998.

Condon, Richard. *The Manchurian Candidate*. New York: Four Walls Eight Windows, 2003.

Constitution of the People's Republic of China. Beijing: Foreign Languages Press, 1994.

"Consul Shoots Himself." *New York Times*, December 20, 1906.

"Consul Warner a Suicide." *New York Times*, May 12, 1914.

Coox, Alvin. *Nomonhan: Japan Against Russia, 1939*. Palo Alto, CA: Stanford University Press, 1988.

Costain, Alfred. *The Life of Dr. Arthur Jackson of Manchuria*. London: Hodder and Stoughton, 1912.

Crossley, Pamela Kyle.

1. *Orphan Warriors: Three Manchu Generations and the End of the Qing World*. Princeton, NJ: Princeton University Press, 1990.
2. *The Manchus*. Cambridge, U.K.: Blackwell Publishers, 1997.

Crèvecoeur, J. Hector St. John de. *Letters from an American Farmer*. Oxford, U.K.: Oxford University Press, 1997.

Crow, Carl (ed.). *Japan's Dream of World Empire: The Tanaka Memorial*. New York: Harper and Brothers, 1942.

Cui Haipei. "Russia Land Lease Likely to Draw Foreign Investors." *China Daily*, March 16, 2012.

"Deafening Silence: An Investigation into Wartime Atrocities, but the Media Keeps Strangely Quiet." *Economist*, February 26, 2011.

Demick, Barbara. *Nothing to Envy: Ordinary Lives in North Korea*. New York: Spiegel & Grau, 2009.

Dikötter, Frank. *Mao's Great Famine*. New York: Walker & Co., 2010.

Dower, John W. *Embracing Defeat*. New York: W. W. Norton & Co, 1999.

Drage, Charles. *General of Fortune: The Story of One-Armed Sutton*. London: Heinemann, 1963.

Duara, Prasenjit. *Sovereignty and Authenticity: Manchukuo and the East Asia Modern*. Lanham, MD: Rowman and Littlefield, 2003.

DuBois, Thomas David. "Manchukuo's Filial Sons: States, Sects and the Adaptation of Graveside Piety." *East Asian History* 36 (December 2008), pp. 3–28.

Du Halde, Jean-Baptiste. *The General History of China*. London: J. Watts, 1741.

Duus, Peter, Ramon H. Myers, and Mark R. Peattie (eds.). *The Japanese Informal Empire in China, 1895–1937*. Princeton, NJ: Princeton University Press, 1989.

Edmonds, Richard L. "The Willow Palisade." *Annals of the Association of American Geographers* 69, no. 4 (December 1979), pp. 599–621.

Elder, Chris. *Old Peking: City of the Ruler of the World*. Hong Kong: Oxford University Press, 1997.

Elliot, Mark C.

1. "The Limits of Tartary: Manchuria in Imperial and National Geographies." *Journal of Asian Studies* 59, no. 3 (August 2000), pp. 603–46.
2. *The Manchu Way: The Eight Banners and Ethnic Identity in Late Imperial China*. Stanford, CA: Stanford University Press, 2001.

Ellman, Bruce A., and Stephen Kotkin (eds.). *Manchurian Railways and the Opening of China: An International History*. Armonk, NY, and London: M. E. Sharpe, 2010.

Enatsu, Yoshiki. *Banner Legacy*. Ann Arbor: University of Michigan Center for Chinese Studies, 2004.

Esherick, Joseph W. (ed.). *Remaking the Chinese City: Modernity and National Identity, 1900–1950*. Honolulu: University of Hawai'i Press, 1999.

"Et Tu, Manchu? One Hundred Years on, Only a Few Native Speakers Remain." *Economist*, October 8, 2011.

Fay, Stephen. *The Great Silver Bubble*. London: Hodder and Stoughton, 1982.

Fei Xiaotong. *From the Soil: The Foundations of Chinese Society* [*Xiangtu Zhongguo*], trans. Gary H. Hamilton and Wang Zheng. Berkeley: University of California Press, 1992.

Flath, James, and Norman Smith (eds.). *Beyond Suffering: Recounting War in Modern China*. Vancouver: University of British Columbia Press, 2012.

Fleming, George. *Travels on Horseback in Mantchu Tartary*. London: Hurst and Blackett, 1863.

Fleming, Peter.

1. *News from Tartary: A Journey from Peking to Kashmir*. London: Jonathan Cape, 1936.
2. *One's Company: A Journey to China in 1933*. London: Pimlico, 2004.
3. *To Peking: A Forgotten Journey from Moscow to Manchuria*. London: Tauris, 2009.

Fogel, Joshua.

1. (trans.) *Life Along the South Manchurian Railway: The Memoirs of Ito Takeo*. Armonk, NY: M. E. Sharpe, 1988.
2. *The Literature of Travel in the Japanese Rediscovery of China, 1862–1945*. Stanford: Stanford University Press, CA, 1996.

Forney, Matt. "It Takes a Village." *Time*, August 15, 2005.

Fox, Margalit. "John W. Powell, 89, Dies; Writer in Sedition Case." *New York Times*, December 17, 2008.

Franck, Harry A. *Wandering in Northern China*. New York and London: The Century Co., 1923.

Frazier, Ian.

1. *Great Plains*. New York: Farrar, Straus & Giroux, 1989.
2. *Travels in Siberia*. New York: Farrar, Straus & Giroux, 2011.

Fujita Shigeru. *Kusa no hi: Man-Mo kaitakudan suterareta tami no kiroku [Epitaph of Grass: Records of the Abandoned People, the Agrarian Settlers in Manchuria and Mongolia]*. Kanazawa, Japan: Noto Shuppan, 1989.

Fulton, Austin. *Through Earthquake, Wind and Fire: Church and Mission in Manchuria 1867–1950*. Edinburgh: The Saint Andrew Press, 1967.

Futrell, Robert Frank. *The United States Air Force in Korea, 1950–1953*. Washington, DC: Office of Air Force History, 1983.

Garnaut, Ross, Guo Shutian, and Ma Guonan (eds.). *The Third Revolution in the Chinese Countryside*. Cambridge, U.K.: Cambridge University Press, 1996.

Gilbreath, Olive. "Where Yellows Rule White." *Harper's*, February 1929.

Gillin, Donald G., and Charles Ette. "Staying On: Japanese Soldiers and Civilians in China, 1945–1949." *Journal of Asian Studies* 42, no. 3 (May 1983), pp. 497–518.

Gottschang, Thomas R., and Dianna Lary. *Swallows and Settlers: The Great Migration from North China to Manchuria*. Ann Arbor, MI: Center for Chinese Studies, 2000.

Halberstam, David. *The Coldest Winter: America and the Korean War*. New York: Hyperion, 2007.

Han Lin. "War Proves a Mixed Blessing for Some Japanese." August 12, 2006. www.chinaview.cn

Hanson, Victor Davis. *Fields Without Dreams*. New York: The Free Press, 1996.

"Harbin's 'Squeeze' Highly Developed." *New York Times*, October 23, 1927.

Harris, Sheldon H. *Factories of Death: Japanese Biological Warfare, 1932–1945, and the American Cover-up*. New York: Routledge, 2002.

Herzfelder, Richard. "The Long Road to Half Tower." *China Economic Quarterly*, September 2013.

Hinrichs, Jan Paul (ed.). *Russian Poetry and Literary Life: Harbin and Shanghai, 1930–1950*. Amsterdam: Rodopi, 1987.

Hinton, William.

1. *Iron Oxen: A Documentary of Revolution in Chinese Farming*. New York: Monthly Review Press, 1970.
2. *Shenfan: The Continuing Revolution in a Chinese Village*. New York: Vintage, 1984.
3. *Fanshen: A Documentary of Revolution in a Chinese Village*. New York: Monthly Review Press, 2008.

Ho, Peter (ed.). *Developmental Dilemmas: Land Reform and Institutional Change in China*. London: Routledge, 2005.

Ho, Peter, Jacob Eyferth, and Eduard B. Vermeer (eds.). *Rural Development in Transitional China: The New Agriculture*. London: Frank Cass, 2004.

Ho Ping-ti.

1. "The Significance of the Ch'ing Period in Chinese History," *Journal of Asian Studies* 26, no. 2 (1967), pp. 189–95.
2. "In Defense of Sinicization: A Rebuttal of Evelyn Rawski's 'Reenvisioning the Qing,'" *Journal of Asian Studies* 57, no. 1 (1998), pp. 123–55.

Ho, Stephanie. "Burial Plot of China's Last Emperor Still Holds Allure." *Voice of America*, October 10, 2011.

Holmes, W. M. *An Eye-witness in Manchuria*. New York: International Publishers, Inc., 1932.

Hornby, Lucy, and Hui Li. "China's Big Step in Rural Reform: Mapping Tiny Plots of Farm Land." Reuters, February 5, 2013.

Hosie, Alexander. *Manchuria: Its People, Resources and Recent History*. London: Methuen & Co., 1904.

Howard, Harvey J. *Ten Weeks with Chinese Bandits*. New York: Dodd, Mead and Company, 1926.

Hsiao Hung, *The Field of Life and Death and Tales of Hulan River*. Bloomington: University of Indiana Press, 1979.

Huaiyin Li. *Village China Under Socialism and Reform: A Micro-History, 1948–2008*. Stanford, CA: Stanford University Press, 2009.

Huang, Cary. "Farm Seizures Sow Seeds of Social Unrest." *South China Morning Post*, October 31, 2011.

Huang, Ray. "Some Observations on Manchuria in the Balance, Early 1946." *Pacific Historical Review* 27, no. 2 (May 1958), pp. 159–69.

Huc, Evariste Regis. *Travels in Tartary, 1844–46*. New York: Knopf, 1927.

Hudson, W. H. *Idle Days in Patagonia*. Stroud: Nonesuch, 2005.

Hunt, Michael H. *Frontier Defense and the Open Door: Manchuria in Chinese-American Relations, 1895–1911*. New Haven, CT: Yale University Press, 1973.

Hutzler, Charles. "U.N. to Extend Life of Tumen Project." *Wall Street Journal*, March 29, 2001.

Hyun Ok Park. *Two Dreams in One Bed: Empire, Social Life, and the Origins of the North Korean Revolution in Manchuria.* Durham, NC, and London: Duke University Press, 2005.

"Invisible and Heavy Shackles." *Economist*, May 6, 2010.

Isett, Christopher Mills. *State, Peasant and Merchant in Qing Manchuria, 1644–1862.* Palo Alto, CA: Stanford University Press, 2007.

Ishida, Koichiro. "Chinese Historian Battling Prejudice to Honor Japanese Settlers Who Perished in War." *Asahi Shimbun*, August 14, 2012.

Itoh, Mayumi. *Japanese War Orphans in Manchuria: Forgotten Victims of World War II.* Hampshire, U.K.: Palgrave Macmillan, 2010.

Jacobs, Andrew. "China Is Wordless on Traumas of Communists' Rise." *New York Times*, October 1, 2009.

James, Sir H. Evan M. *The Long White Mountain: A Journey in Manchuria.* New York: Greenwood Press, 1968.

Janhunen, Juha. *Manchuria: An Ethnic History.* Helsinki: Suomalais-Ugrilainen, 1996.

Japan Railways Department. *An Official Guide to Eastern Asia.* Tokyo: Department of Railways, 1920.

Jia, (Peter) Wei Ming. *Transition from Foraging to Farming in Northeast China.* Oxford: Archeopress, BAR International Series 1629, 2007.

Jikun Huang. "Enough for Everyone." *China Economic Quarterly*, September 2013.

Johnson, Ian. "In China, the Forgotten Manchu Seek to Rekindle Their Glory." *Wall Street Journal*, October 3, 2009.

Johnston, Reginald. *Twilight in the Forbidden City.* Hong Kong: Oxford University Press, 1985.

Jun Jing. *The Temple of Memories: History, Power and Morality in a Chinese Village.* Stanford, CA: Stanford University Press, 1996.

Kao Kang. *The First Year of Victory.* Peking: Foreign Languages Press, 1950.

Keats, John. *Endymion: A Poetic Romance.* London: Taylor and Hessey, 1818.

Kemp, Emily Georgiana. *The Face of Manchuria, Korea & Russian Turkestan.* New York: Duffield, 1911.

Kikuchi Kazuo. *Watashi to Manshu: Tohiko to kaitaku-dan no kiroku.* [*Manchuria and I: The Records of My Escape from Agrarian Colonies*]. Tokyo: Genshu, 2000.

Kilman, Scott. "Farm Belt Bounces Back." *Wall Street Journal*, October 12, 2010.

Kinney, Henry Walsworth.

1. "Light on the Japanese Question." *Atlantic*, December 1920.
2. "Earthquake Days." *Atlantic*, January 1924.
3. *Modern Manchuria and the South Manchuria Railway Company.* Dairen: South Manchuria Railway, 1927.
4. *Modern Manchuria and the South Manchuria Railway Company.* Dairen: South Manchuria Railway, 1928.

5. *Modern Manchuria*. Dairen: South Manchuria Railway, 1929.

6. *Manchuria Today*. Dairen: South Manchuria Railway, 1930.

Kuramoto, Kazuko. *Manchurian Legacy: Memoirs of a Japanese Colonist*. East Lansing: Michigan State University Press, 1999.

Lague, David. "Chinese Village Struggles to Save Dying Language." *New York Times*, March 18, 2007.

Lau, Mimi. "Memorial to Honour Japanese Settlers Razed." *South China Morning Post*, August 7, 2011.

Lahusen, Thomas (ed.). "Harbin and Manchuria: Place, Space and Identity." *South Atlantic Quarterly* 99, no. 1 (Winter 2000); Raleigh: Duke University Press, 2001.

Lattimore, Owen. *Manchuria: Cradle of Conflict*. New York: Macmillan, 1932.

Lawrance, Alan. *China Under Communism*. New York: Routledge, 2002.

Lee, Robert H. G. *The Manchurian Frontier in Ch'ing History*. Cambridge, MA: Harvard University Press, 1970.

Lewis, Paul. "Sheldon Harris, 74, Historian of Japan's Biological Warfare." *New York Times*, September 4, 2002.

Lewisohn, William. *Manchoukou Revisited*. Shanghai: North-China Daily News & Herald, Ltd., 1935.

Li Chong (ed.). A Survey of Puppet-Manchukuo Postcards (伪"满洲国"明信片研究). Changchun: Jilin Culture and History Press, 2005.

Li Ping. "Rural Land Tenure Reforms in China: Issues, Regulations and Prospects for Additional Reform." *Land Reform*, March 2003.

Li Zhiting (ed.). *Dongbei tong shi* [*A Complete History of China Northeast Borderland*]. Zhengzhou: Zhengzhou Press, 2003.

Ling Fenglou. *Rice Paddy Seedlings: 200 questions* (水稻育苗). Changchun: Jilin Science and Technology Press, 2007.

Liu Hongyi. "In Memory of the Japanese Agrarian Colonists." *Boli wenshi* 5 (1988).

Liu Zhiming (ed.). *The Vast Land of Northeast China* (东北大地). Beijing: Diyuan Press. 1989.

Lohmar, Brian. "Planting the Seeds of Reform." *China Economic Quarterly*, September 2013.

London, Jack. "Japan Puts an End to Usefulness of Correspondents." *San Francisco Examiner*, July 1, 1904.

Lü Qinwen (ed.). *Changchun: Once Upon a Time at Manchukuo Period*. Changchun: Jilin Culture and History Press, 2011.

Luo Jiewen. A *Dictionary of Old and New Northeast Place Names* (东北古今地名辞典). Changchun: Jilin Culture and History Press, 2009.

Lynch, Elizabeth M. "The Wukan Protests—Because Something Is Happening Here but You Don't Know What It Is." *China Law & Policy*, February 2, 2012.

Lyons, Elizabeth. "Home to One Jew, Harbin Synagogue to Be Renovated." *Times of Israel*, June 22, 2013.

Lytton, Victor.

1. (et al.) "Preliminary Report on Conditions in Manchuria from the Commission of Enquiry Appointed by the Council of the League of Nations." London: His Majesty's Stationery Office, 1932.
2. *The Lytton Report—and After*. London: League of Nations Union, 1933.

Ma Kun. "Manchukuo Community." *Jilin City wenshi ziliao* 36 (1987), pp. 95–109.

Manchoukuo: Handbook of Information. Hsinking: Manchoukuo Government, Bureau of Information and Publicity Department of Foreign Affairs, 1933.

Manchuria (monthly publication of the *Manchuria Daily News*), June–July 1941.

Marks, Robert B.

1. *Rural Revolution in South China*. Madison: University of Wisconsin Press, 1984.
2. *Tigers, Rice, Silk and Silt*. Cambridge, U.K.: Cambridge University Press, 1998.

Marolda, Edward J. (ed.). *The U.S. Navy in the Korean War*. Annapolis: Naval Institute Press, 2007.

Maruyama, Paul K. *Escape from Manchuria*. Mustang, OK: Tate Publishing, 2014.

McAleavy, Henry. *A Dream of Tartary: The Origins and Misfortune of Henry P'u Yi*. London: George Allen & Unwin, 1963.

Meyer, Mike. "Pearl of the Orient." *New York Times Book Review*, March 5, 2006.

"Military Heroes and Legends of Aerospace: Neil Armstrong." *On Patrol*, Fall 2010.

Miller, Judith. "Why Germ Warfare Happened." *City Journal*, Spring 2010.

Miller, Tom.

1. "Turning Country Bumpkins into City Slickers." *China Economic Quarterly*, March 2011.
2. "What Happens When the Land Runs Out?" *China Economic Quarterly*, September 26, 2013.
3. "[China] Urbanization 2.0." *China Economic Quarterly*, March 18, 2014.

Millward, James A. *Beyond the Pass: Economy, Ethnicity and Empire in Qing Central Asia, 1759–1864*. Stanford, CA: Stanford University Press, 1998.

Mimura, Janis. *Planning for Empire: Reform Bureaucrats and the Japanese Wartime State*. Ithaca, NY: Cornell University Press, 2011.

Mitter, Rana.

1. *The Manchurian Myth: Nationalism, Resistance, and Collaboration in Modern China*. Berkeley: University of California Press, 2000.
2. *Forgotten Ally: China's World War II, 1937–1945*. Boston: Houghton Mifflin Harcourt, 2013.

Monahan, Andrew. "Japan's China Weapons Cleanup Hits a Snag." *Time*, March 31, 2008.

Morrison, Elting E. (ed.). *The Letters of Theodore Roosevelt*. Cambridge, MA Harvard University Press, 1951.

Mosher, John. *Japanese Post Offices in China and Manchuria*. Lawrence, MA: Quarterman Publications, Inc., 1978.

Myers, Ramon H. "Socioeconomic Change in Villages of Manchuria During the Ch'ing and Republican Periods: Some Preliminary Findings." *Modern Asian Studies* 10, no. 4 (1976), pp. 591–620.

Naismith, James. *Basketball: Its Origin and Development*. Lincoln: University of Nebraska Press, 1996. (Reprint of the 1941 original.)

Needham, Joseph. *Science and Civilisation in China. Vol. 6: Biology and Biological Technology. Part II: Agriculture* (written by Francesca Bray). Cambridge, U.K.: Cambridge University Press, 1984.

Nelson, Sarah Milledge. *The Archaeology of Northeast China*. London and New York: Routledge, 1995.

Newman, Robert P. *Owen Lattimore and the "Loss" of China*. Berkeley: University of California Press, 1992.

Nicholas II. *The Secret Letters of the Last Tsar*. New York: Longmans, 1938.

Nishimura, Daisuke.

1. "Memorial to Japanese Colonists Sparks Anger in China." *Asahi Shimbun*, August 4, 2011.
2. "Chinese County Criticized for Pro-Japanese Policy." *Asahi Shimbun*, August 9, 2011.

Norris, Frank. *The Octopus*. New York: Doubleday, 1901.

Oba Kaori and Hashimoto Susumu. *Haha to ko de miru Chugoku zanryu nihonjin koji* [*The History of Japanese Orphans Returning from China, Written for Mothers and Children*]. Tokyo: Kusa no Ne Shuppan-kai, 1986.

"Off the Rails? High-Speed Trains Might Be Forced to Go a Little More Slowly." *Economist*, April 2, 2011.

Official Guide to Eastern Asia, An; Vol. 1: Chosen & Manchuria/Siberia. Second Edition. Tokyo: Dept. of Railways, 1920.

"174 Russians Held, Harbin Report Says." *New York Times*, July 11, 1929.

O'Neill, F. W. S.

1. *The Call of the East: Sketches from the History of the Irish Mission to Manchuria, 1869–1919*. London: James Clarke & Co., 1917.
2. *Dr. Isabel Mitchell of Manchuria*. London: James Clarke & Co., 1917.

O'Neill, Mark. "2011—the Centenary of Two Very Different Revolutions." *South China Morning Post*, January 2, 2011.

"Others, The: It Is Becoming Both Easier and More Difficult to Experience the Thrill of Being an Outsider." *Economist*, December 19, 2009.

Pang Jiaoming, Gong Jing, and Liu Hongqiao. "Confronting China's Cadmium-Laced Rice Crisis." *Caixin*, June 5, 2013.

Parritt, Brian. *Chinese Hordes and Human Waves: A Personal Perspective of the Korean War, 1950–1953*. Barnsley, U.K.: Pen and Sword, 2011.

Pei Huang. *Reorienting the Manchus: A Study of Sinicization, 1583–1795*. Ithaca, NY: Cornell University East Asia Program, 2011.

Perlez, Jane. "China Exhibit, Part of an Anti-Japan Campaign, Reflects an Escalating Feud." *New York Times*, February 9, 2014.

Perdue, Peter. *China Marches West: The Qing Conquest of Central Eurasia, 1600–1800*. Cambridge, MA: Harvard University Press, 2010.

Philbrick, Nathaniel. *Mayflower*. New York: Viking Penguin, 2006.

Pils, Eva. "Land Disputes, Rights Assertion, and Social Unrest in China: A Case from Sichuan." *Columbia Journal of Asian Law* 19, no. 1, pp. 235–92.

"Plans Peace for Harbin." *New York Times*, March 6, 1909.

Pomfret, John. "Red Army Starved 150,000 Chinese Civilians, Book Says." Associated Press, November 22, 1990.

"Poor by Definition: China's Government Offers Relief to the Poor and to the Economy." *Economist*, December 3, 2011.

Powell, John B. *My Twenty-five Years in China*. New York: Macmillan, 1945.

"Premier Underlines Developing Modern Agriculture, Scale Farming." Xinhua, April 1, 2013.

"Prince Ito Assassinated." *New York Times*, October 26, 1909.

Pulvers, Roger. "Manchukuo Tragedy Finally Gets a Film Its Spurned Victims Deserve." *Japan Times*, May 10, 2009.

"Pu Yi, Last Emperor of China And a Puppet for Japan, Dies; Enthroned at 2, Turned Out at 6, He Was Later a Captive of Russians and Peking Reds." *New York Times*, October 18, 1966.

Puyi, Henry. *The Last Manchu*. Edited by Paul Kramer. New York: G. P. Putnam's Sons, 1967.

Rawski, Evelyn S.

1. "Presidential Address: Reenvisioning the Qing; The Significance of the Qing Period in Chinese History." *Journal of Asian Studies* 55, no. 4 (1996).
2. *The Last Emperors: A Social History of Qing Institutions*. Berkeley: University of California Press, 1998.

Reardon-Anderson, James. *Reluctant Pioneers: China's Expansion Northward, 1644–1937*. Palo Alto, CA: Stanford University Press, 2005.

Regional Handbook on Northeast China. New Haven, CT: Human Relations Area Files, Inc., 1956.

Restall, Hugo. "The Next Revolution? China Braces for Trouble from Angry Farmers." *Wall Street Journal*, July 25, 2001.

Romig, Shane. "China Snaps Up Farmland in Argentina." *Wall Street Journal*, June 20, 2011.

"Russia Would Rule by Chinese Treaty." *New York Times*, July 8, 1909.

"Russian Mobs Fight Chinese in Harbin." *New York Times*, January 5, 1932.

Ryall, Julian. "Did the U.S. Wage Germ Warfare in Korea?" *Daily Telegraph*, June 10, 2010.

Sammon, John. "Resident's Manchurian Story Is One of Survival." *Nikkei West*, December 16, 2010.

Schneider, Laurence. *Biology and Revolution in Twentieth-Century China*. Lanham, MD: Rowan & Littlefield, 2003.

Scotland, Tony. *The Empty Throne*. New York: Viking, 1993.

Seaman, Louis Livingston. *From Tokio Through Manchuria with the Japanese*. New York: Appleton Press, 1904.

Sears, David. *Such Men as These: The Story of the Navy Pilots Who Flew the Deadly Skies over Korea*. Cambridge, MA: Da Capo, 2010.

Selle, Earl Albert. *Donald of China*. New York: Harper and Brothers, 1948.

Shafer, Jack. "The Rise and Fall of the 'Bus Plunge' Story." *Slate*, November 13, 2006.

Shao Dan. *Remote Homeland, Recovered Borderland: Manchus, Manchoukuo, and Manchuria, 1907–1985*. Honolulu: University of Hawai'i Press, 2011.

Shoemaker, Michael Myers. *The Great Siberian Railway*. New York: Putnam, 1903.

Simpson, Bertrand Lennox. *Manchu and Muscovite: Being Letters from Manchuria Written During the Autumn of 1903*. Elibron Classics, 2005. (See also Weale, Putnam.)

Smith, Norman. *Resisting Manchukuo: Chinese Woman Writers and the Japanese Occupation*. Vancouver: University of British Columbia Press, 2007.

South Manchuria Railway Company.

1. *Illustrated Guidebook for Traveling in Manchoukuo*. Dairen, 1934.
2. *Manchuria: Land of Opportunities*. New York: SMR Press, 1922.

"Souvenir Enthronement Supplement." *Manchuria Daily News*, March 1, 1934.

Spector, Ronald H. *In the Ruins of Empire: The Japanese Surrender and the Battle for Postwar Asia*. New York: Random House, 2008.

Spurling, Hilary. *Pearl Buck in China*. New York: Simon & Schuster, 2010.

"State of Anarchy Found at Harbin." *New York Times*, April 19, 1908.

Stephan, John J. "Hijacked by Utopia: American Nikkei in Manchuria." *Amerasia Journal* 23, no. 3 (1997), pp. 1–42.

"Studying History Locked in a Black Box." *Christian Science Monitor*, September 27, 1990.

Suleski, Ronald. *The Modernization of Manchuria: An Annotated Bibliography*. Hong Kong: Chinese University Press, 1994.

Tabuchi, Hiroko. "Japanese Begin to Question Protections Given to Homegrown Rice." *New York Times*, January 9, 2014.

Tai Feng (ed.). *Historical Northeast* (岁月东北). Guilin: Guangxi Normal University Press, 2007.

Talarigo, Jeff. *The Ginseng Hunter*. New York: Nan Talese, 2008.

Tam, Fiona. "At Least Two Killed, Six Hurt in Jiangxi Blasts." *South China Morning Post*, May 27, 2011.

Tamanoi, Mariko Asano.

1. (ed.) *Crossed Histories: Manchuria in the Age of Empire*. Honolulu: University of Hawaii Press, 2005.
2. *Memory Maps: The State and Manchuria in Postwar Japan*. Honolulu: University of Hawai'i Press, 2009.

Thubron, Colin. *In Siberia*. London: Penguin, 2000.

Tian Yongyuan, ed. *Peasant Lawsuits* (农民打官司). Beijing: China Agricultural Press. 2004.

T'ien Chun. *Village in August*. New York: Smith & Durrell, 1942.

Tisdale, Alice (Hobart). *Pioneering Where the World Is Old: Leaves from a Manchurian Note-Book*. New York: Henry Holt, 1917.

Tucker, David. "City Planning Without Cities: Order and Chaos in Utopian Manchukuo." In *Crossed Histories*. (See Tamanoi, Mariko Asano.)

Verbiest, Ferdinand. "Two Journeys into Tartary." In *History of the Two Tartar Conquerors of China*, edited and translated by the Earl of Ellesmere. London: Hakluyt Society, 1854.

Victoir, Laura, and Victor Zatsepine. *Harbin to Hanoi: Colonial Built Environment in Asia, 1840–1940*. Hong Kong: Hong Kong University Press, 2013.

Vidal, John. "India's rice revolution." *Observer*, February 16, 2013.

"Visitors to Harbin Find Expenses High." *New York Times*, October 28, 1928.

Wadley, Stephen A. *The Mixed-Language Verses from the Manchu Dynasty of China*. Bloomington: Indiana University Press, 1991.

Waley-Cohen, Joanna.

1. "Commemorating War in Eighteenth-Century China," *Modern Asian Studies* 30, no. 4 (1996), pp. 869–99.
2. "Religion, War, and Empire in Eighteenth-Century China," *International History Review* 20, no. 2 (1998), pp. 336–52.
3. "Changing Spaces of Empire in Eighteenth-Century Qing China," in *Political Frontiers, Ethnic Boundaries, and Human Geographies in Chinese History*, ed. N. di Cosmo and D. Wyatt. London: Routledge/Curzon, 2003.
4. "The New Qing History." *Radical History Review* 88 (Winter 2004), pp. 193–206.

Walker, Dale. "Jack London's War." http://www.jacklondons.net/Journalism/JackLondonsWar.html

Walsh, James A. *Observations in the Orient*. Ossining, NY: Catholic Foreign Mission Society, 1919.

Wang Chenfu, ed. *The Best of Jilin* (吉林之最). Jilin: Jilin People's Press, 2008.

Wang Ning (ed.). *An English-Chinese Chinese-English Glossary of Agriculture*. Shanghai: Foreign Language Education Press, 2009.

Wang, Sally. "20 Years of Anger Unleashed." *South China Morning Post*, January 4, 2012.

"War Proves a Mixed Blessing for Some Japanese." Xinhua, August 12, 2006.

Weale, Putnam. *Manchu and Muscovite*. London: Macmillan, 1904. (See also Simpson, Bertrand Lennox.)

Wessel, David. "Shell Shock: Chinese Demand Reshapes U.S. Pecan Business." *Wall Street Journal*, April 18, 2011.

Wilson, Sandra.

1. "The 'New Paradise': Japanese Emigration to Manchuria in the 1930s and 1940s." *International History Review* 17, no. 2 (May 1995), pp. 249–86.
2. *The Manchurian Crisis and Japanese Society, 1931–1933*. London: Routledge. 2002.

Wolff, David. *To the Harbin Station: The Liberal Alternative in Russian Manchuria, 1898–1914*. Stanford, CA: Stanford University Press. 1999.

Wong, Edward. "Pollution Rising, Chinese Fear for Soil and Food." *New York Times*. December 30, 2013.

Woodhead, H. G. W. (Henry George Wandesforde). *A Visit to Manchukuo: A Series of Articles Contributed to the* Shanghai Evening Post and Mercury, *October–November 1932*. Shanghai: Mercury Press, 1932.

Yamamuro Shin'ichi. *Manchuria Under Japanese Dominion*. Philadelphia: University of Pennsylvania Press, 2006.

Yang Bin (ed.). *Dragon River Writings* (龙江散记). Harbin: Heilongjiang People's Press, 1985.

Yang Feng. *Manchu Customs* (满族风情). Shenyang: Liaoning Minorities Press, 2004.

Yang Jing. *Fengtian Nirvana* (奉天涅槃). Shenyang: Shenyang Press, 2002.

Yap, Chuin-Wei. "China Sees Food Need Rising." *Wall Street Journal*, March 25, 2011.

Yardley, Jim. "Shenyang Journal; The G.I.'s Were Japan's Worker Slaves. Believe It." *New York Times*, September 19, 2003.

Yosano Akiko. *Travels in Manchuria and Mongolia: A Feminist Poet from Japan Encounters Prewar China*. New York: Columbia University Press, 2003.

Yoshihisa Tak Matsusaka. *The Making of Japanese Manchuria, 1904–1932*. Cambridge, MA: Harvard University Press, 2001.

Yosuke Matsuoka.

1. (with Wellington Vi Kyuin Koo). *The Manchurian Question: Japan's Case in the Sino-Japanese Dispute as Presented Before the League of Nations*. Geneva: League of Nations, 1933.
2. *Building Up Manchuria*. Tokyo: The Herald of Asia, 1938.

"You Are What You Eat: Can a Country as Modern as Japan Cling onto a Culture as Ancient as Rice?" *Economist*, December 19, 2009.

Young, C. Walter.

1. *The International Relations of Manchuria: Prepared for the 1929 Conference of the Institute of Pacific Relations in Kyoto, Japan*. Chicago: University of Chicago Press, 1929.
2. *The International Status of the Kwantung Leased Territory*. Baltimore: The Johns Hopkins, University Press, 1931.
3. *Japanese Jurisdiction in the South Manchuria Railway Areas*. Baltimore: The Johns Hopkins University Press, 1931.
4. *Japan's Special Position in Manchuria*. Baltimore: The Johns Hopkins University Press, 1931.

Young, John. *The Research Activities of the South Manchurian Railway Company, 1907–1945: A History and Bibliography*. New York: Columbia University East Asian Institute, 1966.

Young, Louise. *Japan's Total Empire: Manchuria and the Culture of Wartime Imperialism*. Berkeley: University of California Press, 1998.

Younghusband, Francis Edward. *The Heart of a Continent*. London: John Murray, 1904.

Yu, Maochun. *OSS in China: Prelude to Cold War*. New Haven, CT: Yale University Press. 1996.

Yu, Verna. "A Language Lost." *South China Morning Post*, August 29, 2011.

Yunxiang Yan. *Private Life Under Socialism*. Palo Alto, CA: Stanford University Press, 2003.

Zeng Wu. *All-Embracing Manchu Customs* (满族民俗万象). Shenyang: Liaoning Minorities Press, 2008.

Zhang Guoli. *Old Photos of Jilin City* (吉林市老照片). Beijing: China Culture and History Press, 2009.

Zheng Changjiang. *Northeast Cuisine* (东北菜). Harbin: Heilongjiang Science and Technology Publishing, 1997.

Zhou Siyu. "Super Rice Crop Needs Time for Commercial Cultivation." *China Daily*, September 23, 2011.

Zuo, Mandy.

1. "Rice King Sets His Sights Even Higher." *South China Morning Post*. September 26, 2011.
2. "Wen's Land Pledge Gives Farmers Hope." *South China Morning Post*, January 17, 2012.

3. "Grain Law May Leave Farmers in the Cold: Experts." *South China Morning Post*, August 15, 2012.
4. "Beijing Pushes for Bigger Family Farms to Boost Efficiency." *South China Morning Post*, August 17, 2013.
5. "Ukraine to Become China's Largest Overseas Farmer in 3M Hectare Deal." *South China Morning Post*, September 22, 2013.

Zweig, David. *Freeing China's Farmers: Rural Restructuring in the Reform Era*. London: M. E. Sharpe, 1997.

Zweig, David, Kathy Hartford, James Feinerman, and Deng Jianxu. "Law, Contracts, and Economic Modernization: Lessons from the Recent Chinese Rural Reforms." *Stanford Journal of International Law* 23 (1987), pp. 319–64.

Internally Circulated and Self-Published Sources

Chinese Eastern Railway. *North Manchuria and the Chinese Eastern Railway*. 1926.

"Classified List of the Books Added to the Dairen Library." South Manchurian Railway, 1937.

Donald, W. H. Papers, Columbia University Archives.

Drea, Edward, et al. *Researching Japanese War Crimes: Introductory Essays*. Washington, DC: National Archives and Records Administration Nazi War Crimes and Japanese Imperial Government Records Interagency Working Group, 2006.

Fairchild, Nelson. Collection of letters sent home, 1907.

Glantz, David M. "August Storm: The Soviet 1945 Strategic Offensive in Manchuria." In Leavenworth Papers, Fort Leavenworth, KS: U.S. Army Command and General Staff College, February 1983.

"Guide to Japanese Monographs and Japanese Studies on Manchuria, 1945–1960." Office of the Chief of Military History, Department of the Army, 1962.

Hongbin Li, Prashant Loyalka, Scott Rozelle, Binzhen Wu, and Jieyu Xie. "Unequal Access to College in China: How Far Have Poor, Rural Students Been Left Behind?" Stanford University working paper. 2013.

International Relations Committee. "Public Opinion Towards the Report of the League Enquiry Commission on Sino-Japanese Dispute." Nanking: IRC, 1932.

Inventory of the Papers of Roy L. Morgan, 1941–1966. Special Collections, Arthur J. Morris Law Library, University of Virginia Law School. Interrogation of Ai-Hsin-Cho-Lo Pu Yi (Henry Pu Yi). From the Tokyo War Crimes Tribunal, August 1946.

Jilin Meteorite Shower Exhibition（吉林陨石雨）. Jilin City Meteorite Museum, 2001.

Kinney, Henry W., in Payson J. Treat Papers at the Hoover Institute Archives, Stanford University.

1. Box 51 (Research File) Kinney, Charles Bishop (South Manchuria Railway Co.), firsthand reports on the political, military and economic situation in Manchuria, 1934–39.
2. (South Manchuria Railway Co.), firsthand reports on the political, military and economic situation in Manchuria, 1927–36.

Landesa. Sixth 17-Province China Survey, April 26, 2012. www.landesa.org/china-survey-6/

Leith, Hal. *POWs of Japanese Rescued!* Victoria: Trafford. 2003.

Liang Siyong. "Journal [of the] Tsitsihar Linshih expedition (1930)." Tozzer Library, Harvard University.

"Never an Empty Bowl: Sustaining Food Security in Asia." Asia Society and International Rice Research Institute Task Force Report, 2010.

Pauley, Edwin W. "Report on Japanese Reparations to the President of the United States." Washington, DC: Department of State, Division of Publications, Office of Public Affairs. 1948.

People's Republic of China:

1. *Land management law* (中华人民共和国农村土地管理法). 1999.
2. *Rural land usage law* (中华人民共和国农村土地承包法). 2002.

Petitioning Regulations. (信访条例) Beijing: China Law Press, 2005.

Scherer, Anke. "Japanese Emigration to Manchuria: Local Activists and the Making of the Village-Division Campaign." Bochum, Germany: Ruhr-Universität, 2006. Dissertation.

"Summary of Rural Policies (农村政策简明手册)." Jilin Province "Three Represents" Working Office, 2008.

"Who Owns My Land? Chinese Farmers' Land Rights at the Crossroads." Presentation by Landesa (Roy Prosterman and Zhu Keliang, presenters) at the Asia Society, New York City, May 2, 2011.

Zhu Keliang and Roy Prosterman. "Securing Land Rights for Chinese Farmers." Washington, DC Cato Institute, No. 3, October 15, 2007.

译后记

几年前的某一天，那时候 Michael 刚结束《再会，老北京》在中国的宣传不久，他给我写邮件，说在吉林，去林场看日军遗留化学武器的路上，遭到了警察的盘查。没有抱怨的意思，只是当成一件趣事跟我讲，就像他跟我讲有一次不得不拿老婆的身份证去坐火车一样。之后我们陆陆续续有一些邮件往来，他会发一些儿子的照片，讲讲 soho 奶爸的生活，中间也穿插着一些这本书的进展。最有趣的是让我帮他听几段录音并转化成文字，就是书中的三姨和三姨夫，主要讲“抗战那前儿”的事情。录音中间，Michael 出门小解，于是也录下了三姨和三姨夫的议论：

（请用东北话朗读）

三姨夫：这孩子可真扛冻啊，让他在屋里上非要上外边儿去。

三姨：可不嘛。还给我带了又（肉）来。五花又啊。我问他带又干啥啊，他说炒啊，红烧啊。

……

可以想象戴着耳机的我捧腹大笑的样子。

在后来的一封邮件里，Michael 告诉我书都写完了，要交给出版社了，邮件结尾，他写了句话：“It is even better than the Beijing book. I love it very much.”（比《再会，老北京》还要好，我很爱这本书。）

这句话，大概也能概括我对《东北游记》的感觉吧。

我第一时间读了这本书。北京，可能是作为“和平队”志愿者和纪实作家的Michael为了填补这个城市平民生活记录方面的空白做的一次尝试；而东北，则是有了家庭，做了爸爸的Michael为了给儿子寻根溯源的一次心甘情愿的苦旅。妻子在香港做律师，穿梭于高楼大厦；而他来到妻子童年时期的穷乡僻壤，做起了“留守丈夫”，个中奇妙，实在不可言说。书里不时有温情脉脉“秀恩爱”的文字，他与妻子相互独立又相互支持的感情，第一次见父母的经历，不经意间瞥见妻子的表情，这些细腻的描写，让我一边笑说“真肉麻”，一边感动得眼眶泛泪。

“中国人民的老朋友”Michael，似乎有种奇异的“平凡力量”。这个“一米八六，属鼠”的美国人，无论来到什么异国他乡，一开始可能挺扎眼，不久就能完全融入当地的环境中，从“卖儿”变成“小梅”。北京的小街小巷里，他就是住在大杂院的“胡同串子”；到了东北农村，他又成了下农田睡火炕的边关大汉。三舅三姨这些亲戚，毫不见外地催他赶紧生孩子，跟他抱怨大公司的政策，我猜那段时期Michael一开口说中文，是不是也会带点“大碴子味儿”呢？（直到现在，他还很爱说“哎呀我的妈呀”。）

也许就是因为这种平凡的力量，他笔下的东北与东北人，才这么亲切感人，丝毫没有某些西方人对中国的刻板印象。在春分夏至霜降大雪等各个节气中流转的荒地村，既充满了农人的粗粝，也有着山水不言的美。稻田中的蛙声虫鸣，青黄更替，是朴素平实的描写，却比很多不切实际的抒情来得更加浪漫。有形形色色的东北人，叮嘱他们“相互帮助相互学习”的丈母娘，咂吧着嘴喝白酒的三舅，爱看体育台的三姨夫，为路边种花而自豪的三姨，声称自己和外星人发生过关系的工人……Michael与他们真心交流，忠实记录他们的言谈举止，有点像文字版的《乡村爱情》，读来总让人有种他们就在你身边，扯着大嗓门，说着东北话的感觉。不知怎么的，在阅读和翻译的过程中，我总是想起《长河》《边城》《湘行散记》，想起沈从文先生。他忠实地记录了湘西的风土人情，恰如Michael在荒地村，满怀着深情，既是积极的参与者，又是细致的旁观者。Michael和沈从文，这两个人的形象在我心中竟然重合了。他们都是温厚敏感的记录者，都为某一个地方，留下了宝贵的地方志。

《再会，老北京》记录的是城市的变迁，而《东北游记》则着重地讲述了农村的发展。读到最后，这场有趣的人类学和社会学似的探究，因为小本（他！超！级！可！爱！）的到来，戛然而止。我总归是有些遗憾的，总感觉 Michael 应该再经历一轮春夏秋冬的更替和二十四节气的流转（当然他后面又为了这本书重新走访了一些地方）。不过，就像书中那张签语饼纸条上写的，“生命的行程无法预测，没人能提前写就他的自传”。

翻译 Michael 的书，是一种妙不可言的经历。读着那些文字，我总会顿悟似的说：“咦，就是这样的呀!”也会不由自主模仿书中人物的说话和动作，体验他们的情感。另外，在翻译的过程中我们一直保持着密切的邮件往来，Michael 的目标读者是英语国家的人，而我的自然是中国读者。于是我们一起讨论，书里一些针对英语文化写的内容，如何能翻得让中国读者更能接受，用中文读出来更地道，更不露英语的痕迹。至于好不好，相信读者们自有评断。感谢 Michael，作为我的良师益友，给我极大的发挥空间，也让旁人眼里寂寞冷清的翻译时光，变得妙趣横生，热闹非凡。(旁观我翻译的丈夫常说：“你翻译起 Michael 的书，经常乐出声来，手舞足蹈，有的时候还又哭又笑。说实话有点儿吓人呀。”)

还要感谢我那些东北的朋友们，最初说起这本书时，他们都两眼放光，表示随时可以做我的“民俗顾问”。特别是我最好的朋友小玉，你的爽朗和美好，让我对东北那片土地的好感增加不少。也感谢你耐心的解答，让我放心使用一些东北特色的方言。

从《再会，老北京》到《东北游记》，我从一个“中二女青年”，变成已婚少妇。我也有了自己的“弗朗西斯”，我们彼此独立，相互扶持，从恋爱到结婚，已经走过了将近十年的历程。他和我的家人一起，不仅给予我爱与呵护，也给予尊重和理解。谢谢你们，是这样的爱，让我勇敢前行。

泱泱东北，大地无言，农民在改革的浪潮中一如既往地劳作，城市在历史的烟尘中日新月异地发展。我唯祈愿，这片土地恒久丰饶，荒地的三舅三姨三姨夫和所有淳朴热情的村民们，能在大时代的浪潮中，健康快乐地生活。

祝你们平安。

何雨珈

2016 年 7 月于成都

Michael Meyer
IN MANCHURIA
copyright © Michael Meyer 2015

图字：09 - 2015 - 428 号

图书在版编目（CIP）数据

东北游记/（美）迈克尔·麦尔（Michael Meyer）著；何雨珈译. —上海：上海译文出版社，2017.1（2024.12 重印）
（译文纪实）
书名原文：IN MANCHURIA
ISBN 978 - 7 - 5327 - 7310 - 7

Ⅰ. ①东… Ⅱ. ①迈… ②何… Ⅲ. ①纪实文学–美国–现代 Ⅳ. ①I712.55

中国版本图书馆 CIP 数据核字（2016）第 154949 号

东北游记
[美] 迈克尔·麦尔 著 何雨珈 译
责任编辑/张吉人 装帧设计/邵旻 观止堂_未氓

上海译文出版社有限公司出版、发行
网址：www. yiwen. com. cn
201101 上海市闵行区号景路159弄B座
启东市人民印刷有限公司印刷

开本 890×1240 1/32 印张 12.25 插页 2 字数 243，000
2017 年 1 月第 1 版 2024 年 12 月第 13 次印刷
印数：51,001—53,000 册

ISBN 978 - 7 - 5327 - 7310 - 7
定价：55.00 元

本书中文简体字专有出版权归本社独家所有，非经本社同意不得转载、摘编或复制
如有质量问题，请与承印厂质量科联系。T：0513 - 83349365